2024

Abitur

Original-Prüfungsaufgaben
mit Lösungen

Niedersachsen

Biologie eA

STARK

18. ergänzte Auflage
www.stark-verlag.de

Inhaltsverzeichnis

Vorwort

Hinweise und Tipps zur schriftlichen Abiturprüfung

Übungsaufgaben

Musteraufgaben mit Experiment

Original-Abituraufgaben

Erhöhtes Anforderungsniveau 2018

Erhöhtes Anforderungsniveau 2019

Erhöhtes Anforderungsniveau 2020

Erhöhtes Anforderungsniveau 2021

Erhöhtes Anforderungsniveau 2022

Erhöhtes Anforderungsniveau 2023

Sobald die Original-Prüfungsaufgaben 2023 freigegeben sind, können sie als PDF auf der Plattform MyStark heruntergeladen werden (Zugangscode siehe vordere Umschlaginnenseite).

Autor*innen

Petra Aust	Übungsaufgabe 2
Dr. Klaus Goedeke	Lösungen der Experiment-Musteraufgabe 2 und der Abituraufgaben 2018, 2019/II, 2020/II, 2021/A2, A4, B1, 2022/A2 (mit Experiment), C1 und 2023
Angela Heßke	Lösungen der Experiment-Musteraufgabe 1 und der Abituraufgaben 2019/I, 2020/I, 2021/A1, A3, C1 und 2022/A1, A2, A3, B1
Dr. Christiane Högermann	Übungsaufgabe 1

Vorwort

Liebe Schülerinnen und Schüler,

das vorliegende Buch bietet Ihnen die Möglichkeit, sich adäquat auf die zentral gestellte **schriftliche Abiturprüfung** im **erhöhten Anforderungsniveau** in Niedersachsen vorzubereiten. Anhand vielfältiger Materialien können Sie das im Unterricht Erlernte trainieren, biologische Sachverhalte in neuer Darstellung erfassen und unbekannte biologische Daten analysieren und beurteilen lernen.

Im ersten Kapitel erhalten Sie **„Hinweise und Tipps zum Zentralabitur“**. Sie geben Ihnen einen Überblick über die formalen Rahmenbedingungen für das Zentralabitur in Niedersachsen und die **2024 geltenden Bestimmungen**. Erläuterungen zu den Prüfungsanforderungen, zum Umgang mit den Operatoren und zu den vom Kultusministerium festgesetzten Inhalten lassen Sie die Prüfungssituation besser einschätzen. Die **„Tipps zum Umgang mit Prüfungsaufgaben“** zeigen Ihnen dann konkret, wie Sie erfolgreich an die Abituraufgaben herangehen können.

Neben zwei **Übungsaufgaben** und zwei Musteraufgaben mit **experimenteller** Ausrichtung enthält dieses Buch die **Original-Prüfungsaufgaben des Zentralabiturs** der letzten Jahre für das erhöhte Anforderungsniveau. Die Aufgaben der **Prüfung 2023** stehen auf der Plattform **MyStark** zum Download zur Verfügung, sobald sie freigegeben sind. Zu allen Aufgaben bieten wir Ihnen **ausführliche Lösungsvorschläge** mit **Hinweisen** zur Lösungsstrategie. Diejenigen Teilaufgaben der Prüfungen 2018–2020, deren Inhalte seit Inkrafttreten des aktuellen Kerncurriculums (KCGO) nicht mehr prüfungsrelevant sind, kennzeichnet ein Sternchen am Seitenrand.

Nutzen Sie auch die Plattform **MyStark**, um anhand **interaktiver Aufgaben** Ihr biologisches Fachwissen effektiv zu trainieren! Ebenfalls digital abrufbar sind **Lernvideos**, die zentrale Themen anschaulich erklären (siehe vordere Umschlaginnenseite).

Sollten nach Erscheinen dieses Bandes noch wichtige Änderungen in der Abiturprüfung 2024 vom Kultusministerium Niedersachsen bekannt gegeben werden, finden Sie aktuelle Informationen dazu online auf der Plattform MyStark.

Das Autor*innenteam wünscht Ihnen viel Erfolg in der Abiturprüfung!

Stichwortverzeichnis 2018–2022

Hinweise und Tipps zur schriftlichen Abiturprüfung

Die Anforderungen des Zentralabiturs im Fach Biologie

1 Rahmenbedingungen

In Niedersachsen findet die Abiturprüfung als Zentralabitur statt. Landesweit werden allen Abiturient*innen im EA-Kurs Biologie zeitgleich dieselben Prüfungsaufgaben zur Auswahl vorgelegt. In der **Abiturprüfung 2024** erhalten Sie als Prüfling vier Aufgaben, die verschiedenen Inhaltsbereichen zugeordnet sind (siehe Punkt 3), und entscheiden sich innerhalb von 30 Minuten für drei Aufgaben zur Bearbeitung. Anschließend stehen Ihnen 270 Minuten Bearbeitungszeit zur Verfügung.
In den Abiturprüfungen 2021–2023 waren die Prüflinge aufgefordert, aus sechs (2021) bzw. fünf Aufgaben innerhalb des genannten Zeitraums drei Aufgaben auszuwählen und zu bearbeiten. Dabei galt die Vorgabe, dass nicht alle drei Aufgaben aus dem Themenbereich A stammen dürfen. Bis zur Abiturprüfung 2020 wurden allen Prüflingen zwei themenübergreifende Prüfungsaufgaben vorgelegt; für die Auswahl einer der Aufgaben standen 20 Minuten zur Verfügung, für die Bearbeitung des gewählten Themas 300 Minuten.
Grundlagen für die Prüfungsaufgaben bilden die Einheitlichen Prüfungsanforderungen in der Abiturprüfung (EPA) der Kultusministerkonferenz (KMK) für Biologie von 2004 sowie das Kerncurriculum Biologie für die Gymnasiale Oberstufe in Niedersachsen (KCGO Biologie, Stand 2017). Für 2024 gibt es fachbezogene Hinweise (siehe Punkt 2). Wenn Sie sich für die vollständigen Erlasse interessieren, können Sie sich entweder im Internet unter *https://bildungsportal-niedersachsen.de/2024* informieren oder Ihre Lehrkräfte fragen.

2 Verbindliche Inhalte und Basiskonzepte

Während in den EPA die für das Abitur wesentlichen fachlichen Inhalte nach fachsystematischen Themenbereichen und Basiskonzepten grob aufgelistet sind, werden diese Vorgaben durch das KCGO Biologie in Niedersachsen konkretisiert. Dazu wer-

den die inhalts- und prozessbezogenen Kompetenzen, die im Fach Biologie am Ende der Gymnasialen Oberstufe für die Abiturprüfung zur Verfügung stehen sollen (siehe Punkt 4), sowie die fachlichen Inhalte, an denen diese Kompetenzen zu erarbeiten sind, angegeben. Es wird von Ihnen verlangt, dass Sie diese verbindlichen Inhalte im Kontext der Prüfungsaufgabe reproduzieren können. Die fachinhaltsbezogenen Kompetenzen sind nach acht Basiskonzepten gegliedert. Unter Basiskonzepten versteht man grundlegende, für biologische Systeme charakteristische Prinzipien (z. B. Struktur und Funktion, Stoff- und Energieumwandlung, Variabilität und Angepasstheit), mit deren Hilfe die nahezu unüberschaubare Zahl biologischer Phänomene anhand vergleichbarer Kriterien erschlossen, verglichen und miteinander vernetzt werden kann. Sie können ebenfalls Bestandteil von Prüfungsaufgaben sein, sodass Ihnen ihre jeweilige Bedeutung geläufig sein sollte.
Prinzipiell sind alle im KCGO aufgeführten Inhalte und Kompetenzen für die Abiturprüfung verbindlich, für 2024 gelten allerdings folgende spezielle Regelungen:

Spezielle fachbezogene Hinweise für 2024

Die folgenden **Kompetenzen** werden anhand der Ökosysteme **Fließgewässer** und **Meer** erarbeitet:

- Existenz der Kompartimentierung auf verschiedenen Systemebenen beschreiben
- physiologische und ökologische Potenzen unter Bezug auf biotische und abiotische Faktoren vergleichen
- energetische und stoffliche Beziehungen zwischen Organismen in einem Ökosystem darstellen
- Stoffkreisläufe auf der Ebene von Ökosystemen und der Biosphäre erläutern

Die folgenden **Experimente** sind verbindlich im Unterricht durchzuführen:

- 1: Mikroskopieren des Querschnitts durch ein bifaziales Laubblatt
- 2: Isolation und dünnschichtchromatografische Trennung von Blattfarbstoffen
- 4.1, 4.2, 4.3: Gewässeranalysen
- 6: Modellierung der Hill-Reaktion
- 7a, 7b, 7c: Enzymaktivität
- 9: pH-Wert-Untersuchungen bei Dickblattgewächsen

Nähere Informationen zu den verbindlichen Experimenten erhalten Sie unter Punkt 7 sowie unter *https://bildungsportal-niedersachsen.de/2024*.
Ideal zur Überprüfung Ihrer Fachkenntnisse und zum Aufdecken von Wissenslücken sind die **interaktiven Aufgaben** auf unserer Plattform MyStark. Hier finden Sie zusätzlich **Lernvideos** zu zentralen Themen (vgl. Farbseiten zu Beginn des Buches).

3 Aufbau und Auswahl der Prüfungsaufgaben

In der Abiturprüfung 2024 werden Ihnen vier Aufgaben vorgelegt, aus denen Sie drei Aufgaben, Ihre Prüfungsaufgabe, auswählen. Die Aufgaben, die Sie erhalten, sind jeweils in mehrere Teilaufgaben untergliedert und lassen sich schwerpunktmäßig je einem der folgenden Themenbereiche zuordnen:

- Funktionszusammenhänge: Leben und Energie
- Funktionszusammenhänge: Informationsverarbeitung in Lebewesen

- Vernetzte Systeme: Lebewesen in ihrer Umwelt
- Entwicklungsprozesse: Vielfalt des Lebens

Eine der vorgelegten Aufgaben beinhaltet Teilaufgaben, die eine eigenständige praktische Durchführung eines biologischen Experiments erfordern. Nur für den Fall, dass an Ihrer Schule keine entsprechende labortechnische Ausstattung vorliegt oder die experimentelle Durchführung kurzfristig nicht umsetzbar ist, wird Ihnen eine Aufgabe ohne fachpraktischen Anteil vorgelegt. Nähere Informationen zu den Aufgaben mit experimentellem Anteil finden Sie unter Punkt 7 (S. VIII).
Da Sie aus den vier Aufgaben die drei für Sie am besten geeigneten auswählen müssen, sollten Sie sich zunächst anhand der Teilaufgaben und der Materialien im Anschluss an die Aufgabenstellung einen Überblick verschaffen.
Die gesamte Prüfungsaufgabe steht nicht in einem übergeordneten inhaltlichen Kontext.

4 Kompetenzen

In der Abiturprüfung geht es einerseits um einen guten Überblick über das geforderte Basiswissen der Biologie, wie es in den Themenbereichen der EPA und in den inhaltsbezogenen Kompetenzvorgaben des KCGO skizziert ist. Andererseits ist es aber auch besonders wichtig, Strukturen, Inhalte und Kontexte neuer biologischer Aufgabenstellungen erfassen zu können, mit dem eigenen Wissen zu verknüpfen und zu angemessenen Lösungen zu kommen. Diese Fähigkeiten, die weit über reines, angelerntes Wissen hinausgehen, werden als prozessbezogene Kompetenzen bezeichnet. Daraus ergibt sich, dass der hauptsächliche Anspruch der Prüfungsaufgaben nicht im Wiedergeben von lückenlosem Detailwissen liegt, sondern in der Anwendung Ihres Fachwissens und im selbstständigen Umgang mit neuen, bisher unbekannten biologischen Sachverhalten. Diese werden Ihnen in den Materialien zur Prüfungsaufgabe z. B. in Form von Versuchsbeschreibungen, Diagrammen, Tabellen und Skizzen biologischer Objekte vorgelegt. Auch Materialien zur Anleitung und eigenständigen, praktischen Durchführung von Experimenten können Ihnen zur Auswahl vorgelegt werden. Sie sollen bei Ihrer Bearbeitung Kompetenzen in folgenden Bereichen nachweisen können:

4.1 Kompetenzbereich inhaltsbezogene Kompetenzen/Fachkenntnisse

In diesem Kompetenzbereich sind die meisten der verbindlichen Fachinhalte (Klammerangaben im KCGO) aufgeführt, die Sie als fachliches Basiswissen im Verlaufe der Gymnasialen Oberstufe zumindest erarbeitet haben sollten. Fachliches Basiswissen bedeutet hier aber nicht nur die bloße Verfügbarkeit von Fakten. Sie sollen vielmehr Ihre Kenntnisse in der Aufgabe zur Anwendung bringen können. Mithilfe der in den Materialien dargestellten biologischen Phänomene, Zusammenhänge und Modelle sollen Sie die relevanten Teile Ihres Wissens gezielt abrufen und in strukturierten Darstellungen und Erklärungen wiedergeben und umsetzen können.

4.2 Kompetenzbereich Erkenntnisgewinnung/Methoden

Unter „Methodenkompetenz“ versteht man, dass Sie biologische Systeme analysieren und deren Eigenschaften beschreiben und erklären können. Ebenso müssen Sie in der Lage sein, biologische Ergebnisse und Erkenntnisse in komplexere Zusammenhänge zu stellen. Dazu sollten Sie z. B.

- Informationsquellen erschließen und nutzen (also Texte analysieren und interpretieren und die Informationen daraus gezielt auswählen, die Kernaussagen erkennen und diese mit dem erworbenen Wissen verknüpfen).
- biologische Untersuchungen/Experimente planen (Fehlerquellen erkennen und beseitigen!), durchführen, protokollieren und auswerten können.
- Hypothesen entwickeln und überprüfen können.
- unterscheiden können, welche Fragestellungen sich naturwissenschaftlich untersuchen lassen und welche nicht.
- naturwissenschaftliche Modelle anwenden und deren Gültigkeitsbereiche prüfen, ggf. neue Modellvorstellungen entwickeln können.
- Definitionen, Regeln und Gesetzmäßigkeiten formulieren können.
- Sachverhalte mithilfe von Tabellen, Diagrammen, Grafiken, Skizzen o. Ä. veranschaulichen können.
- biologische Phänomene begrifflich präzise beschreiben, vergleichen und erklären können.
- zwischen funktionaler und kausaler Betrachtungsweise unterscheiden (d. h. den Zweck und die Ursache eines biologischen Phänomens auseinanderhalten) können.
- komplexe und dynamische Systeme wie Organismen und Ökosysteme untersuchen, analysieren und Zusammenhänge klären können.
- die Prinzipien bestimmter biologischer Arbeitstechniken (PCR, DNA-Microarray, Gelelektrophorese) beschreiben können.
- auch die Denkweisen und Erkenntnisse der anderen Naturwissenschaften sowie der Gesellschafts- oder Geisteswissenschaften mit einbeziehen können.

4.3 Kompetenzbereich Kommunikation

Dieser Bereich zielt auf Ihr Verständnis und Ihren Umgang mit den vielfältigen Materialien und deren sprachliche Verwertung ab. Sie sollen beweisen, dass Sie die relevanten Informationen aus den Materialien herausziehen und Ihre Darstellung der Aufgabenstellung angemessen und auftragsbezogen auf das Wesentliche reduzieren können. Wesentlich ist ebenfalls, dass Sie in der schriftlichen Prüfung einerseits die angemessene Fachsprache verwenden, um biologische Phänomene und Sachverhalte sowie naturwissenschaftliche Ergebnisse und Erkenntnisse darzustellen und zu diskutieren. Andererseits sollten Sie Ihre Aufzeichnungen aber auch allgemein verständlich, übersichtlich und strukturiert gestalten.

4.4 Kompetenzbereich Bewertung/Reflexion

Forschungsergebnisse der Biologie erhalten zunehmend stärkere Bedeutung z. B. in der medizinischen und umweltbezogenen Anwendung. Daher sollen Sie biologische

Ergebnisse und Erkenntnisse auch in fachübergreifenden Zusammenhängen analysieren und im Sinne einer moralischen Urteilsbildung nachvollziehbar bewerten können. Dabei ist es wichtig, Chancen und Risiken biologischer Anwendungsbezüge in Bereichen wie Gesundheit und Ernährung, Biotechnologie, Reproduktionsbiologie, Medizin und Umwelt argumentativ fundiert anhand nachvollziehbarer Kriterien kritisch reflektieren zu können.

5 Die Anforderungsbereiche

Die Prüfungsanforderungen gliedern sich in sog. **Anforderungsbereiche (AFB)** mit unterschiedlichen Niveaustufen, die dann zusammen mit der Komplexität der vorgelegten Materialien den Schwierigkeitsgrad einer Aufgabe bestimmen. Die Anforderungsbereiche unterscheiden sich vor allem im Grad der Selbstständigkeit bei der Bearbeitung der Aufgaben sowie in der Komplexität der gedanklichen Verarbeitungsprozesse.
Während die Reproduktion einfacher Inhalte zum AFB I gehört, wird die selbstständige Anwendung von Fachwissen und Fachmethoden am vorgelegten Material sowie die Herstellung neuer Zusammenhänge dem AFB II zugeordnet. Zum AFB III gehören relativ komplexe Anforderungen wie das fundierte Beurteilen und Bewerten des Materials, das Planen geeigneter Experimente zur Lösung biologischer Probleme oder das Entwickeln von aus dem Material oder dem eigenen Fachwissen sinnvoll begründeten Hypothesen.

Im Einzelnen bedeutet dies:
Der **Anforderungsbereich I** umfasst im Fach Biologie u. a.

- die Reproduktion von Basiswissen (Kenntnisse von Fakten, Zusammenhängen und Methoden),
- die Nutzung bekannter Methoden und Modelle in vergleichbaren Beispielen,
- die Entnahme von Informationen aus Fachtexten und Umsetzen der Informationen in einfache Schemata (Stammbäume, Flussdiagramme o. Ä.),
- die Darstellung von Daten, Tabellen, Diagrammen oder Abbildungen mithilfe der Fachsprache,
- die Beschreibung und Protokollierung von Experimenten,
- das Experimentieren nach Anleitung und die Erstellung mikroskopischer Präparate.

Der **Anforderungsbereich II** beinhaltet im Fach Biologie u. a.

- die Anwendung des Basiswissens in neuartigen Zusammenhängen,
- die Übertragung und Anpassung von Modellvorstellungen auf neue Beispiele,
- die sachgerechte und strukturierte Darstellung komplexer biologischer Abläufe im Zusammenhang einer Aufgabenstellung,
- die Auswahl bekannter Daten, Fakten und Methoden zur Herstellung neuer Zusammenhänge (z. B. bei der Planung einer experimentellen Versuchsreihe),
- die gezielte Entnahme von Informationen aus vielschichtigen Materialien oder einer wissenschaftlichen Veröffentlichung unter einem vorgegebenen Aspekt,

- die abstrahierende Darstellung biologischer Phänomene wie die zeichnerische Darstellung und Interpretation eines nicht bekannten mikroskopischen Präparats,
- die Anwendung bekannter Experimente und Untersuchungsmethoden in neuartigen Zusammenhängen,
- die Auswertung von unbekannten Untersuchungsergebnissen unter bekannten Aspekten,
- die Beurteilung und Bewertung eines bekannten biologischen Sachverhalts,
- die Unterscheidung von Alltagsvorstellung und wissenschaftlicher Erkenntnis.

Der **Anforderungsbereich III** umfasst im Fach Biologie u. a.
- die Entwicklung eines eigenständigen Zugangs zu einem biologischen Phänomen,
- die selbstständige, zusammenhängende Verarbeitung verschiedener Materialien unter einer selbstständig entwickelten Fragestellung,
- die Entwicklung eines komplexen gedanklichen Modells bzw. die eigenständige Modifizierung einer bestehenden Modellvorstellung,
- die Entwicklung fundierter Hypothesen auf der Basis verschiedener Fakten, experimenteller Ergebnisse, Materialien und Modelle,
- die Reflexion biologischer Sachverhalte in Bezug auf das Menschenbild,
- die materialbezogene und differenzierte Beurteilung und Bewertung biologischer Anwendungen,
- die Argumentation auf der Basis nicht eindeutiger Rohdaten: Aufbereitung der Daten, Fehleranalyse und Herstellung von Zusammenhängen,
- die kritische Reflexion biologischer Fachbegriffe vor dem Hintergrund komplexer und widersprüchlicher Informationen und Beobachtungen.

Der **Schwerpunkt aller Prüfungsaufgaben** liegt dabei immer auf dem **AFB II**, daneben werden der AFB I und – in deutlich geringerem Maße als der AFB I – der AFB III berücksichtigt. Das heißt, dass Sie nur durch reine Reproduktion keine ausreichende Leistung erzielen können.

6 Umgang mit Operatoren

Die in den einzelnen Arbeitsaufträgen zum Tragen kommenden Anforderungsbereiche können Sie oft schon anhand der Beschreibungen der jeweiligen Tätigkeiten, die von Ihnen verlangt werden, abschätzen. Solche Handlungsanweisungen, sogenannte **Operatoren**, signalisieren Ihnen z. B., was genau Sie mit den angebotenen Materialien machen sollen.

Während z. B. beim „Nennen“ biologische Sachverhalte, Phänomene und Merkmale einfach wiedergegeben oder aufgezählt werden dürfen (AFB I), erfordert das „Bewerten“ selbstständige Deutungen und Begründungen in Form strukturierter, zusammenhängender Texte unter Verwendung der komplexen Materialien (AFB III). Mit dem Arbeitsauftrag „Erläutern Sie“ wird die verständliche, anschauliche Darstellung eines Sachverhalts unter Verwendung weiterer Informationen z. B. aus dem Material erwartet, sodass der Leser den Sachverhalt nachvollziehen kann (AFB II).

Die Operatoren sowie deren Beschreibung in der folgenden Tabelle sollten Sie daher sehr genau studieren, damit Sie exakt wissen, was von Ihnen verlangt wird. In der Aufgabensammlung finden Sie außerdem viele Beispiele zum Einsatz dieser Operatoren, an denen Sie den Umgang mit solchen Handlungsanweisungen üben können.

Operator	Beschreibung der erwarteten Leistung
Analysieren	wichtige Bestandteile oder Eigenschaften auf eine bestimmte Fragestellung hin herausarbeiten
Anwenden	einen bekannten Sachverhalt oder eine bekannte Methode auf etwas Neues beziehen
Aufbauen eines Experiments	Objekte und Geräte zielgerichtet anordnen und kombinieren
Aufstellen einer Hypothese	eine begründete Vermutung auf der Grundlage von Beobachtungen, Untersuchungen, Experimenten oder Aussagen formulieren
Auswerten	Daten, Einzelergebnisse oder andere Elemente in einen Zusammenhang stellen und ggf. zu einer Gesamtaussage zusammenführen
Begründen	Sachverhalte auf Regeln und Gesetzmäßigkeiten bzw. kausale Beziehungen von Ursachen und Wirkung zurückführen
Beschreiben	Strukturen, Sachverhalte oder Zusammenhänge strukturiert und fachsprachlich richtig mit eigenen Worten wiedergeben
Bestätigen	Die Gültigkeit einer Aussage (z. B. einer Hypothese, einer Modellvorstellung, eines Naturgesetzes) zu einem Experiment, zu vorliegenden Daten oder zu Schlussfolgerungen feststellen.
Berechnen	numerische Ergebnisse von einem Ansatz ausgehend gewinnen
Beurteilen / Stellung nehmen	zu einem Sachverhalt ein selbstständiges Urteil unter Verwendung von Fachwissen und Fachmethoden formulieren und begründen
Bewerten	einen Gegenstand an erkennbaren Wertkategorien oder an bekannten Beurteilungskriterien messen
Darstellen	Sachverhalte, Zusammenhänge, Methoden etc. strukturiert und ggf. fachsprachlich wiedergeben.
Deuten	Sachverhalte in einen Erklärungszusammenhang bringen
Diskutieren / Erörtern	Argumente, Sachverhalte und Beispiele zu einer Aussage oder These einander gegenüberstellen und abwägen
Durchführen eines Experiments	An einer Experimentieranordnung zielgerichtete Messungen und Änderungen vornehmen oder eine Experimentieranleitung umsetzen
Entwickeln	Sachverhalte und Methoden zielgerichtet miteinander verknüpfen, eine Hypothese, eine Skizze, ein Experiment, ein Modell oder eine Theorie schrittweise weiterführen und ausbauen
Erklären	einen Sachverhalt nachvollziehbar und verständlich zum Ausdruck bringen mit Bezug auf Regeln, Gesetzmäßigkeiten und Ursachen

Erläutern	einen Sachverhalt durch zusätzliche Informationen veranschaulichen und verständlich machen
Ermitteln	einen Zusammenhang oder eine Lösung finden und das Ergebnis formulieren
Nennen	Elemente, Sachverhalte, Begriffe, Daten ohne Erläuterungen aufzählen
Ordnen	vorliegende Objekte oder Sachverhalte in Kategorien einordnen
Planen eines Experimentes	zu einem vorgegebenen Problem eine Experimentieranordnung finden oder zu einem vorgegebenen Problem eine Experimentieranleitung erstellen
Protokollieren	Beobachtungen oder die Durchführung von Experimenten detailgenau zeichnerisch einwandfrei bzw. fachsprachlich richtig wiedergeben
Skizzieren	Sachverhalte, Strukturen oder Ergebnisse auf das Wesentliche reduziert grafisch übersichtlich darstellen
Überprüfen bzw. Prüfen	Sachverhalte oder Aussagen an Fakten oder innerer Logik messen und eventuelle Widersprüche aufdecken
Verallgemeinern	aus einem erkannten Sachverhalt eine erweiterte Aussage formulieren
Vergleichen	Gemeinsamkeiten, Ähnlichkeiten und Unterschiede feststellen
Zeichnen	eine anschauliche und hinreichend exakte grafische Darstellung beobachtbarer oder gegebener Strukturen anfertigen
Zusammenfassen	das Wesentliche in konzentrierter Form herausstellen

7 Hinweise zu Aufgaben mit experimentellem Anteil

In der Abiturprüfung 2024 kann auf erhöhtem Anforderungsniveau eine Aufgabe mit experimenteller Ausrichtung Teil der Aufgabenauswahl sein. Zur Vorbereitung darauf ist im Unterricht der Qualifikationsphase die praktische Durchführung der für die Prüfung 2024 verbindlichen Experimente (siehe Punkt 2) vorgesehen. Die Beschreibungen und Ergebnisse aller ministeriell vorgegebenen Experimente finden Sie unter *https://bildungsportal-niedersachsen.de/2024* („Anleitungen für Schüler- und Demonstrationsexperimente“). In dieser Datei erhalten Sie zu den experimentellen Untersuchungen auch Hinweise zur Zeiteinteilung bei der Bearbeitung. Gegenstand der Prüfungsaufgabe kann sowohl die Durchführung eines der verbindlich festgelegten Experimente als auch die Ausführung abgewandelter, ähnlicher oder neuer Experimente sein, wobei Sie dann durch zusätzliche Hinweise im Material unterstützt werden (siehe Musteraufgaben mit Experiment ab S. 29).

Die Aufgaben mit fachpraktischem Anteil bestehen in der Regel aus zwei Teilaufgaben, die aufeinander bezogen sind. Wenn Sie sich in der Abiturprüfung für eine solche Aufgabe entscheiden, haben Sie bei Nichtgelingen die Möglichkeit, die zur Bearbeitung der gesamten Aufgabe notwendigen Teillösungen bei der Aufsicht führenden Lehrkraft zu erfragen. Handelt es sich um die Planung und Durchführung einer Versuchsreihe, können Sie die Planung des Experiments und die dabei zu erwartenden Beobachtungen (Ergebnisse) anfordern; Sie erhalten dann aber für diese Teil-

aufgaben keine Bewertungseinheiten. Wenn Sie die Ergebnisse erfragen, müssen Sie Ihre eigene Versuchsplanung bei der Lehrkraft abgeben, sodass Ihre Planung gewertet und nicht mehr nachträglich von Ihnen verändert werden kann. Analoges gilt für eine mikroskopische Untersuchung, falls Ihnen die eigenständige Herstellung eines Präparats oder die Anfertigung einer Skizze nicht gelingt. Anders verhält es sich, wenn Ihnen ein vorgelegtes Präparat nicht ausreichend erscheint. Sie können dann ein neues Präparat bei der Aufsicht führenden Lehrkraft anfordern, ohne dass Ihnen Bewertungseinheiten abgezogen werden.
Diese konkreten aufgabenspezifischen Hinweise sind immer auch im Materialteil der Experiment-Aufgabe enthalten (siehe S. 29 f.).

8 Bewertung der Abiturprüfung

Die Bewertung Ihrer Prüfungsarbeit wird von einer Fachprüfungskommission vorgenommen. Diese besteht aus Ihrem Kursleiter als Referent, der die Arbeit als erster durchsieht und bewertet, einer zweiten Lehrkraft als Korreferent, der die Arbeit ebenfalls genau durchsieht und gleichfalls eine Note festsetzt, und dem Fachprüfungsleiter. Der Fachprüfungsleiter überprüft die Bewertung vor allem auf formale Richtigkeit und gibt dann noch eine zusätzliche Stellungnahme ab, wenn sich die Noten von Referent und Korreferent unterscheiden. In einem solchen Fall entscheidet der Vorsitzende der Prüfungskommission an Ihrer Schule, das ist i. d. R. Ihr Schulleiter.
Als Grundlage für die Beurteilung erhalten die Schulen zusammen mit den Prüfungsaufgaben einen detaillierten **Bewertungsbogen**, in dem für jede einzelne Teilaufgabe der erwartete Inhalt und die möglichen Bewertungseinheiten aufgelistet sind. Eine Zuordnung der o. g. Anforderungsbereiche (AFB I–III) zu den erwarteten Teilleistungen ist ebenfalls enthalten. An diesem Bewertungsbogen muss sich die Fachprüfungskommission orientieren und kann nur in begründeten Fällen hiervon abweichen.
Bei der Bewertung werden alle von Ihnen in der Reinschrift erarbeiteten Teillösungen berücksichtigt. Falls Sie in zeitliche Probleme geraten sind, können auch noch Ihre Entwürfe herangezogen werden, wenn sie zusammenhängend konzipiert sind und Ihre Reinschrift etwa drei Viertel des angestrebten Umfangs umfasst. Neben der detaillierten Korrektur Ihrer Ausführungen in Form von Randbemerkungen werden zu jeder Teilaufgabe auch die Vorzüge und Mängel Ihres jeweiligen Lösungsansatzes zusammengefasst.
Dabei werden nicht nur die fachliche Richtigkeit und Vollständigkeit berücksichtigt sondern auch die Schlüssigkeit Ihrer Argumentation, die Qualität Ihrer Darstellung (klarer Aufbau und richtige Verwendung der Fachsprache) sowie gegebenenfalls die Kreativität und Eigenständigkeit bei Ihren Lösungen.

- Zur **Qualität** gehören u. a. das Erfassen der Aufgabe, die Genauigkeit der Kenntnisse und Einsichten, die Sicherheit in der Beherrschung der Methoden und der Fachsprache, Stimmigkeit und Differenziertheit der Aussage, Herausarbeitung des Wesentlichen, Anspruchsniveau der Problemerfassung, Fähigkeit zur kritischen Würdigung der Bedingtheit und Problematik eigener und fremder Auffassungen, Differenziertheit und Adäquatheit des Urteils.

- Zur **Quantität** gehören u. a. der Umfang der Kenntnisse und Einsichten, die Breite der Argumentationsbasis und Vielfalt der Aspekte und Bezüge.
- Die **Kommunikations- und Darstellungsfähigkeit** in der Prüfung erweist sich in dem Vermögen, die Aufgabenstellung zu erfassen, und in der Fähigkeit, sich in einer angemessenen Weise (u. a. durch Klarheit und Eindeutigkeit der Aussage, durch Übersichtlichkeit der Gliederung und der inhaltlichen Ordnung) verständlich zu machen.

Als Grundlage für die Einordnung der Qualität Ihrer Leistungen dienen die Angaben im Bewertungsbogen, mit dessen Hilfe Ihre Teilleistungen in Bewertungseinheiten umgesetzt werden. Auch zur Aufgabenstellung passende Lösungen, die im Bewertungsbogen nicht erfasst worden waren, fachlich aber richtig sind und schlüssig dargestellt wurden, werden angemessen berücksichtigt. (Das kann z. B. der Fall sein, wenn Sie einen biologischen Sachverhalt durch eine eigene Meinung beurteilen oder begründete Hypothesen aufstellen sollten.)
Ihre Arbeit kann mit ausreichend bewertet werden, wenn Sie annähernd die Hälfte der im Bewertungsbogen beschriebenen Bewertungseinheiten erreicht haben, d. h. hierfür müssen Sie mehr als nur reproduktive Leistungen des AFB I erbringen. Ein mit sehr gut beurteiltes Prüfungsergebnis erreichen Sie nur mit Leistungen auch aus dem AFB III.
Bei allem Bemühen um korrekte Inhalte dürfen Sie aber auch die äußere Form und die sprachliche Richtigkeit nicht vernachlässigen, denn schwerwiegende und gehäufte Verstöße gegen Grammatik, Rechtschreibung und Zeichensetzung oder gegen die äußere Form führen zu einem **Abzug von ein bis zwei Punkten bei der einfachen Wertung**. Unübersichtliche Textstellen werden u. U. erst gar nicht bewertet.
Die Bewertung mündet letztendlich in einer auf die Teilaufgaben bezogenen Aufstellung der erhaltenen Bewertungseinheiten und in einem Gutachten, in dem die Vorzüge und Mängel Ihrer Teilleistungen zusammengefasst werden und Ihre Arbeit insgesamt beurteilt wird. Dieses Gutachten, das mit einer Benotung abschließt, können Sie nach Abschluss der Abiturprüfung auf Ihren Antrag hineinsehen.

Tipps zum Umgang mit Prüfungsaufgaben

Im Folgenden können wir Ihnen nur eine kurze Auflistung der wichtigsten Punkte geben, die Sie beim Bearbeiten der Aufgaben beachten sollten. Ebenso kann an dieser Stelle nur exemplarisch auf einige Aspekte der Analyse von Materialien eingegangen werden.

1 Zeiteinteilung bei der Prüfung

Für die Bearbeitung der Aufgaben stehen Ihnen 270 Minuten zur Verfügung. Auch die Auswahlzeit von 30 Minuten dürfen Sie bereits für die Bearbeitung verwenden. Jedoch sollte die Auswahl Ihrer Prüfungsaufgabe sorgfältig erfolgen. Wichtig ist hierbei, dass Sie sich zunächst einen Überblick über alle Aufgaben und Materialien verschaffen, auch wenn Sie aufgrund der thematischen Zuordnung schon eine Vorentscheidung gefällt haben. Vielleicht verbirgt sich in der Aufgabe ein „Haken", den Sie bei der schnellen Durchsicht nicht gesehen haben!
Für die weitere Bearbeitung der drei Aufgaben setzen Sie sich einen Zeitplan, damit Ihnen nicht am Ende die Zeit für die letzte Aufgabe oder das Korrekturlesen fehlt. Die Einzelschritte, die nachfolgend noch genauer erläutert werden, sollten sein:

A – Lesen der Aufgaben (ca. 10 Minuten)
B – Analysieren der Teilaufgaben (ca. 50 Minuten)
C – Anfertigen einer Stoffsammlung (ca. 50 Minuten)
D – Erstellen einer Gliederung für die Einzelaufgaben (ca. 40 Minuten)
E – Überprüfen auf Vollständigkeit (ca. 20 Minuten)
F – Darstellen der Ergebnisse (ca. 90 Minuten)

Bei Aufgaben mit experimentellem Anteil sollten Sie für die Planung/Vorbereitung und Durchführung je nach Arbeitsaufwand ca. 20–40 Minuten veranschlagen. Diese Zeit müssen Sie dann bei den mit B und C bezeichneten Einzelschritten einsparen.

Zum Schluss sollten Sie – sofern es möglich ist – etwa 10 Minuten einplanen, um Ihre Lösungen ein weiteres Mal zu lesen und eventuelle Fehler (Grammatik, Rechtschreibung, Zeichensetzung) zu berichtigen. Denken Sie daran, dass Ihnen für eine mangelhafte äußere Form bis zu zwei Notenpunkte abgezogen werden können! Eine lesbare Schrift und eine übersichtliche Gestaltung sind deshalb besonders wichtig. Zuletzt sollten Sie die Seiten vollständig durchnummerieren.

Wenn Sie die Prüfungsaufgaben im Buch bis einschließlich 2020 bearbeiten, können Sie für die Teilschritte jeweils geringfügig mehr Zeit aufwenden, da für diese Aufgaben eine etwas längere Bearbeitungszeit (300 Minuten) vorgesehen war.

2 Bearbeitung der Aufgaben

Nachdem Sie sich anhand der Teilaufgaben und Materialien einen Überblick über die in den Aufgaben angesprochenen thematischen Schwerpunkte geschaffen und die für Sie am besten geeigneten Aufgaben gewählt haben, müssen diese nun entsprechend der Kompetenzen, Anforderungsbereiche und Operatoren von Ihnen bearbeitet werden. Dabei erleichtern Ihnen einige systematische Arbeitsschritte das Erarbeiten der zu den Anforderungen jeder Teilaufgabe passenden Lösung. Berücksichtigen Sie bei der Bearbeitung einer schriftlichen Abituraufgabe die folgenden Gesichtspunkte:

A – Lesen der Aufgaben

Die zu bearbeitenden Aufgaben berühren unterschiedliche Themengebiete der Biologie. Ist ein kurzer Informationstext zur Einführung in die zu bearbeitenden Sachinhalte gegeben, können darin wichtige Informationen zur Bearbeitung der Aufgabe „versteckt" sein.
Das in der Aufgabenstellung zu bearbeitende Material ist den einzelnen Teilaufgaben zugeordnet, sodass sich diese weitgehend nacheinander „abarbeiten" lassen. Dennoch ist es sinnvoll, sich zunächst einen Überblick über die Aufgabe zu verschaffen.

B – Analysieren der Teilaufgaben

Nachdem Sie sich ein Bild von der zu bearbeitenden Thematik gemacht haben, sollten Sie sich gezielt mit den einzelnen Arbeitsaufträgen auseinandersetzen:

- Unterstreichen Sie die Arbeitsanweisungen/Operatoren unter Berücksichtigung der Organisationsebene (z. B. Zelle, Organismus, Ökosystem).
- Kennzeichnen Sie Informationen, die für den zu bearbeitenden Sachverhalt wichtig sein könnten.
- Gliedern Sie komplexe Aufgabenstellungen in Teilschritte.
- Kennzeichnen Sie am Material die Zuordnung zur Teilaufgabe.

C – Anfertigen einer Stoffsammlung auf der Grundlage des Materials

Wenn Sie Klarheit über die Arbeitsaufträge gewonnen haben, sollten Sie sich genauer mit den Materialien der einzelnen Aufgaben beschäftigen:

- Markieren Sie wichtige Begriffe bzw. Signalworte, die den zu bearbeitenden Sachverhalt betreffen, ggf. auch in den Einführungstexten.
- Versuchen Sie inhaltliche Schwerpunkte zu finden.
- Grenzen Sie diese voneinander ab und kennzeichnen Sie sie am Rand des Materials.
- Notieren Sie zu jedem Material gesondert wichtige Schlüsselbegriffe/Informationen auf einem Konzeptblatt.
- Vermeiden Sie an diesem Punkt zu ausführliche schriftliche Darstellungen (oft genügt ein Stichwort, um den Gedankengang wiederzufinden).

D – Erstellen einer Gliederung für die Einzelaufgaben

- Ordnen Sie die Stichworte übersichtlich vom Allgemeinen zum Detail.
- Behalten Sie auch bei der Auseinandersetzung mit dem Detail immer den Gesamtzusammenhang im Auge.
- Kennzeichnen Sie Zusammenhänge und/oder Beziehungen durch entsprechende Zeichen.
- Beschreiben Sie bei der Auswertung von Grafiken oder Tabellen zunächst kurz die dargestellten Gegebenheiten und erklären Sie diese erst danach.

- Stellen Sie komplexe Sachverhalte wenn möglich grafisch dar (Skizzen, Schaubilder, Fließdiagramme etc.).

E – Überprüfen auf Vollständigkeit

- Prüfen Sie, ob alle wesentlichen Inhalte berücksichtigt wurden.
- Kontrollieren Sie, ob Sie alle Bedingungen und Aspekte der Aufgabenstellung erfasst haben.
- Überprüfen Sie, ob das vorgegebene Material sinnvoll und angemessen ausgewertet wurde.

F – Darstellen der Ergebnisse

- Berücksichtigen Sie bei der Ausformulierung Ihrer Antworten nochmals die vorgegebenen Operatoren.
- Achten Sie auf sprachlich korrekte Formulierungen und eine klare, verständliche Ausdrucksweise. Kurze Sätze sind besser als ineinander verschachtelte.
- Verwenden Sie sorgfältig die Fachsprache. Fachbegriffe müssen nur bei ausdrücklicher Aufforderung umschrieben werden (oder wenn Sie bei deren Verwendung unsicher sind).
- Konzentrieren Sie Ihre Aussagen auf das Thema und vermeiden Sie weitschweifige Ausarbeitungen. Dadurch geht der rote Faden verloren!
- Achten Sie auf eine angemessene äußere Form Ihrer Ausführungen.

3 Analyse von Grafiken und Tabellen

Ein wesentlicher Bestandteil biologischer Aufgabenstellungen ist die Analyse von Material in Form von Tabellen sowie Grafiken. Die umfassende Untersuchung der dargestellten Sachverhalte ist oft der Schlüssel zu einer erfolgreichen Lösung der Aufgabe.

Daten aus biologischen Experimenten werden häufig in Form von **Tabellen** zusammengefasst. Eine andere Art der Darstellung von Zahlenmaterial sind die zu den Grafiken zählenden **Diagramme**. Zur Auswertung einer Tabelle oder eines Diagramms gibt es einige Grundregeln, die sich auf fast alle Tabellen und Diagramme unterschiedlichen Aufbaus und Inhaltes anwenden lassen.

- Welche Größen sind in der Tabelle/dem Diagramm dargestellt? Achten Sie auf die Überschriften und den Begleittext.
- Was für ein Diagrammtyp liegt vor (z. B. Säulendiagramm, Optimumkurve)?
- Welche Größen sind gegeneinander aufgetragen? Welche ist die variable, welche die abhängige Größe? Vergessen Sie die Einheiten nicht.
- Was sind die Bezugsgrößen: Zahlenarten (absolute Zahlen, Prozentzahlen), Zahlenwerte (gerundet, geschätzt, vorläufig)?
- Welche Auffälligkeiten/Tendenzen sind zu erkennen?
- Was wurde mit welcher Methode untersucht?
- Welche Kategorien werden miteinander in Beziehung gesetzt (z. B. bei Tabellen in Kopfzeile, Spalten und Vorspalten)?

- Welche Besonderheiten weist das Material auf? Bestimmen Sie wesentliche Auffälligkeiten!
- Welche Hauptaussagen lassen sich formulieren (Trends/Tendenzen)?
- Welche Teilaussagen lassen sich machen (Minima, Maxima, Zunahme, Abnahme, Stagnation, Zahlensprünge, Anomalien, Gleichmäßigkeiten und regelhafte Verläufe, unterschiedliche Phasen, Wechselbeziehungen zwischen verschiedenen Variablen/Merkmalen ...)?
- Welcher Arbeitsauftrag ist mit dem Diagramm/der Tabelle verbunden? (Unabhängig davon sollten Sie Ihre Lösung damit beginnen, eine kurze Beschreibung der Darstellung auf der Basis der o. g. Fragestellungen zu geben.)
- Welche Antwort gibt die Tabelle/das Diagramm auf die Fragestellung? Zu welchen Teilbereichen lassen sich keine Aussagen treffen?
- Welche Aussagen werden durch die Daten nahegelegt?
- Welche neuen Fragen werden durch die Informationen der Tabelle/des Diagramms aufgeworfen?
- Was sind mögliche Ursachen für die der Tabelle/dem Diagramm entnommenen Sachverhalte?

Abbildungen in der Biologie zeigen meist entweder Strukturen (z. B. einen Blattquerschnitt) oder Prozesse (z. B. die Transformation einer Zelle). Der erste Schritt Ihrer Lösung sollte auch hier immer darin bestehen, die bildlich dargestellte Information in Worte zu fassen. Die weitere Analyse ist dann sehr stark von der Art der Abbildung und der damit verbundenen Fragestellung abhängig. Aber auch hier gibt es wieder einige Grundregeln, die zu beachten sind:

- Wie ist die Abbildung zustande gekommen? Ist es z. B. die Skizze eines mikroskopischen Bildes oder die schematische Darstellung eines Experimentes? (Beachten Sie dabei auch den vorangestellten Text, die Bildunterschrift und die angegebene Quelle.)
- Welchem Themengebiet ist die Abbildung zuzuordnen (z. B. Zellbiologie oder Gentechnik)?
- Was wissen Sie über die dargestellten Strukturen oder Abläufe? Welche Fachbegriffe können Sie zuordnen?
- Was sind die wichtigen Merkmale der dargestellten Objekte oder Sachverhalte? Vergleichen Sie Teilabbildungen miteinander. Formulieren Sie Kern- und Teilaussagen.
- Welche Arbeitsanweisung ist mit der Abbildung verknüpft? Sollen Sie z. B. die Abbildung zur Begründung oder Erläuterung eines Sachverhaltes verwenden oder wird von Ihnen eine Hypothese über den Ablauf eines dargestellten Experimentes erwartet?
- Welche für die Beantwortung der Fragestellung relevanten Informationen lassen sich aus den Darstellungen entnehmen und welche Fragen stellen sich?
- Welche Ursachen und Mechanismen könnten hinter den dargestellten Prozessen stecken? Wie sind auftretende Besonderheiten zu erklären?

4 Planung und Durchführung von Experimenten

Aufgaben mit experimentellem Anteil stellen an Sie zusätzliche methodische Anforderungen, die Sie aus der praktischen Durchführung von Experimenten im Unterricht kennen. Obwohl diese Prüfungsaufgaben für Sie neue Aspekte enthalten können, haben Sie die notwendigen Grundlagen für eine erfolgreiche Bearbeitung, wenn Sie mit den Unterrichtsexperimenten gut vertraut sind (siehe S. VIII). Folgende Empfehlungen sind bei der Bearbeitung entsprechender Aufgaben u. a. beachtenswert:

- Befassen Sie sich zunächst genau mit den Materialien und den Anleitungen. Die verfügbaren Materialien liefern Ihnen oft bereits Hilfestellungen bei der konkreten Planung und Durchführung. Stellen Sie dabei, wenn möglich, auch einen Bezug zu Ihnen bekannten Experimenten her und nutzen Sie Ihre Kenntnisse zur Planung und Durchführung des Versuchs.
- Sowohl bei der Planung einer Versuchsreihe als auch bei der Durchführung und zur Protokollierung der Ergebnisse kann Ihnen eine tabellarische Übersicht die Arbeit erleichtern.
- Denken Sie daran, bei Experimenten, die dies erfordern (z. B. bei Versuchsreihen), einen Kontrollversuch einzuplanen und durchzuführen, um eine belastbare Aussage treffen zu können.
- Führen Sie die einzelnen Schritte des Experiments sorgfältig und ohne Hast aus und beachten Sie dabei die jeweils geltenden Sicherheitshinweise.
- Sollte eine (mikroskopische) Skizze eines Präparats gefordert sein, fertigen Sie diese ausreichend groß an und achten Sie auf eine saubere Strichführung.

5 Darstellung der Ergebnisse

Bei der Erstellung Ihrer Lösungen sollten Sie sich, neben der fachlichen Richtigkeit, um **sprachliche Richtigkeit und eine angemessene äußere Form** bemühen. Alle Antworten sollten Sie (sofern es nicht ausdrücklich anders verlangt ist, z. B. die Angabe als Tabelle oder Skizze) durchgehend in vollständigen Sätzen unter Verwendung der passenden **Fachbegriffe** formulieren.

Auch wenn zur Beantwortung der Aufgabe kein Fließtext gefordert wird, sollten die unkommentierte Aufzählung einzelner Schlagworte (Ausnahme: Operator „Nennen“) sowie unbeschriftete Skizzen und Tabellen vermieden werden.

Bei allen Lösungen sollten Sie außerdem beachten,

- dass Sie sich bei der Bearbeitung der Aufgabe an den Operator halten, damit Sie die **Lösung im Sinne der Aufgabenstellung** erstellen. Sie sollten z. B. beim Operator „Nennen/Angeben“ keine weiteren Erklärungen angeben, dies wäre auch nicht im Sinne einer sinnvollen Zeiteinteilung bei der Prüfung.
- dass die Darstellung **logischen und erkennbaren Ordnungsprinzipien** folgt. Für längere Teilantworten bietet sich die „klassische“, aus dem Deutschunterricht bekannte Einteilung in eine kurze Einleitung (meist reichen hier 1–2 Sätze), einen in sinnvolle Absätze gegliederten Hauptteil und Schlusssatz an.
- dass die Ausführungen **eindeutig formuliert** sind und soweit sinnvoll auch mit anderen Teilen Ihrer Klausur verknüpft werden.

Hinweise zur Benutzung dieses Buches

Dieses Buch enthält zwei **Übungsklausuren** auf erhöhtem Anforderungsniveau (EA) mit Arbeitsaufträgen, Materialien und ausgearbeiteten Lösungen. Außerdem finden Sie zwei offizielle Beispielaufgaben mit **experimenteller Ausrichtung**, wie sie auf erhöhtem Anforderungsniveau in der Abiturprüfung zur Auswahl stehen können. Den Hauptteil des Bands bilden die Original-**Prüfungsaufgaben des Zentralabiturs seit 2018** für den Kurs auf erhöhtem Anforderungsniveau mit Musterlösungen. Für die Prüfungen seit 2021 ist jeweils eine Aufgabenauswahl enthalten, deren Zusammensetzung derjenigen einer regulären Prüfung entspricht.
Vor jedem Lösungsvorschlag sind die in der Aufgabe thematisierten **Inhalte** bzw. die für die Lösung geforderten **Vorkenntnisse** aufgeführt. Darauf folgen die **Lösungsvorschläge**. Jeder Lösungsvorschlag ist zusätzlich mit **methodischen Hinweisen** versehen. Diese Hinweise erläutern – sofern nötig – kurz den Operator sowie die Herangehensweise an die Teilaufgabe und geben Ihnen konkrete Tipps, was bei der jeweiligen Aufgabe zu beachten ist.

* Diejenigen Teilaufgaben der Prüfungen 2018–2020, deren Inhalte seit Inkrafttreten des aktuellen KCGOs nicht oder nur mehr eingeschränkt prüfungsrelevant sind, kennzeichnet ein Sternchen am Seitenrand sowie ein entsprechender Hinweis im Lösungsvorschlag.

Sollten nach Erscheinen dieses Bandes noch wichtige Änderungen in der Abiturprüfung 2024 vom Kultusministerium Niedersachsen bekannt gegeben werden, finden Sie aktuelle Informationen dazu online auf der Plattform MyStark.

Niedersachsen Biologie ▪ Erhöhtes Anforderungsniveau
Übungsaufgabe 1 (Bearbeitungszeit: ca. 270 min)

GENETISCHE UND STOFFWECHSELPHYSIOLOGISCHE AUSWIRKUNGEN VON SCHADSTOFFEN IM ZIGARETTENRAUCH

„Das genetische Material determiniert, die Umwelt realisiert." Dieses Zitat versucht, die Bedeutung und Verschränkung genetischer und umweltbedingter Faktoren bei der Ausprägung von Merkmalen, des Phänotyps, zu verdeutlichen. Während sich die genetische Forschung in vielfältigen Teildisziplinen vornehmlich mit der Basensequenz der DNA, ihrer Weitergabe sowie mit der Expression von Genen befasst – wobei verschiedene Methoden, u. a. die Sequenzierung und die gentechnologische Manipulation von Nukleinsäuren, zum Einsatz kommen –, untersuchen interdisziplinäre Forschungszweige den Einfluss von Umweltfaktoren auf genetisch bedingte Eigenschaften. Erklärungsmodelle und Hinweise liefert dabei unter anderem die noch relativ junge Wissenschaft der Epigenetik. So konnte gezeigt werden, dass Umweltgifte die Expression von Genen über epigenetische Mechanismen verändern können. Giftstoffe haben aber auch unmittelbare physiologische Auswirkungen, z. B. indem sie die Wirkung von Enzymen beeinflussen.
In den folgenden Aufgaben sollen Sie sich mit genetischen, stoffwechselbiologischen und evolutionsbiologischen Aspekten im Zusammenhang mit der Wirkung von Schadstoffen beschäftigen.

1 Grundlagen der Proteinbiosynthese und Mechanismen der Genregulation

1.1 Definieren Sie anhand je eines Beispiels die Begriffe Modifikation und Mutation und zeigen Sie dabei jeweils den Zusammenhang zum genetischen Material auf.

1.2 Beschreiben Sie die in der Abbildung in M 1 dargestellte Form der Genregulation und erklären Sie deren Bedeutung für den Organismus.

1.3 Erläutern Sie in den wesentlichen Aspekten die Prozesse, die eine prä-mRNA bei Eukaryoten bis zur reifen mRNA durchläuft.

2 Veränderung der Genexpression durch Umweltfaktoren

2.1 Vergleichen Sie auf der Grundlage von M 2a und Ihren Kenntnissen epigenetische Wirkmechanismen mit den Kennzeichen von Modifikationen.

2.2 Stellen Sie anhand von M 2b den epigenetischen Effekt dar, den Tabakgifte haben, und beurteilen Sie das Erkrankungsrisiko für Ex-Raucher*innen.
Prüfen Sie, ob auch bei den hier beschriebenen Mechanismen das Prinzip einer Substrat-Induktion vorliegt.

3 Physiologische Auswirkungen von Zigarettenschadstoffen

3.1 Fassen Sie anhand von M 4a und M 4b die Auswirkungen des E-Zigarettendampfs auf den menschlichen Organismus als Fließdiagramm zusammen.

3.2 Erklären Sie die Entstehung verschiedener Isoformen bzw. Varianten von Enzymen (M 4b) mithilfe von M 3 und setzen Sie diese Vorstellung in einen Zusammenhang mit der „Ein-Gen-ein-Enzym-Hypothese“ von BEADLE und TATUM (1941) bzw. zur später präziser formulierten „Ein-Gen-ein-Polypeptid-Hypothese“.
Stellen Sie eine begründete Vermutung zur evolutionsbiologischen Bedeutung des in M 3 beschriebenen Mechanismus auf.

3.3 Ordnen Sie den Kurven in M 5 die im Materialtext genannten Formen der enzymatischen Hemmung begründet zu und diskutieren Sie, welche dieser Formen als Wirkungsweise von Apocynin infrage kommen könnte.

M 1 Das Operon-Modell der Genregulation

Das Operon-Modell von FRANCOIS JACOB und JAQUES MONOD, das 1960 an Bakterien entwickelt wurde und 1965 den beiden Forschern zusammen mit ANDRÉ LWOFF den Nobelpreis für Physiologie oder Medizin einbrachte, beschreibt die Regulation der Genaktivität auf der Transkriptionsebene. Mithilfe molekularbiologischer Methoden konnte die Modellvorstellung später bestätigt werden. Sie ist auch auf einige eukaryotische Gene anwendbar. Eine solche Regulation der Genexpression ist in der folgenden Abbildung am Beispiel des lac-Operons von *Escherichia coli* schematisch vereinfacht dargestellt. Es handelt sich dabei um eine sogenannte Substrat-Induktion.

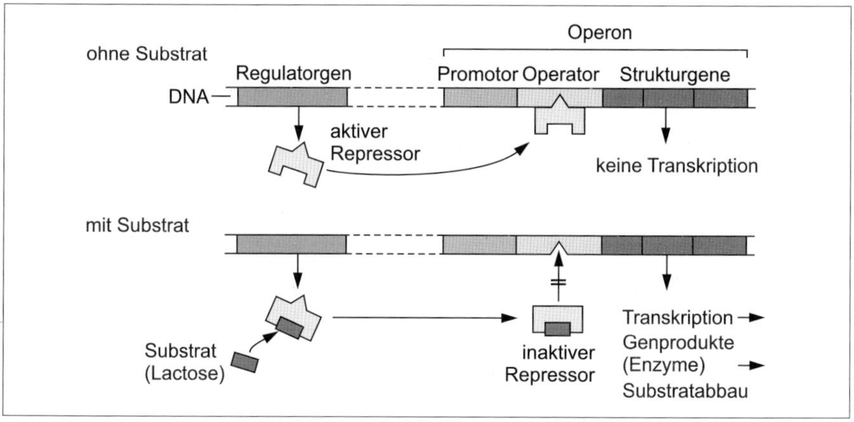

M 2 Epigenetische Marker als „Schalter“ und ihre Bedeutung

M 2a Informationen zu epigenetischen Mechanismen

In der „klassischen“ Genetik geht eine Änderung des äußeren Erscheinungsbilds, des sogenannten Phänotyps, immer auf eine Änderung der genetischen Information, des Genotyps, zurück. Mittlerweile ist jedoch bekannt, dass es Faktoren und molekulare Mechanismen gibt, die den Phänotyp beeinflussen können, ohne dass Nukleotidsequenzen geändert werden. Diese sogenannten epigenetischen Mechanismen wirken, indem an den Histonproteinen des Chromatins bzw. an bestimmen Basen der DNA durch Enzyme chemische Veränderungen vorgenommen werden, v. a. durch die Anheftung oder die Entfernung von Methyl- oder Acetylgruppen. Auf diese Weise wird die Packungsdichte des Chromatins verändert und die Ablesewahrscheinlichkeit von Genen kann erhöht oder vermindert werden. Solche epigenetischen Mechanismen sind bei der embryonalen Entwicklung und Zelldifferenzierung von großer Bedeutung. Sie können aber auch durch äußere Einflüsse hervorgerufen werden.

Bei der Zellteilung können epigenetische Informationen an Tochterzellen ebenso weitergegeben werden wie genetische. Bestimmte epigenetische Marker können sogar von einer auf die nächste Generation übertragen werden.

Verändert nach:
Höffeler, Fritz: Nutrigenetik: Wie sich Ernährung und Gene gegenseitig prägen. S. Hirzel Verlag, Stuttgart (2013), S. 133.

M 2b Epigenetische Effekte durch Tabakkonsum

Die Ergebnisse mehrerer wissenschaftlicher Studien an Immunzellen deuten darauf hin, dass Giftstoffe, die beim Rauchen inhaliert werden, die Aktivität bestimmter Gene beeinflussen. Dies können z. B. Gene sein, deren Produkte an der Blutgerinnung beteiligt sind oder tumorfördernde Eigenschaften haben, sodass eine Änderung der Genaktivität das Risiko für die Entwicklung von Herz-Kreislauf-Erkrankungen und Krebs erhöhen kann. Das folgende Schema illustriert modellhaft auf molekularer Ebene die möglichen Auswirkungen von Tabakgiftstoffen.

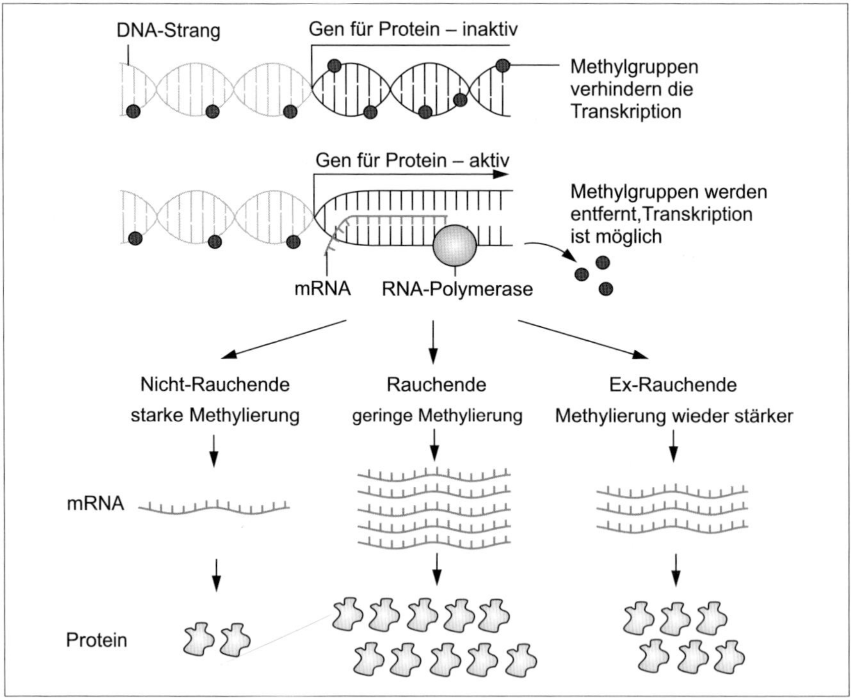

Verändert nach:
Schneider, A.: Rauchzeichen auf dem Erbgut. Apotheken Umschau B 05, Wort & Bild Verlag Konradshöhe GmbH & Co. KG (2013), S. 69.

M 3 Alternatives Spleißen bei Eukaryoten

Alternatives Spleißen ist unter Eukaryoten weitverbreitet und kommt bei zahlreichen menschlichen Genen vor. Das Prinzip des Vorgangs ist in der folgenden Abbildung schematisch veranschaulicht.

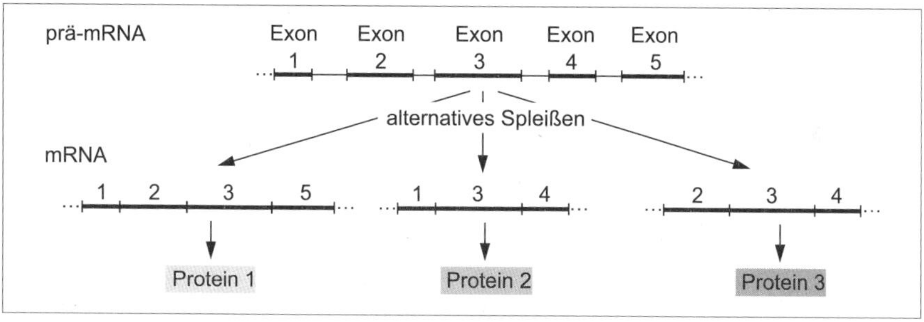

M 4 Physiologische Auswirkungen von Zigarettenschadstoffen

M 4a E-Zigaretten als Alternative zu herkömmlichen Zigaretten?

13. November 2019, 11:40 Uhr Wissenschaft-Mainz

Wie E-Zigaretten die Blutgefäße schädigen

Mainz (dpa/lrs) – Mediziner aus Mainz haben gezeigt, auf welchen Wegen E-Zigaretten Blutgefäße, den Blutdruck und letztlich auch das Hirn beeinflussen. [..]

[…] Die Forscher entdeckten verschiedene Faktoren, über die der Dampf auf die Blutgefäße wirkt – eine Schlüsselrolle spiele das körpereigene Enzym NOX-2: Das Acrolein im E-Zigaretten-Dampf aktiviert die körperschädigenden Effekte von NOX-2. Daraufhin entstehen in den Gefäßen verschiedene schädliche Reaktionen, etwa oxidativer Stress. […]

Damit ist laut MÜNZEL der Beweis geliefert, dass Acrolein aus E-Zigaretten-Dampf über die NOX-2-Aktivierung zu schädlichen Folgen in Blutgefäßen einschließlich denen in Lunge und Gehirn führt. Bei einer Daueranwendung von E-Zigaretten seien Organschäden sehr wahrscheinlich. Sie seien aufgrund der geringeren Konzentration von Schadstoffen im Dampf sicher weniger schädlich als normale Zigaretten, erwiesen sich jedoch mehr und mehr als Einstiegsdroge für künftige Raucher, betonte MÜNZEL.

Hinweis: Bei oxidativem Stress erhöht ein Überschuss an reaktiven Sauerstoffverbindungen mit oxidierender Wirkung das Risiko von Gewebeschäden.

M 4b Informationen zu NOX

Die NADPH-Oxidase (NOX) ist ein membrangebundener Enzymkomplex, der v. a. in Zellmembranen und intrazellulär in Phagosomen von Immunzellen vorkommt. Es existieren sieben sogenannte Isoformen des Enzyms, darunter NOX-1 bis NOX-5, die teilweise noch in mehreren Varianten auftreten. Sie unterscheiden sich voneinander u. a. darin, in welchen Geweben sie aktiv sind, katalysieren jedoch alle dieselbe Reaktion, die Umsetzung von Sauerstoff in Hyperoxid (O_2^-). Dabei wird als Coenzym bzw. Cosubstrat NADPH benötigt. Hyperoxid ist ein hochreaktives Molekül (reaktive Sauerstoffspezies) und wird von Zellen des Immunsystems zur Eliminierung von Erregern, z. B. von Bakterien, produziert.
Ein selektiver Hemmstoff der NADPH-Oxidasen ist Apocynin, eine organische Verbindung mit der Summenformel $C_9H_{10}O_3$. Medizinisch kann Apocynin eingesetzt werden, um die Aktivität von NOX gezielt auszuschalten, ohne Nebenwirkungen, z. B. weitere Einschränkungen in der Immunabwehr auszulösen. Der genaue Wirkungsmechanismus des Apocynins auf die NADPH-Oxidase ist noch nicht endgültig geklärt.

M 5 Formen der Enzymhemmung

Die folgende Grafik gibt in allgemeiner Form die Kurvenverläufe für die Reaktionsgeschwindigkeit eines Enzyms ohne Hemmung, bei kompetitiver Hemmung sowie bei allosterischer bzw. nicht kompetitiver Hemmung wieder.

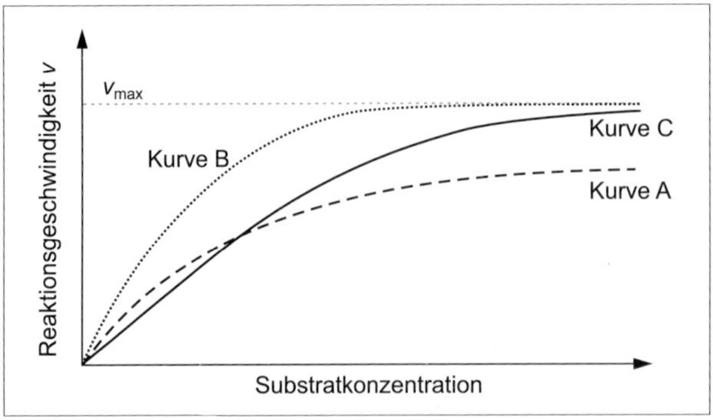

Lösungsvorschlag

Die Aufgabe beinhaltet die folgenden Themen:
- Genetik: Mutation, Modifikation, Operon-Modell zur Genregulation nach JACOB/MONOD, Substrat-Induktion, Prozessierung bei Eukaryonten, alternatives Spleißen, Methylierung der DNA, epigenetische Mechanismen
- Evolutionsbiologie: Evolutionsfaktor Selektion, Angepasstheit
- Stoffwechselbiologie: Enzymatik, kompetitive und nicht kompetitive (allosterische) Hemmung

1.1 **TIPP** *Anforderungsbereich: I*

Definieren Sie zunächst die genannten Fachbegriffe und stellen Sie anschließend die geforderten Zusammenhänge mit Rückbezug auf ihr Beispiel mit den entsprechenden Details dar.

Modifikationen sind innerhalb einer Population auftretende phänotypische Varianten (eines Merkmals), die auf Umwelteinflüsse und -faktoren zurückgehen und nicht vererbbar sind. Beispielsweise kann die Körpergröße innerhalb einer Population modifikationsbedingt variieren. Die genetische Ausstattung, der Genotyp der Individuen, bleibt dabei unverändert. Ein Zusammenhang mit dem genetischen Material ist dabei insofern gegeben, als Umweltbedingungen nur im Rahmen der genetisch fixierten Modifikationsbreite/Reaktionsnorm zu verschiedenen Phänotypen führen können.
Mutationen sind spontane Veränderungen des genetischen Materials, z. B. Genmutationen oder Chromosomenmutationen. Sie verändern also den Genotyp eines Individuums. Bei Zellteilungen können Mutationen an die Tochterzellen weitergegeben werden. Falls Keimbahnzellen betroffen sind, sind Mutationen auch vererbbar.

1.2 **TIPP** *Anforderungsbereiche: I–II*

Auch wenn Ihnen dieses für Prokaryoten gültige Modell der Genregulation nicht bekannt sein sollte, dürfte Ihnen die Beschreibung nicht schwerfallen. Vergegenwärtigen Sie sich dazu die Vorgänge bei der Proteinbiosynthese (ggf. anhand von Notizen im Konzept), um das Prinzip der Substrat-Induktion anhand der Abbildung wiederzugeben. Gehen Sie bei der Bearbeitung der zweiten Teilaufgabe zunächst von der Annahme aus, dass die zum Substratabbau benötigten Genprodukte fortlaufend in konstanter Menge gebildet werden.

Solange kein Substrat (Lactose) vorhanden ist, wird durch Transkription eines Regulatorgens eine mRNA gebildet, deren Translation zur Entstehung eines Repressorproteins führt. Dieses Protein bindet an eine DNA-Sequenz, den Operator, der zusammen mit dem Promotor und den Strukturgenen eine räumliche und funktionelle Einheit, das

Operon, bildet. Solange der aktive Repressor am Operator angelagert ist, blockiert er die Transkription der drei Strukturgene, welche die für den Lactoseabbau notwendigen Enzymproteine codieren. Sobald Lactose im Außenmedium verfügbar ist und in die Zelle gelangt, bindet sie als Effektor an den Repressor und wirkt als Induktor. Es kommt dadurch zu einer Strukturveränderung des Repressors, sodass dieser sich vom Operator löst und inaktiv wird. Die Ablesung der Strukturgene kann infolge der Inaktivierung des Repressors durch die RNA-Polymerase ablaufen. Die drei Enzyme zur Lactose-Verwertung werden gebildet und stehen für den Lactosestoffwechsel zur Verfügung.

Die Bedeutung dieses Regulationsmechanismus liegt in einer bedarfsgerechten Synthese der betreffenden Enzyme. Da sie nur gebildet werden, wenn das entsprechende Substrat tatsächlich vorhanden ist – wobei das Substrat selbst als Induktor wirkt –, können Energie und Material eingespart werden.

1.3 **TIPP** *Anforderungsbereich: I*

Rekapitulieren Sie den Ablauf der Proteinbiosynthese bei Eukaryoten (Konzept) und geben Sie dann nur die in der Aufgabe verlangten Vorgänge strukturiert wieder.

Wie die Vorlage des codogenen DNA-Strangs enthält die durch Transkription gebildete prä-mRNA bei Eukaryoten sowohl Exons, codierende Abschnitte, als auch Introns, nicht codierende Sequenzen. Damit die mRNA die Information zur Bildung eines Polypeptids bei der Translation übermitteln kann, ist es erforderlich, dass die Introns durch den Vorgang des Spleißens aus der mRNA herausgeschnitten und die verbleibenden Exons miteinander verknüpft werden. Die so (und durch weitere Prozessierungsschritte) modifizierte DNA verlässt den Zellkern. Die Translation selbst erfolgt an den Ribosomen, wo gemäß dem Triplett-Code die reife mRNA in eine Polypeptidkette „übersetzt" wird.

2.1 **TIPP** *Anforderungsbereich: II*

Ihr Vergleich muss sowohl Gemeinsamkeiten als auch Unterschiede zwischen den Ursachen und Auswirkungen epigenetischer Mechanismen auf der einen Seite und Modifikationen auf der anderen Seite beinhalten. Notieren Sie dazu ggf. im Konzept Ihre Überlegungen und stellen Sie diese dann geordnet zusammen.

Gemeinsamkeiten: Weder epigenetische Effekte noch Modifikationen beruhen auf einer Änderung der Nukleotidsequenzen der DNA. Sie haben jedoch beide Auswirkungen auf den Phänotyp. Modifikationen werden durch Umwelteinflüsse verursacht und auch epigenetische Effekte können auf Umweltfaktoren zurückzuführen sein. In beiden Fällen ist es darüber hinaus möglich, dass die phänotypischen Veränderungen zurückgehen, wenn die ursächlichen Umweltbedingungen nicht oder nur mehr abgeschwächt gegeben sind.

Unterschiede: Epigenetische Mechanismen sind molekulare Veränderungen des DNA-Moleküls bzw. des Chromatins (nicht jedoch der Basensequenz). Modifikationen haben hingegen keine Änderungen des genetischen Materials zur Grundlage und auch keine Auswirkungen auf die Erbinformation. Während epigenetische Marker bei Zellteilungen an Tochterzellen weitergegeben werden und sogar vererbt werden können, sind Modifikationen nicht erbliche Varianten des Phänotyps (innerhalb der Reaktionsnorm).

2.2 **TIPP** *Anforderungsbereiche: II – III*

Hier geht es in der ersten Teilaufgabe um eine ausführliche Beschreibung der Vorgänge, die in M 2b dargestellt sind. Beachten Sie sowohl die Textinformationen als auch die schematische Abbildung. Wichtig ist dabei, dass Sie den Zustand bei Nicht- und Ex-Rauchenden erfassen, da sich nur auf dieser Basis der epigenetische Effekt erklären lässt. Ziehen Sie im zweiten Aufgabenteil einen Vergleich zum Prinzip der Substrat-Induktion in M 1. Vergegenwärtigen Sie sich dabei noch einmal die Bedeutung dieses Regulationsmechanismus.

Darstellen: Im Schema ist ein DNA-Abschnitt dargestellt, der die Information für ein bestimmtes Gen enthält, dessen Genprodukt z. B. an der Blutgerinnung beteiligt ist. Sind einzelne Basen dieses Gens mit Methylgruppen versehen, also mit epigenetischen Markern, ist das Gen inaktiv: Es wird nicht transkribiert und es entsteht kein Polypeptid bzw. Protein. Die Methylgruppen können jedoch (enzymatisch) entfernt werden. An die unmethylierte DNA kann die RNA-Polymerase dann binden und das Gen transkribieren, sodass anschließend das entsprechende Protein gebildet werden kann.
Bei Nichtraucherinnen bzw. Nichtrauchern findet aufgrund der starken Methylierung nur eine leichte Aktivierung des Gens statt, die Transkriptionsrate ist relativ gering und das Protein wird in geringer, bedarfsgerechter Menge gebildet. Bei rauchenden Personen ist die Methylierung hingegen schwach und die Transkriptionsrate des Gens stark erhöht, sodass eine wesentlich größere Menge des Proteins gebildet wird als bei Personen, die nicht rauchen. In (dauerhaft) hoher Konzentration kann das Genprodukt das Erkrankungsrisiko steigern, beispielsweise dadurch, dass sich der Gerinnungsstoffwechsel verändert oder dass die gebildeten Proteine die Entstehung von Tumoren fördern. Die Ursache für die hohe Transkriptionsrate bei rauchenden Personen ist, dass die Giftstoffe eine Aufhebung oder Reduktion der DNA-Methylierung bewirken, also die epigenetischen Marker beeinflussen – das Gen wird dann stärker transkribiert.

Beurteilen: Bei Ex-Raucherinnen und -Rauchern ist die Methylierung des betreffenden Gens wieder stärker und dessen Transkriptionsrate wieder schwächer als bei rauchenden Personen, vermutlich, da die Giftstoffe, die eine Genexpression aktivieren können, nicht mehr zugeführt werden. Daher wird auch das in großen Mengen schädliche Genprodukt nicht mehr so häufig gebildet. Das deutet darauf hin, dass die Auswirkungen der Tabakgifte auf die epigenetischen Marker (teilweise) reversibel sind, da die Gen-

Methylierung wieder vorgenommen werden kann. Das Erkrankungsrisiko könnte daher durch (rechtzeitige) Beendigung des Rauchens reduziert oder sogar aufgehoben werden.

Prüfen: Zwar handelt es sich sowohl bei der Aktivierung der Expression der Strukturgene durch Lactose als auch bei der Demethylierung der DNA durch Einfluss der Tabakgifte um die Aufhebung einer Repression der Genexpression. Als Substrat-Induktion kann letzterer Mechanismus allerdings nicht bezeichnet werden: Zum einen dient der Tabakgiftstoff nicht als Substrat für ein bestimmtes Enzym und induziert nicht seinen eigenen Abbau – im Gegenteil wird (vermutlich) unspezifisch die Expression von Genen aktiviert, deren Genprodukte nicht weiter mit dem Giftstoff in Wechselwirkung treten. Darüber hinaus liegt hier kein evolutiv entwickelter, energie- und materialsparender Regulationsmechanismus des Stoffwechsels vor, sondern vielmehr eine Störung der Genexpression, die eine Schädigung des Organismus hervorrufen kann.

3.1 **TIPP** *Anforderungsbereiche: I – II*

Erschrecken Sie nicht, wenn Sie hier mit einem Beispiel und Informationen konfrontiert werden, die Sie nicht aus dem Unterricht kennen. Wichtig ist, die Materialien aufmerksam zu lesen, um die entsprechenden Inhalte beider Texte zu einem Ablaufschema zusammenzuführen. Achten Sie darauf, sich bei den Formulierungen knapp zu fassen.

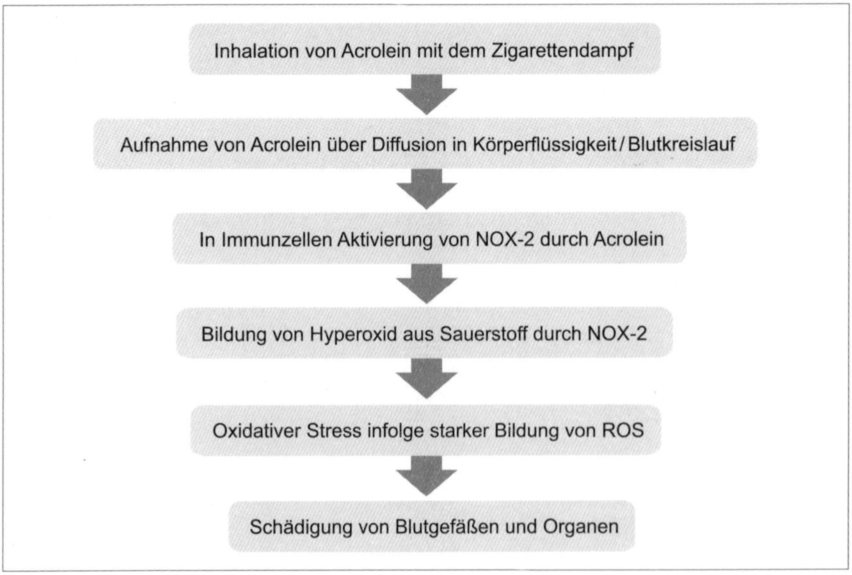

3.2 **TIPP** *Anforderungsbereiche: II – III*

Geben Sie zunächst anhand der Skizze das Prinzip des alternativen Spleißens wieder, indem sie den Zusammenhang zu den NOX-Varianten herstellen. Rekapitulieren Sie dann den Inhalt der genannten Hypothese und bringen Sie den zur Vorstellung des alternativen Spleißens widersprüchlichen Aspekt auf den Punkt. Überlegen Sie dann, nachdem Sie (im Konzept) noch einmal den Evolutionsfaktor Selektion für sich geklärt haben, welche Selektionsvorteile der genannte biologische Vorgang haben könnte.

Erklären und in Zusammenhang setzen: Verschiedene Isoformen bzw. Varianten von Enzymen können bei Eukaryoten durch alternatives Spleißen entstehen. Dabei kann ein einziges Gen, abhängig davon, wie die prä-mRNA gespleißt wird, die Information zur Bildung mehrerer verschiedener Proteine enthalten. Weist ein Gen und die damit die gebildete prä-mRNA beispielsweise die Exons 1 bis 5 auf, so ist es möglich, dass aus dem primären Transkript im Spleißvorgang nur ein Teil der Exons zur reifen mRNA zusammengesetzt wird. Beispielsweise kann, wie in der Skizze dargestellt, Exon 3 entfallen, sodass die reife mRNA nur die Exons 1, 2, 4 und 5 umfasst. In einem anderen Fall besteht die reife mRNA nur aus den Exons 1, 3 und 4, während die Exons 2 und 5 herausgeschnitten werden.
Die „Ein-Gen-ein-Enzym/Polypeptid-Hypothese“ besagt, dass jedes Gen für ein einziges Enzym bzw. Polypeptid codiert, das, handelt es sich um ein Enzym, für die Katalyse eines spezifischen Stoffwechselschritts zuständig ist. Die Erkenntnis des alternativen Spleißens zeigt, dass diese Hypothese nicht für alle Gene gilt, da ein und dasselbe Gen über einen der Transkription nachgeschalteten bzw. parallel zu ihr ablaufenden Prozess, das Spleißen, für verschiedene, wenn auch meist ähnliche Proteine, z. B. NOX-Varianten, codieren kann.

Vermutung aufstellen: Hinsichtlich der evolutionsbiologischen Bedeutung könnte das alternative Spleißen einen Selektionsvorteil bieten, da infolge eines veränderten Spleißvorgangs, der zu einer neuen Zusammensetzung von Exons führt, mit höherer Wahrscheinlichkeit neue funktionelle Polypeptide oder Proteine entstehen können als infolge einer Mutation in einer proteincodierenden DNA-Sequenz. Diese Variabilität könnte einen Vorteil bei der Entwicklung von Angepasstheiten an sich ändernde Umweltbedingungen bedeuten. Auch die Regulations- und Synthesevorgänge könnten beim alternativen Spleißen energetisch effizienter ablaufen und dadurch einen Selektionsvorteil bieten. Schließlich wäre bei einer relativ geringen Anzahl von Genen gewährleistet, eine große Anzahl differenzierter Polypeptide herstellen zu können.

3.3 **TIPP** *Anforderungsbereiche: I – III*

Rekapitulieren Sie zunächst die Vorgänge einer ungehemmten sowie einer kompetitiv und nicht kompetitiv gehemmten Enzymreaktion bzgl. der Geschwindigkeit der Substratumsetzung. Bei der geforderten Begründung greifen Sie reproduktiv auf Ihre Kenntnisse zurück.
Beachten Sie bei Ihren Überlegungen zur Wirkung von Apocynin, dass NOX zur Katalyse der Reaktion auch ein Cosubstrat benötigt.

Zuordnen: Die Kurve B in der Abbildung zeigt die Abhängigkeit der Reaktionsgeschwindigkeit von der Substratkonzentration ohne Hemmung, da hier der schnellste Anstieg der Reaktionsgeschwindigkeit bis auf v_{max} erreicht wird. Der typische Sättigungswert ergibt sich dadurch, dass ab einer bestimmten Substratkonzentration alle Enzymmoleküle in Enzym-Substratkomplexen gebunden sind. Eine weitere Steigerung der Reaktionsgeschwindigkeit ist dann nicht mehr möglich.
Kurve C stellt den Verlauf bei kompetitiver Hemmung dar. Ein dem Substrat ähnlicher Stoff konkurriert mit dem Substrat um die Bindestelle am aktiven Zentrum des Enzyms. Je nach Verhältnis von Substrat- zu Hemmstoffkonzentration ist die Hemmwirkung unterschiedlich stark: Je höher die Substratkonzentration (bei konstanter Hemmstoffkonzentration) ist, desto schwächer ist die Hemmwirkung. Die maximale Reaktionsgeschwindigkeit wird bei hohen Substratkonzentrationen erreicht.
Kurve A beschreibt den Verlauf bei nicht kompetitiver oder allosterischer Hemmung. Ein Hemmstoffmolekül bindet an eine zweite Bindungsstelle am Enzymmolekül und verändert so dessen Raumstruktur. Infolgedessen kann kein Substrat mehr umgesetzt werden. Die maximale Reaktionsgeschwindigkeit wird auch bei hohen Substratkonzentrationen nicht erreicht, da keine Verdrängung der Hemmstoffmoleküle durch Substratmoleküle erfolgen kann. Auch diese Form der Hemmung ist reversibel, da sich der Hemmstoff vom Enzym lösen kann und das Protein dann wieder seine ursprüngliche Konformation einnimmt.

Diskutieren: Für Apocynin ist eine Wirkung auf NOX durch kompetitive Hemmung unwahrscheinlich, da das organische Molekül dem eigentlichen NOX-Substrat O_2 strukturell nicht ähnelt, sodass eine Bindung an das aktive Zentrum kaum möglich sein dürfte. Auch als Antagonist des Cosubstrats NADPH kommt es nicht infrage, da Apocynin andernfalls nicht nur NOX hemmen würde, sondern auch viele andere Enzyme – NADPH wirkt schließlich bei vielen enzymatischen Reaktionen als Cosubstrat. Eine nicht kompetitive Hemmung ist daher die plausiblere Erklärung. Hier könnte ein Hemmstoff die Raumstruktur des NOX-Enzyms spezifisch so verändern, dass O_2 nicht mehr gebunden werden kann.

TIPP Forschungsergebnisse deuten allerdings darauf hin, dass Apocynin hemmend wirkt, indem es die Zusammensetzung des Enzymkomplexes NOX aus mehreren Untereinheiten verhindert.

Niedersachsen Biologie ▪ Erhöhtes Anforderungsniveau
Übungsaufgabe 2 (Bearbeitungszeit: ca. 270 min)

ENERGIEBEREITSTELLUNG IM MUSKEL UND REGULATION DES MUSKELWACHSTUMS

In unserer Gesellschaft vermitteln u. a. Werbekampagnen, Magazine und soziale Medien, dass ein trainierter und muskulöser Körper mit Schönheit, Leistungsfähigkeit und sozialer Anerkennung verbunden ist. Viele Menschen wenden daher einen großen Teil ihrer Freizeit für Sport, Kraft- und Ausdauertraining auf. Dabei beschränken sich einige Aktive allerdings nicht nur auf die sportliche Betätigung, um ihrem Ideal näherzukommen, sondern greifen auch auf Hilfsmittel zurück, die die Kurz- oder Langzeitwirkung eines intensiven Trainings schneller herbeiführen sollen.
Neben legal erhältlichen Substanzen wie z. B. Kreatin, das zur Steigerung der Leistungsfähigkeit dienen kann, kommen, etwa im Bereich des Bodybuilding, auch illegale Substanzen zum Einsatz, die das Muskelwachstum steigern können. Sogenannte anabole Steroide ähneln strukturell dem Hormon Testosteron und können auf dessen regulatorische Funktion Einfluss nehmen. Sie sind im sportlichen Wettbewerb als Dopingmittel deklariert und ihre Anwendung ist verboten.
Im Folgenden sollen Sie sich mit muskel- und stoffwechselphysiologischen sowie mit genregulatorischen und hormonellen Aspekten im Zusammenhang mit sportlicher Betätigung und einer gesundheitsorientierten Lebensweise beschäftigen.

1 Stoffwechselphysiologische Grundlagen bei sportlicher Betätigung

1.1 Beschreiben Sie anhand von M 1 a den Aufbau eines Skelettmuskels. Erläutern Sie mithilfe ihrer Kenntnisse und anhand von M1 b den Ablauf einer Muskelkontraktion unter besonderer Berücksichtigung von ATP.

1.2 Erläutern Sie anhand des Diagramms in M 1 b die unterschiedlichen Möglichkeiten der ATP-Bereitstellung im menschlichen Körper bei intensiver Belastung.

1.3 Beschreiben Sie das Diagramm in M 1 c und begründen Sie den Verlauf der Sauerstoffaufnahme während der Arbeits- und Erholungsphase. Nehmen Sie dabei auch Bezug auf M 1 b.

1.4 Fassen Sie die Bedeutung von Kreatin und Kreatinphosphat im Stoffwechsel zusammen und beurteilen Sie Nutzen und Risiken der Einnahme von Kreatin-Präparaten zur Leistungssteigerung im Kraft- oder Ausdauersport.

2 Determination und Differenzierung von Muskelzellen

2.1 Erklären Sie anhand von M 2 a die Bedeutung eukaryotischer Transkriptionsfaktoren bei der Regulation der Genaktivität.

2.2 Beschreiben Sie die Abläufe bei der Differenzierung von Muskelzellen anhand von M 2b und erläutern Sie, wie das Muskelwachstum reguliert werden kann. Stellen Sie eine Vermutung zur Bedeutung dieser Regulation auf.

2.3 Das männliche Sexualhormon Testosteron wirkt fördernd auf das Muskelwachstum. Entwickeln Sie im Hinblick auf M 2b zwei begründete Hypothesen, auf welche Weise Testosteron Einfluss auf den Muskelaufbau nehmen könnte.

3 Testosteron und seine Wirkung im menschlichen Körper

3.1 Vergleichen Sie mithilfe von M 3a die Wirkungsweise der beiden Hormongruppen. Begründen Sie die Beobachtung, dass die Geschwindigkeit, mit der Steroidhormone einen Effekt hervorrufen, meist geringer ist als bei Peptidhormonen.

3.2 Beschreiben Sie den Regelkreislauf von Testosteron anhand von M 3b.

3.3 Werten Sie die in M 3c dargestellten Ergebnisse detailliert aus und diskutieren Sie, ob die Einnahme anaboler Steroide langfristige körperliche Auswirkungen haben kann.

M 1 Muskelphysiologische Aspekte bei sportlicher Betätigung

M 1a Aufbau und Kontraktion eines Skelettmuskels

Die Skelettmuskulatur des Menschen setzt sich aus mehr als 600 verschiedenen Muskeln zusammen. Gemeinsam mit dem Skelett sowie Sehnen und Bändern bildet sie den Bewegungsapparat des Menschen. Nachfolgend sind eine lichtmikroskopische (links) und eine elektronenmikroskopische Aufnahme eines Skelettmuskels gezeigt. Die molekularen Abläufe bei der Kontraktion eines Muskels sind gemäß der Gleitfilamenttheorie schematisch vereinfacht darunter illustriert.

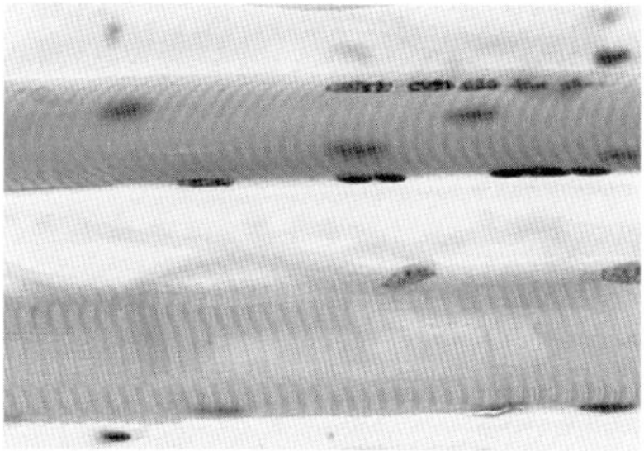

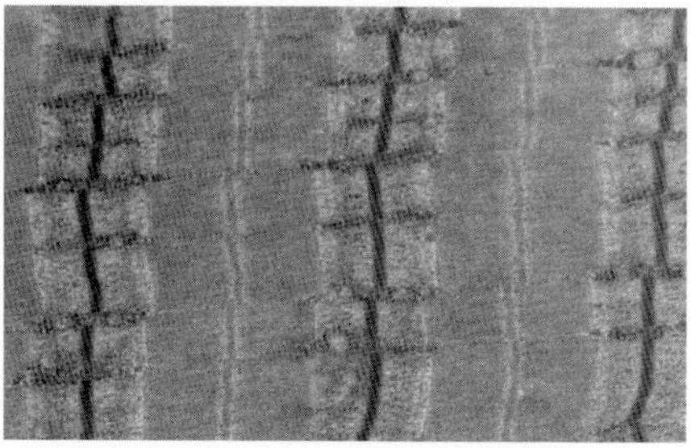

Fayette A Reynolds M. S./Berkshire Community College Bioscience Image Library, CC0 1.0; Louisa Howard/Wikipedia.

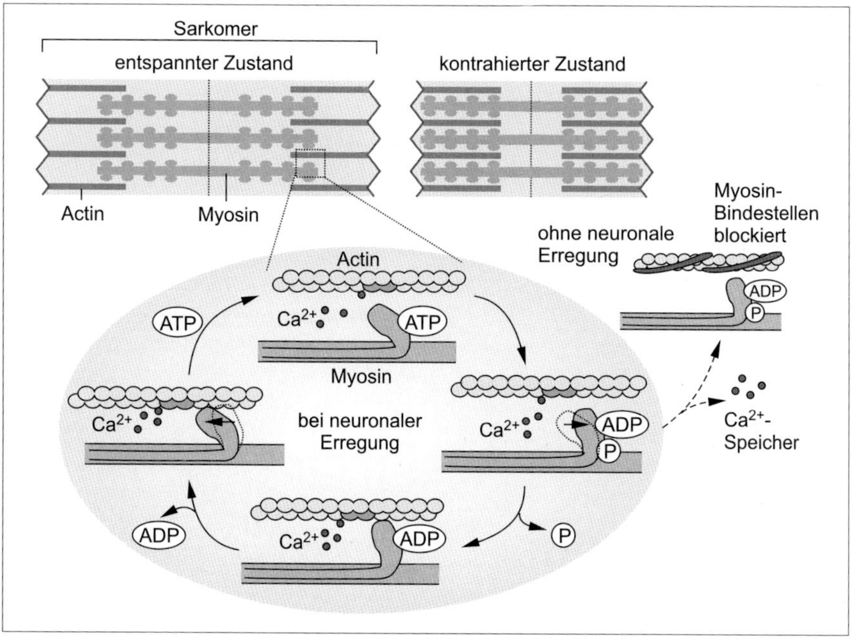

M 1b Energiebereitstellung in der Muskulatur

Adenosintriphosphat (ATP) kann im Muskel auf unterschiedliche Wege gebildet werden. In der unten stehenden Abbildung sind die Phasen der Energiebereitstellung bei intensiver körperlicher Belastung gezeigt.
Kreatin ist eine niedermolekulare Verbindung und wird aus Aminosäuren vom Körper selbst synthetisiert, aber auch mit der Nahrung aufgenommen. Die weitaus größte Menge an Kreatin bzw. der phosphorylierten Form Kreatinphosphat befindet sich im Körper in Muskelzellen. Bei Bedarf kann zur Bereitstellung von ATP durch das Enzym Kreatinkinase eine Phosphatgruppe von Kreatinphosphat abgespalten und auf ADP übertragen werden. Die Rückreaktion zur Regeneration von Kreatinphosphat wird durch dasselbe Enzym katalysiert. Diese Prozesse laufen in der Zelle außerhalb der Mitochondrien ab.

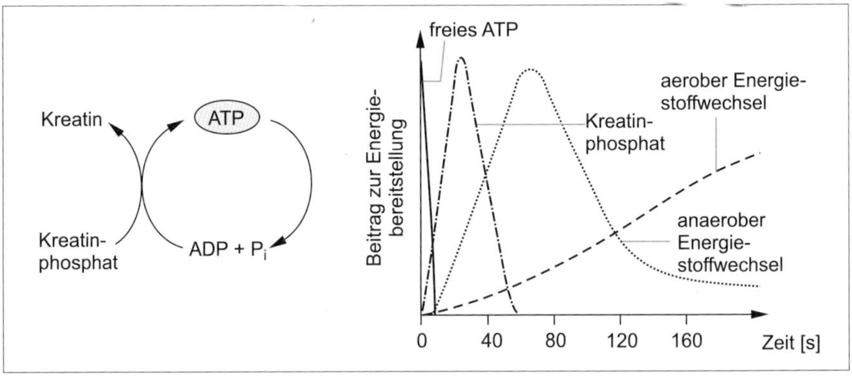

Verändert nach:
http://oregonstate.edu/instruct/bb450/fall14/stryer7/15/figure_15_07.jpg.

M 1c Sauerstoffbedarf bei intensiver sportlicher Belastung

Das folgende Diagramm zeigt die Sauerstoffaufnahme vor, während und nach einer Phase der intensiven sportlichen Belastung.

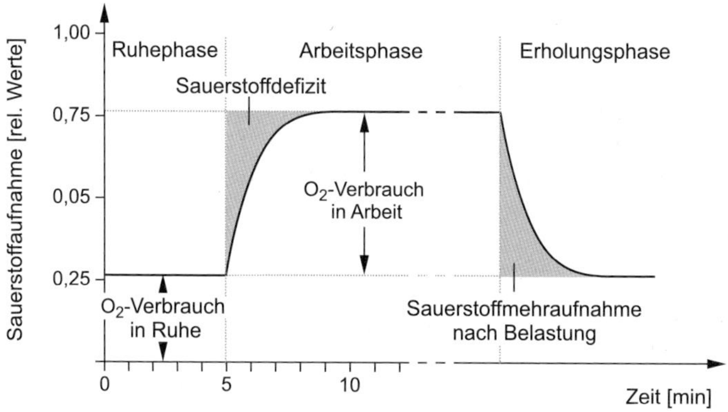

Verändert nach: Polarlys/Wikipedia, CC BY-SA 3.0.

M 2 Genregulation bei Muskeldifferenzierung und -wachstum

M 2a Funktion von Transkriptionsfaktoren

Das folgende Schema veranschaulicht in stark vereinfachter Form den eukaryotischen Transkriptionskomplex und die Funktionsweise eukaryotischer Transkriptionsfaktoren.

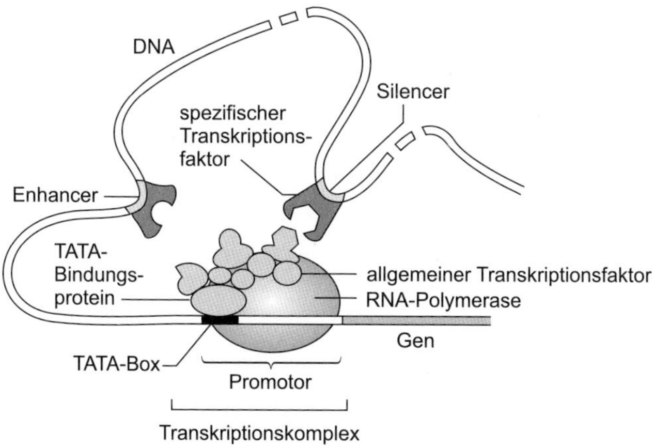

M 2b Differenzierung von Muskelzellen

Muskelzellen entwickeln sich aus embryonalen Vorläuferzellen, die das Potenzial aufweisen, sich in verschiedene Zelltypen zu differenzieren, darunter auch Knorpelzellen oder Fettzellen. Durch bestimmte Bedingungen und Signale werden sie darauf festgelegt, sich zu Muskelzellen zu differenzieren. Im Verlauf der Differenzierung von multipotenten Vorläuferzellen zu spezialisierten Muskelfasern wird auch die Bildung großer Mengen muskelspezifischer Proteine wie Actin, Myosin und Troponin angeregt. An der Entwicklung von Muskelzellen aus Myoblasten ist eine Vielzahl verschiedener aktivierender und hemmender Faktoren beteiligt, u. a. sogenannte myogene regulatorische Faktoren sowie der Wachstumsfaktor Myostatin. Die Vorgänge sind in der folgenden Abbildung schematisch vereinfacht illustriert.

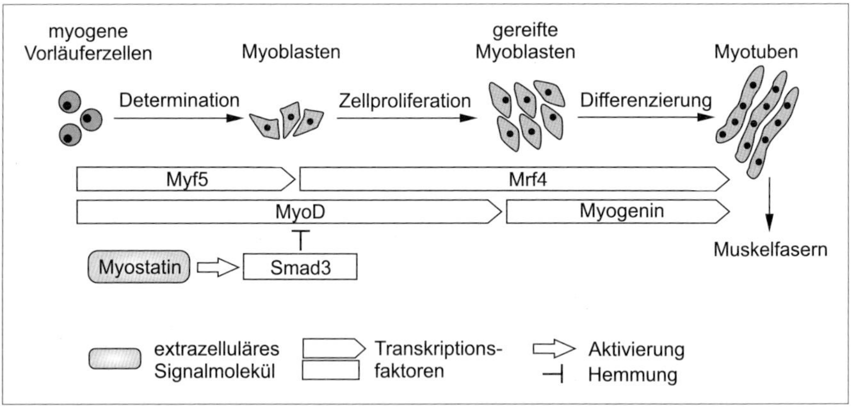

Verändert nach:
Campbell/Reece: Biologie. Spektrum Akademischer Verlag, Heidelberg, Berlin, 6. Auflage (2003), S. 481.
Thomas, M. et al.: Myostatin, a negative regulator of muscle growth, functions by inhibiting myoblast proliferation. Journal of Biological Chemistry 275 (51)(2000), Fig. 9.

Beim Muskelaufbau durch Training kann neben einer verstärkten Proteinbiosynthese ebenfalls die Differenzierung von Vorläuferzellen zu Myotuben angeregt werden. Diese fusionieren dann mit bestehenden Muskelfasern, wobei sich die Anzahl der Muskelfasern dadurch nicht ändert.

M 3 Wirkung und Regulation von Testosteron

M 3a Wirkprinzipien verschiedener Hormongruppen

Hormone lassen sich nach verschiedenen Kriterien einteilen, so z. B. nach ihrer Stoffklasse. Steroid- und Peptidhormone unterscheiden sich grundsätzlich in ihrem molekularen Aufbau und in ihrer Wirkung auf die Zielzellen, wie die folgende Abbildung schematisch vereinfacht zeigt.

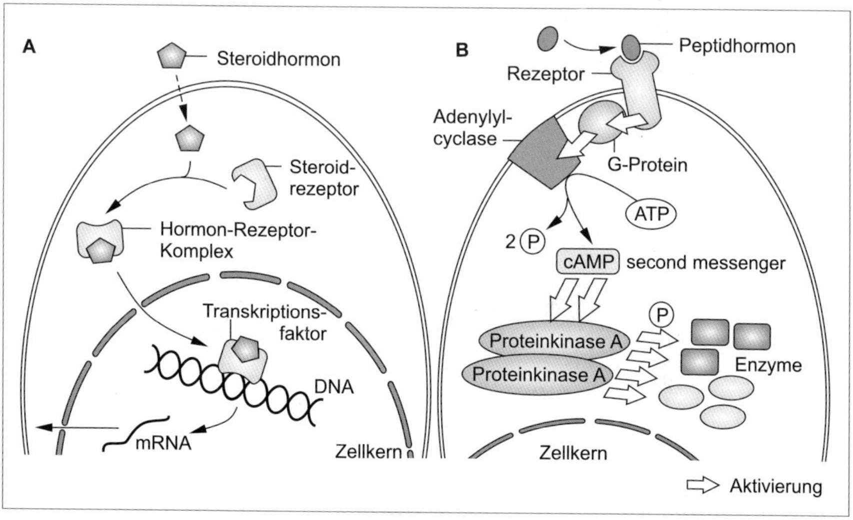

M 3b Regelkreislauf von Testosteron

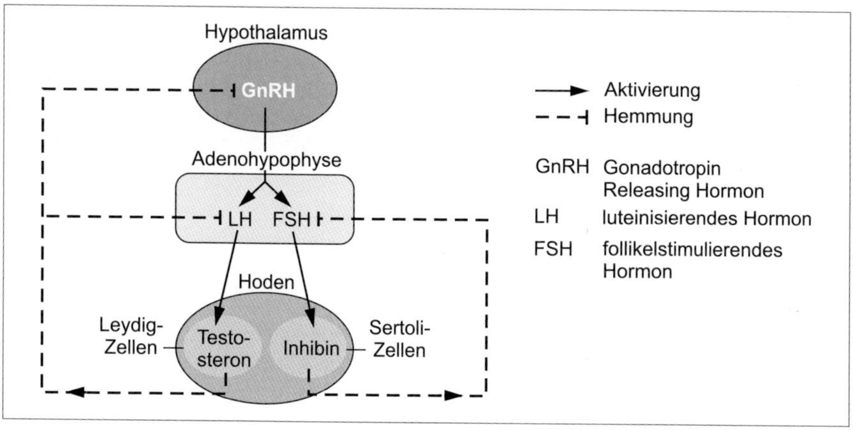

M 3c Nebenwirkungen der Einnahme anaboler Steroide

Synthetisch hergestellte anabole Steroide ähneln Testosteron strukturell und können wie das Hormon selbst das Muskelwachstum fördern, indem sie die Proteinbiosynthese stimulieren. In sportlichen Wettbewerben wird ihre Verwendung als unerlaubtes Doping mit Teilnahmesperren geahndet.
In einer Studie wurde untersucht, wie sich die Einnahme anaboler Steroide auf verschiedene Parameter, die mit der Testosteronsynthese in Zusammenhang stehen, bei Männern auswirkt. Die ermittelten Werte der Testpersonen sind in der folgenden Tabelle festgehalten.

Hinweise: Das Sexualhormon-bindende Globulin (SHBG) bindet und transportiert Testosteron im Blut. 17α-Hydroxy-Progesteron ist ein Zwischenprodukt der Testosteronsynthese, die vorwiegend in den Leydig-Zellen der Hoden stattfindet.

	Konsumenten anaboler Steroide	**ehemalige Konsumenten anaboler Steroide**	**Personen der Kontrollgruppe**
Hodengröße in ml	12,2	17,4	22,3
Testosteron in nmol/l	98,3	14,4	18,8
SHBG in nmol/l	8,4	26,2	33,3
17α-Hydroxy-Progesteron in nmol/l	0,14	2,42	2,88
FSH in Einheiten/l	0,3	4,4	4,2
LH in Einheiten/l	0,1	3,6	3,1

Lösungsvorschlag

Die Aufgabe beinhaltet die folgenden Themen:
- Stoffwechselbiologie: Muskelphysiologie, Gleitfilamenttheorie, Energiebereitstellung im Muskel, aerobe Atmung und Gärung
- Genetik: Regulation der Genaktivität, Transkriptionsfaktoren, Enhancer, Silencer
- Hormonbiologie: Wirkung von Steroid- und Peptidhormonen, hormonelle Regulation, Signaltransduktion als Übertragung von extrazellulären Signalen in intrazelluläre Signale

1.1 **TIPP** *Anforderungsbereich: I*

Greifen Sie bei dieser in großen Teilen reproduktiven Aufgabe auf Ihre Kenntnisse aus dem Unterricht zurück und orientieren Sie sich bei der Beschreibung der Vorgänge bei der Muskelkontraktion als Hilfestellung an der Grafik.

Skelettmuskeln bestehen aus Muskelfaserbündeln, die viele Hundert parallel liegende Muskelfasern enthalten. Muskelfasern sind lang gestreckte, vielkernige Zellen. Jede Muskelfaser enthält zahlreiche parallel angeordnete Myofibrillen. Jede Myofibrille ist in viele Untereinheiten, sogenannte Sarkomere, gegliedert. Die Sarkomere sind die funktionellen Einheiten eines Skelettmuskels. Sie enthalten jeweils parallel angeordnete Proteinfasern, Actin- und Myosinfilamente. An den Z-Scheiben, die einzelne Sarkomere gegeneinander abgrenzen, sind die dünnen Actinfilamente verankert. Zwischen diesen Actinfilamenten befinden sich die dickeren Myosinfilamente. Sie setzen sich jeweils aus mehreren fadenartigen Myosin-Molekülen zusammen, aus denen seitlich köpfchenartige Strukturen herausragen. Im mittleren Bereich jedes Sarkomers überlappen sich die Myosin- und Actinfilamente (A-Bande, dunkle Bande), während sich in den Bereichen nahe der Z-Scheiben nur Abschnitte von Actinfilamenten befinden (I-Banden, helle Banden). Da sich die I- und A-Banden der nebeneinanderliegenden Myofribrillen an gleichen Positionen befinden, ist lichtmikroskopisch eine Querstreifung sichtbar.
Die Kontraktion eines Muskels erfolgt durch Wechselwirkungen zwischen den Myosinköpfen und den Actinfilamenten in den Sarkomeren. Im entspannten Muskel binden die freien Myosinköpfe ATP und spalten es in Adenosindiphosphat (ADP) und einen Phosphatrest (P_i), die an Myosin gebunden bleiben. Die Köpfe liegen dann in einem energiereichen Zustand vor. Wird die Muskelfasermembran durch ein Aktionspotenzial erregt, werden in der Muskelfaser Calciumionen (aus intrazellulären Speichern) freigesetzt. Diese Calciumionen bewirken eine Freigabe von Myosin-Bindungsstellen auf dem Actinfilament, sodass der Myosinkopf an Actin binden kann. Die alleinige Freisetzung von P_i führt zunächst zu einer Bindung des Myosinkopfs an Actin, die Freisetzung von ADP dann zu einer Kippbewegung des an Actin gebundenen Myosinkopfs, sodass Actin- und Myosinfilamente gegeneinander verschoben werden. Durch diesen Kraftschlag verkürzt sich das Sarkomer und somit auch der Muskel. Durch eine erneute Bindung von ATP lösen sich die Myosinköpfe wieder von Actin, ATP wird

gespalten und ein neuer Zyklus beginnt. Stoppt die neuronale Erregung, werden die Calciumionen wieder in den zellinternen Speicher transportiert und der Muskel kehrt in den entspannten Zustand zurück.

1.2 **TIPP** *Anforderungsbereiche: I–II*

Zur Bearbeitung dieser Teilaufgabe ist es notwendig, Ihr Basiswissen zu dissimilatorischen Prozessen zu reaktivieren. Berücksichtigen Sie darüber hinaus die Informationen zu Kreatinphosphat im Material.

Das Diagramm zeigt die Bedeutung verschiedener Energiequellen bei muskulärer Belastung in Abhängigkeit von der Zeit. Es verdeutlicht, dass die für die Muskelkontraktionen notwendige Energie über verschiedene Prozesse bereitgestellt wird. Zuallererst, aber nur für sehr kurze Zeit, wird der Energiebedarf in der Muskulatur über frei verfügbares ATP gedeckt. Gleichzeitig beginnt die Erzeugung von ATP über die Katalyse von im Muskel gespeicherten Kreatinphosphat zu Kreatin. Auch der Vorrat an Kreatinphosphat ist allerdings nach nur wenigen Sekunden aufgebraucht. Parallel zum Kreatinphosphat-Abbau wird auch die Energiebereitstellung aus dem Abbau von Glucose bzw. Glykogen und Fetten in Gang gesetzt. Steht genügend Sauerstoff zur Verfügung, erfolgt dieser Prozess aerob durch Zellatmung, bei Sauerstoffmangel anaerob durch Milchsäuregärung. Da es bei hoher Belastungsintensität zu einer Sauerstoffmangelphase kommt und der Gärungsprozess wesentlich schneller abläuft als die Zellatmung, erfolgt der ATP-Gewinn zunächst zu einem hohen Prozentsatz auf anaerobem Wege; die Energieausbeute ist dabei allerdings wesentlich geringer als bei der Zellatmung. Mit zunehmender Belastungsdauer steigt die ATP-Produktion durch aerobe Atmung; sie stellt schließlich nach einiger Zeit die Hauptenergiequelle dar.

1.3 **TIPP** *Anforderungsbereich: II*

Achten Sie bei der Diagrammbeschreibung insbesondere auf die Achsenbeschriftung sowie auf eine strukturierte Vorgehensweise, um nichts zu übersehen. Wenn Sie den Kurvenverlauf erklären, greifen Sie auf die Informationen aus M 1 b zurück und überlegen Sie, auf welche Weise die Sauerstoffzufuhr gesteigert werden kann.

Das Diagramm zeigt die Sauerstoffaufnahme vor, während und nach einer Phase der intensiven sportlichen Belastung. In Ruhe liegt die Sauerstoffaufnahme konstant bei ca. 0,25 relativen Einheiten (rE). Mit Beginn intensiver körperlicher Belastung steigt die Sauerstoffaufnahme über einen Zeitraum von etwa 2–3 Minuten auf ca. 0,75 rE an. Ist die Sauerstoffaufnahme von 0,75 rE, der Bedarf bei Belastung, erreicht, bleibt sie konstant; es stellt sich ein (Gleichgewichts-)Zustand ein, bei dem die Sauerstoffaufnahme dem Sauerstoffverbrauch entspricht. Nach Beendigung der sportlichen Betätigung sinkt die Sauerstoffaufnahme exponentiell auf den Ruhewert ab.

Bei starker körperlicher Belastung besteht ein hoher Bedarf an ATP, um die Kraftleistung erbringen zu können. Damit das notwendige ATP über aerobe Atmung im Muskel bereitgestellt werden kann, muss auch ein entsprechend hohes Volumen an Sauerstoff zugeführt werden. Dies geschieht über eine Steigerung der Herz- und Atemfrequenz gegenüber dem Ruhezustand. Da dieser Anstieg und damit die Erhöhung der Sauerstoffzufuhr verzögert erfolgt, kann der hohe ATP-Bedarf nicht so schnell durch aerobe Atmung gedeckt werden, es entsteht ein Sauerstoffdefizit. Bis genügend Sauerstoff zugeführt wird, kann die benötigte Energie über anaerobe Stoffwechselprozesse (Abbau von Kreatinphosphat, Gärungsprozesse) bereitgestellt werden.
Nach der Belastungsphase wird durch die verzögerte Abnahme der Sauerstoffaufnahme das Sauerstoffdefizit wieder ausgeglichen. Diese Erholungsphase wird u. a. dazu genutzt, die Energiereserve Kreatinphosphat wieder zu regenerieren.

1.4 **TIPP** *Anforderungsbereiche: II – III*

Nutzen Sie für Ihre Beurteilung die Informationen, die Ihnen zur Verfügung stehen, sowie Ihre eigenen Kenntnisse. Machen Sie sich die Bedeutung von Kreatinphosphat als kurzfristig verfügbare Energiereserve bewusst. Wenn Sie auf mögliche Risiken eingehen, können Sie selbstverständlich noch weitere, individuelle Lösungen anführen, sofern Sie überzeugend argumentieren.

Kreatin(phosphat) ist ein unter normalen Bedingungen im Körper vorkommender, vom Körper selbst synthetisierter Stoff. Er spielt eine wichtige Rolle in der kurzfristigen Energiebereitstellung im Muskel, wo er zur schnellen Regeneration von ATP aus ADP und P_i zu Beginn körperlicher Belastungsphasen dient, bis der ATP-Bedarf über andere Stoffwechselprozesse gedeckt werden kann.
Von Nutzen könnte die Zufuhr von Kreatin im Kraftsport sein, insofern es um die Erhöhung kurzer intensiver Kraftleistungen geht. Er könnte daher für Schnellkraftsportler*innen einen attraktiven „Ergänzungsstoff" darstellen. Für eine Leistungssteigerung beim Erbringen lang anhaltender Kraft- oder sogar Ausdauerleistungen ist die Einnahme aufgrund des schnellen Verbrauchs vermutlich weniger sinnvoll; sie könnte aber als Zusatz zum Kraft- oder Ausdauertraining oder hinsichtlich einer schnelleren Regeneration positive Auswirkungen haben.
Auch wenn die Einnahme von Kreatin legal und vermutlich relativ unbedenklich ist, werden damit dennoch körpereigene Stoffwechselprozesse beeinflusst. Es ist daher nicht ausgeschlossen, dass sich bei dauerhaftem Konsum gesundheitliche Nebenwirkungen ergeben. Eine weitere Gefahr könnte darin bestehen, dass durch den Konsum dieses Präparats mental die Hemmschwelle sinkt, zu Anabolika zu greifen, deren Einnahme mit größeren gesundheitlichen Risiken verbunden ist.

2.1 **TIPP** *Anforderungsbereiche: I – II*

Führen Sie hier Ihre Kenntnisse aus dem Unterricht anhand der Abbildung zu einer kurzen Erklärung der Bedeutung von Transkriptionsfaktoren zusammen. Nutzen Sie die Abbildung, um die Wirkung spezifischer Transkriptionsfaktoren verständlich zu machen.

Die Regulation der Genaktivität findet bei Eukaryoten u. a. auf der Ebene der Transkription statt. Dabei beeinflussen Transkriptionsfaktoren entscheidend die Aktivität der RNA-Polymerase und damit die Transkriptionsrate von Genen.
Man unterscheidet zwischen allgemeinen und spezifischen Transkriptionsfaktoren. Allgemeine Transkriptionsfaktoren sind für die Initiation der Transkription notwendig. Einige von ihnen, sogenannte TATA-Bindungsproteine, binden dabei an eine bestimmte DNA-Sequenz im Promotorbereich des abzulesenden Gens, die TATA-Box, andere an die RNA-Polymerase selbst. Zusammen bilden sie schließlich den Transkriptionskomplex, der benötigt wird, um die Transkription zu starten.
Spezifische Transkriptionsfaktoren können die Transkriptionsrate von Genen, z. B. auf ein extrazelluläres Signal hin, verstärken oder abschwächen. Sie binden an weiter entfernt liegende regulatorische DNA-Sequenzen, die als Enhancer (Verstärker) oder Silencer (Dämpfer) bezeichnet werden. Die gebundenen spezifischen Transkriptionsfaktoren gelangen durch Schleifenbildung der DNA in direkten Kontakt mit der Promotorregion und dem Transkriptionskomplex und können so die Polymeraseaktivität beeinflussen. Bei gleichzeitiger Bindung von aktivierenden und hemmenden Faktoren findet eine Verrechnung statt.
Erst die Summe aller am Komplex beteiligten Transkriptionsfaktoren entscheidet über die Aktivität der RNA-Polymerase.

2.2 **TIPP** *Anforderungsbereich: II*

Lassen Sie sich nicht irritieren, wenn Ihnen die einzelnen Faktoren nicht bekannt sind. Es geht hier darum, die in der Grafik dargestellten Abläufe und Zusammenhänge in geordneter Weise zu beschreiben.

Myogene Vorläuferzellen werden zunächst zu Myoblasten determiniert, also auf ihre spätere Funktion festgelegt. Dabei spielt die Aktivierung und Wirkung der Transkriptionsfaktoren MyoD und Myf5 in den Zellen eine wichtige Rolle. Die Myoblasten durchlaufen dann eine Phase der Zellproliferation, also der Zellvermehrung durch Zellteilung. Für diese (Aufrechterhaltung der) Proliferation ist neben der Wirkung von MyoD auch die Aktivierung des Transkriptionsfaktors Mrf4 bestimmend. Anschließend (wird die Zellteilung gestoppt und) differenzieren die Myoblasten zu Myotuben, länglichen vielkernigen Zellen. Dieser Schritt erfordert, dass jeweils mehrere Zellen

miteinander fusionieren. Zu diesem Prozess sind weitere Faktoren, u. a. die Aktivierung von Mrf4 und Myogenin, notwendig. Die vielkernigen Myotuben entwickeln sich schließlich zu ausgereiften Muskelfasern weiter.
Eine negative Regulation der Muskelzelldifferenzierung erfolgt durch Myostatin, das als extrazelluläres Signalprotein auf die Zellen wirkt. Es aktiviert den Transkriptionsfaktor Smad3, der über Hemmung von MyoD u. a. der Zellproliferation der Myoblasten entgegenwirkt, sodass die Differenzierung von Myoblasten eingeschränkt wird.
Die Bedeutung der negativen Regulation liegt möglicherweise in der Gewährleistung einer geregelten und verhältnismäßigen Entwicklung der Muskulatur (während der Embryonalentwicklung). Wenn Myostatin fehlt, könnte es zu einer ungehemmten und schädlichen Vermehrung von Muskelzellen kommen. Nur wenn hemmende und aktivierende Faktoren im Gleichgewicht sind, ist ein geregeltes Wachstum möglich.

2.3 **TIPP** *Anforderungsbereiche: II – III*

Behelfen Sie sich bei Ihrer Überlegung mit der Darstellung in M 2b, um mögliche Regulationsstellen zu ermitteln. Machen Sie sich jeweils klar, welchen Funktionskreisen die genannten Proteine zuzuordnen sind. Rufen Sie sich auch die Wirkungsweise der speziellen Transkriptionsfaktoren in Erinnerung (M 2a).

Testosteron könnte als Hormon-Rezeptor-Komplex in den Zellkern sich differenzierender Muskelzellen gelangen und dort als Transkriptionsfaktor die Wirkung anderer Transkriptionsfaktoren, die eine Muskeldifferenzierung bzw. Muskelwachstum induzieren, z. B. MyoD oder Myogenin, verstärken. Durch Bindung an Enhancer-Elemente könnte der Transkriptionsfaktor die Wirkung dieser Proteine oder deren Proteinbiosynthese steigern, sodass sie in höherer Konzentration vorliegen. Werden sie stärker aktiviert, könnte auf diese Weise die Proliferation der Myoblasten und deren Differenzierung (Fusion) und ihre Integration in bestehende Muskelfasern stimuliert werden.
Es ist auch denkbar, dass sich Testosteron in seiner Funktion als Transkriptionsfaktor hemmend auf die Wirkung von Myostatin oder von Smad3 auswirkt. So könnte es z. B. die Proteinbiosynthese von Myostatin-Rezeptoren (extrazellulärer Signalstoff) verringern, sodass weniger Rezeptorproteine gebildet und die Zellen daher unempfindlicher gegenüber Myostatin werden. Auch durch Bindung an Silencer-Elemente im Bereich des Smad3-Gens könnte eine Regulation erfolgen, indem die Expression des Smad3-Gens abgeschwächt würde. Ohne wirksames Myostatin bzw. Smad3 könnten mehr gereifte Myoblasten entstehen, aus denen sich durch Differenzierung Myotuben bilden, da die hemmende Wirkung wegfiele.

3.1 **TIPP** *Anforderungsbereiche: I – II*

Lassen Sie sich durch die Vielzahl der Faktoren nicht irritieren, sondern gehen Sie bei der Beschreibung der Wirkungsweisen der Hormone Schritt für Schritt vor.

Die Wirkungsweise der Steroidhormone, zu denen Testosteron gehört, ist in Abbildung A dargestellt. Steroidhormone sind lipophil und können die Zellmembran der Zielzellen ungehindert durchdringen. Im Cytoplasma lagern sie sich an bestimmte Steroidrezeptoren an. Die so gebildeten Hormon-Rezeptor-Komplexe können die Kernporen durchdringen und in den Zellkern gelangen. Als Transkriptionsfaktoren beeinflussen sie direkt die Expression bestimmter Gene und verändern so Umfang oder/und Qualität der Proteinbiosynthese der Zelle.
Peptidhormone sind hingegen hydrophile Moleküle. Sie können daher die Zellmembran der Zielzellen nicht einfach passieren, sondern binden an spezifische Rezeptoren auf der Zelloberfläche nach dem Schlüssel-Schloss-Prinzip. Dadurch erfährt der Rezeptor eine Konformationsänderung und aktiviert ein intrazellulär befindliches G-Protein. Dieses G-Protein aktiviert seinerseits das Enzym Adenylylcyclase, das sich eingelagert in die Membran befindet. Durch die Enzymaktivierung wird Adenosintriphosphat (ATP) in cyclisches Adenosinmonophosphat (cAMP) umgewandelt. cAMP wirkt als sogenannter second messenger: Es aktiviert im Zellinneren Proteinkinasen A, die wiederum durch Phosphorylierung viele verschiedene Enzyme aktivieren können, die dann beispielsweise Stoffwechselreaktionen in Gang setzen. Man spricht bei dieser Form von Signalübermittlung von einer Signalkaskade (Reaktionskaskade).
Da diese Hormonart keine relativ zeitaufwendige Neubildung von Proteinen induziert, sondern eine rasche Abfolge chemischer Reaktionen im Cytoplasma in Gang setzt, tritt die hormonelle Wirkung im Vergleich schneller ein. Gleichzeitig wird das extrazelluläre Signal, das von einem einzelnen Hormonmolekül ausgeht, intrazellulär durch die Aktivierung einer Vielzahl von Enzymen wesentlich verstärkt.

3.2 **TIPP** *Anforderungsbereiche: I – II*

Rufen Sie sich bei der Beschreibung des Regelkreislaufs in Erinnerung, dass es sich bei Hormonen um sekretierte Botenstoffe handelt, die über die Blutbahn zu ihren Zielzellen gelangen.

Im Hypothalamus wird das Gonadotropin Releasing Hormon (GnRH) gebildet und ausgeschüttet. Es gelangt von dort über das Blut zur Adenohypophyse. Dort bewirkt es die Ausschüttung einerseits von FSH (follikelstimulierendes Hormon) und andererseits von LH (luteinisierendes Hormon). Beide Hormone werden über die Blutbahn zu den Hoden transportiert und wirken dort auf unterschiedliche Zelltypen. LH induziert in den Leydig-Zellen die Synthese und die Ausschüttung von Testosteron. FSH wirkt in den Hoden auf die Sertoli-Zellen, die daraufhin Inhibin freisetzen. Sowohl Testosteron als auch Inhibin hemmen bestimmte Schritte, die ihre eigene Freisetzung stimulieren: Testosteron hemmt die Ausschüttung von GnRH, Inhibin hemmt die FSH-Freisetzung. Bei einem solchen, die eigene Bildung hemmenden Regulationsmechanismus spricht man von negativer Rückkopplung.

3.3 **TIPP** *Anforderungsbereiche: II – III*

Nehmen Sie sich zunächst die Tabellenwerte einzeln vor und stellen Sie die wesentlichen Unterschiede zwischen den getesteten Gruppen heraus, bevor Sie eine Erklärung für die Ergebnisse formulieren. Bei der anschließenden Diskussion sollten Sie die Argumente, die für oder wider die These sprechen, gegeneinander abwägen.

Das Material zeigt Auswirkungen der Einnahme anaboler Steroide auf den männlichen Körper. Als Parameter wurden die Hodengröße und die Konzentrationen an Testosteron und SHBG bei verschiedenen Probanden ermittelt. Darüber hinaus bestimmte man den Gehalt einer Synthese-Vorstufe des Testosterons sowie die Konzentrationen an FSH und LH im Blut. Neben Männern, die aktuell anabole Steroide einnehmen, wurden auch Männer untersucht, die früher einmal anabole Steroide eingenommen hatten. Ihre Werte wurden mit einer Kontrollgruppe verglichen, die noch nie mit Anabolika in Berührung gekommen war.
Das Hodenvolumen der Steroide-Konsumenten ist mit 12,2 ml nur ca. halb so groß wie bei Probanden der Kontrollgruppe. Ehemalige Konsumenten haben mit 17,4 ml ein größeres Hodenvolumen, aber es ist geringer als bei Probanden, die niemals Steroide genommen haben.
Der Testosteronspiegel liegt bei den Probanden, die anabole Steroide einnehmen, mit 98,3 nmol/l gegenüber Personen der Kontrollgruppe mehr als fünfmal so hoch und gegenüber ehemaligen Konsumenten mehr als sechsmal so hoch.
Das Transportprotein SHBG ist bei Steroide-Konsumenten mit 8,4 nmol/l hingegen deutlich niedriger konzentriert als bei Personen der Kontrollgruppe und ehemaligen Konsumenten, die eine ca. vier- bzw. dreimal so hohe Konzentration aufweisen.
Auch bei der Konzentration des Zwischenprodukts 17α-Hydroxy-Progesteron zeigen Konsumenten anaboler Steroide mit 0,14 nmol/l einen wesentlich geringeren Wert als Personen beider anderen Gruppen, deren Werte über 2,4 nmol/l bzw. über 2,8 nmol/l liegen. Ähnlich sieht es bei den Konzentrationen von FSH und LH aus: Beide Hormone sind bei Personen der Kontrollgruppe und ehemaligen Konsumenten erheblich höher konzentriert (FSH: über 15-fach, LH: über 60-fach) als bei aktuellen Konsumenten, wobei jeweils die ehemaligen Konsumenten die höchsten Werte aufweisen.
Wie erwartet liegen die Testosteronwerte bei Konsumenten anaboler Steroide deutlich höher als bei Personen, die keine Anabolika (mehr) einnehmen. Alle anderen ermittelten Werte liegen jedoch signifikant niedriger als bei diesen Gruppen. Diese Daten, insbesondere der geringe Wert des Zwischenprodukts 17α-Hydroxy-Progesteron sowie das geringe Hodenvolumen lassen daher den Schluss zu, dass durch die Einnahme von

synthetischem Testosteron die körpereigene Testosteronsynthese reduziert wird. Eine Ursache dafür könnte in der negativen Rückkopplung liegen: Das in hoher Konzentration vorhandene Testosteron hemmt die Ausschüttung von GnRH und damit auch die Freisetzung von FSH und LH, sodass keine Stimulation der Testosteronbildung im Hoden erfolgt. Die ausbleibende Testosteron- und Inhibinsynthese könnte dann auch eine geringere Hodengröße bedingen.
Die Tatsache, dass die untersuchten Werte ehemaliger Konsumenten anaboler Steroide relativ nahe an den Werten der Kontrollgruppe liegen, spricht dafür, dass (zumindest) diese durch die Anabolika hervorgerufenen Effekte reversibel sind. So läuft die eigene Testosteronsynthese nach Absetzen der Mittel offensichtlich wieder an (Hodenvolumen, Zwischenprodukt, Transportprotein) und der Testosteronspiegel liegt etwa wieder auf dem Niveau der Personen der Kontrollgruppe. Dass die Konzentrationen von FSH und LH gegenüber Kontrollpersonen sogar erhöht sind, könnte ebenfalls auf eine Heraufregulierung der Testosteronsynthese hindeuten.
Aus dem Material geht nicht hervor, wie lange die letzte Einnahme bei ehemaligen Konsumenten zurückliegt. Da deren Werte von denjenigen der Kontrollpersonen zumindest geringfügig in Richtung der Werte der Steroide-Konsumenten abweichen, könnte man auch davon sprechen, dass es durchaus langfristige Auswirkungen anaboler Steroide auf den männlichen Körper gibt.

BE

Stoffwechselbiologische Aspekte am Beispiel der Urease

1 Planen Sie ein Experiment mit verschiedenen Ansätzen zur Überprüfung der in M 1 angegebenen Hypothesen und protokollieren Sie die Durchführung. 10

Führen Sie das Experiment durch und protokollieren Sie die Beobachtungen. 8

2 Werten Sie das Experiment im Hinblick auf die in M 1 angegebenen Hypothesen aus. 12

M 1 Katalyse von Harnstoff und N-Methylharnstoff durch Urease

Formale Hinweise: Die Teilaufgabe 1 enthält ein Schüler-Experiment. Dieses sollen Sie unter Berücksichtigung der Hinweise planen und durchführen. Sollte Ihnen die Planung nicht gelingen, können Sie die Versuchsplanung für das Schüler-Experiment bei der Aufsicht führenden Lehrkraft anfordern. Damit erhielten Sie für den entsprechenden Aufgabenteil keine Bewertungseinheiten: 10 BE.
Sollten Ihnen die Versuchsergebnisse in einzelnen Teilen unbrauchbar erscheinen, können Sie die Beobachtungen für das Schüler-Experiment bei der Aufsicht führenden Lehrkraft anfordern. Damit erhielten Sie für den entsprechenden Aufgabenteil keine Bewertungseinheiten: 8 BE.
Mit den Beobachtungen werden Sie dann in die Lage versetzt, die Teilaufgabe 2 zu lösen. Vor Erhalt dieser Hilfe müssen Sie in diesem Fall Ihre schriftlich ausgearbeitete Planung des Experiments bei der Aufsicht führenden Lehrkraft abgeben, damit Ihre Planung gewertet werden kann. Eine Überarbeitung Ihrer Planung ist dann nicht mehr möglich.

M 1a Hypothesen zur Katalyse von Harnstoff und N-Methylharnstoff durch Urease

Die molekularen Strukturen von Harnstoff und N-Methylharnstoff sind relativ ähnlich. Es wurden folgende Hypothesen zur Katalyse von Harnstoff und N-Methylharnstoff aufgestellt:

Hypothese a: Im Gegensatz zu Harnstoff wird N-Methylharnstoff nicht von Urease umgesetzt.

Hypothese b: Die Hemmung der Urease ist abhängig von der Konzentration von N-Methylharnstoff.

Achten Sie auf die allgemeinen Sicherheitsregeln und tragen Sie beim Experimentieren durchgängig eine Schutzbrille.

Bereits erfolgte Vorbereitung:
Im Vorfeld der Abiturprüfung wurden die benötigten Stammlösungen, die Urease-Suspension und die Phenolphthalein-Lösung für Sie vorbereitet.

Für das experimentelle Vorgehen stehen Ihnen folgende Materialien und Stoffe zur Verfügung:

Materialien: 5 Reagenzgläser, Stoppuhr, 5 skalierte 5 mL Pipetten mit Pipettierhilfe, Reagenzglasständer.

Stoffe: 10 mL Urease-Suspension, 10 mL Harnstoff-Lösung (1 %ig), 10 mL N-Methylharnstoff-Lösung (7 %ig), 5 mL Phenolphthalein-Lösung (0,1 %ig), 20 mL demineralisiertes Wasser.

Entsorgung: Nach Beendigung des Experiments stellen Sie die Lösungen und Geräte bitte auf einen bereitgestellten Experimentierwagen (o. ä.) ab.

HINWEISE: Pro Reagenzglas sind 2 Tropfen Phenolphthalein-Lösung zu verwenden. Verwenden Sie für jedes Reagenzglas das gleiche Volumen der Urease-Suspension. Urease-Suspension, Harnstoff-Lösung und N-Methylharnstoff-Lösung sind in den Volumina 0 mL, 1 mL oder 2 mL pro Reagenzglas einzusetzen. Die Hypothese b soll durch 3 unterschiedliche Versuchsansätze mit den gleichen Gesamtvolumina pro Reagenzglas überprüft werden.

Lösungsvorschlag

Die Aufgabe beinhaltet die folgenden Themen:
Stoffwechselbiologie: Enzyme als Biokatalysatoren, Substratspezifität von Enzymen, kompetitive Wirkungen bei Enzymen zur Regulation von Stoffwechselwegen

TIPP Allgemeine Hinweise zur Lösung der Aufgabe

Aus dem Unterricht kennen Sie das Experiment zur katalytischen Spaltung von Harnstoff durch das Enzym Urease. In dieser Aufgabe erwartet Sie eine Erweiterung dieses Versuchs, bei der Sie den Einfluss einer anderen Substanz auf diese Reaktion bzw. auf die Wirkung des Enzyms bestimmen sollen.
Setzen Sie sich zunächst sorgfältig mit dem zugehörigen Material auseinander. Es werden Ihnen bei der Auflistung des Arbeitsmaterials (Geräte, Chemikalien) bereits wichtige Hinweise für das zu planende Experiment geliefert. In diesem Fall stehen Ihnen fünf Reagenzgläser sowie abgemessene Mengen an Chemikalien zur Verfügung, die Sie zur Überprüfung zweier Hypothesen verwenden können. Damit wird der experimentelle Überprüfungsumfang bereits begrenzt.

1 **TIPP** *Anforderungsbereiche: I – II, Bewertungseinheiten: 18*

Im ersten Aufgabenteil geht es darum, die Durchführung eines Experiments zu entwickeln, mit dessen Hilfe zwei vorgegebene Hypothesen überprüft werden können. Da Sie alle 5 Reagenzgläser für die Versuchsansätze benötigen, planen Sie Ihre Ansätze nach Möglichkeit so, dass Sie dabei die Gesamtvolumina der zur Verfügung gestellten Lösungen nicht überschreiten. Zur Protokollierung Ihrer Planung empfiehlt es sich, die Zusammensetzung Ihrer Ansätze und die eingesetzten Volumina tabellarisch aufzulisten.

Planen: Nach Hypothese a setzt die Urease nur Harnstoff um, nicht aber N-Methylharnstoff. Bei der Umsetzung von Harnstoff entsteht Ammoniak, das als Base wirkt und den pH-Wert der wässrigen Lösung erhöht. Ob die Katalyse stattfindet, lässt sich daher mithilfe des Indikators Phenolphthalein prüfen, der sich in alkalischer Lösung pink färbt.

Protokollieren: Zur Prüfung der Hypothese a wird ein Reagenzglas (RG) mit 2 mL Harnstoff-Lösung und 1 mL Urease-Suspension versetzt, unter Zugabe von 2 Tropfen Phenolphthalein. Mit einem zweiten Reagenzglas verfährt man analog, nur dass hier N-Methylharnstoff-Lösung anstelle der Harnstoff-Lösung verwendet wird.

RG	Harnstoff-Lösung	Phenolphthalein-Lösung	N-Methylharnstoff-Lösung	Urease-Suspension
1	2 mL	2 Tropfen	–	1 mL
2	–	2 Tropfen	2 mL	1 mL

Planen: Bei Hypothese b geht man davon aus, dass die Enzymaktivität der Urease durch N-Methylharnstoff gehemmt wird und dass diese Hemmung abhängig von der Hemmstoffkonzentration ist. Um dies zu prüfen, werden mehrere Ansätze hergestellt, in der jeweils nur die Konzentration des N-Methylharnstoffs verändert wird.

Protokollieren: Ein Reagenzglas wird mit 2 mL Harnstoff-Lösung, 2 Tropfen Indikator-Lösung, 2 mL demineralisiertem Wasser und 1 mL Urease-Suspension versetzt. In ein zweites Reagenzglas werden 2 mL Harnstoff-Lösung, nur 1 mL demineralisiertes Wasser sowie 1 mL N-Methylharnstoff-Lösung und 1 mL Urease-Suspension gegeben. In einem dritten Reagenzglas werden 2 mL Harnstoff-Lösung, 2 Tropfen Indikator-Lösung, 2 mL N-Methylharnstoff-Lösung und 1 mL Urease-Suspension gemischt.

RG	Harnstoff-Lösung	Phenolphthalein-Lösung	N-Methylharnstoff-Lösung	demin. Wasser	Urease-Suspension
1	2 mL	2 Tropfen	–	2 mL	1 mL
2	2 mL	2 Tropfen	1 mL	1 mL	1 mL
3	2 mL	2 Tropfen	2 mL	–	1 mL

Durchführen:

TIPP Bei der Durchführung der Versuche zu Hypothese a bzw. b befüllen Sie zunächst alle Reagenzgläser gemäß Ihrer Planung. Zuletzt geben Sie in möglichst kurzem zeitlichen Abstand die Urease-Suspension in beide bzw. alle drei Reagenzgläser zu und schütteln die Reagenzgläser kurz. Beim Versuch zur Überprüfung der Hypothese b ermitteln Sie dann mithilfe der Stoppuhr direkt nach Zugabe der Urease-Suspension die Zeit bis zur Pinkfärbung des Indikators.

Protokollieren: Beim Experiment zur Überprüfung der Hypothese a wird der Indikator im ersten Reagenzglas pink gefärbt, während im zweiten Reagenzglas keine Farbänderung auftritt.
Bei der Versuchsreihe zur Überprüfung der Hypothese b findet in allen drei Reagenzgläsern ein Farbumschlag des Indikators statt. Allerdings erfolgt der Indikatorumschlag in den Reagenzgläsern 2 und 3 langsamer als im Ansatz 1, wobei die Färbung in Reagenzglas 3 mit der größten Verzögerung eintritt.

2 **TIPP** *Anforderungsbereich: II, Bewertungseinheiten: 12*

Stellen Sie Ihre Beobachtungen in den Kontext zu den Hypothesen und prüfen Sie, ob die Hypothesen zutreffend sind. Greifen Sie dabei auf Ihre Kenntnisse zum Ablauf enzymatisch katalysierter Reaktionen und zu Enzymeigenschaften zurück.

Das bei der enzymatischen Spaltung von Harnstoff entstehende Ammoniak reagiert in wässriger Lösung zu Ammonium- und Hydroxidionen. Letztere bewirken die Erhöhung des pH-Werts und damit den Indikatorumschlag von farblos auf pink. Wie die Beobachtungen des ersten Versuchs zeigen, setzt die Urease nur Harnstoff um, nicht aber N-Methylharnstoff. Nur im ersten Fall erfolgt ein Farbumschlag des Indikators, nicht aber bei Verwendung von N-Methylharnstoff. Der Versuch bestätigt also die Hypothese a. Er deutet auch auf die Substratspezifität des Enzyms hin, die darauf beruht, dass nur die Harnstoffmoleküle nach Bindung an das aktive Zentrum des Enzyms (gemäß Schlüssel-Schloss-Prinzip) in das Produkt/die Produkte umgesetzt werden können, nicht jedoch strukturell ähnliche Moleküle.

In der zweiten Versuchsreihe zeigt sich, dass der Indikatorumschlag langsamer erfolgt, wenn N-Methylharnstoff im Reaktionsansatz enthalten ist. Der Farbumschlag tritt dabei umso später ein, je höher die Konzentration an N-Methylharnstoff im Versuchsansatz ist. Das bedeutet, dass die Umsetzung von Harnstoff konzentrationsabhängig durch N-Methylharnstoff gehemmt wird. Hypothese b kann somit ebenfalls verifiziert werden. Es ist wahrscheinlich, dass es sich bei N-Methylharnstoff um einen Inhibitor mit kompetitiver Wirkung handelt. Dabei bindet der N-Methylharnstoff aufgrund seiner strukturellen Gemeinsamkeiten mit Harnstoff zwar an das aktive Zentrum der Urease, wird jedoch nicht umgesetzt. Je mehr N-Methylharnstoffmoleküle in der Lösung vorhanden sind, desto mehr Enzymmoleküle werden durch den Inhibitor blockiert und desto weniger Substratmoleküle können pro Zeiteinheit umgesetzt werden. Die verlangsamte Reaktionsgeschwindigkeit spiegelt sich im verzögerten Eintritt der Färbung wider.

Niedersachsen Biologie ▪ Erhöhtes Anforderungsniveau
Musteraufgabe 2 mit Experiment

BE

Ökologische und stoffwechselbiologische Aspekte bei der Weiß-Fichte

1 Mikroskopieren Sie den Querschnitt durch ein Nadelblatt der Weiß-Fichte bei geeigneter Vergrößerung (M 1 a). Skizzieren Sie einen beschrifteten Ausschnitt aus dem Querschnitt durch ein Nadelblatt der Weiß-Fichte gemäß den Hinweisen in M 1 a. 15

Analysieren Sie die besonderen Angepasstheiten des Blattbaus der Weiß Fichte (M 1 a) an die klimatischen Bedingungen im borealen Wald in Alaska (M 1 b). 9

M 1 Fotosynthese bei verschiedenen Arten des borealen Nadelwaldes in Alaska

Formale Hinweise: Die Teilaufgabe 1 (M 1 a) umfasst das Skizzieren und die Auswertung eines mikroskopischen Präparats.

1. Sollte Ihnen der ausgehändigte Querschnitt durch ein Nadelblatt unbrauchbar erscheinen, können Sie ein neues Präparat bei der Aufsicht führenden Lehrkraft anfordern. Hierfür erfolgt kein Abzug von Bewertungseinheiten.
2. Sollte Ihnen die Skizze in Teilen oder zur Gänze unbrauchbar erscheinen, können Sie eine bereits fertig erstellte Skizze bei der Aufsicht führenden Lehrkraft anfordern. Damit erhielten Sie für den entsprechenden Aufgabenteil keine Bewertungseinheiten: 15 BE.

Mit dem Präparat bzw. der Skizze werden Sie dann in die Lage versetzt, die weiteren Aufgabenteile der Teilaufgabe 1 zu lösen.

M 1 a Bau eines Nadelblatts der Weiß-Fichte *(Picea glauca)*

Achten Sie beim Mikroskopieren auf die allgemeinen Sicherheitsregeln.

Bereits erfolgte Vorbereitung:
Im Vorfeld der Abiturprüfung wurden die Querschnitte durch ein Nadelblatt der Weiß-Fichte für Sie vorbereitet. Drei Querschnitte werden Ihnen auf einem Objektträger mit Deckgläschen zur Verfügung gestellt. Die Querschnitte befinden sich in einem Tropfen Leitungswasser.

Für das Mikroskopieren stehen Ihnen folgende Materialien und Stoffe zur Verfügung:

Materialien: Mikroskop, Pipette, Pinzette, Präpariernadel, Becherglas mit Wasser, saugfähiges Küchenpapier, weißes Zeichenpapier, weicher Bleistift

Entsorgung: Legen Sie die verwendeten Objektträger auf den bereit gestellten Tisch. Die Entsorgung erfolgt durch die Lehrkraft.

HINWEISE ZUR MIKROSKOPISCHEN SKIZZE:

Die Detailskizze des Querschnitts durch ein Nadelblatt der Weiß-Fichte soll Folgendes beinhalten:
Ausschnitt aus der Epidermis mit Spaltöffnungsapparat, der Cuticula, der unterhalb der einschichtigen Epidermis liegenden Hypodermis sowie angrenzenden fotosynthetisch aktiven Zellen.
Zur Vereinfachung brauchen Vakuolen innerhalb der Zellen nicht gezeichnet werden.

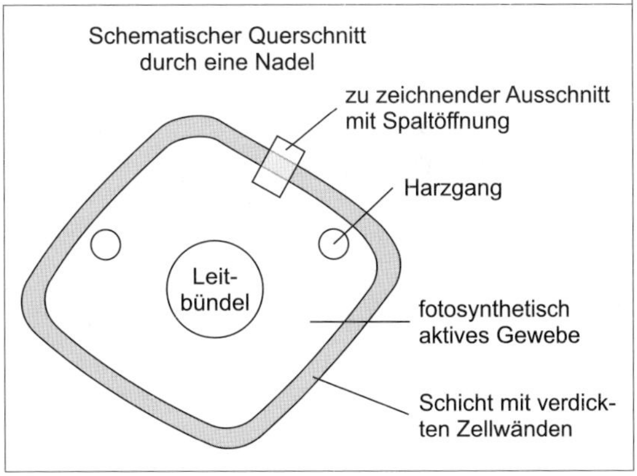

Erstellt durch:
Zentralabiturkommission Biologie 2020: Übersichtsskizze eines Querschnitts durch ein Blatt der Weiß-Fichte (Picea glauca).

M 1 b Informationen zu den borealen Wäldern Alaskas und zu den Besonderheiten des Nadelblatts der Weiß-Fichte

Informationen zu den borealen Wäldern Alaskas: Dominiert wird der boreale Wald in Alaska zum Beispiel von der Weiß-Fichte *(Picea glauca).* Auch sommergrüne Laubbäume, wie z. B. die Amerikanische Zitterpappel *(Populus tremuloides),* bilden ausgedehnte Waldbestände. Die Pflanzen sind in Alaska extremen Temperaturunterschieden zwischen Sommer und Winter ausgesetzt. Temperaturen von etwa –50 °C im Januar bis zu +33 °C im Juli ermöglichen eine nur kurze Vegetationsperiode von etwa 135 oder weniger Tagen. Die durchschnittliche, jährliche Niederschlagsmenge (287 mm in Fairbanks) fällt eher gering aus, wobei davon etwa 35 % als Schnee fallen. Im Winter besteht die Gefahr von Frosttrocknis. Diese entsteht dadurch, dass die Pflanzen Wasser durch Transpiration verlieren, jedoch aus dem gefrorenen Boden kein Wasser aufnehmen können, da dieses in Form von Eis gebunden ist.

Weitere Besonderheiten des Nadelblatts der Weiß-Fichte (M 1 a) im Vergleich zu dem typischen bifazialen Blatt: Das Blatt weist keine Trennung des Assimilationsgewebes in Palisaden- und Schwammgewebe auf. Die Interzellularräume sind sehr klein.

Verändert aus:
Szymanski, R.: Ökophysiologische Untersuchungen zum CO_2-Blattgasaustausch an Populus tremuloides (MICHX.) und Picea glauca (MOENCH) in Zentralalaska. Diplomarbeit. Universität Hohenheim (2010), S. 7 ff.

Lösungsvorschlag

Die Aufgabe beinhaltet die folgenden Themen:
- Stoffwechselbiologie/Morphologie: Struktur und Funktion grüner Blätter, mikroskopische Analyse von Blattstrukturen
- Ökologie: Angepasstheiten an Standortbedingungen

TIPP Allgemeine Hinweise zur Lösung der Aufgabe

Diese experimentell ausgerichtete Aufgabe zielt zunächst auf Ihre Fähigkeiten, den Gewebequerschnitt eines Pflanzenblattes in geeigneter Weise zu mikroskopieren sowie die mikroskopisch sichtbaren Strukturen zu erfassen und zu identifizieren. Ihre Erfahrung der Mikroskopie eines bifazialen Laubblatts aus dem Unterricht hilft Ihnen dabei. Das Ihnen hier (als Querschnitt) vorgelegte Fichtennadelblatt weist zwar einen etwas anderen Bau auf als ein Laubblatt, die Identifizierung der zellulären Strukturen ist mithilfe Ihrer Vorkenntnisse und der Hinweise im Material jedoch gut möglich. Anhand Ihrer Skizze und der identifizierten zellulären Strukturen sollen Sie anschließend die besonderen Angepasstheiten einer Fichtennadel an die klimatischen Bedingungen im Lebensraum der Weiß-Fichte erschließen.
Denken Sie daran, sich schon bei der ersten Durchsicht der Aufgabenstellung einen Überblick über das gesamte vorgelegte Material zu verschaffen, auch um die Hilfestellungen im Arbeitsmaterial zu erfassen und den vermutlichen Zeitaufwand für die beiden Arbeitsaufträge abschätzen zu können.

1 TIPP *Anforderungsbereich: II, Bewertungseinheiten: 15*

Bei diesem ersten Arbeitsauftrag wird von Ihnen erwartet, dass Sie im Umgang mit dem Lichtmikroskop fachgerecht geübt sind. Überdies ist gefordert, dass Sie Gewebestrukturen auf das Wesentliche reduziert zeichnerisch darstellen können.

Mikroskopieren:

TIPP Legen Sie das Präparat passgenau auf den Objekttisch auf und führen Sie mit der geringsten mikroskopischen Vergrößerung eine orientierende, mikroskopische Sichtung des Fichtennadelquerschnitts durch. Verschaffen Sie sich so zunächst schnell einen Überblick, ob zumindest in einem der vorgelegten Gewebeschnitte alle in der Skizze in M 1 a angegebenen Details gut zu erkennen sind. Zögern Sie nicht, sich gegebenenfalls ein anderes Präparat aushändigen zu lassen. Vergrößern Sie dann den Blattrandbereich Schritt für Schritt mit zunehmender Vergrößerung und Scharfeinstellung der Objektive, sodass Sie schließlich wie gefordert einen Ausschnitt aus dem Randbereich des Querschnitts mit mindestens einer eingesenkten Spaltöffnung und den umliegenden zellulären Strukturen gut überschauen können. Achten Sie bei der Fokussierung auch auf eine gute Ausleuchtung des Präparats.

Skizzieren:

TIPP Um die Qualität Ihres Ausschnitts hinsichtlich seiner Eignung bewerten zu können, vergleichen Sie ihn mit den Angaben zur Detailskizze in M 1 a. Fertigen Sie erst dann die geforderte Zeichnung der zellulären Strukturen Ihres Fichtennadelausschnitts an. Arbeiten Sie mit klarer Strichführung und geben Sie die verschiedenen Formen sowie die ungefähren Größenverhältnisse und Wanddicken der in den Hinweisen angegebenen Zell- und Gewebetypen wieder. Die das Blatt nach außen hin abschließende, auf der Epidermis liegende verdickte Cuticula sowie die sich unterhalb der Epidermis nach innen anschließende Hypodermis mit verdickten Zellwänden sind klar vom umgebenden Gewebe abzugrenzen. Auch muss deutlich werden, dass nur das Gewebe im Inneren der Fichtennadel unterhalb der Hypodermis und die Schließzellen im Spaltöffnungsapparat Chloroplasten enthalten und damit fotosynthetisch aktiv sind. Die Vakuolen und Zellkerne müssen nicht in ihre Darstellung aufgenommen werden. Identifizieren und beschriften Sie abschließend die wesentlichen Zell- und Gewebetypen in Ihrer Skizze.

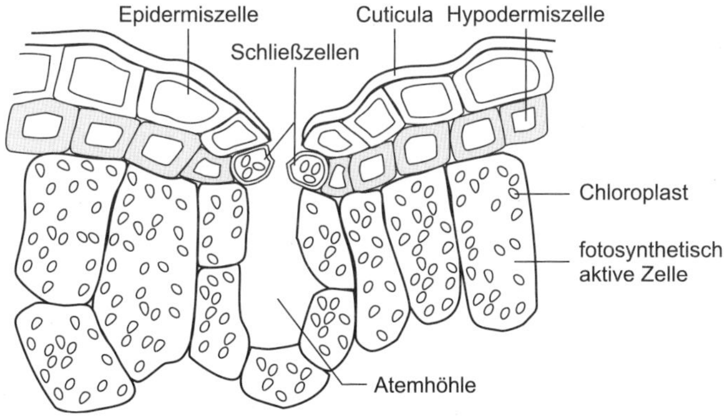

TIPP Falls Ihnen Ihre Skizze nicht aussagekräftig genug erscheint, sollten Sie abwägen, ob Sie alternativ eine bereits fertig ausgearbeitete Skizze von der Aufsicht anfordern, um einen weiteren Zeitverlust zu vermeiden und mit der erhaltenen Skizze weiterzuarbeiten. Allerdings müssen Sie dann einen Abzug von 15 BE in Kauf nehmen.

TIPP *Anforderungsbereich: II, Bewertungseinheiten: 9*

Im zweiten Arbeitsauftrag der Aufgabe sollen Sie auf der Grundlage der Informationen in M 1 b und anhand Ihrer Skizze des Querschnitts der Weiß-Fichtennadel Schlussfolgerungen über die Angepasstheiten des Fichtennadelblatts an die klimatischen Bedingungen des Standortes im borealen Wald ableiten. Fassen Sie dafür zunächst die angegebenen Standortfaktoren zusammen und gehen Sie dann auf die Vorteile der Besonderheiten im Blattbau der Weiß-Fichte unter diesen Umweltbedingungen ein.

Analysieren: Die Temperaturen sind in Alaska im Sommer mit bis zu 33 °C relativ hoch und fallen im Winter oft weit unter 0 °C, bis auf etwa –50 °C. Da außerdem die jährliche Niederschlagsmenge, die etwa zu 35 % als Schnee fällt, gering ist, ergibt sich im Winter für immergrüne Pflanzen leicht die Gefahr der Frosttrocknis, da das Wasser hauptsächlich als Eis im Boden gebunden ist und so für die Aufnahme kaum zur Verfügung steht. Gegenüber diesen Bedingungen haben sich bei den Nadeln der Weiß-Fichte spezielle Angepasstheiten entwickelt. Der extrastomatäre Wasserverlust durch die Epidermis wird durch eine dicke Cuticula und verstärkte Zellwände herabgesetzt. Die darunter liegende Hypodermis mit stark verdickten Zellwänden verringert den Wasserverlust zusätzlich. Außerdem bedingt der nadelförmige Bau des Weiß-Fichtenblatts durch die daraus resultierende geringe Oberfläche eine zusätzliche Beschränkung der Verdunstungsverluste. Mithilfe der eingesenkten Spaltöffnungen kann auch die stomatäre Verdunstung geringgehalten bzw. durch die in den Einsenkungen leicht zurückliegenden Schließzellen gut reguliert werden.

BE

AMEISEN – WAHRE ERFOLGSMODELLE IM TIERREICH

Ameisen sind eine sehr artenreiche Familie der Insekten, die fast alle Lebensräume der Erde bevölkern. Allen Ameisenarten ist gemein, dass sie sehr prägend und gestaltend auf ihren jeweiligen Lebensraum wirken, indem sie u. a. die dortigen Lebensgemeinschaften nachhaltig beeinflussen. So zeigen beispielsweise Ameisen der Gattung *Crematogaster* spezielle Wechselwirkungen mit Bäumen der Gattung *Macaranga*. Einige Ameisenarten kommen sogar in sehr lebensfeindlichen Gebieten, wie der Sahara, vor. Dort geraten Ameisen unter extremen Hitzestress. Darunter versteht man eine durch hohe Temperaturen bedingte belastende Situation für einen Organismus.
Im Folgenden sollen Sie sich mit genetischen, stoffwechselbiologischen und ökologischen Aspekten im Zusammenhang mit ausgewählten Ameisenarten auseinandersetzen.

1 Genetische Aspekte bei Wüstenameisen der Gattung *Cataglyphis*

1.1 Beschreiben Sie das in M 1 dargestellte Schema sowie die biologische Bedeutung des alternativen Spleißens. 11

1.2 Erläutern Sie unter Bezug auf M 3a die Befunde zur Hitzestress-Antwort in M 3b im Hinblick darauf, dass Ameisen der Art *C. mauritanica* bei einer Temperatur von 40 °C einen sehr langen Zeitraum überleben können.
Erklären Sie anhand von M 3a und M 3b, weshalb Ameisen der Art *C. mauritanica* bereits nach kurzer Zeit bei einer extrem hohen Temperatur von 60 °C sterben. 21

1.3 Begründen Sie anhand von M 3c, auf welche Weise Hitzestress zur Bildung von induzierten HSP führt und die Bildung von neuen HSP (M 3a) durch die Konzentration an freien HSP im Zellplasma reguliert wird. 11

2 Stoffwechselbiologische Aspekte bei Wüstenameisen

2.1 Fassen Sie unter Berücksichtigung der ATP-Synthese die wesentlichen Vorgänge der Endoxidation im Mitochondrium zusammen. 9

2.2 Erläutern Sie anhand von M 4 die Zusammenhänge zwischen Aktivität der ATP-Synthase, ATP-Produktion und Protonendurchlässigkeit der Mitochondrienmembran.
Begründen Sie anhand von M 4, warum eine Hitzestress-Antwort das Überleben bei sehr hohen Umgebungstemperaturen nicht zwingend ermöglicht. 21

3 Ökologische Aspekte zu Ameisen der Gattung *Crematogaster*

3.1 Werten Sie M 5 a, M 5 b und M 5 c im Hinblick auf die Wechselbeziehung zwischen Ameisen der Gattung *Crematogaster* und *Macaranga*-Bäumen aus. 20

3.2 Planen Sie auf der Grundlage einer Auswahl der angegebenen Materialien eine experimentelle Vorgehensweise zur Überprüfung der genannten Hypothese (M 5 d). 12

M 1 Allgemeines Schema des alternativen Spleißens

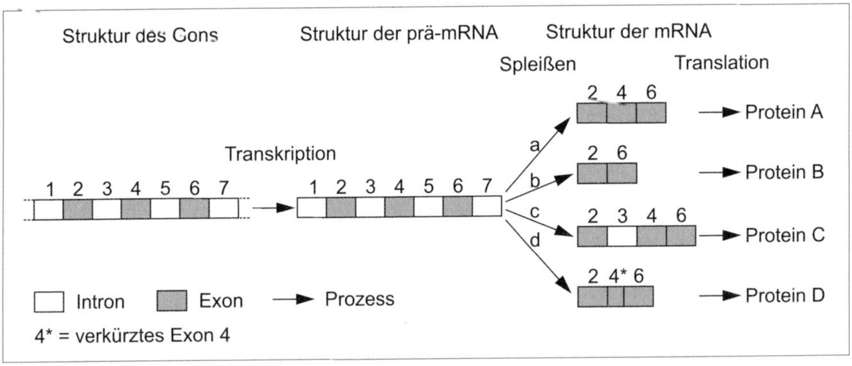

Erstellt durch:
Zentralabiturkommission 2018: Allgemeines Schema des alternativen Spleißens.

M 2 Allgemeine Informationen zu Ameisen

Ameisen leben in arbeitsteilig organisierten Insektenstaaten. Ein Ameisenvolk kann in drei Gruppen unterteilt werden: fruchtbare Weibchen (Königinnen), Männchen und Arbeiterinnen. Die letzte Gruppe stellt die größte Fraktion im Staat dar und ist u. a. für die Verteidigung des Nestes, die Versorgung der Nachkommen und der Königinnen und die Nahrungsbeschaffung zuständig. Die Nester sind in heißen und trockenen Gebieten häufig unterirdisch angelegt und weisen daher gemäßigtere Lebensbedingungen auf. Ameisen nutzen viele verschiedene Nahrungsressourcen, wobei einzelne Arten aber häufig auf bestimmte Nahrungsquellen spezialisiert sind.

Verändert aus:
http://de.m.wikipedia.org/wiki/Ameisen (zuletzt abgerufen am 05. 04. 2017).

M 3 Genetische Aspekte bei Wüstenameisen der Gattung *Cataglyphis*

M 3a Untersuchungen der Hitzestress-Antwort bei Wüstenameisen der Gattung *Cataglyphis*

Besondere Hitzestressproteine (HSP) ermöglichen es Ameisen (M 2), auch bei hohen Temperaturen zu überleben. Es gibt zwei verschiedene Typen von Hitzestressproteinen: konstitutionelle HSP und induzierte HSP. Konstitutionelle HSP liegen ständig in allen Zellen vor und sorgen u. a. für die korrekte Faltung neu gebildeter Proteine und den Schutz vor Denaturierung, indem sie an diese Proteine binden und somit deren Struktur stabilisieren. Ein vollständiger Schutz vor der Denaturierung aller Proteine ist hierdurch jedoch nur über einen sehr kurzen Zeitraum gegeben.
Induzierte HSP werden erst bei hohen Temperaturen durch Proteinbiosynthese gebildet. Sie renaturieren bereits denaturierte Proteine, jedoch erst, nachdem einige Zeit für die Synthese verstrichen ist. Ameisen der Art *Cataglyphis mauritanica* sind in der Lage, eine hohe Umgebungstemperatur von 40 °C über einen sehr langen Zeitraum auszuhalten. Sie überleben extrem hohe Temperaturen von um die 60 °C jedoch nur für einen sehr kurzen Zeitraum von wenigen Minuten. Um die Bedeutung von induzierten HSP für diese Ameisenart zu ergründen, wurden Versuche durchgeführt. Tests ergaben, dass *C. mauritanica* nur eine geringe Konzentration konstitutioneller HSP aufweist. Bei Versuchen wurden jeweils Gruppen dieser Art bei verschiedenen Temperaturen für bestimmte Zeiten gehalten. Dabei entspricht die Temperatur von 37 °C einem leichten, die von 40 °C einem mittleren und die von 45 °C einem extremen Hitzestress. Die Überlebensraten (A) und die relative Aktivität eines HSP-Gens (B) wurden bestimmt (M 3 b).

Zusammengestellt und verändert aus:
Cerdá, X. et al.: Critical thermal limits in Mediterranean ant species: trade-off between mortality risk and foraging performance. In: Functional Ecology 12 (1998), S. 45–47.
Jungbauer, W. (Hrsg.): Aufgabenhandbuch Biologie, Band 4. Genetik. Aulis Verlag, Köln (2011), S. 179–181.
Williot, Q. et al.: Proteome stability, heat hardening, and heat-shock protein expression profiles in Cataglyphis desert ants. In: Journal of Experimental Biology 220 (2017), S. 1 721–1 728.

M 3b Befunde zu Untersuchungen der Hitzestress-Antwort bei *C. mauritanica*

Grafik A zeigt den Anteil der überlebenden Ameisen, die unterschiedlichem Hitzestress ausgesetzt waren. Grafik B zeigt die relative Aktivität eines HSP-Gens bei verschiedenen Versuchsbedingungen am Versuchsende.

A

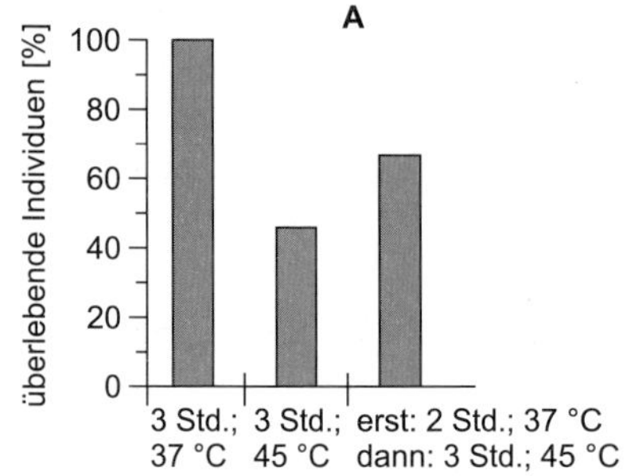

B

Ansatz	Versuchsbedingungen	Genaktivität [rel. Einheiten]
1	3 h bei 25 °C	0
2	3 h bei 40 °C	100
3	erst: 3 h bei 40 °C dann: 1 h bei 25 °C	0

Verändert aus: Williot, Q. et al.: Proteome stability, heat hardening, and heat-shock protein expression profiles in Cataglyphis desert ants. In: J. Exp. Biol. 220 (2017), S. 1 721–1 728.

M 3 c Regulation der Genexpression eines induzierten Hitzestressproteins

HINWEIS: Die Zahlen geben die zeitliche Reihenfolge der Teilprozesse der Hitzestress-Antwort wieder. Zum Zeitpunkt 1 erfolgt der Hitzestress.

Legende: HSF = Hitzestressfaktor; HSP = Hitzestressprotein; HSE = Hitzestresselement (regulatorischer DNA-Abschnitt)

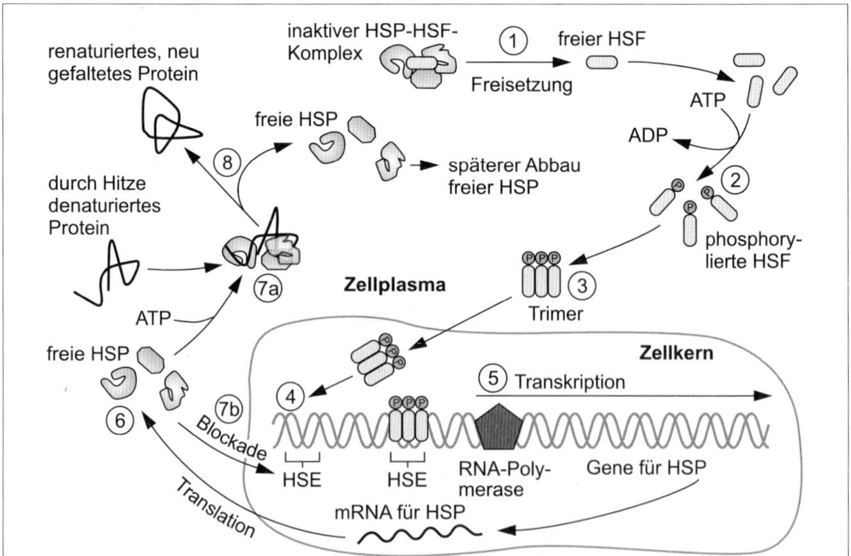

Verändert aus: Tomanek, L. et al.: Interspecific- and acclimation-induced variation in levels of heat-shock proteins 70 (hsp70) and 90 (hsp90) and heat-shock transcription factor-1 (HSF1) in congeneric marine snails (genus Tegula): implications for regulation of hsp gene expression. In: Journal of Experimental Biology 205 (2002), S. 678.

M 4 Protonendurchlässigkeit der inneren Mitochondrienmembran und ATP-Produktion

Hitzestress tritt erst bei hohen Umgebungstemperaturen ein.
Die Hitzestress-Antwort des Organismus schwächt die negativen Auswirkungen des Hitzestresses ab. Für die dabei ablaufenden Prozesse in den Zellen der Wüstenameisen wird viel ATP benötigt.

HINWEIS: Die Protonendurchlässigkeit der inneren Mitochondrienmembran beruht auf der Tatsache, dass Protonen nicht nur über die ATP-Synthase, sondern auch über andere membrangebundene Proteine durch diese Membran diffundieren können. Die Gründe für die Temperaturabhängigkeit dieser Transportvorgänge sollen nicht betrachtet werden.

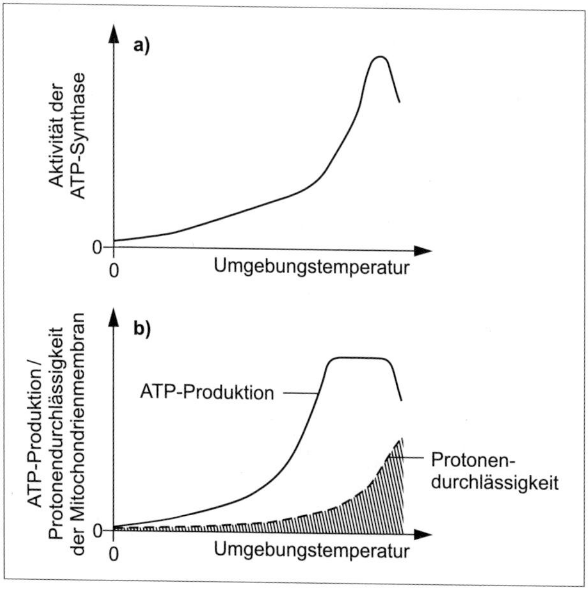

Verändert aus: Angilletta, M. J. Jr.: Thermal Adaption. Oxford University Press, New York (2009), S. 45.

M 5 Ökologische Aspekte zur Ameisengattung *Crematogaster*

M 5a Die Ameisen der Gattung *Crematogaster* und *Macaranga*-Bäume

In Malaysia gibt es viele Baumarten der Gattung *Macaranga*, die u. a. als Pionierpflanzen bei der Wiederaufforstung von tropischen Regenwäldern von großer Bedeutung sind. Die Bäume geben an ihren Blättern eine zuckerreiche Flüssigkeit ab, den sogenannten Blattnektar, welcher von Insekten als Nahrung genutzt wird. Auch bilden die Pflanzen kleine Knöllchen aus, sogenannte Futterkörperchen. Auf einigen *Macaranga*-Arten existieren dauerhaft Völker der Ameisengattung *Crematogaster*. Diese Ameisen ernähren sich fast ausschließlich von pflanzlichen Stoffen.

Verändert aus: Jungbauer, W. (Hrsg.): Aufgabenhandbuch Biologie, Band 2. Ökologie. Aulis Verlag, Köln (2010), S. 140–141.

M 5b Experiment zur Bedeutung der Futterkörperchen

In einem Experiment wurden auf den Blättern von *Macaranga*-Pflanzen zusätzliche Futterkörperchen angebracht bzw. entfernt. Einige Pflanzen wurden nicht verändert. Nach einem Monat wurden Ameiseneier, -larven, -puppen und Ameisen auf den Pflanzen gezählt (Diagramm unten).

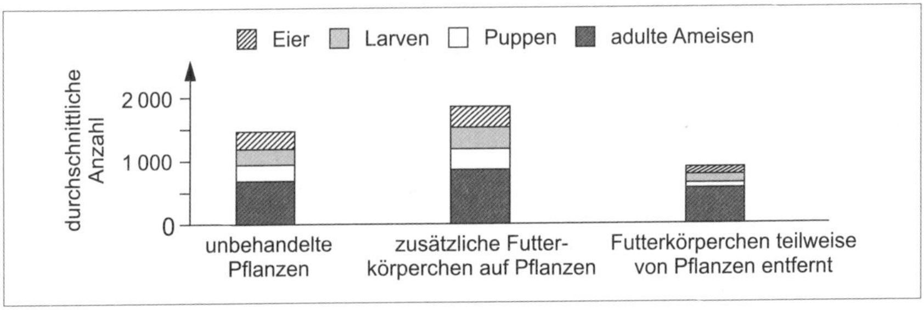

Verändert aus: Jungbauer, W. (Hrsg.): Aufgabenhandbuch Biologie, Band 2. Ökologie. Aulis Verlag, Köln (2010), S. 140–141.

M 5c Einfluss von Ameisen der Gattung *Crematogaster* auf *Macaranga*-Bäume

Um den Einfluss der Ameisen auf *Macaranga*-Bäume zu untersuchen, wurden von einigen Bäumen der Art *Macaranga triloba*, die für gewöhnlich ständig von Ameisen besiedelt sind, die Ameisen vollständig entfernt und vor Neubesiedlung durch Ameisen geschützt. Für die von Ameisen besiedelten und unbesiedelten Bäume wurde das Pflanzenwachstum bestimmt (A). Zusätzlich wurden jeweils die Fraßschäden an den Blättern ermittelt (B) und jeweils der Anteil der Jungbäume bestimmt, die von Kletterpflanzen überwuchert wurden (C).

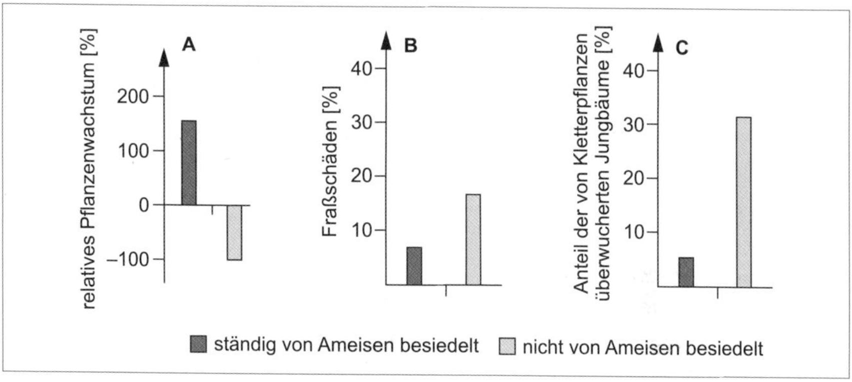

In einem weiteren Experiment setzte man Raupen auf Bäume der Art *Macaranga triloba*, die von Ameisen besiedelt worden sind.

auf Pflanzen gesetzte Raupen	**Reaktion der Ameisen auf Raupen**		**Folgen des Angriffs für die Raupe**			
	Angriff	kein Angriff	keine	verlässt Blatt	wird von Ameisen getötet	wird von Ameisen abtransportiert
100 %	83 %	17 %	3 %	63 %	17 %	17 %

Zusammengestellt und verändert aus:
Jungbauer, W. (Hrsg.): Aufgabenhandbuch Biologie, Band 2. Ökologie. Aulis Verlag, Köln (2010), S. 134–135, 142.
Fiala, B. et al.: Studies of a South East Asian ant-plant association: protection of Macaranga trees by Crematogaster borneensis. In: Oecologia 79 (1989), S. 466.

M 5d Untersuchungen zur Ursache der gesteigerten Blattnektarproduktion

Macaranga-Bäume, die von Fraßschädlingen befallen worden sind und daher Fraßschäden an den Blättern aufweisen (M 5a, M 5c), produzieren eine deutlich erhöhte Menge an Blattnektar. Forscher haben die folgende Hypothese aufgestellt:
„Eine Substanz im Inneren der Blattzellen, die Jasmonsäure, wird bei Verletzungen in die Luft freigesetzt. Sie dient als Signalstoff und führt zur gesteigerten Blattnektarproduktion."
Für die Untersuchungen stehen folgende Materialien zur Verfügung:
Macaranga-Setzlinge, abgeschnittene und verletzte Blätter des *Macaranga*-Baumes, Jasmonsäure, Blattnektar, Gaschromatograph zum Nachweis von Jasmonsäure, Werkzeug zum Verletzen der Blätter, Messkammern, Material zum quantitativen Nachweis von Blattnektar.

Verändert aus: Spieler, M. et al.: Ameisenpflanzen – Vor- und Nachteile des Zusammenlebens. In: Unterricht Biologie 306 (2005), S. 55.

Lösungsvorschlag

Die Aufgabe beinhaltet die folgenden Themen:

- Genetik und Molekularbiologie: Proteinbiosynthese, mRNA-Synthese und alternatives Spleißen, Regulation der Genaktivität
- Stoffwechselbiologie: chemiosmotische Bildung von ATP, Teilprozesse der Atmungskette und Endoxidation im Mitochondrium, Hitzestress auf molekularer Grundlage
- Ökologie: ökologische Wechselbeziehungen, abiotische und biotische Faktoren, Symbiose

TIPP **Allgemeine Hinweise zur Lösung der Aufgabe**

Anhand von experimentellen Befunden und Feldstudien sollen Sie in dieser Aufgabe am Beispiel verschiedener Ameisenarten spezielle molekulargenetische, stoffwechselphysiologische und ökologische Aspekte bearbeiten. Dabei müssen Sie Ihre Kenntnisse und Einsichten insbesondere zur Proteinbiosynthese, zur Bedeutung und Produktion von ATP sowie zur Abhängigkeit der Lebewesen von abiotischen und biotischen Faktoren im jeweiligen Lebensraum einbringen.
Nehmen Sie sich angesichts der umfangreichen Materialien zunächst Zeit für einen Überblick. Berücksichtigen Sie dann jeweils genau die Aufgabenstellung und die Bedeutung der Operatoren, um hinsichtlich der geforderten Tiefe und der Detailliertheit Ihrer Ausführungen hilfreiche Hinweise zu erhalten.

1.1 **TIPP** *Anforderungsbereich: I, Bewertungseinheiten: 11*

In der im Wesentlichen reproduktiv angelegten Einstiegsaufgabe geht es um die exakte Beschreibung eines vorgegebenen, allgemeinen Schemas zum alternativen Spleißen. Gehen Sie abschließend auch auf die Bedeutung dieses Vorgangs im Rahmen der Proteinbiosynthese bei Eukaryoten ein.

Das schematisiert dargestellte Gen besteht aus sieben Abschnitten, wovon vier als Introns (Abschnitt 1, 3, 5, und 7) und drei als Exons (Abschnitt 2, 4 und 6) gekennzeichnet sind. Bei der Transkription des Gens werden alle Abschnitte vollständig und in derselben Reihenfolge in die prä-mRNA übersetzt. Vor der Translation findet bei Eukaryoten das Spleißen der prä-mRNA statt, bei dem die Introns herausgeschnitten und die Exons zur endgültigen mRNA zusammengesetzt werden. Für diesen Vorgang sind verschiedene Möglichkeiten (a–d) angegeben: Es können entweder alle Exons miteinander verbunden werden (a) oder es wird nur ein Teil der Exons zusammengefügt (b). Außerdem ist es möglich, dass ein Intron in der mRNA verbleibt (c) oder dass ein Exon beim Spleißen verkürzt wird (d). Je nach Zusammensetzung der mRNA werden bei der nachfolgenden Translation vier unterschiedliche Proteine A bis D gebildet.

Die biologische Bedeutung des Spleißens liegt demnach darin, dass aus einem einzigen Gen durch Neukombination der mRNA-Sequenz eine Reihe verschiedenartiger Proteine mit vermutlich unterschiedlichen Funktionen entstehen können.

1.2 **TIPP** *Anforderungsbereiche: I – II, Bewertungseinheiten: 21*

Beachten Sie bei dieser Teilaufgabe, dass es sich um zwei getrennt zu bearbeitende Arbeitsaufträge handelt und dass zum Operator „erläutern" neben beschreibenden auch erklärende Aspekte gehören. Wichtig ist, dass Sie erst M 3a und b gedanklich erfassen und dann die Daten in Arbeitsmaterial M 3b zusammenfassend beschreiben. Achten Sie darauf, dass zunächst nur für das Überleben der Ameisenart *C. mauritanica* bei 40 °C eine Erklärung gefordert ist. Im zweiten Arbeitsauftrag sollen Sie dann auf den Teilaspekt der Überlebenszeit der Ameisen bei 60 °C eingehen.

Erläutern: Grafik A gibt den Anteil von überlebenden Ameisen der Art *C. mauritanica* bei unterschiedlichen Hitzestressbedingungen wieder, während Grafik B für dieselbe Art Angaben zur Aktivität eines Gens für ein Hitzestressprotein (HSP) bei verschiedenen Temperaturen enthält.
Bei einem Hitzestress von 37 °C für drei Stunden überleben 100 % der Ameisen. Bei 45 °C für ebenfalls drei Stunden ist die Überlebensrate auf ca. 45 % der Tiere deutlich verringert. Bei zunächst 37 °C für zwei Stunden und anschließender Temperaturerhöhung auf 45 °C für drei Stunden bleiben dagegen etwa 65 % der Ameisen am Leben. Die Untersuchungen der Aktivität des HSP-Gens der Ameisen zeigen, dass bei einer Umgebungstemperatur von 25 °C für drei Stunden keine Genaktivität festzustellen ist, während man bei Ameisen nach drei Stunden in einer Umgebungstemperatur von 40 °C eine sehr hohe Aktivität des HSP-Gens (100 rel. Einheiten) misst. Beim dritten Ansatz, für den die Ameisen zunächst drei Stunden bei 40 °C und anschließend eine Stunde bei 25 °C gehalten wurden, zeigt das HSP-Gen keine Aktivität.
Auf der Grundlage der Daten zur Genaktivität und der Textinformationen ergibt sich, dass bei Hitzestress um 37 bis 40 °C viele induzierte HSP von *C. mauritanica* produziert werden. Bei anschließender Temperaturerniedrigung kommt die HSP-Bildung zum Erliegen. Man kann also davon ausgehen, dass die Ameisen die Fähigkeit besitzen, die Aktivität der HSP-Gene so zu regulieren, dass bei leichtem bis mittlerem Hitzestress von ca. 37–40 °C genügend HSP produziert werden, um das Überleben für einen relativ langen Zeitraum unter diesen Bedingungen zu sichern. Bei einer Temperaturerhöhung auf 45 °C steigt daher die Überlebensrate der Ameisen deutlich, wenn eine Vorlaufphase bei leichtem Hitzestress vorausging, in der genügend induzierte HSP gebildet wurden. HSP erhöhen die Überlebensfähigkeit bei hohen Temperaturen, da sie bereits denaturierte Proteine renaturieren können.

Erklären: Einen sehr kurzen, aber extremen Hitzestress von 60 °C können die Ameisen der Art *C. mauritanica* nicht überleben, da einerseits nur wenig konstitutionelle HSP zur Verfügung stehen und andererseits die (ausreichende) Produktion induzierter HSP relativ viel Zeit in Anspruch nimmt. Ohne einen ausreichenden Schutz der Proteine durch genügend HSP denaturieren viele Proteine bei 60 °C schon nach kurzer Zeit und eine Renaturierung der Proteine ist nicht rechtzeitig möglich. Die Ameisen sterben daher nach einem kurzen, aber extremen Hitzestress recht schnell, da lebenswichtige Proteine funktionslos werden.

1.3 **TIPP** *Anforderungsbereiche: II – III, Bewertungseinheiten: 11*

Diese Teilaufgabe bezieht sich auf die genregulatorischen, molekularbiologischen Hintergründe zur Bewältigung des Hitzestresses bei Ameisen. Erfassen Sie dazu zuerst die Bestandteile des Schemas anhand der Hinweise gedanklich und verbalisieren Sie dann in Ihren Ausführungen ausgehend vom Hitzestress die schematisierten Teilschritte zur Bildung von freien Hitzestressproteinen. Gehen Sie anschließend darauf ein, wie es über einen negativen Rückkopplungsmechanismus zur Deaktivierung der HSP-Gene kommt.

Zunächst inaktive Hitzeschockprotein-Hitzestressfaktor-Komplexe (HSP-HSF-Komplexe) werden im Cytoplasma infolge Hitzestresses so gespalten, dass HSF freigesetzt werden und nach Phosphorylierung durch ATP-Spaltung als phosphorylierte HSF zu Trimeren verbunden werden. Diese Trimere gelangen in den Zellkern und binden dort an ein Hitzestresselement (HSE), einen regulatorischen DNA-Abschnitt. Dadurch werden in der Nähe des HSE liegende Hitzeschockprotein-Gene aktiviert und mRNA für HSP produziert. Im Zellplasma erfolgt dann durch Translation dieser mRNA die Bildung freier HSP. Die HSP binden unter ATP-Verbrauch an Proteine, die durch den Hitzestress denaturiert wurden, und stabilisieren bzw. renaturieren diese. Während des Hitzestresses gibt es daher nur wenige freie HSP im Zellplasma, nach Ende der Hitzestresssituation erhöht sich jedoch deren Menge. Liegen viele freie HSP vor, vermitteln sie im Zellkern durch negative Rückkopplung die Blockade des HSE, sodass dort die Transkription der mRNA für HSP gestoppt wird. Infolgedessen unterbleibt auch die weitere Proteinbiosynthese zur Produktion von HSP. Die verbleibenden freien HSP werden später im Zellplasma abgebaut.

2.1 **TIPP** *Anforderungsbereich: I, Bewertungseinheiten: 9*

In dieser rein reproduktiv angelegten Teilaufgabe wird erwartet, dass Sie die Vorgänge der Endoxidation im Mitochondrium zusammenfassend darlegen, ohne alle Details im Einzelnen zu nennen. Berücksichtigen Sie auf jeden Fall die Bedeutung von $NADH + H^+$, $FADH_2$ und ATP sowie die jeweils beteiligten Reaktionsräume.

Die in der Glykolyse und dem Citratzyklus gebildeten Reduktionsäquivalente (Cofaktoren) $NADH + H^+$ sowie $FADH_2$ erreichen in der Mitochondrienmatrix die innere Mitochondrienmembran und werden dort zu NAD^+ bzw. FAD oxidiert, wobei die abgegebenen Elektronen von einem Proteinkomplex aufgenommen werden und über verschiedene weitere Proteinkomplexe, die als Redoxsysteme fungieren, entlang eines elektrischen Spannungsgefälles weitergegeben werden, bis sie letztlich zum molekularen Sauerstoff als Endakzeptor gelangen und diesen zu O^{2-}-Ionen reduzieren. Mithilfe der in den Redoxsystemen dieser Elektronentransportkette nach und nach freigesetzten Energie werden die u. a. bei der Oxidation produzierten H^+-Ionen aus der Mitochondrienmatrix in den Intermembranraum gepumpt, sodass ein H^+-Ionenkonzentrationsgefälle (Protonengradient) als Energiespeicher aufgebaut wird. Dieser Effekt wird noch dadurch verstärkt, dass H^+-Ionen in der Matrix durch die am Ende der Elektronentransportkette gebildeten O^{2-}-Ionen gebunden werden, sodass als Endprodukte Wassermoleküle entstehen. Den H^+-Ionenüberschuss im Intermembranraum verwertet das Enzym ATP-Synthase, das ebenfalls in der inneren Mitochondrienmembran eingelagert ist. Es befördert H^+-Ionen durch die Membran und nutzt die durch den H^+-Ioneneinstrom in die Matrix frei werdende Energie zur Phosphorylierung von ADP, sodass große Mengen des Energieträgermoleküls ATP produziert werden.

2.2 **TIPP** *Anforderungsbereich: II, Bewertungseinheiten: 21*

Die Teilaufgabe baut auf Ihren Kenntnissen zu Teilaufgabe 2.1 auf und enthält zwei Arbeitsaufträge zum Zusammenhang von ATP-Synthese und Umgebungstemperatur, die am besten in der vorgegebenen Reihenfolge zu bearbeiten sind. Gehen Sie im ersten Arbeitsauftrag nach kurzer, zusammenfassender Beschreibung der wesentlichen Aussagen der Diagramme erklärend auf die Zusammenhänge zwischen der ATP-Produktion und der Aktivität der ATP-Synthase sowie der Membrandurchlässigkeit für Protonen in Abhängigkeit von der Temperatur ein. Beachten Sie auch den besonderen Hinweis zur zusätzlichen Durchlässigkeit der inneren Mitochondrienmembran für H^+-Ionen.

Erläutern: Bei niedriger Umgebungstemperatur ist die Aktivität der ATP-Synthase gering, sodass auch nur wenig ATP produziert wird. Mit steigender Umgebungstemperatur nimmt die Aktivität des Enzyms ATP-Synthase zu, sodass auch die ATP-Produktion gesteigert wird, während die Membrandurchlässigkeit für H^+-Ionen nur allmählich größer wird. Bei weiterer Temperaturzunahme erhöht sich die Aktivität der ATP-Synthase weiter und die ATP-Produktion zeigt einen exponentiellen Anstieg bis zu einem vorläufig konstanten, maximalen Wert. Dieses Plateau der ATP-Produktion ist darauf zurückzuführen, dass durch den Temperaturanstieg zwar die ATP-Synthaseaktivität, gleichzeitig aber auch die Membrandurchlässigkeit für H^+-Ionen deutlich zunimmt, sodass es zu einer Abschwächung des H^+-Ionengradienten kommt. In dieser Phase wiegt also die gesteigerte Aktivität der ATP-Synthase die zunehmende Durchlässigkeit der Membran für H^+-Ionen durch andere Membranproteine auf und die ATP-Produktion bleibt konstant. Erhöht man die Temperatur weiter, überschreitet die Aktivität der ATP-Synthase ein Maximum und sinkt dann stark ab. Infolgedessen nimmt auch die ATP-Produktion schnell ab. Dies ist auf eine temperaturbedingte, zunehmende Denaturierung des Enzyms ATP-Synthase zurückzuführen, während die Membrandurchlässigkeit für H^+-Ionen bei steigender Temperatur weiter zunimmt.

Begründen: Nach Überschreiten eines Temperaturmaximums können die Zellen nur noch wenig oder gar kein ATP mehr produzieren, da die ATP-Synthase aufgrund Denaturierung kaum mehr aktiv und der Protonengradient über der Membran stark abgeschwächt ist. Eine erfolgreiche Hitzestress-Antwort erfordert jedoch sehr viel ATP. Die dafür notwendigen Stoffwechselprozesse für überlebenswichtige Gegenmaßnahmen können in den Zellen der Wüstenameisen nicht mehr in ausreichendem Maße ablaufen, sodass die Ameisen unter diesen Bedingungen sterben.

3.1 **TIPP** *Anforderungsbereich: II, Bewertungseinheiten: 20*

Diese ökologisch ausgerichtete Teilaufgabe bezieht sich auf mehrere experimentell ermittelte Datensätze zu den Wechselbeziehungen zwischen den Ameisen der Gattung *Crematogaster* und den *Macaranga*-Bäumen im tropischen Regenwald. Beachten Sie, dass Sie bei der Bearbeitung viel Zeit zur Erfassung des komplexen Materials und zur Strukturierung Ihrer Argumentation benötigen. Fassen Sie jeweils die Ergebnisse der dargestellten Experimente zusammen und liefern Sie entsprechende Schlussfolgerungen hinsichtlich der Bedeutung der Futterkörperchen und der Ameisen für die *Macaranga*-Bäume. Zum Abschluss Ihrer Überlegungen sollten Sie nicht versäumen, eine ökologische Charakterisierung der Wechselbeziehungen vorzunehmen.

Zwischen Bäumen der Gattung *Macaranga* und Ameisen der Gattung *Crematogaster* in Malaysia findet man eine Reihe von Wechselbeziehungen, die genauer untersucht wurden. Die Bäume geben zuckerreichen Blattnektar ab, der von Insekten, z. B. von den dort lebenden Ameisen, als Nahrung genutzt wird. Außerdem bilden sie auf den Blättern Futterkörperchen aus. In Experimenten zur Bedeutung dieser Futterkörperchen (M 5b) zeigt sich deren Einfluss auf alle Ameisenstadien: Wird die Zahl der Futterkörperchen auf den Blättern erhöht, nimmt die Zahl der Ameisen und ihrer Entwicklungsstadien gegenüber ihrer Zahl auf unbehandelten Bäumen zu. Entfernt man hingegen teilweise die Futterkörperchen, sinkt die Anzahl der auf den Bäumen lebenden Ameisen und insbesondere ihrer Entwicklungsstadien nach einem Monat deutlich, d. h., die Vermehrungsrate sinkt. Man kann daher davon ausgehen, dass die Ameisen von den *Macaranga*-Bäumen als Lebensraum und Nahrungsquelle profitieren.
Die Daten aus den Untersuchungen in M 5c zeigen, dass auch die *Macaranga*-Bäume Vorteile aus der Anwesenheit der Ameisen ziehen: Werden die Ameisen von den Bäumen der Art *Macaranga triloba* vollständig entfernt und wird eine Wiederbesiedelung verhindert, registriert man einen starken Rückgang der Baummasse (negatives Pflanzenwachstum), etwa eine Verdopplung der Fraßschäden an den Blättern sowie ca. sechsmal mehr von Kletterpflanzen überwucherte Jungpflanzen. Demnach verhin-

dern die Ameisen also eine Schädigung der Bäume durch Fressfeinde und eine Beschattung durch Konkurrenten, die sich jeweils negativ auf das Pflanzenwachstum auswirken, sei es durch direkte Schädigung oder durch Konkurrenz um Ressourcen (z. B. um Licht für Fotosyntheseprozesse). Die Versuche, in denen Raupen auf den *Macaranga*-Bäumen ausgesetzt wurden, bestätigen die Vorteile der Anwesenheit von Ameisen auf den Bäumen: Die meisten der vermutlich blattfressenden und damit wachstumsschädigenden Raupen werden von den Ameisen angegriffen (83 %). Von diesen werden die meisten vertrieben (63 %), getötet oder abtransportiert, sodass nur wenige der angegriffenen Exemplare auf den Bäumen verbleiben (3 %).
Für beide Arten bestehen also in diesem System von Wechselbeziehungen jeweils Vorteile durch das Zusammenleben mit der anderen Art. Es handelt sich daher um eine Symbiose.

3.2 **TIPP** *Anforderungsbereich: III, Bewertungseinheiten: 12*

Diese Teilaufgabe bezieht sich weniger auf fachliche Inhalte, sondern zielt v. a. auf Ihre prozessbezogenen Kompetenzen ab. Sie sollen anhand der Hypothese zur Freisetzung und Bedeutung von Jasmonsäure bei der Steigerung der Blattnektarproduktion nach Fraßschäden und auf der Grundlage methodischer Vorgaben passende Experimente zur Prüfung der Hypothese entwickeln. Beachten Sie, dass es sich eigentlich um zwei Hypothesen handelt, sodass Sie zwei Experimentszenarien entwickeln müssen. Lesen Sie genau, welche Materialien für die Experimente zur Verfügung stehen, und stellen Sie zunächst die für die Versuche notwendigen Bestandteile zusammen. Denken Sie auch an die bei Experimenten einzuhaltenden Randbedingungen, um eine hinreichende Aussagekraft zu gewährleisten.

Um zu prüfen, ob bei Verletzungen der Blätter Jasmonsäure an die Luft abgegeben wird, kann man folgendermaßen vorgehen: Mindestens zwei jeweils gleich große Gruppen oder Pflänzchen von *Macaranga*-Setzlingen werden jeweils unter identischen Bedingungen in zwei Messkammern kultiviert. Bei einer Setzlingsgruppe werden die Blätter möglichst in der gleichen Weise mit einem Messer angeritzt. Die andere Setzlingsgruppe dient als Kontrolle. Nach einem bestimmten Zeitraum kann man aus beiden Messkammern Luftproben entnehmen und diese mit einem Gaschromatographen auf Jasmonsäure testen. Der erste Teil der Hypothese trifft zu, wenn nur in der Gruppe der verletzten Setzlinge Jasmonsäure nachgewiesen wird.
Der zweite Teil der Hypothese sagt aus, dass es sich bei Jasmonsäure um einen Signalstoff handelt, der die Blattnektarproduktion steigert. Wieder werden zwei gleich große Setzlingsgruppen in jeweils gleichen Messkammern unter identischen Bedingungen kultiviert. In eine Messkammer wird eine bestimmte Menge oder kontinuierlich Jasmonsäure zugeführt. Die Messkammer mit der anderen Setzlingsgruppe dient wieder als Kontrolle. Nach einem vorgegebenen Zeitraum werden jeweils die Mengen des produzierten Nektars pro Pflanze und Zeitraum bestimmt. Lässt sich bei den mit Jasmonsäure behandelten Pflanzen eine signifikant höhere Nektarproduktion als in der Kontrollgruppe nachweisen, ist der zweite Teil der Hypothese bestätigt.

BE

SULAWESI – BIODIVERSITÄTENHOTSPOT IM INDOMALAIISCHEN ARCHIPEL

Als „Biodiversitätenhotspots" bezeichnet man Regionen, die einen hohen Anteil endemischer Tiere und Pflanzen beherbergen, also solche Arten, die nur dort vorkommen. Die indonesische Insel Sulawesi ist ein solcher Hotspot und liegt inmitten der Inselkette zwischen Asien und Australien. Es ist eine höchst arten- und formenreiche Region. Auf Sulawesi haben komplizierte geologische Vorgänge eine Bühne bereitet, auf der die Natur beeindruckende Meisterstücke in Sachen Evolution inszeniert, wie z. B. die Entstehung lebendgebärender Gabelzungenfrösche oder die erstaunliche Vielfalt der Sulawesi-Regenbogenfische.
Im Folgenden sollen Sie sich mit ökologischen, evolutionsbiologischen und neurobiologischen Aspekten bei ausgewählten Arten Sulawesis auseinandersetzen.

1 Ökologische und evolutionsbiologische Aspekte in den Süßwasserseen Sulawesis

1.1 Beschreiben Sie die Struktur eines typischen Süßwassersees während des Sommers. 9

1.2 Erklären Sie den Temperaturverlauf und den Sauerstoffgehalt im Breiten Lucin (M 1 a) sowie den Temperaturverlauf im Towuti-See auf Sulawesi (M 1 b). 16

1.3 Erläutern Sie mithilfe von M 1 c, inwiefern die fünf verschiedenen Arten der Sulawesi-Regenbogenfische im Towuti-See nebeneinander existieren können. 14

2 Evolution ausgewählter Froscharten Sulawesis

2.1 Werten Sie unter Bezug auf M 2 a die in M 2 b dargestellten Befunde zur Körpergröße, zur Spannhaut zwischen den Zehen und zur Fortpflanzung der Froscharten als Angepasstheiten aus. 14

2.2 Erläutern Sie unter Bezug auf M 2 a und M 2 b eine mögliche Entstehung der Vielfalt der heute auf Sulawesi vorkommenden Arten der Gabelzungenfrösche (M 2 c), ohne detailliert auf die unterschiedlichen ökologischen Nischen einzugehen. 23

3 Neurobiologische Aspekte beim Seitenlinienorgan der Gabelzungenfrösche

3.1 Beschreiben Sie allgemein die Weiterleitung von Aktionspotenzialen am Axon einer Nervenzelle mit Schnürringen, wie sie auch bei Gabelzungenfröschen vorkommt. 10

3.2 Werten Sie mithilfe der in M 3 a und M 3 b dargestellten Vorgänge an einer Haarsinneszelle des Seitenlinienorgans bei Ablenkung der Cilien die Versuche in M 3 c aus. 19

M 1 Der Towuti-See im Vergleich mit einem See der gemäßigten Breiten

M 1 a Temperatur und Sauerstoffgehalt im Breiten Lucin

INFORMATION: Der Breite Lucin ist ein See der gemäßigten Breiten und liegt in Mecklenburg (Deutschland). Die Messwerte wurden an einem Sommertag erhoben.

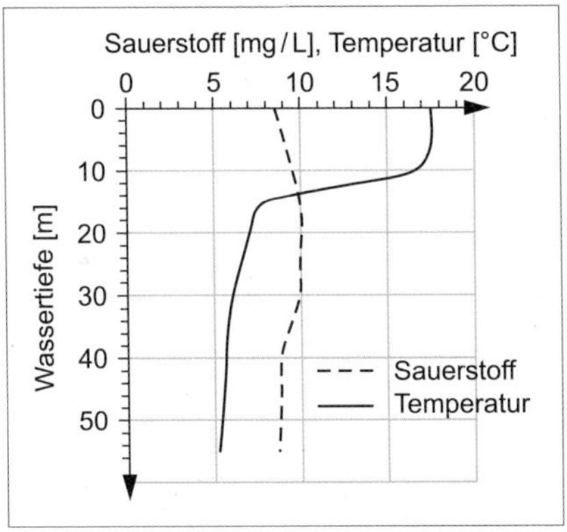

Verändert aus: Ruttner, F.: Grundriß der Limnologie. Walter de Gruyter & Co., Berlin (1962), S. 94.

M 1 b Informationen über die Insel Sulawesi und den Towuti-See

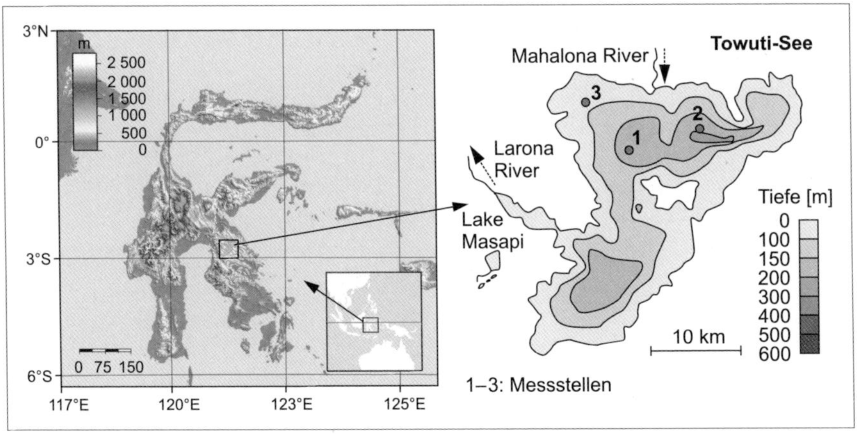

Der Towuti-See ist der größte See des Malili-Seensystems auf Sulawesi, Indonesien. Er hat eine Größe von 560 km^2 und eine maximale Tiefe von 203 m.

Das Klima am Towuti-See ist über das ganze Jahr hinweg tropisch warm und feucht. Die Temperatur beträgt tagsüber im Flachland ganzjährig zwischen 28 und 32 °C. Die Niederschläge betragen gemittelt etwa 2 540 mm pro Jahr. Eine deutliche Trockensaison gibt es nicht. Der Wind weht im Mittel mäßig bis stark. Man hat die Temperatur an den Messstellen 1–3 gemessen. Die Temperatur war vergleichbar. Die in der Abbildung dargestellten Messdaten blieben zudem über das ganze Jahr nahezu konstant.

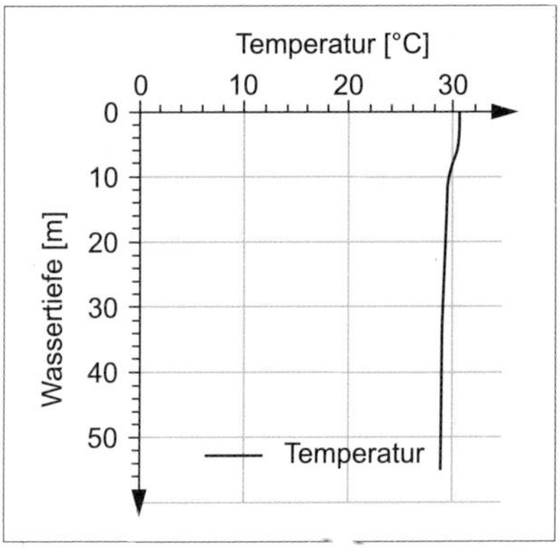

Zusammengestellt und verändert aus:
Vuillemin A. et al.: Geomicrobiological features of ferrruginous sediments from Lake Towuti, Indonesia. In: Frontiers in Microbiology 7 (2016).
https://de.wikipedia.org/wiki/Datei:Sulawesi_Topography.png, Sadalmelik, lizenziert unter CC BY-SA 3.0 (zuletzt abgerufen am 04. 11. 2017).

M 1 c Regenbogenfische des Towuti-Sees

Der Towuti-See in Zentral-Sulawesi ist Teil des Malili-Seensystems. Dies ist ein Süßwasser-Biodiversitätenhotspot, gekennzeichnet durch seine Vielfalt an endemischen, also nur dort vorkommenden Arten, wie die Schnecken-, Fisch-, Garnelen- und Krabbenvielfalt. Die Vorfahren der heutigen Regenbogenfische Sulawesis (Gattung *Telmatherina*) haben die Insel vermutlich über verschiedene Wege erreicht und von dort die Seen von den Flüssen aus besiedelt.
Folgende Informationen wurden für einige Arten zusammengestellt, wobei für zwei dieser Arten noch kein wissenschaftlicher Name festgelegt wurde:

Art	**Habitus**	**bevorzugte Nahrung**	**bevorzugter Lebensraum**
T. sp „elongated“		kleine Fische und Garnelen	sandiger Boden mit vielen Felsen durchsetzt
T. sp „thicklip“		Garnelen	steiniger Boden
T. opudi		Insekten, Schnecken, Hüpferlinge	sandiger Boden mit Felsen, von Buschwerk beschattetes Wasser

Art	Habitus	bevorzugte Nahrung	bevorzugter Lebensraum
T. wahjui		Insekten, Schnecken, Hüpferlinge	schlammiger Boden
T. sarasinorum		Fischlaich	sandiger Boden

Verändert aus:
Pfaender J. et al.: Rugged adaptive landscapes shape a complex sympatric radiation. In: Proceedings of the Royal Society of London B 283 (2015), S. 2 342.

M 2 Evolution der Gabelzungenfrösche auf Sulawesi

M 2a Informationen zur Evolution und Angepasstheit der Gabelzungenfrösche

Vor etwa 10 Millionen Jahren vereinigten sich infolge geologischer Aktivitäten der zuvor getrennte Ost- und Westteil zur heutigen Insel Sulawesi. Die ältesten Vorfahren der Gabelzungenfrösche auf Sulawesi werden auf etwa 6 Millionen Jahre datiert. Der Ursprung der Gattung liegt in Asien. Von dort aus gelangten Vorfahren der heutigen Gabelzungenfrösche vermutlich über die Molukken, eine Inselgruppe, die östlich von Sulawesi liegt, auf die Insel Sulawesi. Die Art *Limnonectes sp I* kommt sowohl auf Sulawesi als auch auf den Molukken vor. Von allen heute auf Sulawesi vorkommenden *Limnonectes*-Arten zeigt diese Art größere genetische Übereinstimmungen mit den Gabelzungenfröschen der östlich von Sulawesi liegenden Inseln als die übrigen auf Sulawesi vorkommenden *Limnonectes*-Arten. Die Gabelzungenfrösche sind kollektiv als „fanged frogs“ bekannt, weil sie ungewöhnlich große Zähne haben, die bei anderen Fröschen klein sind oder fehlen. Die indonesische Insel Sulawesi beherbergt 15 Arten dieser Frösche.
Einige dieser Froscharten weisen bestimmte Angepasstheiten auf. Eine reduzierte Spannhaut zwischen den Zehen ist eine Spezialisierung von Fröschen für terrestrische Lebensräume. Diese leben vorwiegend in der Nähe von Flüssen in Bereichen mit viel Falllaub. Frösche mit großen Körpern sind nur in schnell fließenden Flüssen vorhanden. Große Spezies der Gattung *Limnonectes* haben relativ stark ausgeprägte Spannhaut zwischen den Zehen im Vergleich zu den anderen Arten. Dies sind besondere Angepasstheiten an aquatische Lebensräume.

Zusammengestellt und verändert aus:
Iskandar, D. T.: A novel reproductive mode in frogs: a new species of fanged frog with internal fertiliziation and birth of tadpoles. In: PLOS One 12 (2014), S. 1–14.
Setiadi, M. I. et al.: Adaptive radiation and ecological opportunity in Sulawesi and Philippine Fanged Frog (Limnonectes) communities. In: The American Naturalist 178/2 (2011), S. 221–240.
Stelbrink, B. et al.: The biogeography of Sulawesi revisited: Is there evidence for a vicariant origin of taxa on Wallace's "anomalous island"? In: Evolution 66/7 (2012), S. 2 252–2 271.

M 2b Vergleich von vier ausgewählten *Limnonectes*-Arten Sulawesis

Art	***L. larvae-partus***	***L. arathooni***	***L. micro-tympanum***	***L. modestus***
Körpergröße der Männchen	durchschnittlich 37,4 mm	durchschnittlich 36,6 mm	durchschnittlich 78,4 mm	durchschnittlich 70,2 mm
Fortpflanzung	lebendgebärend, bis zu 100 Eier entwickeln sich im Eileiter zu Kaulquappen, lebende Kaulquappen werden geboren	Eier werden an Land an feuchten Uferböschungen gelegt, Männchen bewachen die Eier, geschlüpfte Kaulquappen rutschen dann in das Wasser	„normale" Fortpflanzung: Eier werden in schwach fließendem Gewässer abgelegt und entwickeln sich dort zu Kaulquappen	„normale" Fortpflanzung: Eier werden am Rand schwach fließender Gewässer abgelegt
Spannhaut	vergleichsweise schwach ausgeprägte Spannhaut zwischen den Zehen	reduzierte Spannhaut zwischen den Zehen	stark ausgeprägte Spannhaut zwischen den Zehen	stark ausgeprägte Spannhaut zwischen den Zehen
Lebensraum	in Wäldern, auf Felsen oder Pflanzen in der Nähe langsam fließender Gewässer, bleibt schnell fließenden und tiefen Gewässern eher fern, deutlich unterhalb von 1 000 Metern bis in niedrige Lagen	in Höhen über 1 200 Metern, in langsam fließenden Gewässern und angrenzenden Wäldern	in schnell fließenden Gewässern und angrenzenden Bergwäldern in Höhen über 1 000 Metern	in schnell fließenden Gewässern, toleriert auch Brackwasser, kommt bis in niedrige Lagen sogar in Mangrovenwäldern in Küstennähe vor

Zusammengestellt und verändert aus:
Setiadi, M. I. et al.: Adaptive radiation and ecological opportunity in Sulawesi and Philippine Fanged Frog (Limnonectes) communities. In: The American Naturalist 178/2 (2011), S. 221–240.
Iskandar, D. T.: A novel reproductive mode in frogs: a new species of fanged frog with internal fertiliziation and birth of tadpoles. In: PLOS One 12 (2014), S. 1–14.
http://amphibiaweb.org/species ... (div. Arten, zuletzt abgerufen am 27. 06. 2017).

M 2c Verbreitung und Stammbaum der *Limnonectes*-Arten Sulawesis

Verbreitung der *Limnonectes*-Arten

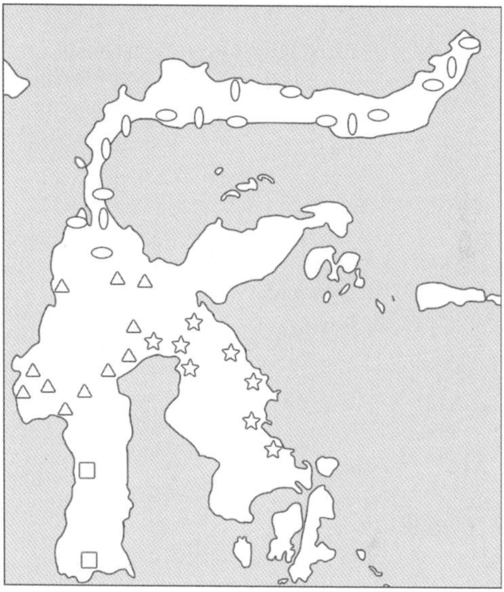

Stammbaum der *Limnonectes*-Arten

Der folgende Stammbaum wurde auf der Basis von DNA-Analysen entwickelt. Die DNA-Sequenzen wurden mit Computern ausgewertet und die genetischen Distanzen in eine Stammbaumdarstellung umgesetzt. Insgesamt wurden nur fünf der auf Sulawesi vorkommenden *Limnonectes*-Arten dargestellt.

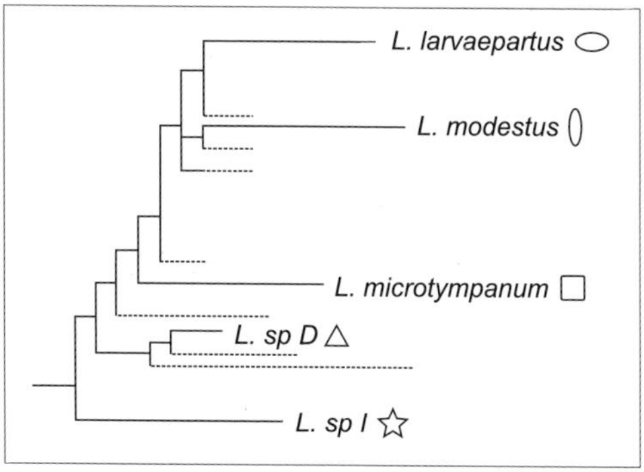

Zusammengestellt und verändert aus:
Setiadi, M. I. et al.: Adaptive radiation and ecological opportunity in Sulawesi and Philippine Fanged Frog (Limnonectes) communities. In: The American Naturalist 178/2 (2011), S. 221–240.
Iskandar, D. T.: A novel reproductive mode in frogs: a new species of fanged frog with internal fertilization and birth of tadpoles. In: PLOS One 12 (2014), S. 1–14.

M 3 Das Seitenlinienorgan der Gabelzungenfrösche

M 3a Signaltransduktion bei einer Haarsinneszelle des Seitenlinienorgans

In den Seitenlinienorganen der Frösche befinden sich spezielle Haarsinneszellen. Diese besitzen ins Wasser hineinragende Fortsätze, sogenannte Cilien, die durch Wasserströmung abgelenkt werden können. Der Großteil der Zellen wird von jeweils einer afferenten Faser, die Aktionspotenziale von den Sinneszellen zum Zentralnervensystem leitet, innerviert.
Zusätzlich gibt es efferente Fasern, die bei Eigenbewegung des Frosches auf die Haarsinneszellen einwirken. Diese Fasern leiten Aktionspotenziale zu den Haarsinneszellen hin. Es wird in der Folge ein hemmend wirkender Transmitter ausgeschüttet. Die Cilien (Kinocilium und Stereocilien), die durch einen Proteinfaden (Tip-Link) miteinander verbunden sind, lassen sich durch einen mechanischen Reiz (z. B. Wasserbewegung) ablenken. Zur Vereinfachung der nachfolgenden Darstellung ist das Kinocilium nicht mit abgebildet.

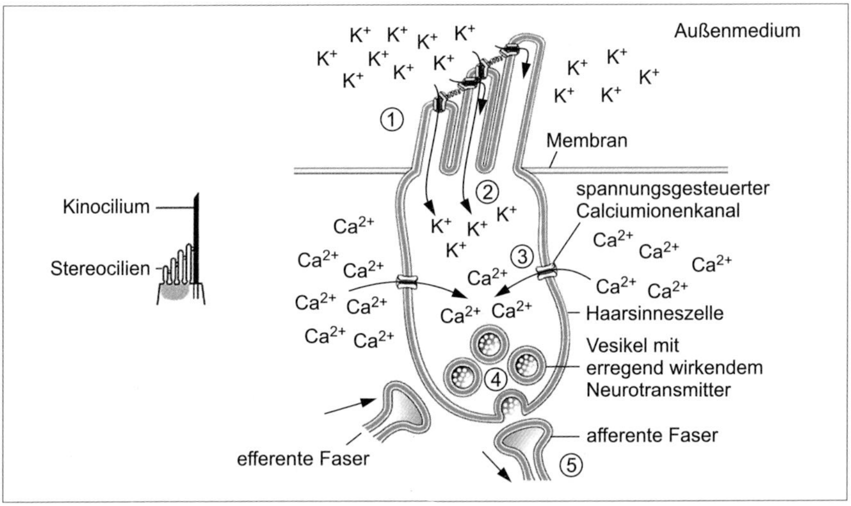

Zusammengestellt und verändert aus:
Bear, M. F. et al.: Neurowissenschaften. Spektrum Akademischer Verlag, Hamburg (2008), S. 391.
Eckert, R., Randall, R., Burggren, W., French, K.: Tierphysiologie. Georg Thieme Verlag, Stuttgart, New York (2002), S. 259.
Heldmaier, G., Neuweiler, G.: Vergleichende Tierphysiologie, Band 1. Springer-Verlag, Berlin, Heidelberg (2003), S. 137.

M 3b Einstrom von Kaliumionen im Bereich der Stereocilien

Bei einer Wasserströmung in Richtung Kinocilium öffnen die Tip-Links Ionenkanäle an der Spitze der Stereocilien. Im nicht abgelenkten Zustand sind nur einige Kanäle etwas geöffnet. Im umgebenden Wasser sind positiv geladene Ionen gelöst. Zur Vereinfachung werden nur die Kaliumionen (K^+) angegeben.

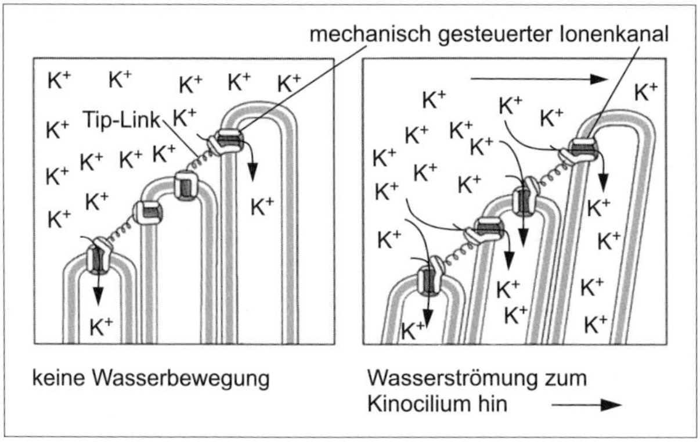

Zusammengestellt und verändert aus:
Bear, M. F. et al.: Neurowissenschaften. Spektrum Akademischer Verlag, Hamburg (2008), S. 391.
Eckert, R., Randall, R., Burggren, W., French, K.: Tierphysiologie. Georg Thieme Verlag, Stuttgart, New York (2002), S. 259.
Heldmaier, G., Neuweiler, G.: Vergleichende Tierphysiologie, Band 1. Springer-Verlag, Berlin, Heidelberg (2003), S. 137.

M 3c Experiment zur Untersuchung der Signaltransduktion an einer Haarsinneszelle

In einer Versuchsreihe wurde die Funktion der Haarsinneszellen beim Seitenlinienorgan eines Frosches untersucht. Dabei hat man das Membranpotenzial an der Membran der Haarsinneszelle, die Frequenz der Aktionspotenziale am afferenten Neuron und die Frequenz der Aktionspotenziale am efferenten Axon gemessen. Folgende Messungen wurden durchgeführt:

Messung 1: Der ruhende Frosch befindet sich im Wasser. Das Wasser ist unbewegt.

Messung 2: Der ruhende Frosch befindet sich im Wasser. Das Wasser ist in Bewegung und lenkt die Cilien in Richtung des Kinociliums ab.

Messung 3: Der Frosch befindet sich im Wasser und bewegt sich. Das Wasser ist ebenfalls in Bewegung. Die Cilien werden in Richtung des Kinociliums abgelenkt.

Beobachtungen:

	Membranpotenzial der Haarsinneszelle [mV]	AP-Frequenz am afferenten Neuron	AP-Frequenz am efferenten Neuron
Messung 1	−60	mäßig	keine
Messung 2	−50	hoch	keine
Messung 3	−60	mäßig	mäßig

Zusammengestellt und verändert aus:
Eckert, R., Randall, R., Burggren, W., French, K.: Tierphysiologie. Georg Thieme Verlag, Stuttgart, New York (2002), S. 259.
Heldmaier, G., Neuweiler, G.: Vergleichende Tierphysiologie, Band 1. Springer-Verlag, Berlin, Heidelberg (2003), S. 137.
Lingenheil, M.: Theorie der Beuteortung beim Krallenfrosch. Diplomarbeit, TU München (2004).

Lösungsvorschlag

Die Aufgabe beinhaltet die folgenden Themen:

- Ökologie: Struktur des Ökosystems See, abiotische und biotische Faktoren im Ökosystem See
- Evolutionsbiologie: Angepasstheiten im Lebensraum, Entstehung der Artenvielfalt, Evolutionsfaktoren, Stammbaumanalyse
- Neurobiologie: Bau und Funktion von Neuronen, Membran-, Ruhe- und Aktionspotenzial, Signaltransduktion bei Sinneszellen, Vorgänge an Synapsen

TIPP Allgemeine Hinweise zur Lösung der Aufgabe

Anhand verschiedener Aspekte einer arten- und formenreichen Inselregion Indonesiens sollen Sie in dieser Aufgabe gewässerökologische, evolutionsbiologische und neurobiologische Kenntnisse und Einsichten einbringen. Orientieren Sie sich bei allen Teilaufgaben exakt an der Aufgabenstellung, insbesondere an den Operatoren, und beziehen Sie die jeweils eingrenzenden Hinweise ein, um das geforderte Maß der Bearbeitung und auch den Zeitrahmen nicht zu überschreiten.

1.1 **TIPP** *Anforderungsbereich: I, Bewertungseinheiten: 9*

Geben Sie in dieser rein reproduktiv angelegten Einstiegsaufgabe Ihre Kenntnisse zum Aufbau und zur Schichtung eines Süßwassersees im Sommer strukturiert wieder.

Ein typischer Süßwassersee unserer Region lässt sich hinsichtlich seiner Lebensbedingungen in verschiedene Zonen unterteilen: Man unterscheidet die Bodenzone (Benthal) von der Freiwasserzone (Pelagial). Die Bodenzone umfasst den Uferbereich (Litoral) und den vegetationslosen Tiefenbereich. Der Uferbereich gliedert sich in die unmittelbar am Seeufer liegende Röhrichtzone, den Bereich der Schwimmblattpflanzen (z. B. Seerosen) sowie im tieferen Wasser den Bereich der Tauchblattpflanzen.
Die Freiwasserzone eines Süßwassersees im Sommer setzt sich aus der Nährschicht im Oberflächenwasser und der Zehrschicht in den tieferen Wasserschichten zusammen. Nur in der lichtdurchfluteten Nährschicht können die Fotosynthese betreibenden Organismen existieren und Sauerstoff produzieren, sodass die Fotosyntheserate die Dissimilationsrate übertrifft. Unterhalb dieser Schicht verhindert die schwache Belichtung zunehmend Fotosyntheseprozesse. Es beginnt die Zehrschicht, in der nur heterotrophe Lebewesen existieren können und der Sauerstoffverbrauch durch Atmung überwiegt. Zwischen Nährschicht und Zehrschicht findet man je nach Eindringtiefe der Lichtstrahlung die Kompensationsebene, in der sich die Sauerstoffproduktion durch Fotosynthese und der Sauerstoffverbrauch durch Atmungsprozesse die Waage halten.

Physikalisch ergibt sich in einem Süßwassersee im Sommer auch eine Temperaturschichtung. Die Schicht des wärmeren, weniger dichten Oberflächenwassers (Epilimnion) bleibt von der Schicht des kälteren und dichteren Tiefenwassers (Hypolimnion) durch die Sprungschicht (Metalimnion) getrennt, da eine Durchmischung im Sommer kaum erfolgt.

1.2 **TIPP** *Anforderungsbereiche: II – III, Bewertungseinheiten: 16*

Erklären Sie jeweils die in M 1 a dargestellten Daten der abiotischen Faktoren Temperatur und Sauerstoff in einem mitteleuropäischen See und die Angaben in M 1 b zum Temperaturverlauf im Towuti-See auf Sulawesi. Für Ihren Begründungsansatz müssen Sie die zusätzlichen Informationen in M 1 b genau beachten. Ein ausdrücklicher Vergleich der beiden Seen wird nicht erwartet.

Der Breite Lucin als typischer, mitteleuropäischer See zeigt im Sommer ein charakteristisches, dauerhaftes Temperaturprofil: Ab ca. 10 m Tiefe fällt die Wassertemperatur von 18 °C rasch auf ca. 7 °C in 16 m Tiefe ab. Bedingt durch die Sonneneinstrahlung hat sich eine Schicht von wärmerem Oberflächenwasser mit einer geringeren Dichte gebildet, das aufgrund der nur geringen Zirkulation im Sommer (durch Windeinwirkung) nicht mehr mit dem Tiefenwasser vermischt wird. Das kältere Tiefenwasser kann mit einer Temperatur von 5 – 7 °C aufgrund seiner hohen Dichte nicht mehr aufsteigen. Zwischen beiden Zonen besteht daher ein deutlicher Temperatursprung.
Die von der Oberfläche bis in eine Tiefe von ca. 50 m etwa gleichbleibend hohe Sauerstoffkonzentration zeigt, dass es sich um einen oligotrophen See handelt. Das für die Fotosynthese im See benötigte Licht dringt offenbar bis in eine Tiefe von 50 m ein, sodass auch in den tiefen Bereichen des Sees noch Sauerstoff produziert wird. Diese hohe Lichtdurchlässigkeit des Wasserkörpers lässt auf eine geringe Planktondichte schließen. Dass der Sauerstoffgehalt unterhalb von 30 m geringfügig abnimmt, wird dadurch erklärbar, dass die Lichteinstrahlung mit zunehmender Tiefe etwas geringer wird und damit die Fotosyntheserate sinkt, sowie dadurch, dass im See nur sehr wenig abgestorbene Biomasse anfällt. Daher finden geringfügige, sauerstoffverbrauchende Prozesse statt. Die im Oberflächenbereich leicht abnehmende Sauerstoffkonzentration lässt sich durch die Abgabe von Sauerstoff an die Luft erklären.
Der Towuti-See zeigt von der Oberfläche bis an den Grund während des gesamten Jahres eine nahezu konstante Wassertemperatur von ca. 29 °C. Der See wird das ganze Jahr über aufgrund der gleichbleibenden Lufttemperaturen an der Oberfläche gleichmäßig erwärmt. Da es fortwährend zur Einwirkung mäßiger bis starker Winde auf den See kommt, wird, auch aufgrund der großen Seeoberfläche, der gesamte Wasserkörper regelmäßig umgewälzt, sodass das aufgewärmte Oberflächenwasser ständig bis in die tiefen Seebereiche zirkuliert. Die hohe Temperatur des Oberflächenwassers verteilt sich so gleichmäßig über den gesamten See und eine Schichtung des Wassers bildet sich unter diesen Bedingungen nicht aus.

1.3 **TIPP** *Anforderungsbereiche: I – II, Bewertungseinheiten: 14*

Für diese Teilaufgabe müssen Sie sämtliche Angaben der Tabelle heranziehen und miteinander vergleichen, um für alle fünf Fischarten jeweils unterschiedliche ökologische Nischen charakterisieren zu können.

Im Towuti-See gibt es verschiedene Arten von Regenbogenfischen, die jeweils unterschiedliche Nahrung und Lebensräume bevorzugen. *T. sp. „elongated“* ernährt sich ebenso wie *T. sp. „thicklip“* von Garnelen. Während *T. sp. „thicklip“* aber auf steinigem Boden lebt, bevorzugt *T. sp. „elongated“* sandigen, mit Felsen durchsetzten Boden und kann auf kleine Fische als Nahrung ausweichen. Auch *T. opudi* lebt auf sandigem Boden mit Felsen, der jedoch durch Buschwerk beschattet sein muss. Seine Nahrung besteht aus Insekten, Schnecken und Hüpferlingen, sodass er nicht in interspezifische Konkurrenz zu *T. sp. „elongated“* tritt. Auch *T. wahjui* ernährt sich von Insekten, Schnecken und Hüpferlingen, lebt und jagt aber auf schlammigem Boden. *T. sarasinorum* bevorzugt als Habitat wie *T. sp. „elongated“* und *T. opudi* sandigen Boden. Er ist jedoch auf Fischlaich als Nahrung spezialisiert.
Aus den Informationen geht also hervor, dass sich die fünf Regenbogenfischarten trotz mancher Überschneidungen in ihren Ansprüchen an den Lebensraum und an die Nahrungsquelle jeweils zumindest in einem ökologischen Aspekt unterscheiden. Sie haben also unterschiedliche ökologische Nischen ausgebildet und vermeiden so die direkte Konkurrenz. Daher können sie im Towuti-See gut nebeneinander existieren (Koexistenz).

2.1 **TIPP** *Anforderungsbereich: II, Bewertungseinheiten: 14*

Hier geht es um die besonderen Angepasstheiten spezieller Froscharten auf Sulawesi. Beachten Sie die umfassenden Informationen der Tabelle in M 2b, um die vier Froscharten hinsichtlich ihrer besonderen Angepasstheiten in Bezug auf ihren Lebensraum zu charakterisieren. In M 2a finden Sie zusätzliche Informationen zur Bedeutung der angegebenen Angepasstheiten.

Die Gabelzungenfroscharten *L. lavaepartus* und *L. arathooni* sind mit durchschnittlichen Körpergrößen von 37,4 mm bzw. 36,6 mm relativ klein. Zwischen den Zehen weisen beide Arten eine relativ kleine Spannhaut auf. Während eine kleine Körpergröße als Angepasstheit an das Leben im langsam fließenden Wasser angesehen werden kann, ermöglichen kleine Spannhäute ein effizienteres Fortkommen an Land. Daher leben beide Arten in langsam fließenden Gewässern oder in der entsprechenden Begleitvegetation, *L. arathooni* allerdings in Höhen oberhalb von 1 200 m und *L. lavaepartus* weit unterhalb von 1 000 m bis in niedrige Lagen. *L. lavaepartus* gebärt lebende Kaulquappen, indem ein Teil der Entwicklung bis zur Kaulquappe im Eileiter abläuft. Die Fortpflanzungsphasen im Körper bieten guten Schutz vor Feinden und vor Austrocknung des Laichs. *L. arathooni* zeigt diesbezüglich andere Angepasstheiten an den

Lebensraum: Die Eiablage erfolgt an ausreichend feuchten Ufern, wo die Männchen die Eier in den ersten Entwicklungsphasen z. B. vor Laichräubern bewachen und die geschlüpften Kaulquappen schnell ins Wasser rutschen können.
L. microtympanum und *L. modestus* sind mit einer Länge von durchschnittlich 78,4 mm bzw. 70,2 mm relativ groß. Sie haben stark ausgeprägte Spannhäute zwischen den Zehen. Beide Merkmale kann man als Angepasstheiten an ihr Leben in schnell fließenden Gewässern deuten. Ihre großen und daher schwereren Körper werden nicht so leicht vom schnell fließenden Wasser mitgerissen und die großen Spannhäute ermöglichen ihnen eine zielgerichtete Fortbewegung in ihrem aquatischen Lebensraum. Ihre Eier legen beide Arten in schwach fließenden Gewässern oder an deren Rand ab, wo sie nicht so leicht verdriftet werden und sich zu Kaulquappen entwickeln können. *L. microtympanum* ist hinsichtlich des Lebensraumes an Höhenlagen über 1 000 m angepasst, während *L. modestus* sich als eher euryöke Art in verschiedensten Bereichen schnell fließender Gewässer aufhalten kann und sogar Brackwasserbereiche toleriert.

2.2 **TIPP** *Anforderungsbereiche: II – III, Bewertungseinheiten: 23*

Der Schwerpunkt dieser komplexen, aus 2.1 abgeleiteten Teilaufgabe liegt auf dem evolutionsbiologischen Aspekt der Entstehung der Artenvielfalt von Gabelzungenfröschen. Berücksichtigen Sie dabei unbedingt die Informationen des aus DNA-Analysen entwickelten Stammbaums als Beleg für Ihre Erläuterung. Denken Sie auch an alle möglicherweise wirksamen Evolutionsfaktoren und formulieren Sie einen plausiblen Ablauf der Artenentstehung ausgehend von den Daten des Stammbaums.

Ausgangspunkt der Entstehung der Artenvielfalt der Gabelzungenfrösche auf Sulawesi war vermutlich die Einwanderung von Vorfahren der heutigen Gabelzungenfrösche aus Asien über die Molukken (in den Südosten Sulawesis). Ein Hinweis darauf ist, dass die Art *Limnonectes sp. I* auf beiden Inselgruppen vorkommt und größere genetische Übereinstimmungen mit den Gabelzungenfröschen auf den östlich von Sulawesi liegenden Inseln zeigt als alle übrigen auf Sulawesi vorkommenden Arten der Gabelzungenfrösche. Man kann daher nach der Einwanderung von einer geografischen Isolation der Vorfahren der heutigen Sulawesi-Froscharten ausgehen.
Ausgehend von dieser Gründerpopulation der Vorfahren von *Limnonectes sp. I* entstanden im Laufe von Millionen von Jahren verschiedene Arten. Durch die Möglichkeit der Nutzung vieler verschiedener Nahrungsquellen und Lebensräume und aufgrund vermutlich fehlender Konkurrenz war zunächst eine rasche Vermehrung gewährleistet. Mit Zunahme der Populationsdichte stieg allmählich die intraspezifische Konkurrenz im ursprünglichen Lebensraum. Durch Mutations- und Rekombinationsereignisse erweiterten sich der Genpool und auch die phänotypische Variabilität der Population. Dadurch eröffneten sich Möglichkeiten für Teilpopulationen, neue ökologische Nischen auszubilden und so dem zunehmenden Selektionsdruck durch die intraspezifische Konkurrenz auszuweichen. Dadurch und aufgrund zusätzlicher, zufällig aufgetretener Anpassungsprozesse steigerte sich die reproduktive Fitness isolierter

Teilpopulationen. Auf diese Weise entstand, vermutlich auch durch räumliche Trennung begünstigt, die Art *Limnonectes sp. D*, die heute westlich vom Verbreitungsgebiet der Art *Limnonectes sp. I* in Zentralsulawesi vorkommt.
Ausgehend von den Vorfahren dieser Art könnten sich durch Wanderungsbewegungen Teilpopulationen in den südwestlichen und in den nördlichen Regionen von Sulawesi angesiedelt haben, in denen sie abermals räumlich isoliert waren. Auch hier bildeten sich vermutlich durch Mutation und Rekombination sowie Gendrift mit der Folge reproduktiver Isolation neue Arten. Der Stammbaum zeigt, dass es, ausgehend von den Vorfahren von *Limnonectes sp. D*, zur Aufspaltung in eine Entwicklungslinie der Vorfahren der nur im Südwesten vorkommenden Art *L. microtympanum* und in eine weitere Entwicklungslinie der Vorfahren von auf der nördlichen Halbinsel heimischen Arten kam. Diese „nördliche" Entwicklungslinie spaltete sich noch mehrmals auf, u. a. in die Linie der Vorfahren der Art *L. modestus* und in die Linie der Vorfahren der Art *L. larvaepartus*. Für diesen Ablauf spricht, dass letztere Arten nur im nördlichen Bereich von Sulawesi vorkommen und die geringste genetische Distanz aller Arten zueinander zeigen.
Eine geografische Isolation von Teilpopulationen der Vorfahren dieser Entwicklungslinie in der nördlichen Region von Sulawesi könnte sich eventuell durch die Besiedelung unterschiedlich schnell fließender Gewässer ergeben haben. Infolge von Mutations- und Selektionsprozessen könnte es dann zu den in M 2b dargestellten Angepasstheiten und einer eigenständigen Entwicklung solcher Teilpopulationen bis hin zur Artbildung gekommen sein.

3.1 **TIPP** *Anforderungsbereich: I, Bewertungseinheiten: 10*

Stellen Sie in dieser rein reproduktiv angelegten Teilaufgabe Ihr Wissen zur Weiterleitung von Nervenimpulsen in Form von Aktionspotenzialen an einem myelinisierten Axon in Textform dar. Gehen Sie dabei auch auf die zugrunde liegenden Ionenströme ein.

Axone mit Schnürringen sind von myelinhaltigen Hüllzellen (Gliazellen) umgeben. Im Bereich der Schnürringe wird diese gegenüber elektrischen Strömen isolierend wirkende Hülle durchbrochen, sodass an diesen Stellen Ionenkanäle und Ionenpumpen wirksam werden können. Ausschließlich an den Ranvier'schen Schnürringen (und am Axonhügel) entstehen daher Aktionspotenziale, die von Schnürring zu Schnürring weitergeleitet werden. Dies geschieht dadurch, dass nach einer kurzen Depolarisation über einen Schwellenwert am Schnürring eine Vielzahl von Na^+-Ionen über spannungsabhängige Na^+-Ionenkanäle in das Axon einströmen, sodass die Depolarisation nach dem Alles-oder-nichts-Prinzip bis auf ein Maximum ansteigt: Es wird ein Aktionspotenzial generiert. Da die eingeströmten Na^+-Ionen von den negativen Ionen in benachbarten Regionen des Axons angezogen werden, entsteht ein kurzzeitiger Stromfluss. Diese Ausgleichsströme von Na^+-Ionen erreichen sehr schnell den nächsten Schnürring und führen dort zur erneuten Depolarisation der Axonmembran, sodass sich dort der Vorgang wiederholt. Da die Aktionspotenziale so von Schnürring zu

Schnürring „springen“, spricht man von saltatorischer Erregungsleitung. Das zuvor ausgelöste Aktionspotenzial klingt durch das Schließen der Na^+-Ionenkanäle und das kurzzeitige Öffnen spannungsabhängiger K^+-Ionenkanäle wieder ab. Dadurch wird das Ruhepotenzial wieder erreicht, die ursprüngliche Ionenverteilung von Na^+- und K^+-Ionen wird jedoch erst durch die fortwährende Tätigkeit von Na^+-/K^+-Ionenpumpen wiederhergestellt, die in der Axonmembran eingelagert sind und ATP verbrauchen. Während der Depolarisations- und Repolarisationsphasen des Aktionspotenzials sind die spannungsabhängigen Na^+-Ionenkanäle für kurze Zeit nicht erregbar, sodass in dieser Refraktärzeit am jeweiligen Schnürring kein neues Aktionspotenzial ausgelöst werden kann. Aktionspotenziale können daher nicht „zurückspringen“, sondern nur in eine Richtung weitergeleitet werden.

3.2 **TIPP** *Anforderungsbereiche: II – III, Bewertungseinheiten: 19*

Die abschließende Teilaufgabe orientiert sich an drei datenreichen Materialien mit komplexen, Ihnen ggf. unbekannten Informationen zur Signaltransduktion bei Haarsinneszellen. Sie sollten sich daher zunächst die einzelnen Arbeitsmaterialien inhaltlich verdeutlichen. Bearbeiten Sie erst dann den eigentlichen Arbeitsauftrag, der sich allein auf den Ablauf der drei Versuche in M 3c und auf die Erklärung der Versuchsergebnisse zur Funktion der Haarsinneszellen bezieht. Für Ihre Argumentation zu den jeweiligen Versuchsansätzen müssen Sie dann alle passenden Informationen aus M 3a und b heranziehen.

In verschiedenen Experimenten wurde die Funktion von Haarsinneszellen im Seitenlinienorgan von Gabelzungenfröschen untersucht. Die Ergebnisse der Messungen unter drei verschiedenen Bedingungen lassen sich folgendermaßen auswerten:

Versuch 1: Der ruhende Frosch befindet sich in unbewegtem Wasser, sodass die ins Wasser hineinragenden Cilien der Haarsinneszellen nicht abgelenkt werden. Gemäß der Abbildung in M 3b gelangen über K^+-Ionenkanäle nur wenige K^+-Ionen durch die Cilien in die Haarsinneszelle. Als Folge strömen nur wenige Ca^{2+}-Ionen durch spannungsabhängige Ca^{2+}-Ionenkanäle in die Zelle und bewirken, dass nur wenige Vesikel, die erregend wirkende Transmitter enthalten, mit der Membran der Haarsinneszelle verschmelzen. Nur relativ wenige Transmittermoleküle erreichen daher über den synaptischen Spalt die Membran der afferenten Nervenfaser und bewirken dort über Bindung an Rezeptoren, Öffnung von Ionenkanälen und Ioneneinstrom eine Depolarisation. Am Axonhügel der afferenten Zelle wird dann eine mäßige Frequenz von Aktionspotenzialen ausgelöst, die im ZNS als Ruhefrequenz registriert wird.

Versuch 2: Der ruhende Frosch befindet sich im Wasser, das sich bewegt. Dadurch werden die Cilien der Haarsinneszelle in Richtung des Kinociliums abgelenkt. Bei dieser Ablenkung der Cilien werden über Tip-Links verstärkt K^+-Ionenkanäle geöffnet, sodass es aufgrund der hohen Konzentration von K^+-Ionen im Außenmedium zu einem starken Einstrom von K^+-Ionen in das Innere der Haarsinneszelle kommt. Dies führt zu einer Depolarisation der Zellmembran auf -50 mV. Daraufhin öffnen sich viele spannungsabhängige Ca^{2+}-Ionenkanäle, was zu einem starken Einstrom von Ca^{2+}-Ionen ins Zellinnere führt. Diese vermitteln die Ausschüttung vieler erregend wirkender Transmittermoleküle in den synaptischen Spalt. Die Transmitter binden an Rezeptoren in der postsynaptischen Membran und bewirken letztlich eine starke Depolarisation der Membran der afferenten Faser. Dadurch wird am Axonhügel der afferenten Faser eine hohe Aktionspotenzialfrequenz ausgelöst, die im ZNS als Signal für eine Wasserbewegung registriert wird. Eine Auslösung von Aktionspotenzialen im efferenten Neuron findet unter diesen Bedingungen nicht statt.

Versuch 3: Der Frosch bewegt sich im Wasser und gleichzeitig ist auch das Wasser in Bewegung. Die Wasserbewegung bewirkt wieder eine Auslenkung der Cilien in Richtung des Kinociliums. Als Folge kommt es zu einer ähnlich starken Depolarisation der Haarsinneszellmembran wie in Versuch 2. Da jedoch die efferenten Fasern bei Eigenbewegung des Frosches aktiv sind und infolge einer mäßigen Aktionspotenzialfrequenz hemmende Transmitter ausschütten, könnten diese z. B. über die Bindung an Rezeptoren und die Öffnung von Ionenkanälen einen Einstrom negativ geladener Ionen in Haarsinneszellen bewirken, sodass es in der Haarsinneszelle zur Abschwächung der Depolarisation kommt. Dadurch ergibt sich ein Membranpotenzial von –60 mV wie in Versuch 1 und nur geringe Mengen von erregend wirkenden Transmittern werden ausgeschüttet. In der afferenten Nervenfaser entsteht daher lediglich eine mäßige Aktionspotenzialfrequenz entsprechend der Ruhefrequenz in Versuch 1. Die Wahrnehmung der Wasserbewegung kann demnach unterdrückt oder verrechnet werden, soweit diese durch die Eigenbewegung des Frosches entsteht.

BE

BIENEN IN GEFAHR

Sprechen wir von Bienen, dann meinen wir meistens die Westliche Honigbiene, die seit mehreren Tausend Jahren zur Gewinnung von Honig genutzt wird. Tatsächlich gibt es aber allein in Deutschland etwa 580 Bienenarten. Für die Landwirtschaft stellen die Bienen als Bestäuber einen wichtigen Faktor dar. In den letzten Jahren häufen sich allerdings Berichte über vermehrtes Bienensterben. In diesem Zusammenhang wird in großangelegten Forschungsprojekten der Einfluss von Monokulturen und Pestizideinsätzen untersucht. Auch tritt seit etwa 35 Jahren die Varroa-Milbe auf, die nachhaltig die Gesundheit der Bienenvölker schädigt.
Im Folgenden sollen Sie sich mit neurobiologischen, ökologischen und evolutionsbiologischen Aspekten im Zusammenhang mit ausgewählten Bienenarten auseinandersetzen.

1 Neuro- und evolutionsbiologische Aspekte bei der Bekämpfung der Varroa-Milbe

1.1 Erläutern Sie die Phasen eines Aktionspotenzials am Axon einer Nervenzelle auch anhand einer selbst erstellten und beschrifteten grafischen Darstellung eines Aktionspotenzials in einem Spannungs-Zeit-Diagramm. 14

1.2 Erklären Sie anhand von M 1 und M 2 die Wirkungsweise von Flumethrin auf spannungsgesteuerte Na^+-Ionenkanäle am Axon einer Nervenzelle sowie die Auswirkung von Flumethrin auf die Frequenz der Aktionspotenziale in der nachgeschalteten Nervenzelle. 16

* **1.3** Analysieren Sie M 3 im Hinblick auf Präadaptation. 12

2 Ökologische Aspekte bei Bienenarten

2.1 Erläutern Sie an je einem selbst gewählten Beispiel, was man unter Parasitismus und Symbiose versteht. 10

2.2 Ermitteln Sie anhand von M 4 die Bedeutung der Westlichen Honigbiene für den Ertrag an Feldfrüchten. 10

2.3 Werten Sie die Untersuchungsergebnisse in M 6 zum Bienensterben im Zusammenhang mit Monokulturen (M 5) im Hinblick auf eine zeitliche und eine soziale Falle aus. 15

* Aufgabe stellt Anforderungen, die nach dem aktuellen KCGO (Stand 2017) nicht mehr prüfungsrelevant sind.

3 Evolutionsbiologische Aspekte zur Tanzsprache der Honigbienen

3.1 Stellen Sie anhand von M 7 je eine proximate und eine ultimate Erklärung zum zielgerichteten Flug von Bienen zur Futterquelle dar. 10

3.2 Beschreiben Sie die im Stammbaum in M 8 a dargestellten Verwandtschaftsverhältnisse. Prüfen Sie, inwiefern die Ergebnisse des Basensequenzvergleichs in M 8 b diesen Stammbaum (M 8 a) stützen oder ihm widersprechen. 16

M 1 Bekämpfung der Varroa-Milbe mit Pestiziden

Die Varroa-Milbe *(Varroa destructor)* ist ein Brutparasit, der in nahezu allen Honigbienenvölkern in Europa auftritt. Sie gilt als Hauptgrund dafür, dass ganze Völker der Honigbiene absterben. Zur Bekämpfung der Varroa-Milben werden verschiedene chemische Mittel eingesetzt. Eines dieser Pestizide mit dem Wirkstoff Flumethrin wirkt als Nervengift an den spannungsgesteuerten Na^{+}-Ionenkanälen in der Axonmembran von Nervenzellen der Milben.

Verändert aus:
Jungbauer, W. (Hrsg.): Aufgabenhandbuch Biologie, Band 2. Ökologie. Aulis Verlag, Köln (2010), S. 84–85.

M 2 Experiment zur Auswirkung von Flumethrin auf die Erregungsleitung am Axon und die Erregungsübertragung an Synapsen

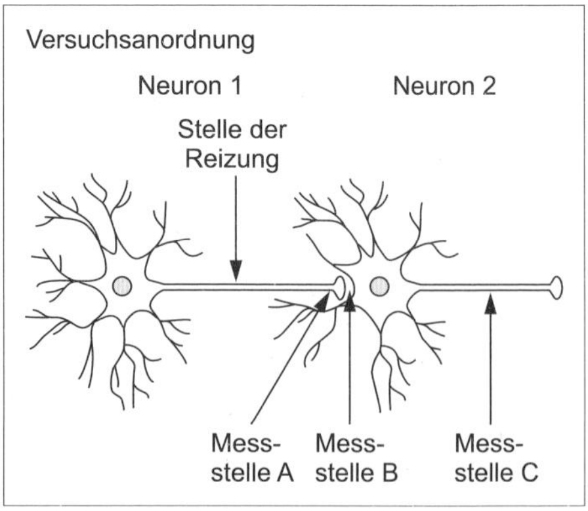

Um die Auswirkungen von Flumethrin (M 1) auf die Erregungsleitung an Neuronen zu untersuchen, wurden zwei Neuronen, die über eine Synapse mit Acetylcholin als Neurotransmitter miteinander verbunden sind, isoliert. In einem Versuch wurde am Axon des Neurons 1 künstlich ein Aktionspotenzial durch Reizung ausgelöst. An der Messstelle A wurde die Konzentration der Na^{+}-Ionen im Axoninnenraum und an der Messstelle B die Konzentration von Acetylcholin im synaptischen Spalt ermittelt. Des Weiteren wurde am Neuron 2 die Aktionspotenzialfrequenz an der Messstelle C ermittelt.
Anschließend wurde dieser Versuch wiederholt, nur dass zuvor an einem Bereich des Axons von Neuron 1 eine geringe Menge von Flumethrin eingewirkt hat, der direkt vor den spannungsabhängigen Ca^{2+}-Ionenkanälen der präsynaptischen Membran liegt.

Die Versuchsergebnisse für die Messstellen A und B sind in den beiden folgenden Diagrammen zusammengefasst dargestellt.

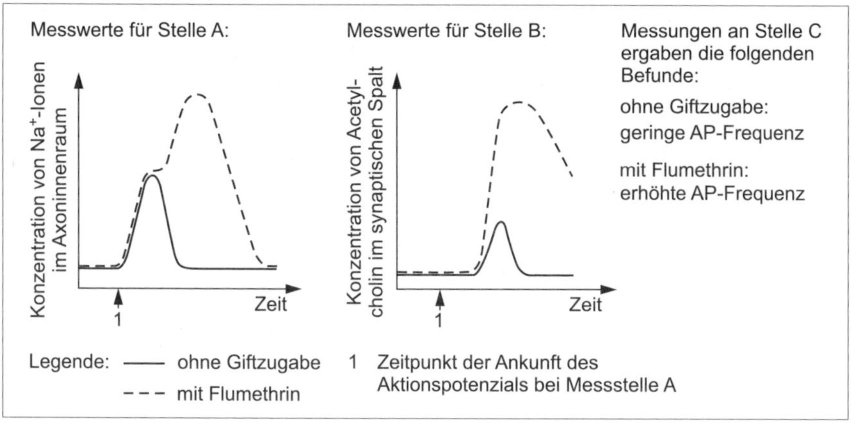

Verändert aus:
Vijverberg, H. P. M. et al.: Neurotoxical effects and the mode of action of pyrethroid insecticides. In: Critical Reviews in Toxicology 21 (1990), S. 105–113.

M 3 Wirksamkeit von Flumethrin auf zwei Milbenpopulationen

In einem Versuch wurde die Wirksamkeit von Flumethrin (M 1) auf zwei verschiedene Populationen von Varroa-Milben aus zwei verschiedenen Gebieten untersucht. Dazu wurden 30 Milben aus jeder Population zufällig ausgewählt, die jeweils identisch mit dem Pestizid behandelt wurden.
Anschließend wurde der Anteil der abgetöteten Milben ermittelt.

Hinweis: Untersuchungen zeigen, dass die für die Na^+-Ionenkanäle codierenden Gene bei einigen Milben aus den Gebieten A und B geringfügig veränderte Basensequenzen aufweisen.

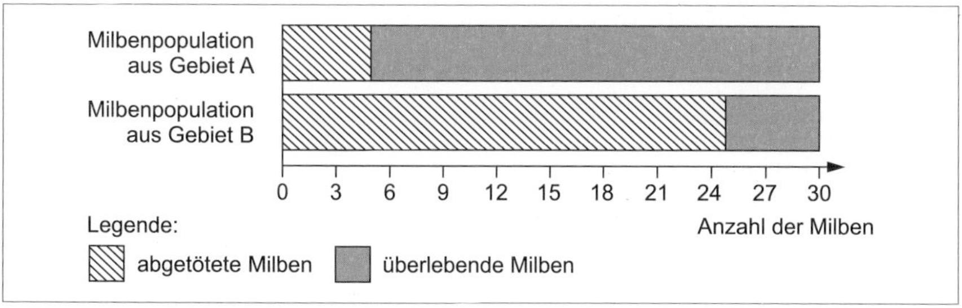

Verändert aus:
Thompson, H. M. et al.: First report of Varroa destructor resistance to pyrethroids in the UK. In: Apidologie 33 (2002), S. 357–361.

M 4 Bedeutung der Westlichen Honigbiene *(Apis mellifera)*

Bei vielen Pflanzenarten ist die Menge der gebildeten Früchte oder Samen von der Bestäubung durch Insekten abhängig. Westliche Honigbienen sind relativ blütenstet, d. h., sie besuchen die Blüten einer Pflanze so lange, bis diese Nahrungsquelle erschöpft ist, bevor sie andere Pflanzen aufsuchen. Um den Einfluss der Honigbienen auf den Ernteertrag beim Raps, eine auf Insektenbestäubung angewiesene Pflanzenart, zu ermitteln, wurde folgendes Experiment durchgeführt:

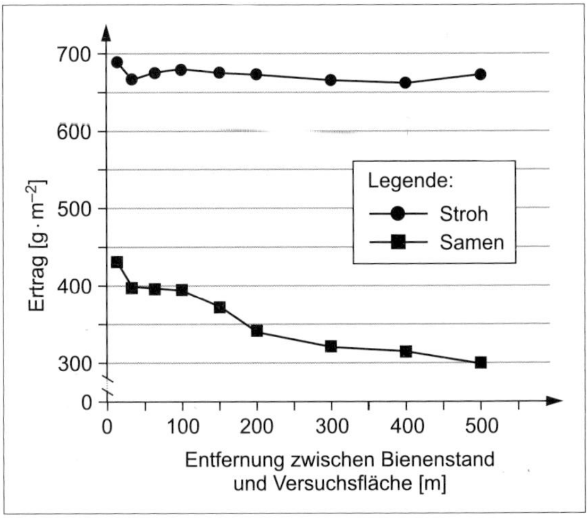

Am Rand eines großen Rapsfeldes wurde zur Rapsblüte im Mai ein Bienenstock aufgestellt. Andere Völker der Honigbiene waren nicht vorhanden. In bestimmten Abständen zu diesem Bienenstock wurden in dem Feld Versuchsflächen von einem Quadratmeter Größe abgesteckt. Kurz vor der Ernte im Juli wurde für diese Parzellen jeweils der Ertrag an Samen und Stroh (getrocknetes oberirdisches Pflanzenmaterial) ermittelt. Weitere Beobachtungen waren, dass mit zunehmender Entfernung zwischen Versuchsfläche und Bienenstand immer weniger Honigbienen auf den Pflanzen in den Versuchsflächen gesichtet wurden. Die am weitesten entfernte Parzelle wurde nicht mehr von Honigbienen dieses Stocks aufgesucht.

Verändert aus:
https://www.erwerbsimkerbund.at/die-bestaeubungsleistung-der-honigbiene+2500+1137132.
(Letzter Zugriff am 20.08.2018).

M 5 Monokulturen

In Monokulturen wird auf einem meist großflächigen Gebiet über mehrere Jahre hinweg die gleiche Nutzpflanze angebaut. Konkurrierende Pflanzenarten werden gezielt bekämpft. Die hohe Pflanzendichte in einer Monokultur bedingt ein saisonales Überangebot an Nahrung für Insekten. Außerhalb der relativ kurzen Blühphase der Nutzpflanzen bezeichnet man Monokulturen aufgrund der bestehenden Artenarmut als „grüne Wüsten“. Sie sind des Weiteren sehr anfällig für Schädlingsbefall. Daher werden oft Pestizide zur Vorbeugung oder Bekämpfung von Schädlingsplagen eingesetzt. Viele der Pestizide verteilen sich in oder auf allen Pflanzenteilen sowie im Nektar und den Pollen. Sie wirken häufig auch auf die bestäubenden Insekten, indem sie diese oder ihre Larven schädigen oder töten. Auch können einige dieser Mittel den Orientierungssinn von Bienen beeinträchtigen.

Zusammengestellt und verändert aus:
Garibaldi, L. A. et al.: From research […] pollinators. In: Frontiers and Ecology and the Environment 12 (2014), S. 439–445.
Enzinger, S.: Bienen in Gefahr! In: Unterricht Biologie 404 (2015), S. 10–15.

M 6 Bienensterben

Alle in Deutschland lebenden Bienenarten ernähren sich ausschließlich von süßen Pflanzensäften, insbesondere von Blütennektar. Für die Eiweißversorgung sind sie auf Blütenpollen angewiesen. Einige Arten, wie z. B. die Westliche Honigbiene, bilden Staaten. Weil die Westliche Honigbiene Futtervorräte in Form von Honig anlegt, wird sie von Imkern gehalten. Der Honig wird im Spätsommer geerntet. Alle anderen Bienenarten werden als Wildbienen bezeichnet. Sie leben zumeist als Einzelgänger und sind, anders als die Honigbienen, mehr oder weniger stark auf bestimmte Blütenpflanzen als Nahrungsquellen angewiesen. Seit einigen Jahren beobachtet man ein verstärktes Bienensterben. Darunter fasst man die gehäuften Verluste von Bienenvölkern sowie das zunehmende Verschwinden vieler Wildbienenarten zusammen. Als eine mögliche Ursache des Bienensterbens wird die Zunahme von Monokulturen angesehen. Diesbezüglich wurden umfangreiche Untersuchungen mit Bienenvölkern durchgeführt, deren Befunde im Folgenden dargestellt sind:

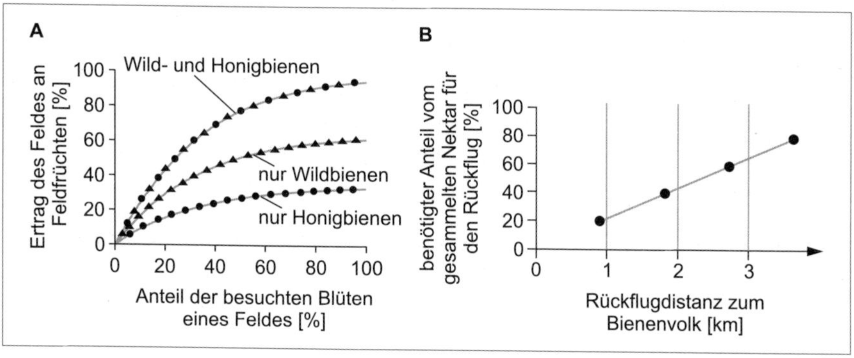

C: relative Wachstumsraten von Honigbienenvölkern mit 16 000 Arbeiterinnen:

Standort des Honigbienenvolkes	Gifteinsatz	relative Wachstumsrate innerhalb von 30 Tagen [%]
vielfältige Landschaft	nein	50
vielfältige Landschaft	ja	0
Monokultur	ja	–45

Zusammengestellt und verändert aus:
Cresswell, J. E. et al.: Comment on "A common pesticide decreases foraging success and survival in honey bees". In: Science 337 (2012), S. 1 453.
Garibaldi, L. A. et al.: From research [...] pollinators. In: Frontiers and Ecology and the Environment 12 (2014), S. 440.
Enzinger, S.: Bienen in Gefahr! In: Unterricht Biologie 404 (2015), S. 10–15.

M 7 Die Tanzsprache der Honigbienen

Alle Arten von Honigbienen leben in Staaten und haben Tanzsprachen entwickelt, die sie dazu nutzen, um Mitglieder in ihrem Bienenstock über Nahrungsquellen zu informieren. Gesucht werden diese Ressourcen von Kundschafterbienen. Das sind etwa 5 % der gesamten Arbeiterinnen, die relativ alt sind und fast das Ende ihrer Lebensspanne erreicht haben.
Kehren die Kundschafterinnen zum Stock zurück, würgen sie etwas Nektar aus ihrem Honigmagen hervor, der von anderen Arbeiterinnen aufgenommen wird. Auf diese Weise werden die anderen Bienen über die Art der Nahrungsquelle informiert. Nun tanzt die Kundschafterin auf den senkrechten Waben bestimmte Muster.
Die Tanzform und die jeweils dabei ausgeführten Bewegungen werden von den anderen Sammelbienen wahrgenommen, wodurch sie über Lage und Entfernung einer Nahrungsquelle informiert werden. Die Ergiebigkeit der Nahrungsquelle wird durch die Intensität der ausgeführten Bewegungen vermittelt.
Nachforschungen zeigten, dass Honigbienen die Tanzsprache nicht lernen, sondern dass diese Verständigung angeboren ist. Auch erkannte man, dass die Arten, die in dunklen Höhlen nisten, auch die beim Tanz entstehenden Geräusche wahrnehmen, um den vorgetanzten Bewegungsmustern folgen zu können. Durch den Tanz wird eine der Ergiebigkeit der Nahrungsquelle entsprechende Anzahl von Sammelbienen zum Aufsuchen der entdeckten Nahrungsquelle animiert.

Verändert aus:
Hedewig, R.: Tanzen mit System – die Evolution der Bienentänze. In: Unterricht Biologie 260 (2000), S. 20.

M 8 Evolutive Entwicklung der Honigbienen

M 8a Möglicher Stammbaum für die evolutive Entwicklung der Honigbienen

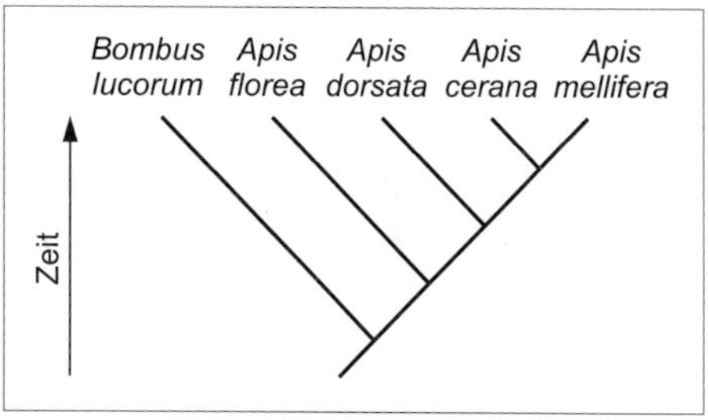

Der Stammbaum zeigt eine Möglichkeit für die evolutive Entwicklung von vier Arten Honigbienen (Gattung Apis) und einer Hummelart (Gattung Bombus). Er wurde mit der indirekten Methode erstellt. Dabei vergleichen die Forscher die Verhaltensweisen heute lebender Arten, z. B. die Tanzsprache oder das Bauen der Nestwaben, miteinander und beziehen dabei auch andere Informationen, wie z. B. die Verbreitungsgebiete, mit ein. Je entfernter die Verwandtschaft von Arten ist, die ein übereinstimmendes Verhalten zeigen, desto länger muss das Verhaltensmerkmal schon existieren.

Zusammengestellt und verändert aus:
Woher stammt das Verhalten? Hören der Hummeln hilft bei Evolutionsforschung vom 17.09.2014, http://www.scinexx.de/dossier-detail-178-7.html. (Letzter Zugriff am 24.08.2018).
Dyer, F. C.: The biology of the dance language. In: Annu. Rev. Entomol. 47 (2002), S. 934.

M 8b Unterschiede in der Basensequenz der DNA bei verschiedenen Bienenarten

Die Basensequenzen wurden für einen 641 Basenpaare langen DNA-Abschnitt bei vier Honigbienenarten (Gattung Apis) und bei *Bombus lucorum*, einer Hummelart, bestimmt. Die Anzahl der Unterschiede in der Basensequenz wurde jeweils für zwei dieser Arten bestimmt.

	Apis mellifera	**Bombus lucorum**	**Apis florea**	**Apis dorsata**	**Apis cerana**
Apis mellifera	0				
Bombus lucorum	132	0			
Apis florea	93	120	0		
Apis dorsata	72	123	89	0	
Apis cerana	49	126	90	70	0

Verändert aus:
Cornuet, J. et al.: Mitochondrial DNA variability in honeybees and its phylogeographic implications. In: Apidologie 22 (1991), S. 634.

Lösungsvorschlag

Die Aufgabe beinhaltet die folgenden Themen:
- Neurobiologie: Aktionspotenzial, Erregungsübertragung an Synapsen, Wirkung von Neurotoxinen
- Ökologie: interspezifische Beziehungen, anthropogene Einflüsse, Monokulturen, zeitliche und soziale Fallen
- Evolutionsbiologie: phylogenetischer Stammbaum

1.1 **TIPP** *Anforderungsbereich: I, Bewertungseinheiten: 14*

Für die Bearbeitung dieser reproduktiven Aufgabe fertigen Sie zunächst eine beschriftete Grafik, die den Verlauf eines Aktionspotenzials darstellt, an. Achten Sie dabei auf den zeitlichen Bezug und eine korrekte Achsenbeschriftung. Anschließend machen Sie die ablaufenden Prozesse mithilfe Ihrer Kenntnisse aus dem Unterricht verständlich.

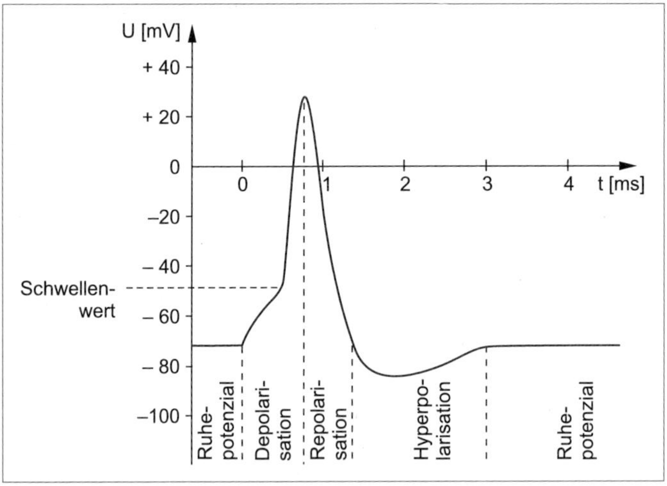

Ein Aktionspotenzial ist ein Alles-oder-nichts-Signal, das bei elektrisch erregbaren Zellen der Signalweiterleitung dient. Zunächst kommt es z. B. durch äußere Reizung der Axonmembran lokal zu einer Ladungsverschiebung, die zu einer Abnahme der im Ruhezustand vorliegenden Potenzialdifferenz führt. Erreicht diese Depolarisation einen bestimmten Schwellenwert (ca. –50 mV), so wird ein Aktionspotenzial ausgelöst, das immer den gleichen Verlauf (Alles-oder-nichts-Signal) aufweist. Bei Erreichen eines Schwellenwerts kommt es zur Öffnung spannungsgesteuerter Na^+-Ionenkanäle, die als integrale Proteine in der Membran eingelagert sind. Aufgrund des Na^+-Ionengradienten strömen Na^+-Ionen in das Axoninnere ein, sodass die Zelle stärker depolarisiert und die Permeabilität der Membran für Na^+-Ionen weiter erhöht wird. Durch diese positive Rückkopplung öffnen sich sehr rasch alle in diesem Bereich vorhandenen Na^+-Ionenkanäle, es kommt zu einem schlagartigen Na^+-Ioneneinstrom. Dieser zieht im Vergleich zum Ruhepotenzial eine Ladungsumkehr an der Membran nach sich, im Axoninneren überwiegt die positive Ladung. Zeitverzögert zu den Na^+-Ionenkanälen öffnen sich spannungsgesteuerte K^+-Ionenkanäle. Dies bewirkt einen verstärkten K^+-Ionenausstrom entlang des K^+-Ionengradienten und des elektrischen Gradienten, der aufgrund des Überschusses an negativer Ladung an der Membranaußenseite entsteht. Zeitgleich schließen sich die spannungsgesteuerten Na^+-Ionenkanäle, wodurch der Na^+-Ioneneinstrom zum Erliegen kommt. Der Ausstrom von K^+-Ionen zieht eine erneute Ladungsumkehr nach sich, d. h., die Membran wird repolarisiert. Da die Membranpermeabilität für K^+-Ionen nur langsam wieder abnimmt, sinkt das Membranpotenzial kurzzeitig auf einen negativeren Wert als im Ruhezustand, man spricht von einer Hyperpolarisation. Na^+-K^+-Ionenpumpen tragen dazu bei, die ursprüngliche Ionenverteilung des Ruhepotenzials wiederherzustellen, indem sie durch aktiven Antiport, d. h. unter ATP-Verbrauch, 3 Na^+-Ionen aus der Zelle heraus und 2 K^+-Ionen hinein transportieren. Die spannungsabhängigen Na^+-Ionenkanäle sind für kurze Zeit nach ihrem Schließen nicht aktivierbar, sodass sich die Membran während dieses als Refraktärzeit bezeichneten Zeitraums nicht erneut depolarisieren lässt.

1.2 **TIPP** *Anforderungsbereiche: II – III, Bewertungseinheiten: 16*

Wenn Sie hier die Wirkung des Nervengiftes auf die spannungsgesteuerten Na^+-Ionenkanäle und die AP-Frequenz erklären, gehen Sie zunächst Schritt für Schritt die Aussagen der Diagramme durch. Beachten Sie dabei genau, an welchen Stellen der Neurone die Messungen vorgenommen wurden.

Nach axonaler Reizung des Neurons A wird an einer Messstelle (A), die kurz vor einer Synapse liegt, ein Aktionspotenzial registriert und die intrazelluläre Na^+-Ionenkonzentration gemessen. Wird Neuron A an einer Stelle kurz vor dem Endknöpfchen für kurze Zeit dem Einfluss von Flumethrin ausgesetzt, steigt die Na^+-Ionenkonzentration nach axonaler Reizung fast doppelt so hoch wie im Normalfall an. Auch dauert das anschließende Absinken der Konzentration, die Repolarisation, insgesamt länger. Das lässt vermuten, dass das Gift die Öffnungszeit der spannungsgesteuerten Na^+-Ionenkanäle erhöht.

Im synaptischen Spalt, der auf das synaptische Endknöpfchen von Neuron A folgt, steigt die Acetylcholin-Konzentration bei Giftzugabe im Vergleich zum Regelfall um fast das Dreifache an. Daraus lässt sich schließen, dass die Depolarisation (infolge Ca^{2+}-Ioneneinstroms) nach Flumethrinbehandlung länger anhält. Infolgedessen verschmelzen mehr transmittergefüllte Vesikel mit der präsynaptischen Membran, und die Konzentration an Acetylcholin im synaptischen Spalt liegt deutlich höher als unter Normalbedingungen.

Am Axon des nachgeschalteten Neurons B wird bei Flumethrin-Gabe (an Neuron A, nach dessen Reizung) eine höhere Aktionspotenzialfrequenz gemessen als ohne Gifteinfluss. Dies erklärt sich dadurch, dass der erhöhte Acetylcholingehalt im synaptischen Spalt die ligandengesteuerten Na^+-Ionenkanäle in der postsynaptischen Membran von Neuron B länger geöffnet hält, wodurch der nachfolgende Na^+-Ioneneinstrom stärker ausfällt. Am Soma bzw. an der Somamembran von Neuron B entsteht ein höheres erregendes postsynaptisches Potenzial (EPSP) als unter Kontrollbedingungen. Dieses EPSP, das sich elektrotonisch bis zum Axonhügel ausbreitet, löst dann entsprechend auch eine höhere Aktionspotenzialfrequenz aus.

1.3 **TIPP** *Anforderungsbereiche: II – III, Bewertungseinheiten: 12*

Beachten Sie, dass zur Lösung dieser Aufgabe inhaltsbezogene Kompetenzen (Präadaption) erforderlich sind, die in der gymnasialen Oberstufe (gemäß KC) nicht mehr vermittelt werden. Bei der Vorbereitung auf die Abiturprüfung kann diese Aufgabe daher unberücksichtigt bleiben.

Zwei Gruppen von jeweils 30 Milben aus unterschiedlichen Populationen und Gebieten wurden mit Flumethrin behandelt. Während von den Milben aus Gebiet A nur etwa 5 Tiere infolge der Giftbehandlung starben, waren es bei den Milben aus Gebiet B mit ca. 25 Individuen deutlich mehr. Die höhere Sterblichkeitsrate der Milbenpopulation B zeigt, dass Flumethrin hier deutlich stärker wirkt als innerhalb der Population A. Einige Individuen beider Populationen zeigen in den Basensequenzen der Gene, die für Na^+-Ionenkanalproteine codieren, geringfügige Unterschiede. Wenn diese Mutationen eine veränderte Proteinstruktur hervorrufen, sodass das Nervengift die Na^+-Ionenkanalproteine nicht mehr beeinflussen kann, besitzen diese Tiere einen Selektionsvorteil, sobald sie dem Gift ausgesetzt sind.
Da Individuen mit veränderten Basensequenzen in beiden Populationen bereits vor der Giftbehandlung zu finden waren, handelt es sich bei diesen Basensequenzänderungen um Präadaptationen, die Resistenz gegen das Nervengift verleihen. Wären diese Erbgutveränderungen nicht bereits bei einigen Individuen beider Populationen vorhanden gewesen, wären alle Tiere durch das Gift abgetötet worden. Die Tatsache, dass bei den beiden Populationen die Sterblichkeitsrate nach dem Gifteinfluss unterschiedlich hoch ausfiel, lässt sich so erklären, dass die Zahl der Individuen mit der veränderten Basensequenz in Population B höher war als in Population A.

2.1 **TIPP** *Anforderungsbereich: I, Bewertungseinheiten: 10*

Hier können Sie zwei beliebige Beispiele, die Ihnen aus dem Unterricht bekannt sind, wählen, um die genannten interspezifischen Wechselwirkungen verständlich zu machen.

Unter Parasitismus versteht man eine Wechselbeziehung zwischen zwei Organismen unterschiedlicher Arten, bei der ein Partner (Parasit) auf Kosten des anderen Partners (Wirt) lebt. So saugen z. B. Blattläuse den nährstoffreichen Pflanzensaft von Gefäßpflanzen und können dadurch deren Vitalität und Wachstum beeinträchtigen.
Eine Symbiose ist eine Lebensgemeinschaft zwischen zwei Organismen unterschiedlicher Arten, aus der beide Partner einen Nutzen ziehen. So stellen z. B. Flechten eine Lebensgemeinschaft aus Pilz(en) und Algen dar. Dabei erhält der Pilz von den fotosynthetisch aktiven Algen Kohlenhydrate für die eigene Energiegewinnung, während die Algen vom Pilz gegen die Außenwelt und vor Austrocknung durch die Versorgung mit Wasser geschützt werden.

2.2 **TIPP** *Anforderungsbereiche: I – II, Bewertungseinheiten: 10*

Machen Sie sich bei der Auswertung des Diagramms klar, dass jeweils zwei Datenpunkte (Stroh und Samen) einer Versuchsfläche zugeordnet sind. Die vergleichende Betrachtung dieser Werte ermöglicht es Ihnen, auf die Bedeutung der Bienen für den Ernteertrag zu schließen.

Die Untersuchung zeigt, dass mit zunehmendem Abstand des Bienenstocks zur Versuchsfläche die Menge an produzierten Rapssamen kontinuierlich sinkt. So beträgt der Ernteertrag an Rapssamen in der Parzelle, die am dichtesten an dem Bienenstock lag, etwa 440 g pro Quadratmeter. In einem Abstand von 30 bis 100 m liegt der Ernteertrag der Parzellen bei 400 bis 390 g/m^2, bis zu einem Abstand von 500 m sinkt er auf 300 g/m^2. Im Vergleich dazu schwankt der Ertrag an Stroh für alle untersuchten Zellen im Bereich von 660 bis 690 g/m^2, sodass im Durchschnitt von einer konstanten Menge an Stroh gesprochen werden kann.
Diese Ergebnisse lassen sich so erklären, dass das Wachstum der Pflanzen auf allen untersuchten Flächen im Mittel gleich gut war, was aus der ermittelten Masse an getrocknetem, oberirdischem Material (Stroh) hervorgeht. Der geringere Ernteertrag an Rapssamen in größerer Entfernung zum Bienenstock lässt sich hingegen auf abnehmende Bestäubungsraten durch die Bienen zurückführen. M 4 zufolge wurden mit zunehmender Entfernung des Bienenstocks von den Rapsparzellen immer weniger Bienen auf den Pflanzen beobachtet und die am weitesten vom Bienenstock entfernte Zelle wurde gar nicht mehr von Bienen aus diesem Volk besucht. Die Bienen aus dem Stock fliegen somit bevorzugt die Rapspflanzen als Nahrungsquelle an, die dicht am Bienen-

stock liegen. Da sie bei der Nahrungsaufnahme die besuchten Pflanzen gleichzeitig bestäuben, ist der Ertrag an Samen bei diesen Pflanzen höher als bei weiter entfernt wachsenden Rapspflanzen.

2.3 **TIPP** *Anforderungsbereiche: II – III, Bewertungseinheiten: 15*

Stellen Sie die Informationen in M 5 zu denjenigen in M 6 so in Zusammenhang, dass sich eine zeitliche und eine soziale Falle erkennen lassen. Da es sich besonders bei M 6 um ein komplexes Informationsgefüge handelt, sollten Sie sich im Vorfeld einen Stichwortkatalog zu den Kernaussagen erstellen. Auf dieser Basis können Sie dann die Fallen verdeutlichen. Zusätzlich kann es sinnvoll sein, wenn Sie die Materialbezüge in Ihrem Text explizit vermerken.

In Monokulturen werden häufig Pestizide eingesetzt, die Pflanzen vor möglichem Schädlingsbefall schützen und mit den Kulturpflanzen konkurrierende „Unkräuter" unterdrücken, um so den Ernteertrag zu erhöhen. Die gegen Schädlinge eingesetzten Pestizide können jedoch auch die Vitalität von Bienen beeinträchtigen (M 5). Tatsächlich zeigen Honigbienenvölker in der Nähe von Monokulturen eine negative Wachstumsrate (M 6 C), sodass betroffene Völker mittelfristig aussterben. Auch die Zahl an Wildbienen wird durch den Gifteinsatz reduziert (M 6).
Handelt es sich bei der Monokultur um Pflanzen, die auf Insektenbestäubung angewiesen sind, so führt die durch die Pestizide bedingte Verringerung des Insektenbestands zeitlich verzögert zu einer Abnahme des Ernteertrags, da Bestäuber fehlen und die Kulturpflanzen infolgedessen weniger Samen produzieren. Zusätzlich verringert sich durch den Einsatz der Herbizide das Nahrungsangebot von Wildbienen durch Vernichtung anderer Wildpflanzen, was das Sterben der Wildbienen noch verstärkt und damit auch die genannte zeitliche Falle. Dabei sind die Auswirkungen des Aussterbens der Wildbienenarten deutlich gravierender als diejenigen des Wegfalls der Honigbienen: Der Ernteertrag bei Fehlen der Wildbienen fällt um etwa 60 % geringer aus, während er bei Fehlen von Honigbienen um ca. 35 % vermindert wird (M 6 A).
Der Einsatz von Pestiziden führt bei Honigbienen zu gravierenden Sterberaten (M 6 C). Bieten Monokulturen während der Blütezeit diesen Bienen noch eine lohnende Nahrungsquelle, müssen die Bienen im Anschluss an die kurze Blühphase eine größere Entfernung zu alternativen Nahrungsquellen zurücklegen. Infolgedessen verbrauchen die Honigbienen für den Rückflug zum Bienenstock den Großteil des gesammelten Nektars. So werden bei einer Entfernung der Blütenpflanzen von 3 km zum Bienenstock 2/3 des gesammelten Nektars verbraucht (M 6 B), sodass weniger Honig gebildet werden kann. Der Vorteil des Pestizideinsatzes für den Ernteertrag der Landwirtinnen und Landwirte bedingt somit letztlich einen verringerten Honigertrag für die Imker*innen, was einer sozialen Falle gleichkommt. Ebenso stellt die höhere Vitalität der Monokulturpflanzen durch den Pestizideinsatz eine soziale Falle dar, insofern sie indirekt die Sterberate der Honigbienen erhöht.

3.1 **TIPP** *Anforderungsbereich: II, Bewertungseinheiten: 10*

Unterscheiden Sie hier, welche unmittelbaren, physiologischen Voraussetzungen für den zielgerichteten Flug der Bienen notwendig sind (proximate Erklärung) und welchen evolutionsbiologischen Nutzen (ultimative Erklärung) dieser zielgerichtete Flug für die Bienen hat.

Die unmittelbare, proximate Erklärung für den zielgerichteten Flug der Sammelbienen zu den Nahrungsquellen ist die Wahrnehmung der Tanzbewegungen, die die Kundschafterinnen des Bienenvolks nach ihrer Rückkehr im (dunklen) Bienenstock ausführen, sowie der dabei entstehenden Geräusche. Da sie Aufschluss über Lage und Entfernung der Futterquelle geben, werden die Sammlerinnen zum gezielten Ausfliegen animiert.
Indem die Kundschafterinnen genaue Informationen über die Art und Ergiebigkeit der Nahrungsquelle vermitteln, wird eine der Nahrungsquelle entsprechende Zahl an Sammelbienen veranlasst, zum Sammeln von Nektar auszufliegen. Die ultimate Erklärung des zielgerichteten Flugs liegt daher darin, dass der Nahrungserwerb des Bienenvolks so effizient wie möglich gestaltet wird. Das bedeutet, dass der Nutzen (Nahrungsgewinn) des Verhaltens für das Bienenvolk die Kosten (z. B. Nährstoffverbrauch durch den Rückflug zum Stock) höchstmöglich übersteigt. Auf diese Weise wird eine besonders gute Versorgung der Brut möglich, sodass es zu einer Erhöhung der reproduktiven Fitness und zu einem Wachstum des Bienenvolks kommen kann.

3.2 **TIPP** *Anforderungsbereiche: I – II, Bewertungseinheiten: 16*

In dieser Teilaufgabe sind zwei Arbeitsaufträge enthalten. Achten Sie bei der Beschreibung auf eine strukturierte und fachsprachlich korrekte Wiedergabe der im Stammbaum dargestellten Verwandtschaftsbeziehungen. Beim anschließenden Basensequenzvergleich beginnen Sie am besten mit der höchsten bzw. geringsten Anzahl an Unterschieden.

Beschreiben: Die in dem Stammbaum genannten vier Bienenarten und die Hummelart lassen sich auf eine gemeinsame Ursprungsart zurückführen. Die Population dieser Ursprungsart spaltete sich in zwei Teilpopulationen auf, die sich, vermutlich geografisch isoliert, unterschiedlich weiterentwickelten, bis sie letztlich reproduktiv isoliert waren. Aus einer der beiden Entwicklungslinien entstanden über einen langen Zeitraum hinweg die heutigen Hummeln (darunter die Art *Bombus lucorum*). Die zweite Linie entwickelte sich zur Ursprungsart der vier genannten Bienenarten weiter. Durch eine erneute Aufspaltung dieser Entwicklungslinie entstanden wieder zwei Teilpopulationen. Aus einer von ihnen bildete sich die heutige Art *Apis florea*, während die andere zur Ursprungsart der heutigen Arten *Apis dorsata*, *Apis cerana* und *Apis mellifera* wurde. Auch in der Vorfahrenpopulation dieser drei Bienenarten führte vermutlich eine geografische Isolation zur Aufspaltung in zwei Teilpopulationen. Während

aus einer von ihnen später die rezente Bienenart *Apis dorsata* hervorging, bildete die andere die Vorfahrenpopulation von *Apis cerana* und *Apis mellifera*. Durch Aufspaltung dieser Entwicklungslinie entstanden schließlich die beiden letztgenannten rezenten Arten.
Die beschriebenen Aufteilungen der Populationen der jeweiligen Ursprungsarten traten dabei in gleichen Zeitabständen auf.

Prüfen: Der Basensequenzvergleich der genannten Arten zeigt die meisten Unterschiede zwischen den Bienenarten und der Hummelart (120 bis 132 Unterschiede). Das spricht dafür, dass sich die Entwicklungslinie dieser Hummelart bereits recht früh von der gemeinsamen Stammlinie abspaltete und eigenständig weiterentwickelte. Bei den Bienenarten weist der Basensequenzvergleich die größten Unterschiede zwischen *Apis florea* und den anderen drei Arten auf (89 bis 93 Unterschiede). Es lässt sich daher schlussfolgern, dass sich die Entwicklungslinie von *Apis florea* als erste von der gemeinsamen Stammlinie abspaltete. Von den restlichen drei Bienenarten zeigt *Apis dorsata* mit 70 bis 72 Unterschieden in der Basensequenz zu *Apis cerana* und *Apis mellifera* mehr Differenzen als die beiden letztgenannten untereinander (49). Das lässt vermuten, dass sich die Entwicklungslinien der beiden letztgenannten Arten am spätesten voneinander trennten, also erst, nachdem sich die Gruppe der *Apis dorsata*-Vorfahren von der gemeinsamen Linie abgespalten hatte. Diese Ergebnisse stehen in keinerlei Widerspruch zu den Angaben im Stammbaum und bestätigen diesen daher.

BE

EICHENMISCHWÄLDER – FASZINIERENDE WUNDERWERKE DER NATUR

Unter den in Europa heimischen 24 Eichenarten dominieren in unseren Wäldern nur zwei Arten: die Stiel- und die Traubeneiche. Die Stieleiche, deren Früchte an Stielen heranwachsen, dringt im Gegensatz zur Traubeneiche wesentlich weiter nach Osteuropa vor. Doch ganz gleich, wo eine Eiche Wurzeln schlägt: Sie ist für andere Lebewesen von großem Wert. Allein etwa 400 Schmetterlingsarten und Hunderte weitere Insektenarten leben direkt oder indirekt von der Eiche. Hinzu kommen zahllose Pflanzenarten. Auch der Sauerklee ist eine Pflanzenart, die in Eichenwäldern vorkommt. Da die Früchte der Eiche, die Eicheln, besonders nahrhaft sind, war es bis ins 19. Jahrhundert sogar üblich, Schweine in die Wälder zu treiben, damit sie sich an den Eicheln satt fressen konnten.
Im Folgenden sollen Sie sich mit ökologischen, stoffwechselbiologischen und immunbiologischen Aspekten bei ausgewählten Arten in Eichenmischwäldern auseinandersetzen.

1 Ökologische Aspekte bei Eichenwäldern

1.1 Beschreiben Sie die Schichtungsdiagramme eines Eichenmischwaldes und eines reinen Fichtenforstes in M 1 a vergleichend.
Erklären Sie anhand von M 1 a und M 1 b die unterschiedliche Ausprägung der unteren Schichten im Eichenmischwald und im reinen Fichtenforst. 16

1.2 Vergleichen Sie die Ökogramme von Stieleiche und Traubeneiche in M 2 a. Begründen Sie anhand von M 2 a und M 2 b die Verbreitung der beiden Eichenarten. 18

2 Ökologische und stoffwechselbiologische Aspekte beim Wald-Sauerklee

2.1 Beschreiben Sie den typischen Bau eines Sonnenblattes sowie anhand von M 3 a die Unterschiede zu dem Blatt des Wald-Sauerklees. 14

2.2 Erläutern Sie den Mechanismus der Blattkissenbewegungen beim Wald-Sauerklee anhand von M 3 b. 11

2.3 Begründen Sie die unterschiedlichen Kohlenstoffdioxidaufnahmen von Wald-Sauerklee und Brunnenkresse bei verschiedenen Lichtintensitäten anhand von M 3 c. 13

3 Ökologische und immunbiologische Aspekte in Zusammenhang mit Zecken

∗ **3.1** Erläutern Sie M 4 a im Hinblick auf die typischen Vorgänge bei der spezifischen Immunabwehr des Menschen. 15

3.2 Erklären Sie die in M 4 b dargestellten Schwankungen der Individuenzahlen von Streifenhörnchen und Zeckennymphen. 10

∗ **3.3** Entwickeln Sie eine Hypothese hinsichtlich des Verlaufs der relativen Komplementkonzentration (M 4 c) nach Erst- und Zweitinfektion. 6

* Aufgabe stellt Anforderungen, die nach dem aktuellen KCGO (Stand 2017) nicht mehr prüfungsrelevant sind.

M 1 Vertikaler Aufbau mitteleuropäischer Wälder

M 1 a Schichtungsdiagramme

Deckungsgrad: Bedeckung der untersuchten Waldfläche durch die jeweilige Schicht in % der Gesamtfläche

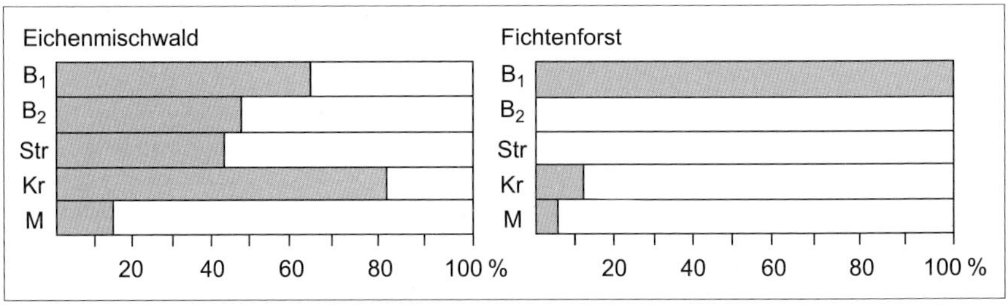

M 1 b Aufbau eines Mischwaldes und Nutzung der Lichtmenge für die Fotosynthese

Die Zahlen geben die Lichtmenge in % an, die von den Pflanzen in den Schichten genutzt wird.

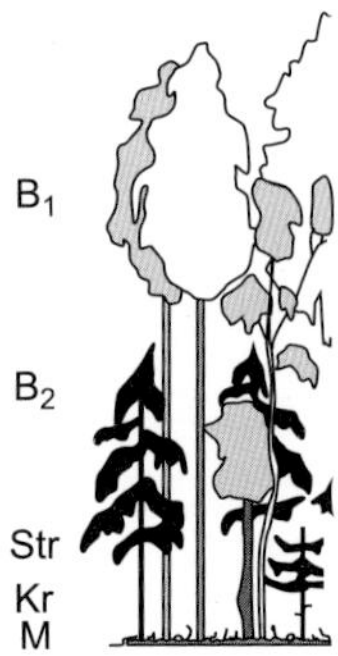

	ungenutztes Licht, Reflexion an den äußeren Blättern der Baumschicht	10 %
B_1	1. Baumschicht	79 %
B_2	2. Baumschicht	
Str	Strauchschicht	7 %
Kr	Krautschicht	2 %
M	Moosschicht	2 %

Zusammengestellt und verändert aus: Larcher, W.: Ökophysiologie der Pflanzen. Verlag Eugen Ulmer GmbH & Co., Stuttgart (2001), S. 49.
Hofmeister, H. et al.: Ökologie der Wälder. Gustav Fischer Verlag, Stuttgart (1995), S. 9.

M 2 Stiel- und Traubeneichen

M 2a Ökogramme von Stieleiche und Traubeneiche

Ökogramme stellen die Lebensbereiche einer Baumart in Abhängigkeit von Bodenfeuchte und Säuregehalt dar.

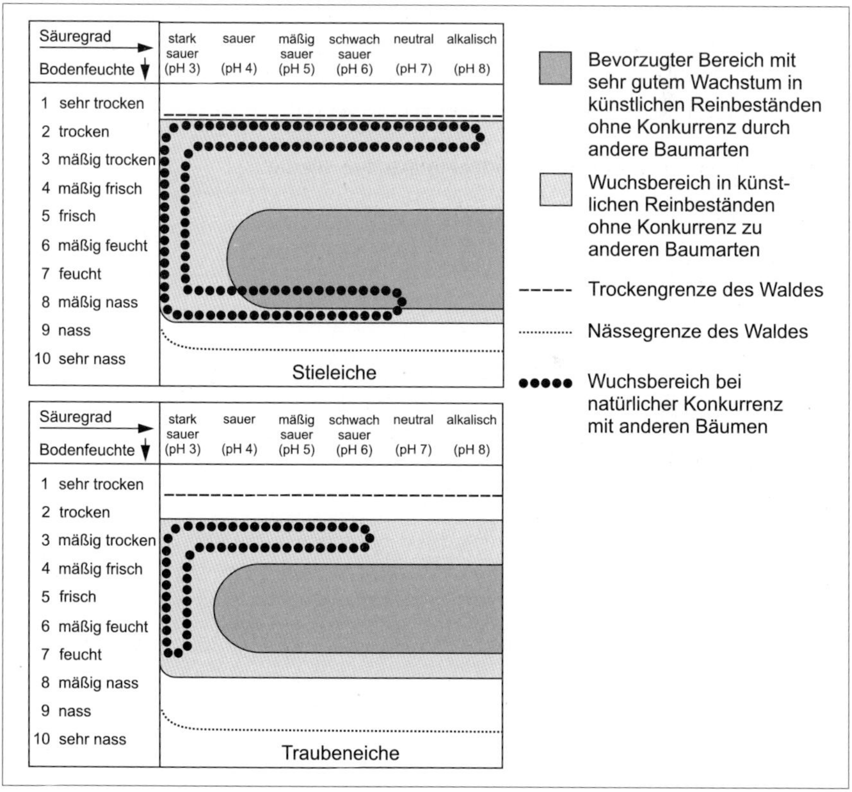

Verändert aus:
Bartsch, N., Röhrig, E.: Waldökologie – Einführung für Mitteleuropa. Springer-Verlag, Berlin & Heidelberg (2016), S. 71.

M 2b Die natürliche Verbreitung von Stiel- und Traubeneiche in Europa

Natürliche Verbreitung

Stiel- u. Traubeneiche ▨ Stieleiche ▭

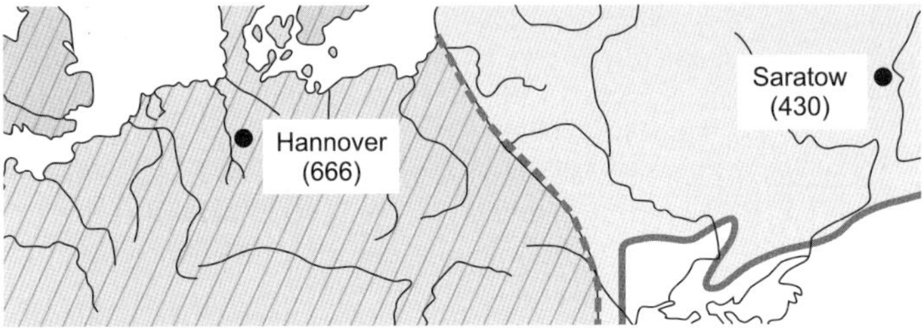

Standortansprüche (Auswahl):

Traubeneiche:
Spätfrost: hohe Empfindlichkeit
Gesamtwärme: wärmebedürftig
Winterkälte: empfindlich

Stieleiche:
Spätfrost: mäßige Empfindlichkeit
Gesamtwärme: wärmebedürftig
Winterkälte: mäßig empfindlich

Die Zahlen geben die durchschnittliche Niederschlagsmenge pro Jahr in L/m² an.

Zusammengestellt und verändert aus:
Twenhöven, F. L.: Untersuchungen im Blätterwald. In: Unterricht Biologie 253 (2000), S. 42–43.
Professur für Waldbau und Professur für Forstschutz & Dendrologie der ETH Zürich: Mitteleuropäische Waldbaumarten. Eidgenössische Technische Hochschule Zürich, Zürich (2002), S. 172–177 und S. 184–188.
www.de.climate-data.org/location/6333 (letzter Zugriff am 28.08.2018).
www.de.climate-data.org/location/467 (letzter Zugriff am 28.08.2018).

M 3 Angepasstheiten beim Wald-Sauerklee *(Oxalis acetosella)*

M 3a Informationen und Blattquerschnitt zum Wald-Sauerklee *(Oxalis acetosella)*

Informationen

Der Sauerklee ist eine Schattenpflanze. Das lang gestielte Laubblatt ist dreiteilig, kleeartig gefiedert. Der Wald-Sauerklee kommt am Boden schattiger Wälder vor. Die Blätter, die eine vergleichsweise große Oberfläche besitzen, sind dünn und haben nur eine sehr schwach ausgeprägte Cuticula.
Vakuolen sind in der Skizze zur Vereinfachung nicht dargestellt.

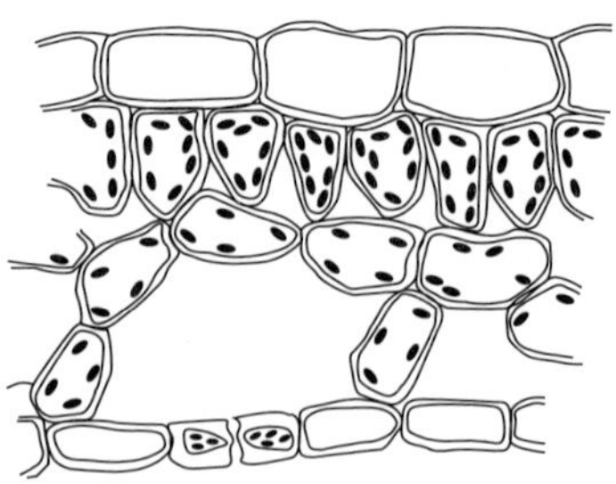

Zusammengestellt und verändert aus:
Zentralabiturkommission 2019: Skizze des Blattquerschnitts durch ein Blatt von Oxalis acetosella.
Simons, P.: Pflanzen in Bewegung. Birkhäuser-Verlag, Basel (1994), S. 172–180.
Lundegårdh, H.: Zur Physiologie und Ökologie der Kohlensäureassimilation. In: Biologisches Zentralblatt, Band 42, Verlag von Georg Thieme, Leipzig (1922), S. 337–349.

M 3b Die Blattkissenbewegung beim Wald-Sauerklee

Die Blätter des Sauerklees hängen nachts herunter und richten sich am Tage bei Licht auf. Diese Bewegungen werden durch spezielle Zellen, die Blattkissenzellen, ermöglicht, die entlang der Mittelrippe der Sauerkleeblätter sitzen. Strömt Wasser bei Tageslicht aus den benachbarten Zellen in die Blattkissenzellen ein, verdicken sich die Blattkissenzellen zunehmend, was zum Aufklappen der Blätter führt. Bei Dunkelheit sind die Blätter eingeklappt. Das Wasser strömt demnach aus den Blattkissenzellen bei beginnender Dunkelheit aus. Die Blattkissenzellen haben dann einen geringen Zellinnendruck und die Blätter hängen dann herunter. So liegen die Blätter mit ihren Blattunterseiten gegeneinander. Die Vakuole ist in der Skizze zur Vereinfachung nicht dargestellt.

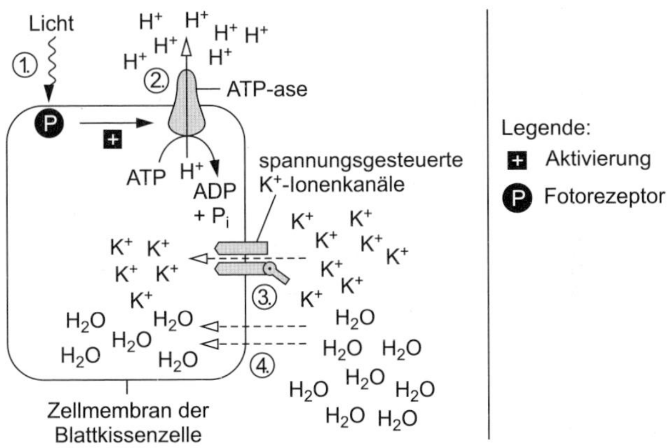

Verändert aus:
Simons, P.: Pflanzen in Bewegung. Birkhäuser-Verlag, Basel (1994), S. 172–180.

M 3c Kohlenstoffdioxidaufnahme bei einer Schatten- und einer Sonnenpflanze

Der Wald-Sauerklee blüht von April bis Juni. Es handelt sich um die schattenverträglichste heimische Pflanzenart (M 3 a).
Die Brunnenkresse ist eine typische Sonnenpflanze. Sonnenpflanzen sind an Standorte mit sehr starker Sonnenstrahlung angepasst. Das Laubblatt der Brunnenkresse ist ein ausgeprägtes Sonnenblatt.

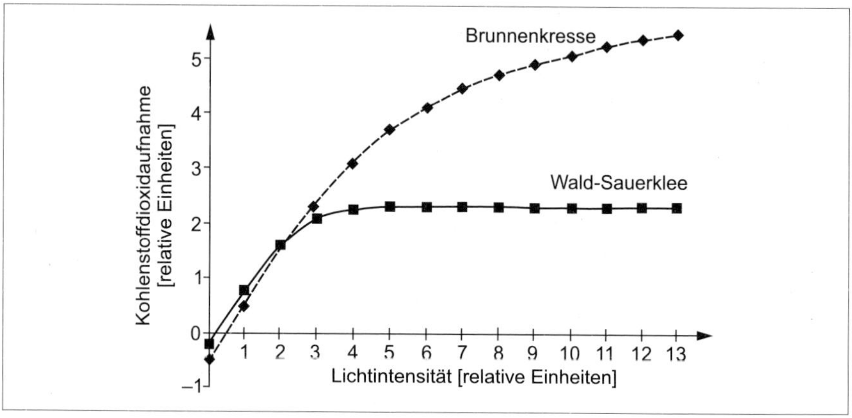

Verändert aus:
Lundegårdh, H.: Zur Physiologie und Ökologie der Kohlensäureassimilation. In: Biologisches Zentralblatt, Band 42, Verlag von Georg Thieme, Leipzig (1922), S. 337–349.

M 4 Zecken – Überträger der Lyme-Borreliose

M 4a Verlauf einer typischen Immunantwort

Die Abbildung zeigt den Verlauf einer typischen Immunantwort im Körper eines Menschen nach erstmaligem Kontakt mit dem Antigen A. Nach 60 Tagen erfolgte ein erneuter Kontakt mit dem Antigen A sowie erstmals mit dem Antigen B. Über den gesamten Zeitraum wurde regelmäßig die Antikörperkonzentration im Blutserum ermittelt.

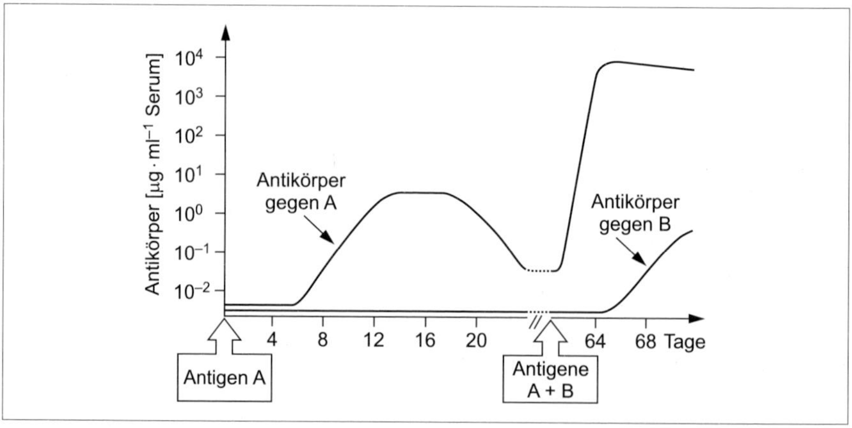

Verändert aus:
Murphy, K. et al.: Janeway Immunbiologie. Spektrum Akademischer Verlag, Heidelberg (2009), S. 36.

M 4b Streifenhörnchen und Zecken

Streifenhörnchen leben in nordamerikanischen Eichenmischwäldern. Sie ernähren sich insbesondere von Eicheln. In so genannten „Mastjahren" bringen die Eichen besonders viele Eicheln hervor.

In Nordamerika gehören Streifenhörnchen zu den bevorzugten Wirten für die Blut saugenden Zecken der Art *Ixodes scapularis*. Jedes Entwicklungsstadium der Zecke (Larve–Nymphe–ausgewachsene Zecke) muss vor der Weiterentwicklung einmal Blut von einem Wirbeltier aufnehmen. Die Entwicklungsdauer der Zecken beträgt durchschnittlich zwei Jahre: ein Jahr bis zur Nymphe und ein Jahr bis zum ausgewachsenen Tier. Folgende Daten wurden in einem Langzeitexperiment ermittelt:

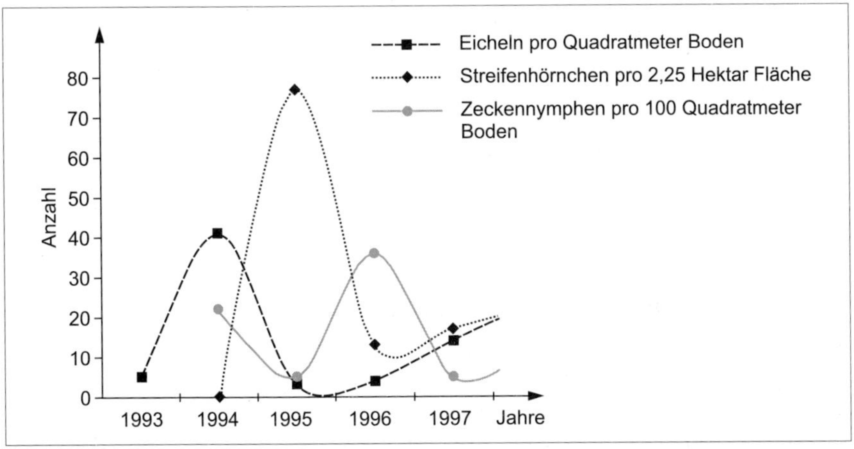

Verändert aus:
Ostfeld, R. S. et al.: Climate, deer, rodents, and acorns as (…) in lyme-disease risk. In: PLoS Biol 4 (2006), S. 1 058–1 068.

M 4c Die Lyme-Borreliose und das Komplementsystem

Informationen zur Borreliose

Die Lyme-Borreliose ist eine Krankheit, die von Bakterien der Art *Borrelia burgdorferi* verursacht und von Zecken übertragen wird. Wenn ein Mensch von einer infizierten Zecke gebissen wird, kann sich um den Biss herum eine Hautrötung bilden, die sich kreisförmig ausbreitet. Nach einiger Zeit verschwindet diese Hautrötung auch ohne Behandlung wieder. In sehr schweren Fällen kann es ohne Behandlung zu Lähmungen und dauerhaften Schädigungen des Zentralnervensystems kommen.

Informationen zum Komplementsystem

Fresszellen nehmen körperfremde Stoffe auf und schließen diese in membranumschlossene Vesikel ein. Nach Verschmelzung dieser Vesikel mit Lysosomen bauen die Verdauungsenzyme der Lysosomen das körperfremde Material ab. Die Aufnahme der körperfremden Stoffe in die Fresszellen wird durch spezielle Proteine verstärkt, die sich in den verschiedenen Körperflüssigkeiten von Säugetieren befinden. Diese speziellen Proteine werden in ihrer Gesamtheit als Komplementsystem bezeichnet. Ihre Konzentration verändert sich nach dem Eindringen von körperfremden Stoffen. Die Proteine des Komplementsystems lagern sich an die körperfremden Stoffe an und markieren sie. Dadurch werden sie von den Fresszellen mithilfe spezifischer Rezeptormoleküle leichter erkannt. Dieser Abbauprozess, z. B. von Borreliose-Erregern, wird somit deutlich verstärkt und die Vermehrung dieser Bakterien wird verringert.

Zusammengestellt und verändert aus:
Jaenicke, J. (Hrsg.): Materialien zum Kursunterricht, Angewandte Biologie. Aulis Verlag, Köln (2005), S. 258.
Murphy, K. et al.: Janeway Immunbiologie. Spektrum Akademischer Verlag, Heidelberg (2009), S. 81–85.

Lösungsvorschlag

Die Aufgabe beinhaltet die folgenden Themen:
- Ökologie: Struktur und Wechselbeziehungen im Ökosystem Mischwald, abiotische und biotische Faktoren im Ökosystem Wald, Standortansprüche und Angepasstheiten von Pflanzen, Populationsschwankungen in Parasit-Wirt-Systemen
- Stoffwechselbiologie: Bau und Funktion grüner Blätter, Einfluss abiotischer Faktoren auf den Stoffwechsel grüner Blätter, Bau und Funktion von Zellmembranen

TIPP Allgemeine Hinweise zur Lösung der Aufgabe

In dieser Aufgabe sollen Sie anhand von Feldbeobachtungen und experimentell ermittelten Daten verschiedene Waldökosysteme vergleichend erfassen sowie morphologische und physiologische Angepasstheiten von Pflanzenarten untersuchen. Außerdem sollen Sie die Populationsschwankungen in einem Parasit-Wirt-System eines Eichenmischwaldes erklären.
Verschaffen Sie sich zunächst einen Überblick über die vorgelegten Materialien und Aufgabenstellungen. Orientieren Sie sich dann bei Ihrer Bearbeitung exakt an den jeweiligen Operatoren unter Einbeziehung der eingrenzenden Hinweise, um die verlangte Tiefe bei der Durchdringung des Arbeitsmaterials und damit den möglichen Zeitrahmen nicht zu überschreiten.
Beachten Sie, dass die immunbiologischen Themengebiete aufgrund der aktuellen Anforderungen des KCGOs nicht mehr prüfungsrelevant sind.

1.1 **TIPP** *Anforderungsbereiche: I – II, Bewertungseinheiten: 16*

Ausgehend von Materialien zur vertikalen Strukturbeschreibung von zwei typischen mitteleuropäischen Wäldern mithilfe von Schichtungsdiagrammen sollen Sie zunächst nur deren unterschiedlichen Aufbau beschreiben. Nutzen Sie im zweiten Arbeitsauftrag die Daten zur Lichtnutzung der verschiedenen Schichten im Mischwald aus M 1 b, um die Unterschiede im Deckungsgrad zwischen den beiden Waldtypen erklären zu können.

Beschreiben: Die Schichtungsdiagramme der beiden Waldtypen zeigen beträchtliche Unterschiede im Deckungsgrad der verschiedenen Schichten: Die Baumschicht B1 des Eichenmischwaldes weist mit etwa 65 % einen geringeren Deckungsgrad als B1 im Fichtenforst mit 100 % auf. B2 bedeckt im Eichenmischwald etwa 48 % der Waldfläche, während B2 im Fichtenforst gänzlich fehlt. Der Deckungsgrad der Strauchschicht im Eichenmischwald beträgt etwa 45 %. Im Fichtenforst fehlt auch diese Schicht ganz. Die Krautschicht hat im Eichenmischwald mit ca. 82 % einen erheblich höheren Deckungsgrad als im Fichtenforst, wo er nur ca. 12 % beträgt. Der Deckungsgrad der Moosschicht ist im Eichenmischwald mit 15 % etwa dreimal so hoch wie derjenige im Fichtenforst mit ca. 5 %.

Erklären: Anhand von M 1a lässt sich erkennen, dass die mittleren und unteren Schichten im Eichenmischwald deutlich stärker ausgebildet sind als im Fichtenforst, den nur gering ausgeprägte Kraut- und Moosschichten kennzeichnen. Eine Erklärung hierfür liefert die Lichtmenge, die den einzelnen Schichten im Eichenmischwald zur Verfügung steht und demnach für das Pflanzenwachstum genutzt werden kann. Die beiden Baumschichten B1 und B2 lassen noch 11 % der auf den Wald insgesamt treffenden Lichtmenge durch. Diese Lichtmenge reicht für die Fotosynthesevorgänge und damit das Wachstum der Strauch-, Kraut- und Moosschicht aus. Bezüglich des Fichtenforstes ist zu vermuten, dass aufgrund des ganzjährig geschlossenen und dichteren Kronendachs eine wesentlich kleinere Lichtmenge als im Eichenmischwald durchgelassen wird und den Boden erreicht. Der stark begrenzte Lichteinfall reicht daher für die Ausbildung einer Strauchschicht im Fichtenforst nicht aus, sondern ermöglicht nur das Vorkommen einer wenig ausgeprägten Kraut- bzw. Moosschicht.

1.2 **TIPP** *Anforderungsbereiche: II – III, Bewertungseinheiten: 18*

Beachten Sie auch in dieser Teilaufgabe, dass sie aus zwei aufeinander bezogenen Arbeitsaufträgen besteht. Sie sollen zunächst den Inhalt von Ökogrammen zu zwei verschiedenen Eichenarten (M 2 a) erfassen und miteinander vergleichen. Anschließend müssen Sie die Informationen zur Verbreitung der beiden Eichenarten in Europa sowie zu deren Standortansprüchen (M 2 b) mit den Aussagen der Ökogramme kausal verknüpfen. Verschaffen Sie sich daher zunächst einen gedanklichen Überblick über die Aussagen und Bezüge beider Materialien, bevor Sie die Arbeitsaufträge nacheinander bearbeiten.

Vergleichen: Die Ökogramme zeigen die Standortansprüche von Stieleiche und Traubeneiche bezogen auf die Bodenfaktoren Feuchte und Säuregrad.
Betrachtet man die Wuchsbereiche ohne Konkurrenz zu anderen Baumarten, d. h. in künstlichen Reinbeständen, so können beide Arten bei Säuregraden des Bodens von pH 3 bis pH 8 gedeihen. Bezogen auf die Bodenfeuchte toleriert die Stieleiche in künstlichen Reinbeständen mäßig nasse bis trockene Böden, während die Traubeneiche auf feuchten bis mäßig trockenen Böden wachsen kann.
Die bevorzugten Bereiche mit sehr gutem Wachstum in künstlichen Reinbeständen sind bezogen auf den Säuregrad des Bodens mit Werten von pH 4 bis pH 8 für beide Arten deckungsgleich. Im Hinblick auf die Ansprüche an die Bodenfeuchte gibt es erneut kleine Unterschiede: Für ein sehr gutes Wachstum benötigt die Stieleiche eine Bodenfeuchte von frisch bis mäßig nass, die Traubeneiche hingegen eine Bodenfeuchte von mäßig frisch bis feucht.

Im Hinblick auf das Wachstum der beiden Eichenarten bei natürlicher Konkurrenz mit anderen Baumarten gibt es einige Unterschiede. Die Stieleiche wird unter diesen Bedingungen auf trockene Böden jeden Säuregrads, auf stark saure Böden (im Rahmen der tolerierten Bodenfeuchte) sowie auf mäßig nasse Böden mit pH-Werten von pH 3 bis pH 6 verdrängt. Die Traubeneiche wird bei natürlicher Konkurrenz noch stärker beschränkt: Sie ist dann nur auf stark sauren Böden sowie mäßig trockenen Böden mit pH-Werten von pH 3 bis pH 6 zu finden.
Insgesamt zeigt die Traubeneiche in Bezug auf die Bodenfaktoren Feuchte und Säuregehalt ein engeres Toleranzspektrum und Wachstumsvermögen als die Stieleiche. In Konkurrenz zu anderen Baumarten werden aber beide Eichenarten in die „Randzonen" ihrer potenziellen Wuchsbereiche verdrängt, d. h. vor allem auf Bereiche, die nicht die von ihnen bevorzugten Bedingungen aufweisen.

Begründen: Während sowohl Trauben- als auch Stieleiche in Mitteleuropa gleichermaßen vorkommen, ist nur die Stieleiche auch in Nordosteuropa verbreitet. Dies lässt sich damit begründen, dass die Stieleiche gegenüber der stärkeren Winterkälte und den in Osteuropa häufiger auftretenden Spätfrösten weniger empfindlich ist. Außerdem wächst die Stieleiche im Gegensatz zur Traubeneiche auch auf trockeneren Böden, die in Osteuropa aufgrund der geringeren Niederschlagsmengen häufiger sind. Die mäßig trockenen bis feuchten Böden Mitteleuropas werden hingegen von beiden Baumarten in ähnlicher Weise ertragen.

2.1 **TIPP** *Anforderungsbereiche: I – II, Bewertungseinheiten: 14*

In dieser Aufgabe geht es um strukturelle Angepasstheiten der Blätter verschiedener Pflanzen an den Faktor Licht im Ökosystem Wald. Rufen Sie zunächst Ihre Kenntnisse zur Beschreibung der typischen Struktur eines Sonnenblattes ab und stellen Sie dann hierzu die Unterschiede des Blattes der Schattenpflanze *Oxalis* heraus. Beachten Sie dabei neben dem Blattquerschnitt auch die Textinformationen in M 3 a.

Folgende Strukturelemente zeichnen ein typisches Sonnenblatt im Querschnitt aus:
- Die obere, einschichtige Epidermis ist von einer Cuticula bedeckt.
- Darunter liegt ein häufig mehrschichtiges Palisadenparenchym, dessen Zellen viele Chloroplasten aufweisen und das meist kleine Interzellularräume enthält.
- Nach unten schließt sich ein mehrzelliges Schwammparenchym an, dessen Zellen eine kleinere Anzahl von Chloroplasten enthalten und das meist große Interzellularräume aufweist.
- Den Abschluss nach unten bildet eine Epidermis mit Spaltöffnungen und einer Cuticula.

Im Gegensatz zum typischen Sonnenblatt hat das Blatt von *Oxalis* eine vergleichsweise große Oberfläche und die obere Epidermis besteht aus großvolumigen Zellen mit schwach ausgeprägter Cuticula. Das Palisadengewebe ist nur einschichtig und ebenso schwach ausgeprägt wie das darunterliegende Schwammparenchym. Die untere Epidermis ist wesentlich dünner als die obere Epidermis, enthält ebenfalls Spaltöffnungen und wird durch eine dünne Cuticula abgeschlossen.

2.2 **TIPP** *Anforderungsbereiche: II – III, Bewertungseinheiten: 11*

In dieser Teilaufgabe sollen Sie sich mit einer besonderen physiologischen Angepasstheit der Sauerkleeblätter an den Tag- und Nachtrhythmus der Lichteinstrahlung befassen. Um den Mechanismus dieser Blattkissenbewegung wiederzugeben, achten Sie darauf, die Textinformationen gezielt und schlüssig mit den Inhalten im Ablaufschema in M 3b zu verknüpfen.

Die Blätter von *Oxalis* strecken sich am Tage bei Lichteinstrahlung mit ihrer Blattoberfläche dem Licht entgegen und hängen nachts bei Dunkelheit herunter. Diese Bewegungen werden durch Blattkissenzellen ermöglicht, die entlang der Mittelrippe der Blätter lokalisiert sind. Die Abbildung in M 3b veranschaulicht den molekularen Mechanismus, der zum Aufklappen der Blätter führt:

1 Der Fotorezeptor P, der in die Zellmembran der Blattkissenzelle integriert ist, absorbiert Licht.
2 Durch die Lichtabsorption wird eine ATPase aktiviert, die ATP spaltet. Mithilfe der dabei freigesetzten Energie können H^+-Ionen nach außen transportiert werden, sodass außerhalb der Zelle die Zahl positiver Ladungsträger zunimmt und daher das Membranpotenzial negativer wird.
3 Aufgrund der Potenzialänderung öffnen sich spannungsgesteuerte K^+-Ionenkanäle. Da außerhalb der Blattkissenzellen und in den Nachbarzellen eine höhere Konzentration an K^+-Ionen vorliegt, diffundieren diese entlang des Konzentrationsgefälles in die Blattkissenzellen.
4 Die erhöhte Konzentration an K^+-Ionen bewirkt, dass auch Wasser osmotisch in die Blattkissenzellen diffundiert und dort den Innendruck erhöht. Die Zellen verdicken sich daraufhin und die Blätter klappen auf, sodass ihre Oberfläche dem Licht ausgesetzt ist.

Bei Lichtmangel kommt der Prozess allmählich zum Stillstand. K^+-Ionen und in der Folge Wasser diffundieren verstärkt aus den Blattkissenzellen heraus, der Zellinnendruck nimmt ab und die Blätter hängen wieder herunter.

2.3 **TIPP** *Anforderungsbereich: II, Bewertungseinheiten: 13*

Beachten Sie bei dieser Teilaufgabe, dass für die unterschiedliche Kohlenstoffdioxidaufnahme von Wald-Sauerklee und Brunnenkresse bei unterschiedlichen Lichtintensitäten eine Begründung verlangt wird. Eine ausführliche Beschreibung der Kurvenverläufe wird nicht erwartet. Sie sollten daher, ausgehend von den Lichtintensitäten, jeweils die artspezifischen Unterschiede in den einzelnen Bereichen der Kurven erfassen und punktuell erklären. Greifen Sie dabei auch auf Ihre Kenntnisse zur typischen Struktur von Sonnen- und Schattenblättern zurück.

Bei einer Lichtintensität von 0 ist für beide Pflanzen keine Fotosynthese möglich. Da die Pflanzen jedoch Zellatmung betreiben, wird Kohlenstoffdioxid nach außen abgegeben und beide Pflanzen haben daher eine negative CO_2-Bilanz. Wegen ihrer größeren Zelldichte in den Blättern produziert die Brunnenkresse mehr Kohlenstoffdioxid als der Wald-Sauerklee.
Am Lichtkompensationspunkt der Pflanzen gleichen sich Fotosyntheserate und Zellatmungsrate und damit auch die Kohlenstoffdioxidaufnahme und -abgabe aus. Dieser Punkt wird vom Sauerklee wegen seiner geringeren Zelldichte und besseren Effektivität seines Fotosyntheseapparats schon bei einer geringeren Lichtintensität erreicht als von der Brunnenkresse.
Der Wald-Sauerklee erreicht die maximale Kohlenstoffdioxidaufnahme bei einer Intensität von etwa 4 relativen Einheiten (rE), d. h., ab dieser Lichtintensität ist die Fotosyntheseleistung in den Blättern maximal und bleibt konstant. Die Brunnenkresse erreicht die maximale Kohlenstoffdioxidaufnahme erst bei einer Lichtintensität von weit mehr als 14 rE. Dies liegt daran, dass ihre Blätter ein mehrschichtiges Palisaden- und Schwammparenchym mit einer wesentlich größeren Chloroplastendichte aufweisen als die Blätter des Sauerklees. Zur maximalen Aktivierung des gesamten Fotosyntheseapparats ist daher eine größere Eindringtiefe des Lichts nötig, die erst bei höheren Lichtintensitäten realisiert werden kann.
Insgesamt erreichen Sonnenpflanzen wie die Brunnenkresse bei hohen Lichtintensitäten eine deutlich stärkere Fotosyntheseleistung als Schattenpflanzen wie der Wald-Sauerklee.

3.1 **TIPP** *Anforderungsbereich: I, Bewertungseinheiten: 15*

Zur Lösung dieser Aufgabe sind inhaltsbezogene Kompetenzen (Immunbiologie) erforderlich, die in der gymnasialen Oberstufe (gemäß KC) nicht mehr vermittelt werden. Bei der Vorbereitung auf die Abiturprüfung kann diese Aufgabe daher unberücksichtigt bleiben.

Etwa sechs Tage nach Zuführung des Antigens A erfolgt ein Anstieg von ca. 5 ng/ml auf ca. 5 µg/ml der Anti-A-Antikörperkonzentration bis etwa zum 13. Tag. Bei dieser Immunreaktion kommt es im Organismus zunächst zur Aufnahme des Antigens durch

Makrophagen und zu einer Präsentation von Bruchstücken des Antigens auf deren Oberfläche. In der Folge wird eine Aktivierung von spezifischen T-Helfer-Zellen eingeleitet, die dann die Umwandlung und die Vermehrung spezifischer B-Zellen zu Plasmazellen bewirken. Diese bilden fortlaufend Antikörper gegen das Antigen A und geben sie ins Serum ab. Ab etwa dem 12. bis etwa zum 18. Tag bleibt die Antikörperkonzentration auf einem konstant hohen Niveau. Sind die meisten Antigene in Antigen-Antikörper-Komplexen gebunden, sinkt die Antikörperproduktion und die Konzentration an freien Antikörpern im Serum nimmt demzufolge bis zum 24. Tag stark ab, auf ca. 0,1 μg/ml. Gleichzeitig werden spezifische B-Gedächtniszellen gegen das Antigen A gebildet.
Wird der Organismus nach ca. 60 Tagen einer Kombination aus den Antigenen A und B ausgesetzt, nimmt die Konzentration der Anti-A-Antikörper bereits am Folgetag stark zu und erreicht schon nach vier Tagen mit annähernd 10 mg/ml eine vielfach höhere Konzentration als nach dem Erstkontakt mit Antigen A. Dies ist darauf zurückzuführen, dass aufgrund der vorhandenen spezifischen B- und T-Gedächtniszellen gegen Antigen A recht schnell eine große Zahl spezifischer Plasmazellen gebildet wird, die sofort mit der Antikörperproduktion und -freisetzung beginnen. Auf diese Weise werden die Antigene A wesentlich schneller als beim Erstkontakt unschädlich gemacht. Die Antigene B können von den Anti-A-Antikörpern jedoch nicht inaktiviert werden. Die Immunreaktion gegen das Antigen B läuft daher mit Initiierungsphase und Antikörperproduktion ähnlich ab wie beim Erstkontakt mit dem Antigen A.

3.2 **TIPP** *Anforderungsbereich: II, Bewertungseinheiten: 10*

Diese ökologisch orientierte Teilaufgabe thematisiert typische Populationsschwankungen verschiedener Arten im Eichenmischwald. Achten Sie auch hier darauf, dass keine Beschreibung der einzelnen Kurven verlangt ist, sondern dass Sie die Schwankungen der Kurven miteinander in Beziehung setzen sollen, indem Sie die kausalen Zusammenhänge erfassen. Beachten Sie auch die Informationen und zeitlichen Angaben im Materialtext.

Im Eichenmischwald sind die beschriebenen drei Arten durch interspezifische Beziehungen miteinander verknüpft: Die Streifenhörnchen ernähren sich vorwiegend von den Eicheln, während sie gleichzeitig den Blut saugenden Zecken als bevorzugte Wirte dienen.
Im Mastjahr 1994 produzierten die Eichen besonders viele Eicheln (ca. 40 pro m^2 Boden), sodass sich die Streifenhörnchen sehr gut ernähren konnten und bis zum folgenden Jahr, 1995, ein starkes Populationswachstum von 0 auf ca. 76 Tiere pro angegebener Flächeneinheit zeigten. Diese hohe Wirtsdichte kam den Zecken zugute, deren Nymphenpopulation ein Jahr später, 1996, aufgrund der einjährigen Entwicklungsdauer der Nymphen ein Maximum ihrer Dichte von ca. 35 Tieren pro 100 m^2 Boden aufwies. Da jedoch 1995 und 1996 nur sehr wenige Eicheln produziert wurden (ca. 4 pro m^2 Boden), fiel die Zahl der Streifenhörnchen bis 1996 wieder stark ab, auf ca. 11

Tiere pro Flächeneinheit. Als Folge dieser sinkenden Zahl der Streifenhörnchen als Wirtsorganismen nahm dann wiederum zeitversetzt die Zahl der Zeckennymphen bis zum Jahr 1997 deutlich ab, auf ca. 4 Tiere pro 100 m^2 Boden.

3.3 **TIPP** *Anforderungsbereich: III, Bewertungseinheiten: 6*

Zur Lösung dieser Aufgabe sind inhaltsbezogene Kompetenzen (Immunbiologie) erforderlich, die in der gymnasialen Oberstufe (gemäß KC) nicht mehr vermittelt werden. Bei der Vorbereitung auf die Abiturprüfung kann diese Aufgabe daher unberücksichtigt bleiben.

Dringen die Borreliose-Erreger erstmals bei einem Stich einer infizierten Zecke in den Organismus ein, werden sie dort (zum Teil) als körperfremde Stoffe von Fresszellen aufgenommen und in Verdauungsvesikeln abgebaut. Dieser Aufnahme- und Abbauprozess wird durch Proteine des Komplementsystems verstärkt. Die Proteine lagern sich an die körperfremden Stoffe an und machen sie so für Fresszellen leichter erkennbar. Nach Eindringen der Erreger erhöht sich daher vermutlich die Konzentration der Proteine des Komplementsystems. Klingt die Infektion ab, sinkt die Konzentration durch Abbau der Proteine vermutlich wieder.
Kommt es zu einer erneuten Infektion mit denselben Erregern, wird die Konzentration der Proteine des Komplementsystems vermutlich in ähnlichem Maße wie bei der ersten Exposition wieder ansteigen. Ein deutlich schnellerer und höherer Anstieg der Konzentration bei der Zweitinfektion ist unwahrscheinlich, da es keine Gedächtniszellen zur Produktion der Proteine des Komplementsystems gibt.

Niedersachsen Biologie ▪ Abiturprüfung 2020
Erhöhtes Anforderungsniveau ▪ Aufgabe I

BE

KAFFEE – DIE ALLTAGSDROGE KOFFEIN

Koffein ist das meistbenutzte Aufputschmittel. Wir nehmen es täglich zu uns, um die Müdigkeit abzuschütteln. Koffein zeigt aber auch unerwünschte Nebenwirkungen. Wie Koffein diesen Muntermachereffekt und andere Wirkungen ausübt, konnte inzwischen geklärt werden. Kaffee ist unter Kulturbedingungen meist ein niedriger Busch. Innerhalb der Gattung *Coffea* besteht eine große Artenvielfalt. Der Blattbau und die Fotosyntheseleistung von Kaffeepflanzen wurden im Hinblick auf die Erhöhung des Ernteertrags eingehend untersucht.
Im Folgenden sollen Sie sich mit neurobiologischen, stoffwechselbiologischen und evolutionsbiologischen Aspekten im Zusammenhang mit Kaffeepflanzen auseinandersetzen.

1 Neurobiologische Aspekte: Wirkungsweise von Koffein

1.1 Stellen Sie in einer beschrifteten Skizze die Abfolge der Vorgänge an einer Synapse mit Acetylcholin als Transmitter nach Ankunft eines Aktionspotenzials dar. 10

1.2 Erläutern Sie die Wirkmechanismen von Noradrenalin und Adenosin und ihre Folgen für die Transmitterausschüttung an erregenden Synapsen im Gehirn (M 2a und M 2b). Begründen Sie anhand von M 2c die physiologische Wirkung von Koffein (M 1). 23

1.3 Entwickeln Sie eine Hypothese, weshalb bei hohem Kaffeegenuss über Wochen hinweg dessen anregende Wirkung nachlässt (M 1, M 2c und M 2d). 7

2 Stoffwechselbiologische und ökologische Aspekte beim Kaffeestrauch

2.1 Beschreiben Sie den Bau eines Laubblatts beim Hochlandkaffee anhand von M 3a (A). 9

2.2 Erklären Sie unter Bezug auf M 3a (A und B) die in M 3a (C) dargestellten Anpassungen im Blattbau in vollem Sonnenlicht vergleichend zu denen im Schatten. 8

2.3 Werten Sie die Daten aus M 3b (A) zur Fotosyntheserate beim Hochlandkaffee im Hinblick auf limitierende Faktoren aus. 9

2.4 Erläutern Sie die in M 3b (B) und (C) dargestellten Befunde bei Kaffeepflanzen. 15

3 Evolutionsbiologische Aspekte: Artenvielfalt beim Kaffee

3.1 Vergleichen Sie die genetischen Distanzen in M 4a ausgehend von der Gruppe MAS. 6

3.2 Prüfen Sie für jede der in M 4b dargestellten Hypothesen zur Entstehung der Artenvielfalt innerhalb der Gattung *Coffea*, inwiefern die jeweilige Hypothese im Einklang mit den genetischen Distanzen in M 4a steht oder ihnen widerspricht. 19

M 1 Die Alltagsdroge Koffein

Koffein wirkt anregend und macht wach. Es steigert die Konzentrations- und Leistungsfähigkeit. Allerdings steigert es die intellektuelle Leistungsfähigkeit nicht über ein „normales Grundniveau“ hinaus. Der regelmäßige und häufige Kaffeekonsum eines Menschen ist auf seine Gewöhnung an die stimulierenden Effekte des Koffeins zurückzuführen. Andererseits wird Kaffee auch deshalb konsumiert, um Entzugserscheinungen, wie beispielsweise Kopfschmerzen, Nervosität und Konzentrationsstörungen, zu vermeiden. Diese können auftreten, wenn die gewohnte Koffeinmenge nicht aufgenommen wird. Koffein wird enzymatisch abgebaut und verliert daher mit fortschreitender Zeit an Wirkung. Eine zunächst unterdrückte Müdigkeit tritt dann schneller und verstärkt ein.

Verändert aus:
Schulenberg, W., Westendorf-Bröring, E.: Die Droge Koffein. In: Unterricht Biologie 194 (1994), S. 44–49.

M 2 Der molekulare Wirkmechanismus von Koffein an Synapsen

M 2a Wirkmechanismus von Noradrenalin

Noradrenalin wird im Nebennierenmark gebildet. Es bindet an einen erregenden Rezeptor der Axonmembran. Auf molekularer Ebene führt dies zu einer Abfolge chemischer Reaktionen an erregenden Synapsen im Gehirn.

HINWEISE: Das G-Protein kann zerfallen. Die Untereinheiten des erregend wirkenden und des hemmend wirkenden G-Proteins sind frei entlang der Membraninnenseite beweglich und können an verschiedenen Orten wirksam werden. Das Enzym Proteinkinase A führt bei Aktivierung u. a. zu einer Erhöhung der Transmitterproduktion sowie zu einer verstärkten Transmitterfreisetzung an erregenden Synapsen im Gehirn.

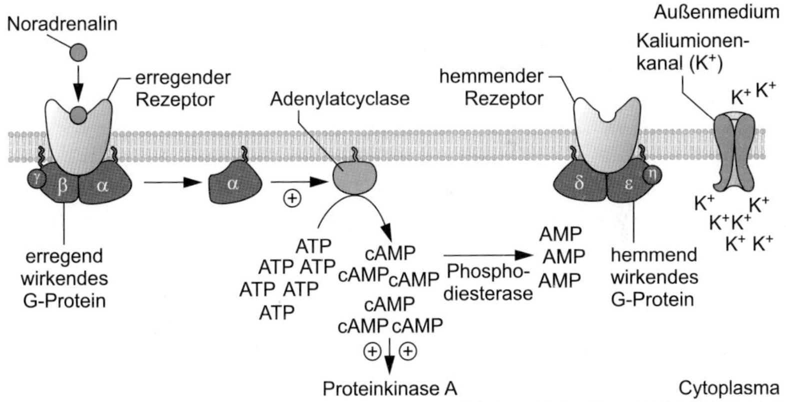

⊕ aktivierende Wirkung cAMP: cyclisches Adenosinmonophosphat α β γ δ ε η: Untereinheiten der G-Proteine
⊖ hemmende Wirkung AMP: Adenosinmonophosphat

Zusammengestellt und verändert aus:
Bear, M. F. et al.: Neurowissenschaften. Spektrum Akademischer Verlag, Hamburg (2008), S. 180–183.
Schulenberg, W., Westendorf-Bröring, E.: Die Droge Koffein. In: Unterricht Biologie 194 (1994), S. 44–49.

M 2b Wirkmechanismus von Adenosin

Bei erhöhter Gehirnaktivität wird im Gehirn viel Adenosin gebildet. Adenosin wird aus den Nervenzellen im Gehirn transportiert und kann sich an Bindungsstellen G-Protein-gekoppelter hemmender Rezeptoren binden. Dies führt unter anderem dazu, dass der Mensch ermüdet. Auf diese Weise wird das Gehirn vor Überlastung geschützt. Die folgende Grafik zeigt die Wirkung von Adenosin auf die in M 2a dargestellte Axonmembran einer Zelle in Anwesenheit von Noradrenalin:

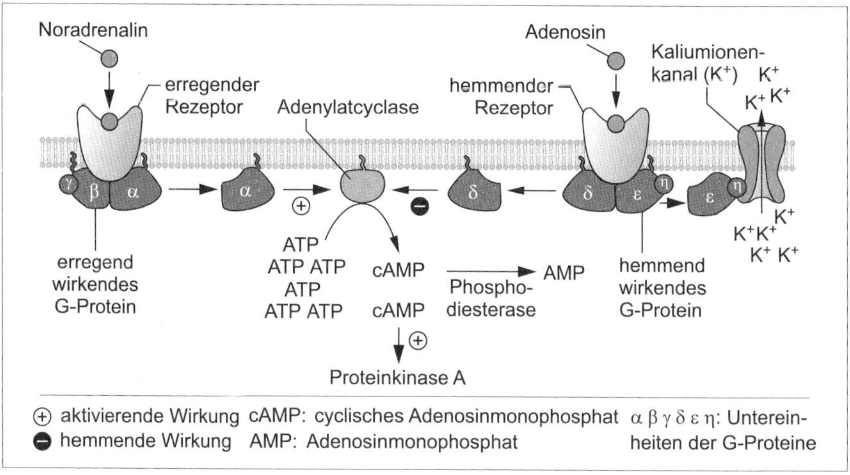

Zusammengestellt und verändert aus:
Bear, M. F. et al.: Neurowissenschaften. Spektrum Akademischer Verlag, Hamburg (2008), S. 180–183.
Schulenberg, W., Westendorf-Bröring, E.: Die Droge Koffein. In: Unterricht Biologie 194 (1994), S. 44–49.

M 2c Wirkmechanismus von Koffein

Die folgende Grafik zeigt die Wirkung von Koffein auf die in M 2b dargestellte Axonmembran einer Zelle in Anwesenheit von Noradrenalin und Adenosin:

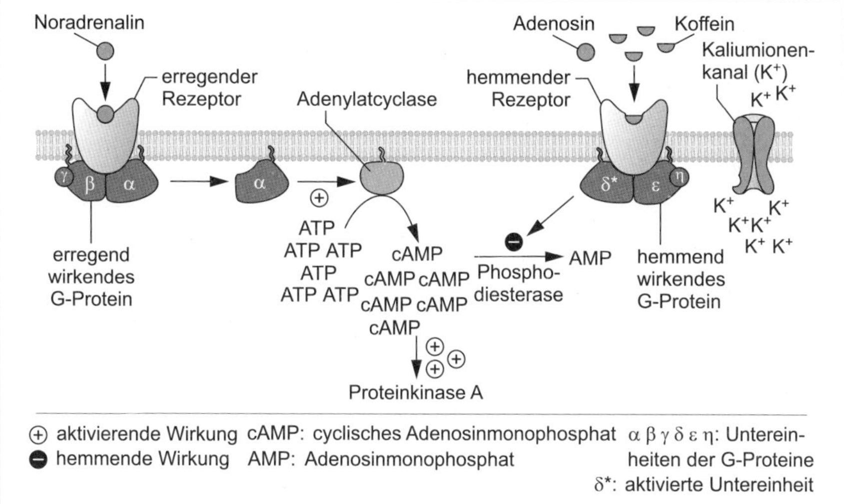

Zusammengestellt und verändert aus:
Bear, M. F. et al.: Neurowissenschaften. Spektrum Akademischer Verlag, Hamburg (2008), S. 180–183.
Schulenberg, W., Westendorf-Bröring, E.: Die Droge Koffein. In: Unterricht Biologie 194 (1994), S. 44–49.

M 2d Experimente zur Koffeintoleranz an Ratten

Bei sehr hohen Koffeindosen können Schlaflosigkeit, Herzrasen und Nervosität auftreten. Trotzdem vertragen viele Menschen viel Kaffee, weil sie an hohe Koffeindosen gewöhnt sind. Diese Koffeintoleranz wurde modellhaft bei Ratten untersucht: Verabreichte man Ratten täglich Koffeinmengen, die etwa zwei bis drei Tassen Kaffee entsprachen, rannten die Tiere zu Beginn der Versuchsreihe stundenlang im Käfig umher. Bereits nach wenigen Tagen zeigten sie dieses Verhalten trotz gleicher Koffeingabe nicht mehr. Die Untersuchung der Gehirne dieser Ratten ergab, dass sich an den Neuronen wesentlich mehr Adenosinrezeptoren befanden als bei unbehandelten Ratten. Grundsätzlich gilt, dass bezüglich aller Stoffe im Körper eines Organismus ein homöostatisches Gleichgewicht angestrebt wird. Dies kann ganz allgemein beispielsweise durch eine Veränderung der Rezeptorendichte geschehen.

Verändert aus:
Schulenberg, W., Westendorf-Bröring, E.: Die Droge Koffein. In: Unterricht Biologie 194 (1994), S. 44–49.

M 3 Der Hochlandkaffee *(Coffea arabica)*

M 3a Anpassungen beim Hochlandkaffee *(Coffea arabica)*

A: Querschnitt durch ein Blatt aus dem Außenbereich der Krone (schematisch)

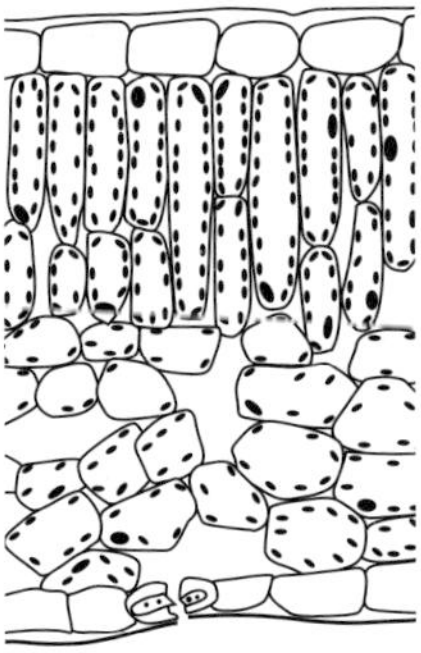

Vakuolen sind in der Skizze zur Vereinfachung nicht dargestellt.

B: Informationen

Der Hochlandkaffee entstand im Schatten tropischer Wälder. Heutzutage wird dieser Kaffee im Hochland Brasiliens unter voller Sonne wirtschaftlich angebaut, da er sich an diese Bedingungen anpasst und eine höhere Produktion aufweist. Um diese Anpassungsfähigkeit näher zu untersuchen, wurde eine Studie durchgeführt. Ziel dieser Studie war es, die Anatomie von *Coffea arabica*-Blättern im Schatten von Straucherbsen *(Cajanus cajan)* und unter Vollsonnenbedingungen zu untersuchen. Die Ergebnisse sind nachfolgend unter C dargestellt.

C: Blattstrukturen

Blattstruktur	im Schatten	in vollem Sonnenlicht
Dicke der Cuticula	4,50 µm	5,45 µm
Dicke des Palisadengewebes	50,30 µm	78,60 µm
Dicke des Schwammgewebes	147,00 µm	156,65 µm
Anzahl der Spaltöffnungen pro mm^2	138	208

Zusammengestellt und verändert aus:
Moreis, H. et al.: Modifications on leaf anatomy of Coffea arabica caused by shade of pigeonpea (Cajanus cajan). In: Brazilian Archives of Biology and Technology 47 (2004), S. 863–871.
Zentralabiturkommission 2020: Skizze des Querschnitts durch ein Blatt von Coffea arabica L.

M 3b Untersuchungen zur Produktivität von Hochlandkaffee

Um die Produktivität von Kaffeepflanzen zu untersuchen und damit Rückschlüsse auf optimale Anbaubedingungen zu treffen, wurden umfangreiche Untersuchungen durchgeführt.

A: Einfluss der Konzentration von Kohlenstoffdioxid in der Umgebungsluft außerhalb des Blattes bei konstant hoher Lichtintensität

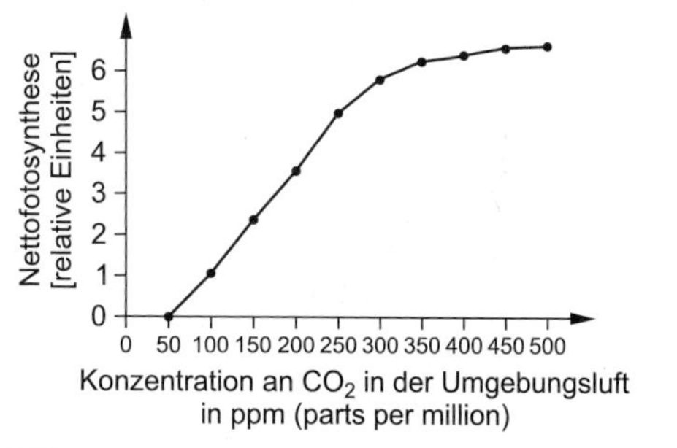

B: Nettofotosynthese im Tagesverlauf

Die höchsten Temperaturen werden von mittags bis nachmittags erreicht. Die Spaltöffnungen sind bei Temperaturen oberhalb von 24 °C weitgehend geschlossen.

Uhrzeit	Nettofotosynthese [mg $CO_2 \cdot dm^{-2} \cdot min^{-1}$]
8–9	4,42
9–10	7,34
10–11	8,20
11–13	5,67
13–15	5,67

C: Konzentration von Kohlenstoffdioxid im Inneren des Blattes bei einer Temperatur von 20 °C

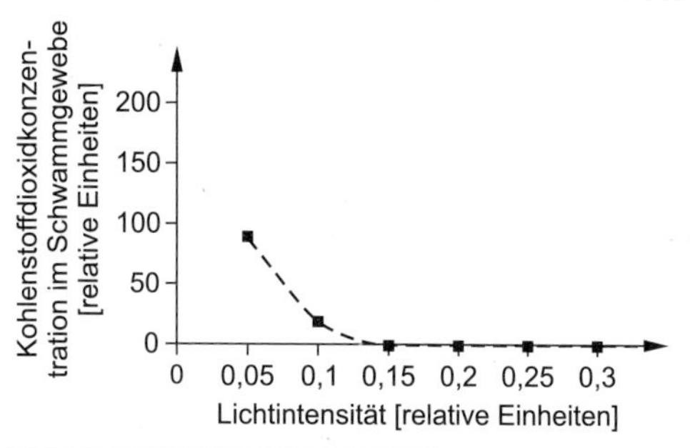

Zusammengestellt und verändert aus:

Bierhuizen, J. F. et al.: Studies on productivity of coffee: I. Effect of light, temperature and CO_2 concentration on photosynthesis of Coffea arabica. In: Acta Bot. Neerl. 2 (1968).

Bierhuizen, J. F. et al.: Studies on productivity of coffee: II. Effect of soil moisture on photosynthesis and transpiration of Coffea arabica. In: Acta Bot. Neerl. 2 (1969).

M 4 Artbildung innerhalb der Gattung *Coffea*

M 4a Genetische Distanzen, berechnet aus Plastiden-DNA verschiedener Gruppen

Plastiden-DNA-Sequenzen wurden mit Computern ausgewertet. Ausgewählte genetische Distanzen wurden in eine grafische Darstellung umgesetzt. Vereinfachend wurden mehrere nah verwandte Arten der Gattung *Coffea* aus Gründen der besseren Vergleichbarkeit in Gruppen (z. B. MAS oder EA) zusammengefasst.

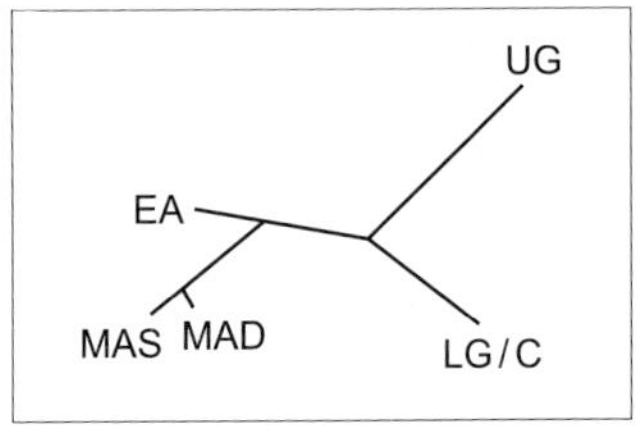

Hinweis: Die Länge der Strecken zwischen zwei Gruppen ist ein Maß für die Anzahl der Unterschiede in den Sequenzen der jeweiligen Plastiden-DNA bei den heute lebenden Arten.

Verändert aus:
Maurin, O. et al.: Towards a phylogeny for Coffea (Rubiaceae): Identifying well-supported lineages based on nuclear and plastid DNA sequences. In: Annals of Botany 100 (2007), S. 1 565–1 583.

M 4b Hypothesen zur Artbildung innerhalb der Gattung *Coffea* in Afrika und Madagaskar

Hinweis: Graue Flächen kennzeichnen das Vorkommen von Arten der Gattung *Coffea*, schwarze Flächen die schwerpunktmäßigen Vorkommen der entsprechenden in M 4 a genannten Gruppen.

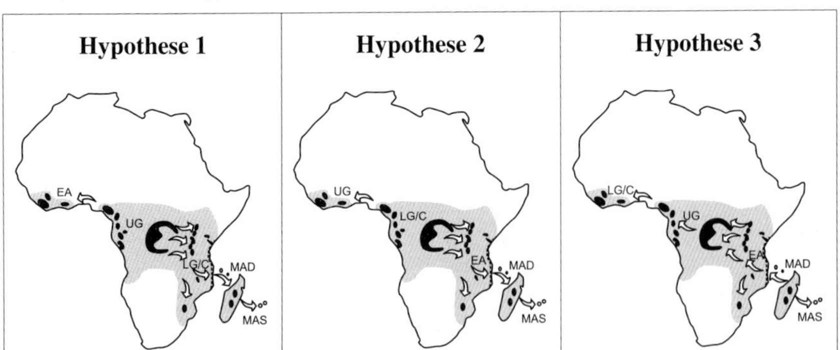

Zusammengestellt und verändert aus:
Anthony, F. et al.: Adaptive radiation in Coffea subgenus Coffea L. (Rubiaceae) in Africa and Madagascar. In: Plant. Syst. Evol. 285 (2010), S. 51–64.
Maurin, O. et al.: Towards a phylogeny for Coffea (Rubiaceae): Identifying well-supported lineages based on nuclear and plastid DNA sequences. In: Annals of Botany 100 (2007), S. 1 565–1 583.

Lösungsvorschlag

Die Aufgabe beinhaltet die folgenden Themen:

- Neurobiologie: Bau und Funktion chemischer Synapsen mit Informationsübertragung in und zwischen Zellen, Neurotransmitter und ihre Wirkungsweise, Beeinflussung der Synapse durch neuroaktiven Stoff, Signaltransduktion
- Stoffwechselbiologie: Homöostase, Fotosyntheseprozesse im Zusammenhang mit Prozessen der Zellatmung
- Ökologie: Sonnen- und Schattenblätter mit Standortanpassungen, begrenzende Standortfaktoren
- Evolutionsbiologie: stammesgeschichtliche Verwandtschaft auf der Grundlage von DNA-Sequenzunterschieden, Artbildung

1.1 **TIPP** *Anforderungsbereiche: I – II, Bewertungseinheiten: 10*

Achten Sie bei der Erstellung Ihrer Skizze darauf, dass die molekularen Prozesse, die bei einer Erregungsübertragung ablaufen, in ihrem Zusammenspiel deutlich werden. Legen Sie Ihre Zeichnung groß genug an und beschriften Sie sie leserlich.

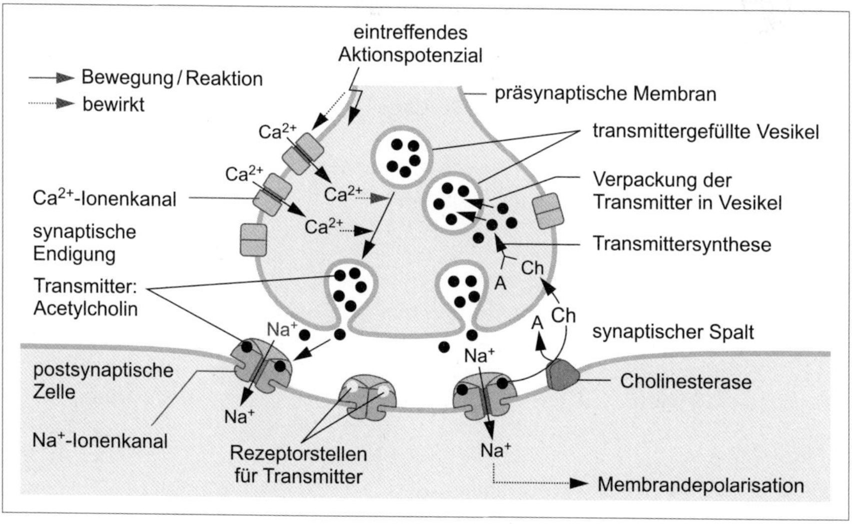

1.2 **TIPP** *Anforderungsbereiche: II – III, Bewertungseinheiten: 23*

Veranschaulichen Sie zunächst die Wirkungen von Noradrenalin und Adenosin auf Neurone im Gehirn, indem Sie die Darstellungen in den Materialien durch zusätzliche Informationen verständlich machen. Auf dieser Basis können Sie anschließend anhand von M 2c die in M 1 beschriebene physiologische Wirkung von Koffein auf ihre Ursache zurückführen. Zu erwähnen, dass es bei der durch Noradrenalin ausgelösten Signaltransduktion zur Signalverstärkung kommt, ist nicht zwingend verlangt.

Erläutern: Noradrenalin bindet in Gehirnzellen an erregende Rezeptoren in der Axonmembran, die auf der Membraninnenseite jeweils an ein erregend wirkendes G-Protein gekoppelt sind. Durch diese Bindung wird die α-Untereinheit des G-Proteins abgespalten und diffundiert entlang der Membran zur membranassoziierten Adenylatcyclase. Dieses Enzym wird durch die α-Untereinheit aktiviert und katalysiert daraufhin die Umwandlung von ATP in cAMP. Bereits dieser Prozess stellt eine Signalverstärkung dar, da eine einmal aktivierte Adenylatcyclase eine Vielzahl an cAMP-Molekülen herstellt. Durch die cAMP-Moleküle wird eine Proteinkinase A aktiviert, die wiederum eine verstärkte Transmitterproduktion sowie eine erhöhte Transmitterfreisetzung an erregenden Synapsen bewirkt. Die durch Noradrenalin ausgelöste Reaktionskaskade führt somit zu einer Signaltransduktion mit erheblicher Verstärkung. Als Folge davon wird bei einer Erregungsübertragung der betroffenen Nervenzelle das übertragene Signal ebenfalls deutlich verstärkt. Das produzierte cAMP wird letztlich durch das Enzym Phosphodiesterase in AMP umgewandelt, wodurch eine dauerhafte Aktivierung der Proteinkinase unterbunden wird.
Infolge erhöhter Gehirnaktivität vorhandenes Adenosin bindet parallel zu Noradrenalin an hemmende Rezeptoren in der Axonmembran, die jeweils an ein hemmend wirkendes G-Protein gekoppelt sind. Die Bindung des Liganden führt zum Zerfall des G-Proteins in seine Untereinheiten. Die δ-Untereinheit bewegt sich zur an der Membraninnenseite gebundenen Adenylatcyclase und hemmt diese. Dadurch wird die enzymatische Umwandlung von ATP in cAMP begrenzt und infolgedessen auch die Aktivität der Proteinkinase vermindert. Adenosin schränkt auf diese Weise die verstärkte Transmitterproduktion durch Noradrenalin ein und damit auch die bei einer Erregung freigesetzte Transmittermenge. Dieser Effekt wird dadurch gesteigert, dass die ε-Untereinheit des G-Proteins, die mit der η-Untereinheit verbunden bleibt, zu K^+-Ionenkanälen diffundiert, wo die η-Untereinheit an speziellen Bindungsstellen andockt. Dies bewirkt die Öffnung dieser Kanäle, sodass K^+-Ionen entlang ihres Konzentrationsgradienten aus dem Axon ausströmen. Die resultierende Hyperpolarisation der Membran bewirkt, dass ein eintreffendes erregendes Potenzial am Axonhügel höher sein muss, um den Schwellenwert zu überschreiten, damit hier überhaupt ein Aktionspotenzial entsteht und eine Erregung weitergeleitet wird. Adenosin hemmt also die axonale Weiterleitung einer Erregung, sodass auch dadurch einer durch Noradrenalin verstärkten Transmitterausschüttung entgegengewirkt wird.

Begründen: Aufgenommenes Koffein konkurriert mit Adenosin um die Bindungsstellen an den hemmenden G-Protein-gekoppelten Rezeptoren der Axonmembran. Anders als Adenosin bewirkt es jedoch eine Aktivierung der δ-Untereinheit des G-Proteins, die infolgedessen das Enzym Phosphodiesterase im Axoninneren hemmt. Das bei gleichzeitiger Wirkung von Noradrenalin enzymatisch gebildete cAMP wird dann kaum mehr zu AMP umgewandelt und die cAMP-Konzentration bleibt dauerhaft auf einem hohen Niveau, sodass es zu einer besonders starken Aktivierung der Proteinkinase A kommt. Eine Öffnung von K^+-Ionenkanälen findet bei der Koffeinbindung nicht statt und auch eine Hemmung der Adenylatcyclase unterbleibt, da keine Abspaltung der hemmenden G-Protein-Untereinheiten erfolgt. Somit wird bei einer Erregung der Nervenzelle die Erregbarkeit des Axons nicht herabgesetzt und die durch Noradrenalin letztlich verstärkte Transmitterausschüttung infolge erhöhter Transmitterproduktion wird durch Koffein noch weiter verstärkt.
Vor diesem Hintergrund ist das in M 1 angeführte verminderte Müdigkeitsgefühl durch Koffeinkonsum auf eine Hemmung der Adenosinwirkung sowie eine Verstärkung des Noradrenalineinflusses zurückzuführen. Auch die Konzentrations- und Leistungssteigerung lässt sich mit dieser Ursache-Wirkungs-Beziehung erklären.

1.3 **TIPP** *Anforderungsbereich: III, Bewertungseinheiten: 7*

In dieser Teilaufgabe sollen Sie eine begründete Vermutung darüber aufstellen, weshalb bei längerem hohem Koffeingenuss dessen anregende Wirkung nachlässt. Betrachten Sie dazu zunächst die Informationen über die Untersuchungen zur Koffeintoleranz (M 2 d). Entwickeln Sie auf deren Basis eine Hypothese, die Sie mithilfe der Informationen zur allgemeinen physiologischen Wirkung (M 1) sowie zur molekularen Wirkungsweise des Koffeins (M 2 c) belegen.

Da Untersuchungen an Ratten gezeigt haben, dass bei längerem hohem Koffeinkonsum die Zahl an Adenosinrezeptoren erhöht wird, lässt sich schlussfolgern, dass die erregende Wirkung des Koffeins aus diesem Grund nachlässt. Eine höhere Zahl an Adenosinrezeptoren bedingt eine höhere Wahrscheinlichkeit, dass Adenosin als Konkurrent des Koffeins ebenfalls an diese Rezeptoren binden kann und entsprechend die Noradrenalinwirkung bzw. die Erregungsweiterleitung hemmt. Folglich werden bei einer Erregung der Nervenzelle weniger Transmittermoleküle ausgeschüttet, mit der Konsequenz, dass sich ein Müdigkeitsgefühl schneller einstellt als zu Beginn des Kaffeekonsums. Die Zunahme an Adenosinrezeptoren in der Axonmembran könnte auf der Regulierung des homöostatischen Gleichgewichtszustandes zwischen der Wirkung von Noradrenalin und der von Adenosin beruhen, der durch Koffein auf die Seite von Noradrenalin verschoben wurde. Eine Wiederherstellung des Gleichgewichts erhält dann den Schutz des Gehirns vor Überlastung aufrecht.

2.1 **TIPP** *Anforderungsbereich: I, Bewertungseinheiten: 9*

Achten Sie bei der Beschreibung des schematisch dargestellten Aufbaus des Laubblattes der Kaffeepflanze darauf, strukturiert vorzugehen und sich fachsprachlich korrekt auszudrücken. Die Ausführlichkeit Ihrer Ausführung richtet sich nach dem genutzten Lehrwerk bzw. der unterrichtlichen Besprechung.

Das Laubblatt des Hochlandkaffees zählt zu den bifazialen Blättern, da es eine deutliche Unterscheidung von Blattober- und Blattunterseite zulässt. Auf der Oberseite ist das Blatt durch eine einschichtige, chloroplastenfreie Epidermis begrenzt. Die Zellen dieser Schicht sind relativ groß. Ihre Außenwände sind bedeckt von einer verhältnismäßig dicken Cuticula. Zum Blattinneren folgt ein meist zweischichtiges Palisadenparenchym, das nur wenig Interzellularen aufweist. Daran schließt sich ein an Interzellularen reiches, relativ dickes Schwammgewebe an. Palisaden- und Schwammgewebe sind bezogen auf den Blattquerschnitt etwa gleich dick. Im Gegensatz zum Schwammparenchym besitzen die Zellen des Palisadengewebes jedoch deutlich mehr Chloroplasten. Zur Blattunterseite hin folgt auf das Schwammgewebe eine ebenfalls einschichtige, chloroplastenfreie untere Epidermis, die nach außen auch von einer Cuticula überzogen ist. Im Gegensatz zur oberen Epidermis sind die Zellen geringfügig kleiner. Außerdem finden sich im Unterschied zur oberen Epidermis in der unteren Epidermis Spaltöffnungen mit chloroplastenhaltigen Schließzellen.

2.2 **TIPP** *Anforderungsbereich: II, Bewertungseinheiten: 8*

Hier geht es darum, die im Material genannten anatomischen Anpassungen der Blätter des Kaffeestrauches an hohe Sonneneinstrahlung nachvollziehbar und verständlich zu machen. Stellen Sie dabei die Unterschiede und Gemeinsamkeiten zur Blattstruktur im Schatten heraus.

Blätter, die an eine hohe Sonneneinstrahlung angepasst sind, besitzen eine um etwa das 1,2-Fache dickere Cuticula als Schattenblätter. Da im Lebensraum der Kaffeepflanze die hohe Sonneneinstrahlung meist mit hohen Temperaturen verknüpft ist, schränkt eine dickere Cuticula die nicht regulierbare cuticuläre Transpiration über die Blattoberfläche und damit den Wasserverlust der Pflanze ein.
Dadurch, dass das Palisadengewebe bei Sonnenblättern ca. 1,5-mal dicker ist als bei Schattenblättern, ist die Zahl der Chloroplasten im eigentlichen Assimilationsgewebe deutlich höher. Infolgedessen kann die eingestrahlte Lichtmenge umfassender absorbiert werden, wodurch die Fotosyntheseleistung deutlich gesteigert wird.
Das beim Sonnenblatt ebenfalls dickere Schwammgewebe fördert die Fotosyntheseleistung zusätzlich. Zum einen ist die Zahl der Chloroplasten und damit die Fähigkeit zur Lichtabsorption in diesem Gewebe erhöht, da mehr Schwammzellen vorhanden sind. Zum anderen steigt im Blattinneren die Oberfläche für den Gasaustausch aufgrund von mehr Interzellularen.

An volles Sonnenlicht angepasste Blätter bilden pro mm^2 Fläche etwa 1,5-mal mehr Stomata aus. Damit wird die regulierbare Transpiration deutlich verstärkt. Das bedeutet einerseits eine verbesserte CO_2-Zufuhr durch verstärkten Gasaustausch, sowie andererseits bei guter Wasserzufuhr die Möglichkeit der Verdunstungskühlung.

2.3 **TIPP** *Anforderungsbereich: II, Bewertungseinheiten: 9*

In dieser Teilaufgabe sollen Sie den Einfluss des CO_2-Gehalts der Umgebung auf die Fotosyntheserate der Kaffeepflanze im Zusammenhang mit den diesen Stoffwechselprozess begrenzenden Faktoren darstellen. Vergegenwärtigen Sie sich dazu Ihre Kenntnisse zu den Außenfaktoren der Fotosynthese. Beginnen Sie mit einer Beschreibung der Untersuchungsergebnisse anhand der Grafik und erschließen Sie dann, wodurch die Produktivität der Pflanzen eingeschränkt wird.

Im Diagramm ist die Fotosyntheseleistung von Kaffeepflanzen in Abhängigkeit von der Konzentration an Kohlenstoffdioxid (CO_2) in der Umgebungsluft angegeben.
Bei einer CO_2-Konzentration, die unter einem Wert von 50 ppm liegt, ist keine Nettofotosynthese messbar. In diesem Fall überwiegen die Prozesse der Zellatmung die Prozesse der Fotosynthese und es wird mehr CO_2 abgegeben als aufgenommen.
Erhöht man den CO_2-Gehalt der Umgebungsluft kontinuierlich bis auf einen Wert von 450 ppm, nimmt die Nettofotosyntheseleistung zunächst linear und ab ca. 270 ppm nur noch langsam bis auf ca. 6,5 relative Einheiten zu. Je höher die CO_2-Konzentration in der Umgebungsluft ist, desto mehr CO_2 gelangt durch die Stomata ins Blattinnere. Die Sekundärreaktionen können verstärkt ablaufen, sodass die Fotosyntheserate steigt. Unter diesen Bedingungen überwiegen die Prozesse der Fotosynthese die Prozesse der Zellatmung deutlich. Somit stellt die CO_2-Konzentration der Umgebungsluft hier den die Fotosyntheseleistung begrenzenden Faktor dar.
Eine Erhöhung des CO_2-Gehalts der Luft über einen Wert von ca. 450 ppm hinaus führt nicht zu einer weiteren Steigerung der Nettofotosyntheseleistung. Das bedeutet, dass bei höheren CO_2-Konzentrationen nicht mehr CO_2 der limitierende Faktor ist, sondern dass andere Faktoren, z. B. die Lichteinstrahlung oder die Temperatur, für die Begrenzung der Fotosyntheseleistung verantwortlich sein müssen. Die an den Sekundärreaktionen beteiligten Enzyme haben bei diesen vorhandenen Substratmengen ihre maximale Umsatzrate erreicht.

2.4 **TIPP** *Anforderungsbereiche: I–III, Bewertungseinheiten: 15*

Veranschaulichen Sie hier die Befunde zur Nettofotosynthese im Tagesverlauf sowie zur Abhängigkeit der CO_2-Konzentration im Blattinneren von der Lichtintensität und machen Sie sie durch zusätzliche Informationen verständlich. Beginnen Sie auch hier mit der Darstellung der wesentlichen Inhalte der Tabelle bzw. des Diagramms, die Sie dann erklären.

Die Daten zur Nettofotosynthese im Tagesverlauf zeigen, dass sich von 8 Uhr am Morgen bis um 11 Uhr am Vormittag die Nettofotosynthese von Kaffeepflanzen von 4,42 auf 8,2 mg $CO_2/dm^2/min$ erhöht, was fast einer Verdopplung entspricht. In den folgenden zwei Stunden sinkt die Nettofotosyntheserate auf 5,67 mg $CO_2/dm^2/min$ und bleibt dann über weitere zwei Stunden bis 15 Uhr konstant.
Im Tagesverlauf steigt von Sonnenaufgang bis zur Mittagszeit die Lichteinstrahlung und damit einhergehend die Umgebungstemperatur der Pflanze. Das bedeutet, dass sowohl die lichtabhängigen, aber nahezu temperaturunabhängigen Primärprozesse als auch die lichtunabhängigen, temperaturabhängigen Sekundärprozesse im Laufe des Vormittags mit zunehmender Intensität ablaufen. Da die Spaltöffnungen bis etwa 11 Uhr geöffnet bleiben, kann die CO_2-Aufnahme und damit auch die Fotosyntheseleistung gesteigert werden. Bei konstanter Zellatmung steigt die Nettofotosyntheseleistung somit an. Steigt ab ca. 11 Uhr die Umgebungstemperatur auf über 20 °C, werden die Stomata langsam geschlossen und die CO_2-Zufuhr aus der Umgebung wird eingeschränkt bzw. unterbunden. Für die Fotosynthese kann die Pflanze jetzt nur noch das in den Interzellularen vorhandene CO_2 verwenden, sodass die Nettofotosyntheseleistung wieder sinkt.
Das Diagramm (C) zeigt die Abhängigkeit der CO_2-Konzentration im Blatt von der Lichtintensität bei konstanter Temperatur (20 °C). Bei einer Lichtintensität von 0,05 relativen Einheiten (rE) liegt die CO_2-Konzentration im Schwammgewebe relativ hoch bei ca. 85 rE. Mit steigender Lichtintensität sinkt der CO_2-Gehalt im Schwammparenchym; bei einer Lichtintensität von 0,15 rE beträgt er null.
Bei einer Lichtintensität von 0,05 rE laufen die Primärreaktionen noch nicht mit optimaler Leistung ab: Das im Blattinneren vorliegende CO_2, das aus der Umgebungsluft sowie aus Zellatmungsprozessen stammt, kann noch nicht vollständig für die Sekundärreaktionen verwendet werden, da der Nachschub an Reduktions- und Energieäquivalenten nicht mit maximaler Leistung erfolgt. Ab einer Lichtintensität von 0,15 rE laufen die Primärprozesse der Fotosynthese mit maximaler Rate ab und das mit vermutlich konstanter Rate gebildete und einströmende CO_2 wird vollständig assimiliert, sodass es im Gewebe nicht mehr nachgewiesen werden kann.

3.1 **TIPP** *Anforderungsbereich: I, Bewertungseinheiten: 6*

In dieser Teilaufgabe sollen Sie die genetischen Distanzen zwischen fünf verschiedenen *Coffea*-Artgruppen hinsichtlich ihrer Gemeinsamkeiten und Unterschiede untersuchen. Da von der MAS-Gruppe ausgegangen werden soll, genügt es, sich auf die Distanzen zur MAS-Gruppe zu beschränken. Die Angabe konkreter Zahlenverhältnisse oder Werte ist nicht verlangt. Allerdings kann es zur Veranschaulichung hilfreich sein, die einzelnen Streckenabschnitte zwischen den Verzweigungsstellen auszumessen und die so ermittelten Werte tabellarisch aufzulisten.

Von fünf Artgruppen innerhalb der Gattung *Coffea* wurden auf der Grundlage der Plastiden-DNA genetische Distanzen ermittelt. Die geringste genetische Distanz findet sich zwischen den Artgruppen MAS und MAD. Zur Gruppe EA weist MAS einen deutlich größeren genetischen Abstand auf. Noch mehr Unterschiede in der Sequenz der Plastiden-DNA liegen zwischen der Gruppe MAS und der Gruppe LG/C vor; die genetische Distanz dieser beiden Gruppen ist mehr als doppelt so groß wie die Distanz zwischen MAS und EA. Die meisten Unterschiede zu allen angegebenen Gruppen weist die MAS-Gruppe zu UG auf.

3.2 **TIPP** *Anforderungsbereiche: I–III, Bewertungseinheiten: 19*

Hier sollen Sie drei Hypothesen zur Entwicklung der in M 4 a genannten Artgruppen auf ihre innere Logik messen, indem Sie die genetischen Distanzen berücksichtigen. Zeigen Sie dabei für jede der drei Vermutungen eventuelle Widersprüche auf. Eine Tabelle, in die Sie die ausgemessenen genetischen Abstände eintragen, kann Ihnen hilfreich sein. Im folgenden Lösungsvorschlag ist die mutmaßliche Ausbreitung der Vorfahren der Artgruppen zur Veranschaulichung relativ detailliert dargestellt. Diese Ausführlichkeit ist nicht zwingend erforderlich, kann aber die Zusammenhänge klarer machen. Achten Sie jedenfalls darauf, die drei hypothetischen Abstammungsverhältnisse anhand der Skizzen verständlich wiederzugeben.

Voraussetzung für die Entstehung von unterschiedlichen Arten ist die Aufteilung einer Population in Teilgruppen, die sich geografisch und genetisch voneinander isoliert weiterentwickeln. Aufgrund jeweils unterschiedlicher Mutationsereignisse und Selektionsbedingungen erhöht sich die Zahl der Unterschiede zwischen den Genpools der einzelnen Teilpopulationen. Je länger sich die einzelnen Gruppen separiert voneinander weiterentwickeln, umso größer wird die genetische Distanz zwischen ihnen.
Gemäß Hypothese 1 begann die stammesgeschichtliche Entwicklung der Kaffeegattung mit einer Vorfahrengruppe, die in einem Gebiet im westlichen Teil Mittelafrikas heimisch war. Nach einer Teilung in drei Gruppen entstand ein Vorkommensschwerpunkt in Westafrika und ein zweiter im östlichen Mittelafrika. Aus der Teilgruppe im Westen entwickelte sich die heutige Gruppe EA und im östlichen Teil des mittleren Afrikas entwickelten sich die Vorfahren der heutigen Gruppen von LG/C, MAD und MAS, während die verbliebene Teilgruppe zur rezenten Gruppe UG evolvierte. Dies steht im Einklang mit den genetischen Differenzen in M 4 a: Der Abstand zwischen UG und EA ist etwas größer als derjenige zwischen UG und LG/C. Im weiteren Verlauf der Entwicklung teilte sich die Gruppe der Vorfahren der heutigen Gruppen LG/C, MAD und MAS erneut. Während eine Gruppe nach Madagaskar gelangte, verblieb die andere im Osten Mittelafrikas und bildete dort die heutige Gruppe LG/C. Auf Madagaskar entwickelte sich aus der Pflanzengruppe zum einen die rezente Gruppe um MAD und zum anderen die heutige Gruppe MAS, nachdem sich ihre Vorfahren auf kleineren Inseln östlich von Madagaskar etabliert hatten. Die vorliegenden geringen genetischen Distanzen zwischen MAD und MAS unterstützen diese Hypothese ebenfalls, wie auch die Distanz zwischen LG/C und diesen beiden Gruppen. Allerdings widersprechen die genetischen Abstände der Gruppe EA zu diesen beiden Gruppen dieser Theorie. Da diese Differenzen kleiner sind als die Abstände zwischen LG/C

und diesen Gruppen, kann sich die stammesgeschichtliche Trennung von EA und den beiden Gruppen MAD/MAS erst später abgespielt haben, als es die Hypothese vorgibt.
Nach der zweiten Hypothese begann die stammesgeschichtliche Entwicklung der Kaffeegattung ebenfalls mit der Trennung der Vorfahrengruppe in drei Teilpopulationen im östlichen Teil des mittleren Afrikas. Hier entwickelte sich die in den Westen vorgedrungene Teilgruppe zur heutigen Artgruppe UG, aus der in den Osten gelangten Teilpopulation entstanden die Vorfahren der Artgruppen von EA sowie MAD und MAS, während die verbliebene Teilpopulation die rezente Gruppe LG/C bildete. Dies wird durch die genetischen Distanzen der Gruppen unterstützt: Der Abstand von LG/C zu UG ist nur geringfügig größer als zu EA. Die in den Osten vorgedrungene Gruppe teilte sich erneut mit anschließender genetischer Isolation. Die auf dem Festland verbliebene Teilgruppe entwickelte sich zur heutigen Gruppe EA, während die zweite Teilgruppe nach Madagaskar gelangte und dort die Vorfahren der heutigen Artgruppen MAD und MAS bildete. Auch dies wird durch die vorgegebenen genetischen Distanzen unterstützt: So ist der Abstand zwischen MAD und MAS am geringsten und die Tatsache, dass die Abstände dieser Artgruppen zu EA die nächstgrößere Distanz aufweisen, macht es wahrscheinlich, dass MAD/MAS von den Vorfahren von EA abstammen. Zu UG besteht die größte Distanz, was ebenfalls mit der Abstammungstheorie übereinstimmt. Hypothese 2 könnte daher zutreffen.
Nach der dritten Hypothese entwickelten sich die heutigen Kaffeearten ausgehend von einer Vorfahrengruppe auf Madagaskar. Auch hier wird von einer Dreiteilung dieser Vorfahrenpopulation ausgegangen. Während sich eine Teilpopulation nach Verbringung auf weiter östlich liegende Inseln zur rezenten Art MAS entwickelte, führte die Migration einer weiteren Teilgruppe in den östlichen Teil des mittleren Afrikas zur Bildung der Vorfahren von EA, UG und LG/C. Die auf Madagaskar verbliebene Teilpopulation entwickelte sich zur heutigen Artgruppe MAD. Geht man davon aus, dass sich die Abspaltung der Vorfahren von MAS zu einem späteren Zeitpunkt ereignete als die Abspaltung der Teilgruppe, die auf das afrikanische Festland gelangte, so unterstützen die gegebenen genetischen Distanzen diesen Teil der Hypothese. Der genetische Abstand von MAD zu MAS ist sehr gering, was auf eine späte Trennung der beiden Gruppen hinweist. Die genetische Differenz zwischen MAD und EA ist deutlich größer. EA entwickelte sich im östlichen Mittelafrika aus der Teilpopulation, die das afrikanische Festland besiedelte. Eine zweite Teilgruppe der Pflanzen auf dem Festland gelangte in den westlichen Teil im mittleren Afrika, wo sie sich genetisch isoliert zu den Vorfahren der rezenten Artgruppen von UG und LG/C entwickelte. Aus der Population dieser Ahnen entwickelten sich die heutige Gruppe UG und, nach Ausbreitung einer weiteren Gruppe nach Westen, die rezente Artgruppe LG/C. Die genetische Distanz zwischen EA und UG ist jedoch deutlich größer als diejenige zwischen EA und LG/C. Das stellt einen deutlichen Widerspruch zur Hypothese dar, da sich die Abspaltung der Vorfahren von LG/C von gemeinsamen Vorfahren mit EA gemäß den genetischen Distanzen später abgespielt haben müsste als die Trennung der Vorfahren von EA und UG.

BE

BLATTLÄUSE – GEFÜRCHTETE SCHÄDLINGE

Blattläuse gehören zu den Insekten, die niemand gerne auf seinen Pflanzen sieht. Bei massenhaftem Auftreten dieser Pflanzenschädlinge kann es zu Ernteausfällen kommen. Um die Belastung mit chemischen Schädlingsbekämpfungsmitteln zu minimieren, werden Möglichkeiten der biologischen Schädlingsbekämpfung erforscht und zunehmend eingesetzt. Von besonderem Interesse für die Forscher sind orangefarbene Erbsenläuse, die einen besonderen Stoffwechsel aufweisen. Auch wird die evolutive Entwicklung dieser Tiere intensiv untersucht.
Im Folgenden sollen Sie sich mit ökologischen, stoffwechselbiologischen und evolutionsbiologischen Aspekten bei ausgewählten Blattlausarten auseinandersetzen.

1 Ökologische Aspekte bei Blattläusen

1.1 Beschreiben Sie ganz allgemein, was man unter einer Nahrungskette und einem Nahrungsnetz versteht. 8

1.2 Analysieren Sie die Informationen in M 1 im Hinblick auf Wechselbeziehungen zwischen Organismen. 11

1.3 Entwickeln Sie ein Experiment, mit dem die Beeinflussung der Fallreaktion von Erbsenläusen (M 2a) ermittelt werden kann. 10

1.4 Beschreiben Sie das in M 2c dargestellte Diagramm zur Wirksamkeit verschiedener Fressfeinde der Erbsenlaus.
Werten Sie unter Berücksichtigung von M 2a und M 2b die in M 2c dargestellten Befunde im Hinblick auf die Eignung der Käferarten zur biologischen Schädlingsbekämpfung aus. 27

2 Stoffwechselbiologische Aspekte bei orangefarbenen Erbsenläusen

2.1 Skizzieren Sie einen beschrifteten Querschnitt eines Mitochondriums. 6

2.2 Erläutern Sie unter Bezug auf M 3a die in M 3b, Versuch a, dargestellten Befunde in Zusammenhang mit den Befunden zum ATP-Gehalt mit dem chemiosmotischen Modell der ATP-Bildung.
Werten Sie die in M 3b dargestellten Befunde zu den Versuchen b und c zur Bedeutung des Lichts und zur Bedeutung der Carotinoide für die ATP-Bildung bei den Erbsenläusen im Zusammenhang aus. 24

3 Evolutionsbiologische Aspekte bei Erbsenläusen

3.1 Beschreiben Sie den in M 4a dargestellten Stammbaum. 10

3.2 Prüfen Sie unter Berücksichtigung von M 4b die in M 4c dargestellten Hypothesen zur Herkunft der Gene für die Carotinoidsynthese von Erbsenläusen. 10

M 1 Nahrungsbeziehungen auf einem Acker

Pflanzen, wie z. B. Erbsen, Bohnen und Getreide, werden von Blattläusen (z. B. Erbsenlaus) aufgesucht. Die Blattläuse stechen in das Leitbündel und saugen den Pflanzensaft, der neben Kohlenhydraten auch freie Aminosäuren als Stickstoffquelle für die Blattläuse enthält. Durch das Anstechen der Leitbündel kommt es neben direkter Schädigung der Pflanze auch zu einem verminderten Pflanzenwachstum. Die Blattläuse nutzen die aufgenommenen Stickstoffverbindungen zur Bildung lebensnotwendiger Stoffe. Der Großteil der von den Blattläusen aufgenommenen Zucker wird als klebriges Sekret, sogenannter Honigtau, ausgeschieden. Dieser stellt für viele Insekten, z. B. Honigbienen und Schwarze Wegameisen, eine wichtige Nahrungsquelle dar. Die Ameisen reinigen die Blattläuse von dem Honigtau und schützen sie damit vor Infektionen. Auch verteidigen die Ameisen die Blattläuse im Gegenzug gegen viele Fressfeinde, wie z. B. Siebenpunkt-Marienkäfer, die auf Blattläuse als Nahrungsquelle spezialisiert sind.

Verändert aus:
Lampel, G.: Blattläuse, eine wenig beachtete Insektengruppe. In: Bulletin der Naturforschenden Gesellschaft Freiburg 67 (1978), S. 58–63.

M 2 Biologische Schädlingsbekämpfung von Erbsenläusen

M 2a Verhalten von Erbsenläusen in Gegenwart von Fressfeinden

Nähert sich ein Fressfeind einer Erbsenlaus, so lässt sich diese vom Blatt oder Stängel der Pflanze fallen und richtet sich noch in der Luft so aus, dass das Tier auf den Beinen landet. Auf diese Weise können sich die Erbsenläuse unter Umständen bereits beim Fallen an einem tiefer gelegenen Pflanzenteil festklammern oder aber auf dem Boden schnell zur nächsten Pflanze laufen und an dieser hochklettern. Man vermutet, dass die Fallreaktion durch zwei Umwelteinflüsse beeinflusst wird:

1. leichte mechanische Erschütterungen von Pflanzenteilen, die von sich annähernden Fressfeinden verursacht werden,
2. Duftstoffe, die von verwundeten oder alarmierten Erbsenläusen abgegeben werden.

Verändert aus:
Lampel, G.: Blattläuse, eine wenig beachtete Insektengruppe. In: Bulletin der Naturforschenden Gesellschaft Freiburg 67 (1978), S. 58–63.

M 2b Fressfeinde der Erbsenläuse

Bei der biologischen Schädlingsbekämpfung werden Populationen der natürlichen Fressfeinde eingesetzt, um Ernteeinbußen durch Pflanzenschädlinge, z. B. Erbsenläuse, zu minimieren. Die Fressfeinde unterscheiden sich bezüglich ihrer Nahrungsspektren und ihrer Orte der Nahrungssuche voneinander:
Der Laufkäfer *Harpalus pennsylvanicus* jagt seine Beutetiere (verschiedene Insekten- und Spinnenarten) ausschließlich auf dem Boden. Der Siebenpunkt-Marienkäfer *(Coccinella septempunctata)* jagt dagegen seine Beutetiere nur auf den Blättern und an den Stängeln der Pflanzen.

Verändert aus:
Losey, J. et al.: Positive predator [...] suppression of aphid populations. In: Ecology 79 (1998), S. 2 143–2 152.

M 2c Experiment zur Wirksamkeit verschiedener Fressfeinde

Versuchspflanzen wurden in verschiedene Käfige eingepflanzt, in welche keine Fressfeinde oder Erbsenläuse hinein- oder herausgelangen können. In die Käfige wurden verschieden große Populationen von Erbsenläusen eingesetzt. Zu Beginn der Messungen wurden Fressfeinde der Erbsenläuse in die Käfige gesetzt:

1. drei Laufkäfer,
2. drei Siebenpunkt-Marienkäfer,
3. drei Laufkäfer und drei Siebenpunkt-Marienkäfer.

Nach 24 Stunden wurde in allen Käfigen die Anzahl der gefressenen Erbsenläuse bestimmt.

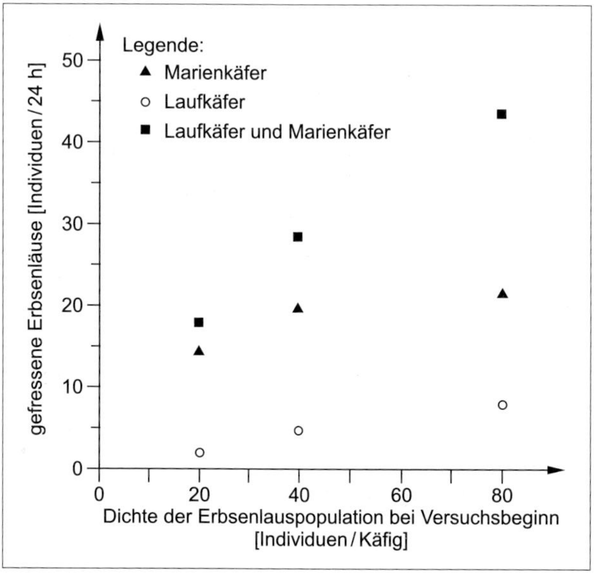

Verändert nach:
Losey, J. et al.: Positive predator [...] suppression of aphid populations. In: Ecology 79 (1998), S. 2 143–2 152.

M 3 Stoffwechselphysiologische Aspekte bei orangefarbenen Erbsenläusen

M 3a Die verschiedenen Färbungen der Erbsenlaus *Acyrthosiphon pisum*

Erbsenläuse leben vor allem auf Erbsen- und Bohnenpflanzen und vermehren sich dort bisweilen sehr stark. Die Weibchen gebären im Frühjahr lebende Larven, die alle genetisch identisch zu dem Muttertier sind. Sie wachsen zu erwachsenen Tieren heran, die je nach Umweltbedingungen unterschiedliche Färbungen aufweisen.
So können unter anderem orangefarbene oder auch weiße Individuen entstehen. Die Färbung beruht auf Carotinoiden, die die Blattläuse selbst bilden können. Die gebildeten Farbpigmente befinden sich in einer Zellschicht direkt unter der Körperoberfläche.

Verändert aus:
Valmalette, J. et al.: Light-induced [...] in a carotene synthesizing insect. In: Scientific reports 579 (2012), S. 5–7.

M 3b Experimente zur Ermittlung der Funktion von Carotinoiden bei der Erbsenlaus

In einer Versuchsreihe wurde untersucht, ob Licht einen Einfluss auf die ATP-Bildung bei Erbsenläusen (M 3a) hat. Genetisch identische weiße, pigmentlose (Versuch a) und genetisch identische orangefarbene, carotinhaltige (Versuch b) Erbsenläuse wurden mehrere Tage unter Lichteinfluss gehalten. Je eine identisch große Gruppe weißer und orangefarbener Erbsenläuse wurden zeitgleich in Dunkelheit gehalten. Anschließend wurden der $NAD^+/NADH + H^+$-Gehalt sowie der ATP-Gehalt in der Matrix der Mitochondrien dieser Tiere bestimmt.

Versuch a (weiße Erbsenläuse):

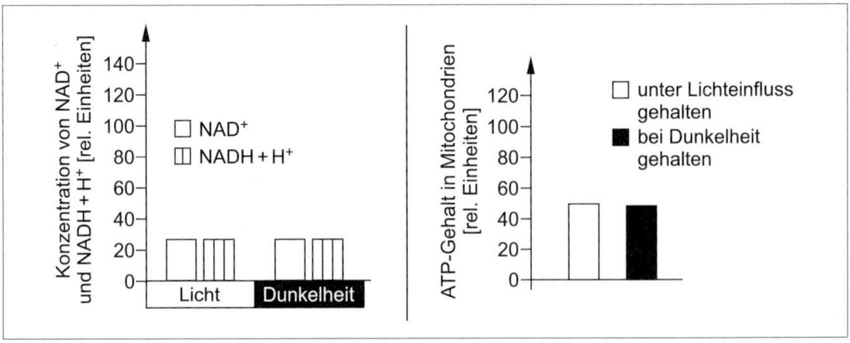

Versuch b (orangefarbene Erbsenläuse):

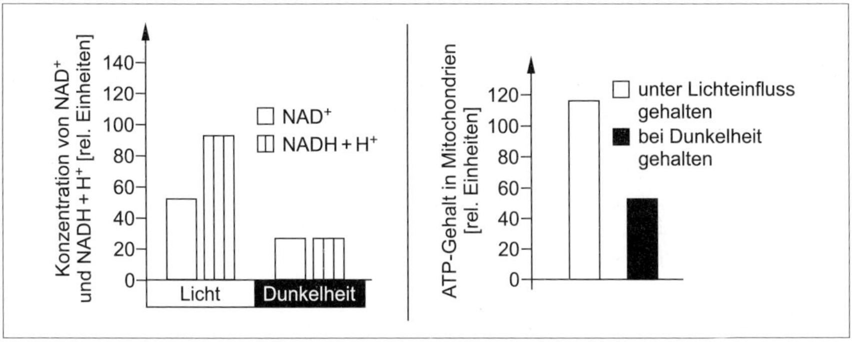

Versuch c:

In einem Modellversuch wurden carotinhaltige Extrakte von orangefarbenen Tieren mit dem Redox-Farbstoff Tetrazolium (TCC) versetzt. Dieser Redox-Farbstoff ist im oxidierten Zustand farblos, nach Aufnahme von Elektronen färbt sich der reduzierte Farbstoff rot. Die verschiedenen Ansätze wurden bei Dunkelheit und unter Lichteinfluss untersucht.

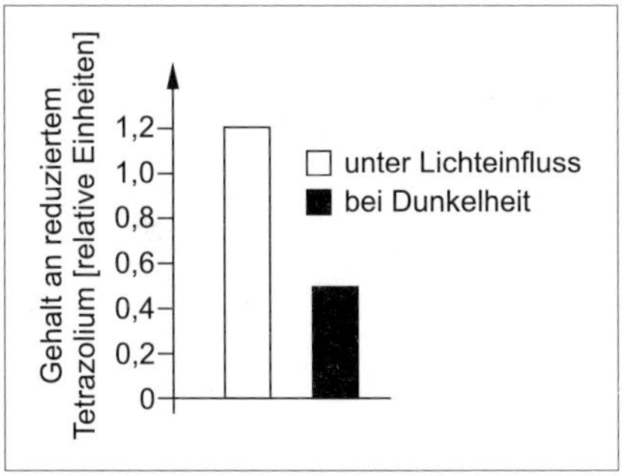

Verändert aus:
Valmalette, J. et al.: Light-induced […] in a carotene synthesizing insect. In: Scientific reports 579 (2012), S. 5–7.

M 4 Evolutionsbiologische Aspekte bei Erbsenläusen

M 4a Ausschnitt aus dem Stammbaum der Lebewesen

Hinweise: Innerhalb jedes Astes existieren zahlreiche weitere Verzweigungen, die nicht dargestellt sind. Der Stammbaum soll lediglich die Verwandtschaft kennzeichnen. Es lassen sich jedoch keine Rückschlüsse auf die genauen Zeitpunkte für die jeweilige Aufspaltung ableiten.

Die Länge der Äste zwischen den Verzweigungen ist zeitlich nicht skaliert.

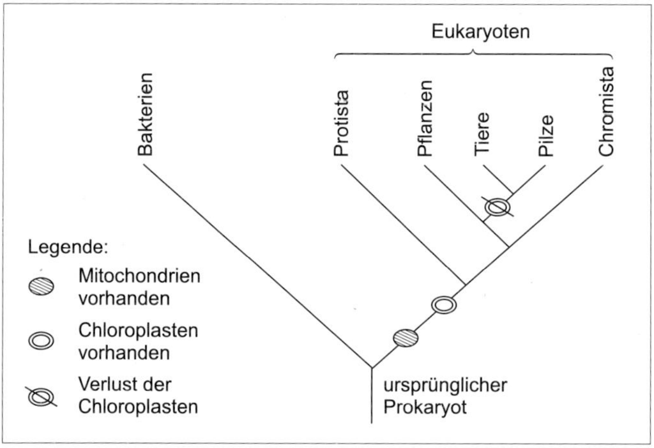

Verändert aus: Campbell, N.: Biologie. Spektrum Akademischer Verlag, Heidelberg (1997), S. 593.

M 4b Informationen zum horizontalen Gentransfer

Tiere können für gewöhnlich keine Carotinoide selbst synthetisieren, sondern müssen diese Stoffe über ihre Nahrung aufnehmen.
Die Fähigkeit der Erbsenläuse zur Bildung der Carotinoide beruht auf der Tatsache, dass im Laufe ihrer Evolution die entsprechenden Gene von anderen Organismen aufgenommen und in das eigene Erbmaterial integriert wurden. Man spricht von einem sogenannten horizontalen Gentransfer. In der Folge können die für die Carotinoidbildung notwendigen Enzyme in den Zellen der Erbsenläuse gebildet werden.

Verändert aus;
Moran, N. et al.: Lateral transfer of genes […] carotinoid production in aphids. In: Science 30 (2010), S. 624–627.

M 4c Horizontaler Gentransfer und Aminosäuresequenzanalyse

Um die Herkunft der Gene zu bestimmen, wurde aus der Vielzahl der an der Carotinoidsynthese beteiligten Proteine nur ein Protein ausgewählt. Bei diesem Protein wurde ein Teil der Aminosäuresequenz (60 Aminosäuren) dieses Proteins der Erbsenlaus bestimmt, mit den entsprechenden Aminosäuresequenzen von Bakterien, Pilzen und Pflanzen verglichen und die Unterschiede ermittelt.

Organismus	Erbsenlaus (Insekt)	*Staphylo. hominis* (Bakterium)	*Ustilago maydis* (Pilz)	*Gibberella fujikuroi* (Pilz)	Ackerschmalwand (Pflanze)
Erbsenlaus (Insekt)	0	32	19	22	42

Im folgenden Stammbaum sind zwei Hypothesen zur Herkunft der Gene grafisch dargestellt.

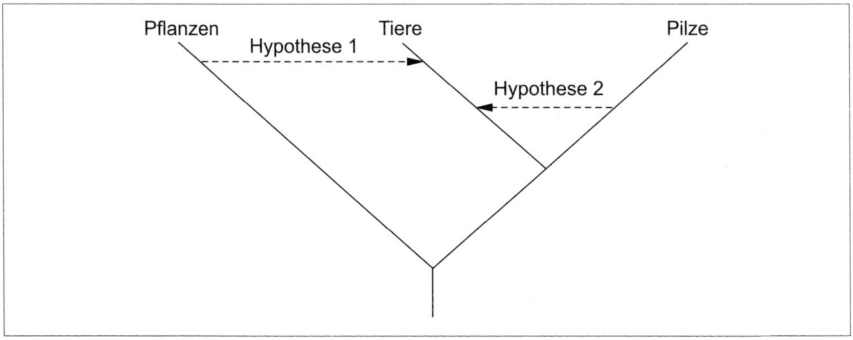

Zusammengestellt und verändert aus:
Moran, N. et al.: Lateral transfer of genes […] carotinoid production in aphids. In: Science 30 (2010), S. 624–627.
https://www.chegg.com (…) aphids-acquire-ability-make-carotenoids-horizontalgene-transfer-carotenoids-col-q14657917 (zuletzt abgerufen am 17.08.2019).

Lösungsvorschlag

Die Aufgabe beinhaltet die folgenden Themen:
- Ökologie: Nahrungsnetze und Nahrungsketten in Ökosystemen, Wechselbeziehungen zwischen Lebewesen, biologische Schädlingsbekämpfung
- Stoffwechselbiologie: Bau und Funktion von Mitochondrien, chemiosmotisches Modell der ATP-Bildung, Stoffwechsel von NAD^+ und $NADH + H^+$, Farbanpassungen der Haut mithilfe von Carotinoiden
- Evolutionsbiologie: Erfassung von Stammbäumen, Gentransfer, Homologien auf molekularer Ebene zur Klärung von Verwandtschaft

TIPP **Allgemeine Hinweise zur Lösung der Aufgabe**

Am Beispiel von Erbsenläusen als Vertretern der Blattläuse sollen Sie in dieser Aufgabe Möglichkeiten der biologischen Schädlingsbekämpfung analysieren und bewerten, wobei Sie ökologische Kenntnisse zu Nahrungsketten und biologischen Wechselbeziehungen einbringen müssen. Bei den stoffwechselbiologischen Aspekten sollten Sie einen guten Überblick über die Zellatmung und insbesondere die chemischen und energetischen Prozesse bezüglich der Atmungskette in den Mitochondrien haben. Zur Bearbeitung der evolutionsbiologischen Aspekte werden von Ihnen molekularbiologische Kenntnisse zur Erstellung und Bewertung von Aminosäuresequenzanalysen erwartet.
Denken Sie daran, sich schon bei der ersten Durchsicht der Aufgabenstellung und des zu bearbeitenden Materials einen Überblick über den vermutlichen Zeitaufwand für die einzelnen Teilaufgaben zu verschaffen, zumal einige Teilaufgaben durch die Aufspaltung in zwei Arbeitsaufträge relativ komplex angelegt sind.

1.1 **TIPP** *Anforderungsbereich: I, Bewertungseinheiten: 6*

Zeigen Sie in dieser reproduktiv angelegten Einstiegsaufgabe Ihr allgemeines Verständnis zur Bedeutung von Nahrungsketten und Nahrungsnetzen in ökologischen Systemen. Achten Sie dabei auf die Einbindung und korrekte Verwendung der in diesem Kontext relevanten Fachbegriffe.

Nahrungsketten bestehen aus einer Reihe von bestimmten Organismengruppen, zwischen denen in eine Richtung Nährstoffe weitergegeben werden, da die Lebewesen einander als Nahrung bzw. Beute dienen. Am Anfang einer Nahrungskette stehen in der Regel als Primärproduzenten grüne Pflanzen, die mithilfe von Licht aus Wasser und Kohlenstoffdioxid sowie bestimmten Mineralsalzen energiereiche, organische Verbindungen bilden. Diese gelangen über die Primärkonsumenten und weitere Konsumentenstufen bis zu den Endkonsumenten, wobei die jeweils vorhandene Biomasse

pro Stufe für die Ernährung der nachfolgenden Stufe zur Verfügung steht. Dabei wird von Stufe zu Stufe Energie freigesetzt.
In einem Nahrungsnetz sind verschiedene Nahrungsketten vielfältig miteinander verflochten, da sich die meisten Lebewesen von Vertretern verschiedener Arten ernähren und gleichzeitig Organismen mehrerer Arten als Nahrung dienen.

1.2 **TIPP** *Anforderungsbereich: II, Bewertungseinheiten: 11*

Am Beispiel des Lebensraums Acker sollen Sie auf der Grundlage des vorgegebenen Materials einige Wechselbeziehungen der Lebewesen in diesem Ökosystem beispielhaft erfassen. Beginnen Sie dabei am besten mit der Schädigung der Nutzpflanzen durch die Blattläuse und denken Sie bei Ihrer Analyse daran, auch die jeweiligen Typen von interspezifischen Wechselbeziehungen mit den passenden Fachbegriffen zu benennen.

Die Blattläuse schädigen die Ackerpflanzen durch Anstechen der Leitbündel und Aussaugen des zucker- und aminosäurehaltigen Pflanzensafts. Auf diese Weise können sich die Blattläuse durch Aufnahme von Kohlenhydraten als Energiequelle und von Aminosäuren als Stickstoffquelle gut ernähren, bewirken dadurch aber gleichzeitig eine Verminderung des Pflanzenwachstums. Zwischen Blattläusen und Pflanzen besteht demnach eine Parasit-Wirt-Beziehung zum Nachteil der Pflanzen.
Die Blattläuse scheiden einen Großteil des von den Pflanzen aufgenommenen Zuckers als klebrigen Honigtau aus, der von Ameisen als Nahrung genutzt werden kann. Die Ameisen reinigen im Gegenzug die Blattläuse vom klebrigen Honigtau und verteidigen sie gegen Fressfeinde, z. B. Marienkäfer. Da die Beziehung zwischen Ameisen und Blattläusen für Vertreter beider Arten gleichermaßen vorteilhaft ist, handelt es sich um eine Symbiose.
Marienkäfer nutzen Blattläuse als Nahrung, indem sie diese töten und fressen. Zwischen Individuen dieser Arten liegt demnach eine Räuber-Beute-Beziehung vor.

1.3 **TIPP** *Anforderungsbereiche: II – III, Bewertungseinheiten: 10*

In dieser Aufgabe sollen Sie ein eigenes, zielgerichtetes Experiment planen, mit dem die zwei in M 2a formulierten Hypothesen zur Beeinflussung der Fallreaktion von Erbsenläusen überprüft werden könnten. Berücksichtigen Sie dabei auch die Einbeziehung eines Kontrollversuchs.

Zur Klärung, ob die Hypothesen zur Auslösung des Fallverhaltens der Erbsenläuse zutreffen bzw. welche der beiden Hypothesen zutrifft, sind verschiedene Versuchsansätze nötig. Dabei darf sich die Versuchsdurchführung in den verschiedenen Ansätzen nur in jeweils einem Faktor unterscheiden, während alle anderen Parameter konstant bleiben müssen.

In einem möglichen Experiment werden unter gleichen Umweltbedingungen vier gleich große Versuchsgefäße mit derselben Zahl von Pflanzen einer Art und der möglichst gleichen Größe angesetzt. Pro Gefäß wird dann jeweils eine genügend große und identische Zahl von (intakten, unverletzten) Erbsenläusen zugegeben.

- Versuchsansatz 1 dient als Kontrollversuch. Hier erfolgt keine weitere Beeinflussung durch Außenfaktoren.
- Versuchsansatz 2: Die Pflanzen werden durch leichte mechanische Erschütterungen beeinflusst, um die Annäherung von Fressfeinden nachzuahmen. Dies kann z. B. manuell oder durch eine ferngesteuerte Apparatur geschehen. Dabei muss darauf geachtet werden, dass alle Handlungen und Objekte (z. B. ungewollte Bewegungen, Vorrichtungen), abgesehen von den gezielt gesetzten Erschütterungen, auch in den Kontrollversuch eingebunden werden müssen.
- Versuchsansatz 3: In das Gefäß werden Duftstoffe eingeleitet, die von alarmierten bzw. verwundeten Erbsenläusen abgegeben werden. Es könnten auch Extrakte aus solchen Erbsenläusen bzw. verletzte Erbsenläuse selbst zugegeben werden.
- Versuchsansatz 4: In diesem Ansatz werden die Duftstoffgabe und die mechanische Erschütterung kombiniert, um abzuklären, ob oder inwiefern sich die Parameter gegenseitig beeinflussen.

Über einen bestimmten festgelegten Zeitraum wird dokumentiert, wie viele Erbsenläuse pro Gefäß jeweils die Fallreaktion zeigen. Die anschließende Auswertung und der Vergleich der Daten für die einzelnen Gefäße erlauben dann eine Aussage darüber, ob – und ggf. in welchem Ausmaß – die Hypothesen zutreffend sind.

1.4 **TIPP** *Anforderungsbereiche: I – III, Bewertungseinheiten: 27*

Beachten Sie bei dieser Teilaufgabe zur biologischen Schädlingsbekämpfung, dass es sich um zwei Arbeitsaufträge handelt. Im ersten wird von Ihnen nur eine zusammenfassende Beschreibung der Inhalte des Diagramms ohne Deutung der Daten in M 2 c erwartet, während im zweiten Arbeitsauftrag eine Gesamtbewertung des Materials zu dieser Teilaufgabe erfolgen soll, um die Eignung der beiden Käferarten zur biologischen Schädlingsbekämpfung herauszuarbeiten.

Beschreiben: Im dargestellten Versuch wurde der Einfluss unterschiedlicher Fressfeinde auf das Überleben von Erbsenläusen in Ausgangspopulationen mit unterschiedlich großer Dichte ermittelt. Dazu wurde die Zahl der gefressenen Erbsenläuse 24 Stunden nach Zugabe der Fressfeinde bestimmt. Auf der x-Achse des Diagramms sind die anfänglichen Dichten der Erbsenläuse (20, 40 und 80 Tiere), auf der y-Achse die Anzahl der gefressenen Läuse aufgetragen.

Wurden drei Laufkäfer in die Versuchskäfige gesetzt, ergab sich mit zunehmender Erbsenlausdichte ein linearer Anstieg der Zahl gefressener Blattläuse: Von ca. 2 gefressenen Läusen bei 20 eingesetzten Erbsenläusen stieg die Beutezahl auf ca. 5 Tiere bei 40 eingesetzten Erbsenläusen bis auf ca. 8 Tiere bei 80 eingesetzten Erbsenläusen.

Bei Einsatz von drei Marienkäfern zeigte sich ein ungleichmäßiger Anstieg der Zahl gefressener Erbsenläuse von ca. 14 bei 20 eingesetzten Erbsenläusen auf ca. 20 bei 40 eingesetzten Erbsenläusen bis auf ca. 21 bei 80 eingesetzten Erbsenläusen.
Bei Einsatz einer Kombination von je drei Lauf- und Marienkäfern ergab sich mit zunehmender Blattlausdichte ein ebenfalls linearer, etwas stärkerer Anstieg der Zahl gefressener Erbsenläuse von ca. 17 Tieren bei 20 eingesetzten Erbsenläusen auf ca. 28 Tiere bei 40 eingesetzten Erbsenläusen bis auf ca. 43 Tiere bei 80 eingesetzten Erbsenläusen.

Auswerten: Laufkäfer sind Bodenjäger und können daher im Versuch nur die wenigen Erbsenläuse erbeuten, die sich zufällig am Boden des Käfigs befinden. Je mehr Erbsenläuse bei zunehmender Populationsdichte auf den Boden fallen, desto größer ist zwar die mögliche Fressrate der einzelnen Laufkäfer; insgesamt tragen die Käfer aber nur relativ wenig zur Dezimierung der Erbsenlauspopulationen bei (da jeweils nur ca. 10 % der Läuse gefressen werden können).
Marienkäfer, die auf den Blättern und Stängeln der Pflanzen Erbsenläuse erbeuten und fressen, erreichen eine deutlich höhere Rate an erjagten Blattläusen als die Laufkäfer. Bei kleineren Ausgangspopulationen von Läusen können die Käfer weit über 50 % der Läuse dezimieren. (Oberhalb einer Ausgangspopulation von 40 Läusen stagniert die Dezimierungsrate, vermutlich da die maximale Fressrate pro Käfer bei etwa sieben Läusen pro Tag liegt.) Die Marienkäfer sind demnach aufgrund ihres Aufenthaltsortes weitaus effektiver bei der Begrenzung des Schadens durch Erbsenblattläuse als die Laufkäfer.
Wenn beide Fressfeindarten gleichzeitig eingesetzt werden, kommt es durch die Kombination zu einer nochmals klar erhöhten Dezimierungsrate, die über die Summe der Fressraten im Einzelversuch hinausgeht und in Abhängigkeit von der Populationsdichte der Erbsenläuse linear ansteigt. Dieser Synergieeffekt ergibt sich vor allem durch die Erhöhung der Wahrscheinlichkeit, dass sich Erbsenläuse aktiv auf den Boden fallen lassen, wenn sie von Marienkäfern bedroht werden. Auf diese Weise erhöht sich die Beutedichte für die Laufkäfer, sodass deren Fressrate steigt.
Insgesamt lässt sich erkennen, dass der gleichzeitige Einsatz beider Käferarten zu einer besonders effektiven biologischen Schädlingsbekämpfung beitragen kann.

2.1 **TIPP** *Anforderungsbereich: I, Bewertungseinheiten: 6*

Die Skizze des Querschnitts eines Mitochondriums sollte je nach dem eingeführten Lehrwerk folgende Strukturen aufweisen und entsprechend beschriftet sein:

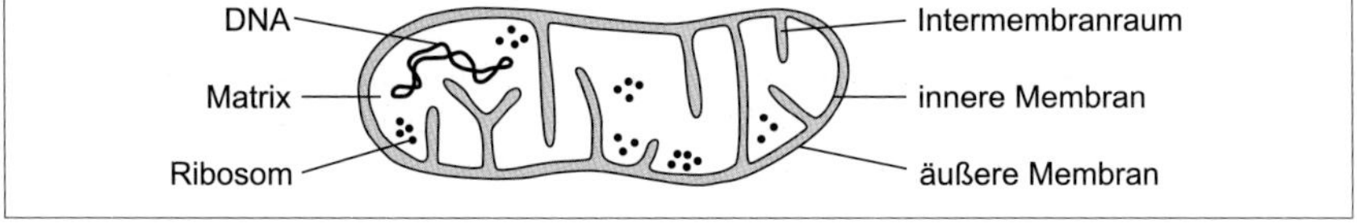

2.2 **TIPP** *Anforderungsbereiche: I–II, Bewertungseinheiten: 24*

Diese stoffwechselphysiologisch orientierte und komplex angelegte Teilaufgabe besteht aus zwei Arbeitsaufträgen, die sich jeweils auf Teile von M 3b beziehen. Verschaffen Sie sich zunächst einen Überblick über das gesamte Material und bearbeiten Sie dann die Arbeitsaufträge entsprechend der vorgegebenen Reihenfolge. Nutzen Sie den ersten Arbeitsauftrag, um den allgemeinen Ansatz der Versuche a und b und dann insbesondere die Ergebnisdarstellung des Versuchs a herauszuarbeiten und Ihre Erkenntnisse bei der Deutung mit dem chemiosmotischen Modell der ATP-Bildung zu verknüpfen. Beachten Sie dazu jeweils die genauen Bezüge der beiden Arbeitsaufträge zu den Details in M 3a und M 3b.

Erläutern: In verschiedenen Versuchsreihen mit Erbsenläusen sollte der Einfluss von Licht auf die Konzentration von NAD^+ und $NADH + H^+$ sowie von ATP in den Mitochondrien der Erbsenläuse untersucht werden. In einer ersten Versuchsreihe (Versuch a) wurden nur genetisch identische, weiße, pigmentlose Erbsenläuse eingesetzt. Gleich große Gruppen dieser Erbsenläuse wurden für mehrere Tage unter Dauerlicht bzw. in Dunkelheit gehalten. Sowohl unter Lichteinfluss als auch bei Dunkelheit ergab sich eine Konzentration von NAD^+ und $NADH + H^+$ von jeweils 25 rel. Einheiten. Der ATP-Gehalt in der Mitochondrienmatrix betrug unter beiden Bedingungen jeweils 50 rel. Einheiten.
Im Zuge der Zellatmung wird in den Mitochondrien nach dem chemiosmotischen Modell der ATP-Bildung durch die Oxidation des $NADH + H^+$ zu NAD^+ und den parallel verlaufenden Elektronentransport über die Atmungskette ein Protonen- und Ladungsgradient an der Matrixmembran aufgebaut. Über die ATP-Synthase können die Protonen in die Matrix zurückdiffundieren, wobei Energie freigesetzt wird, die die ATP-Synthase zur Bildung von ATP aus ADP und P nutzen kann. Das Versuchsergebnis zeigt, dass es bei pigmentlosen Erbsenläusen unter Lichteinfluss zu keiner Veränderung der Konzentrationen von NAD^+ und $NADH + H^+$ sowie der ATP-Konzentration gegenüber den Verhältnissen bei Dunkelheit kommt. Demnach hat die Belichtung bei pigmentlosen Erbsenläusen auf die Endoxidation in den Mitochondrien keinen Einfluss.

Auswerten: In einer weiteren Versuchsreihe (Versuch b) von M 3b wurde der Einfluss von Licht bzw. Dunkelheit auf orangefarbene, carotinoidhaltige Erbsenläuse unter denselben Bedingungen wie in Versuch a untersucht. Bei diesen Erbsenläusen zeigte sich, dass nach mehreren Tagen Dunkelheit wie in Versuch a die Konzentrationen von NAD^+ und $NADH + H^+$ bei jeweils 25 rel. Einheiten lagen und die Konzentration von ATP etwa 50 rel. Einheiten betrug. Nach Lichteinwirkung für ebenso viele Tage ergab sich allerdings für NAD^+ eine Steigerung des Wertes auf ca. 50 rel. Einheiten und für $NADH + H^+$ eine noch stärkere Erhöhung auf ca. 90 rel. Einheiten. Der ATP-Gehalt zeigte bei Lichteinwirkung mit fast 120 rel. Einheiten ebenfalls einen beträchtlich gesteigerten Wert auf fast das Doppelte gegenüber den Verhältnissen bei Dunkelheit.

In Versuch c zeigt der Modellversuch mit den Carotinoidextrakten aus den orangefarbenen Erbsenläusen, dass nach Zugabe des Redox-Farbstoffs TCC der Gehalt des roten, reduzierten Farbstoffs mit 1,2 rel. Einheiten unter Lichteinfluss einen mehr als doppelt so hohen Wert annahm wie bei Dunkelheit (nur 0,5 rel. Einheiten). Daraus lässt sich schließen, dass Elektronen der Carotinoide unter Lichteinfluss angeregt werden, auf das TCC übertragen werden und dieses zum reduzierten, roten Farbstoff umwandeln.
Bei den orangefarbenen Erbsenläusen kann man daher davon ausgehen, dass ihr Carotinoid durch die Belichtung in gleicher Weise so weit angeregt wird, dass eine lichtinduzierte Elektronenübertragung auf das NAD^+ erfolgt und damit eine Reduktion zu $NADH+H^+$ stattfindet. Unter Lichteinfluss steht nun für die weiteren Prozesse der Zellatmung vermehrt $NADH+H^+$ zur Verfügung, sodass den carotinoidhaltigen Erbsenläusen in ihren Mitochondrien eine verstärkte Endoxidation mit einer gesteigerten Produktion von ATP ermöglicht wird.

3.1 **TIPP** *Anforderungsbereiche: I–II, Bewertungseinheiten: 10*

In dieser Teilaufgabe sollen Sie anhand der Skizze in M 4a einen allgemeinen Stammbaum der Lebewesen mit eigenen Worten wiedergeben. Achten Sie dabei auf eine fachlich präzise Ausdrucksweise.

Ausgangspunkt für die Entwicklung der angegebenen rezenten Lebewesengruppen waren ursprüngliche Prokaryoten. Dieser Prokaryotenstamm spaltete sich in die Entwicklungslinien der Bakterien sowie der Eukaryotenvorläufer mit Zellkern auf. In der Entwicklungslinie dieser eukaryotischen Zellen bildeten sich zunächst Eukaryoten mit Mitochondrien und Chloroplasten, ehe sich die Linie in die Vorläufer der Protisten und die gemeinsamen Vorfahren der übrigen Gruppen aufspaltete. Eine erneute Teilung dieser Vorfahrengruppe führte zu den Vorfahren der Chromisten und den gemeinsamen Vorfahren der Pflanzen, Tiere und Pilze. In einer weiteren Verzweigung entstanden aus dieser Linie die Vorfahren der Pflanzen sowie die gemeinsamen Vorfahren der Pilze und Tiere. Diesen Vorfahren gingen im Laufe der weiteren Entwicklung die Chloroplasten verloren und sie spalteten sich in die Entwicklungslinien der Pilze und der Tiere auf. Schließlich stehen an den Enden der Verzweigungen dieses Stammbaums die heute lebenden Vertreter der verschiedenen Entwicklungslinien.

3.2 **TIPP** *Anforderungsbereiche: II – III, Bewertungseinheiten: 10*

In der letzten Teilaufgabe geht es darum, die Herkunft der Gene, die bei Erbsenläusen die Enzyme zur Carotinoidsynthese codieren, zu thematisieren. Prüfen Sie dazu die beiden im Stammbaum dargestellten Hypothesen anhand der Aminosäuresequenzunterschiede hinsichtlich ihrer Stichhaltigkeit und Wahrscheinlichkeit. Auf den horizontalen Gentransfer bzw. die Methode der Aminosäuresequenzanalyse brauchen Sie dabei nicht detailliert einzugehen.

Für eine Sequenz von 60 Aminosäuren (AS) eines bestimmten Proteins, das neben vielen anderen Proteinen (Enzymen) zur Carotinoidsynthese u. a. bei gefärbten Erbsenläusen, einer Bakterienart, zwei Pilzarten und einer Pflanzenart beiträgt, wurden zwischen den genannten Arten die Unterschiede ermittelt. Da die AS-Sequenz durch die Basensequenz der Gene codiert wird, lässt sich von der Zahl an Abweichungen in der Aminosäureabfolge auf die Zahl der Unterschiede in der Basensequenz als Folge von Mutationsereignissen schließen. Die Zahl solcher Mutationen und damit die Zahl von Basensequenzunterschieden wird immer größer, je länger sich zwei Populationen nach einer Trennung unabhängig voneinander entwickeln können. Daher kann man anhand der Anzahl von Basensequenzunterschieden auch auf die ungefähre Zeit seit der Trennung der Vorfahren von zwei Arten schließen und damit deren Verwandtschaftsnähe bestimmen. Je geringer aber die Zahl der Unterschiede zwischen den Sequenzen zweier Arten ist, desto ähnlicher ist die Basensequenz und desto größer ist auch vermutlich die Verwandtschaftsnähe der betrachteten Arten.
Die beiden Hypothesen unterscheiden sich dadurch, dass nach Hypothese 1 die Gene für die Carotinoidbildung erst vor relativ kurzer Zeit durch horizontalen Gentransfer von Pflanzen auf die Erbsenläuse übertragen worden sind, während nach Hypothese 2 der horizontale Gentransfer deutlich länger zurückliegt und von Pilzen ausging.
Der Vergleich der Daten zeigt, dass sich die AS-Sequenzen von Pilzen und Erbsenläusen mit 19 bzw. 22 Unterschieden wesentlich ähnlicher sind als die Sequenzen von Pflanzen und Erbsenläusen (42 Unterschiede). Man kann davon ausgehen, dass der Zeitpunkt eines erfolgreichen horizontalen Gentransfers umso später erfolgte, je geringer die Zahl von Unterschieden zwischen den AS-Sequenzen des durch das Gen codierten Proteins bei den betreffenden Arten ist. Die Tatsache, dass sich die AS-Sequenzen von Pflanzen und Erbsenläusen am stärksten, zu über 65 %, unterscheiden, spricht daher gegen Hypothese 1, der zufolge der Gentransfer vor sehr viel kürzerer Zeit stattgefunden haben soll als der Gentransfer von den Pilzen zu den Erbsenläusen (Hypothese 2). Hypothese 2 ist daher wahrscheinlicher als Hypothese 1.

BE

THEMENBEREICH A: FUNKTIONSZUSAMMENHÄNGE

Thema A1: Assimilation

Die Kartoffel ist weltweit, besonders aber in Europa und auf dem nordamerikanischen Kontinent, ein bedeutendes Nahrungsmittel. Im Zuge des immer größer werdenden Lebensmittelbedarfs stellt sie nach wie vor ein aktuelles Forschungsobjekt dar. Die Untersuchung der Abhängigkeit der Fotosyntheseleistung dieser Pflanzen von verschiedenen Umweltfaktoren steht dabei im Fokus von wissenschaftlichen Untersuchungen.

1 Skizzieren Sie ein beschriftetes Schema, welches das wechselseitige Zusammenwirken von Lichtreaktionen (Primärreaktionen) und Calvin-Zyklus (Sekundärreaktionen) sowie Edukte und Produkte von Primär- und Sekundärreaktionen verdeutlicht. 11

2 Werten Sie die Daten in M 1 a zur Untersuchung der Abhängigkeit der Fotosyntheserate der Kartoffelpflanze von den abiotischen Faktoren Licht und Kohlenstoffdioxid-Konzentration aus. Erläutern Sie die Befunde in M 1 b zur Transpiration und zur Fotosyntheserate einer Kartoffelpflanze, auch unter Berücksichtigung der Anpassungen an die wechselnden Umweltbedingungen im Laufe eines Tages. 21

M 1 Abhängigkeit der Fotosynthese von verschiedenen abiotischen Faktoren

M 1 a Abhängigkeit der Fotosyntheserate von Licht und Kohlenstoffdioxid bei Kartoffelpflanzen

In einem Laborversuch wurde die Fotosyntheserate von Kartoffelpflanzen bei verschiedenen Lichtintensitäten bei Kohlenstoffdioxid-Konzentrationen von 350 ppm und 1 000 ppm gemessen. Alle anderen Faktoren wurden während des Versuchs konstant im optimalen Bereich gehalten.

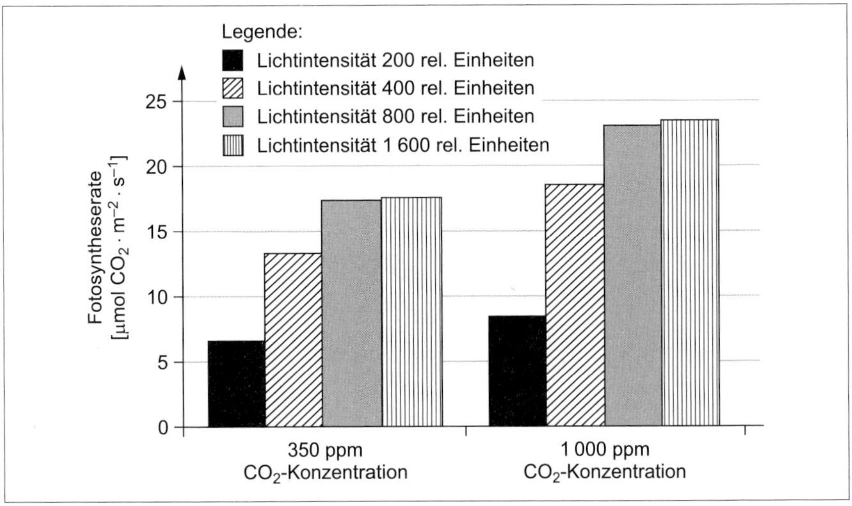

Verändert aus:
Wheeler, R. M., Fitzpatrick, A. H., Tibbitts, T. W.: Potatoes as a crop for space life support: Effect of CO_2, irradiance and photoperiod on leaf photosynthesis and stomatal conductance. In: Frontiers in Plant Science 10 (2019), Artikel 1 632.

M 1b Fotosyntheserate und Transpiration bei Kartoffelpflanzen im Laufe eines Tages

Auf einem Kartoffelacker wurden die Fotosyntheserate und die Transpiration von Blättern einer Kartoffelpflanze im Laufe eines Sommertages sowie die Lufttemperatur im Bereich der Blätter ermittelt. Der Boden war relativ trocken, Niederschläge traten nicht auf.

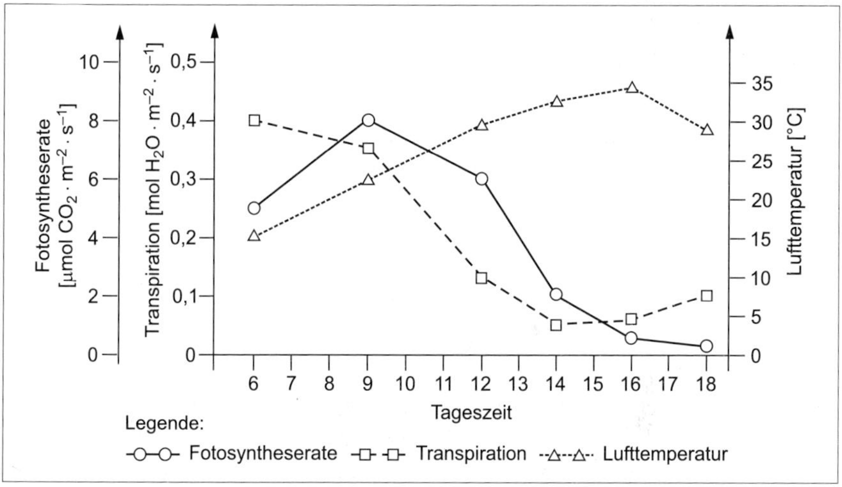

Verändert aus:
Idelberger, C.: Sonnenlicht-induzierte Chlorophyll-Fluoreszenz im Tagesgang in Nutzpflanzenbeständen. Dissertation zur Erlangung des Grades eines Doktors der Agrarwissenschaften, Technische Universität München, München (2010), S. 103–107.

Lösungsvorschlag

Die Aufgabe beinhaltet die folgenden Themen:
Stoffwechselbiologie: Primär- und Sekundärreaktionen der Fotosynthese, Abhängigkeit der Fotosyntheseleistung von abiotischen Faktoren (Licht, Kohlenstoffdioxid), Transpiration

1 **TIPP** *Anforderungsbereich: I, Bewertungseinheiten: 11*

Legen Sie bei dieser reproduktiven Teilaufgabe eine übersichtliche und ausreichend große Skizze an. Es wird erwartet, dass Sie das Zusammenwirken der Stoffe der Primär- und Sekundärreaktionen auf das Wesentliche reduziert darstellen.

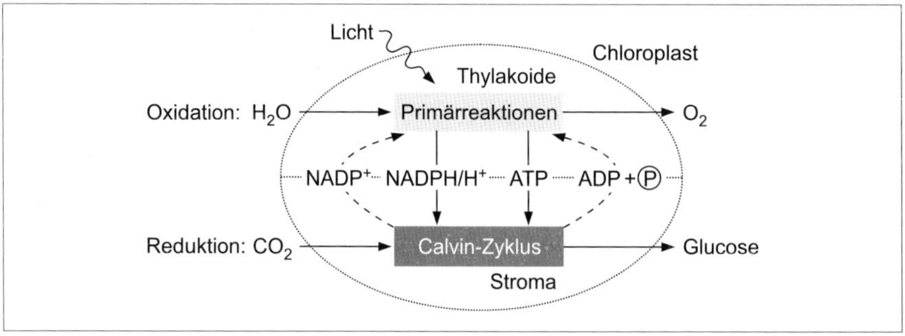

2 **TIPP** *Anforderungsbereiche: II – III, Bewertungseinheiten: 21*

Diese Aufgabe ist zweigeteilt. Im ersten Schritt sollen Sie Versuchsdaten, die zum Einfluss der Lichtintensität und der CO_2-Konzentration auf die Fotosyntheserate einer Kartoffelpflanze gewonnen wurden, u. a. mithilfe Ihrer Kenntnisse zur Verschränkung der Primär- und Sekundärreaktionen auswerten. Lassen Sie sich dabei nicht von der in diesem Zusammenhang etwas ungewohnten Darstellung (Balkendiagramm) irritieren. Im zweiten Arbeitsauftrag müssen Sie auf Ihr Wissen zurückgreifen, wie Pflanzen ihren Wasserhaushalt regulieren, um die angegebenen physiologischen Werte der Pflanze unter den sich verändernden Umweltfaktoren (Temperatur, Licht) im Tagesverlauf verständlich zu machen.

Auswerten: Bei niedrigem CO_2-Gehalt der Umgebung (350 ppm) führt die Verdopplung der Beleuchtungsstärke von 200 auf 400 r. E. annähernd zu einer Verdopplung der Fotosyntheserate (von etwa 6,5 auf 13,5 µmol $CO_2/m^2/s$). Wird die Lichtintensität erneut verdoppelt (auf 800 r. E.), steigert sich die Fotosyntheseleistung ebenfalls, jedoch in geringerem Maße (von etwa 13 auf 17,5 µmol $CO_2/m^2/s$). Eine Erhöhung der Beleuchtungsstärke auf 1 600 r. E. steigert die Fotosyntheserate kaum mehr. Liegt in der Umgebung ein höherer CO_2-Gehalt vor (1000 ppm), wirkt sich eine stufenweise

Verdopplung der Beleuchtungsstärke in ähnlicher Weise auf die Fotosyntheserate aus. Allerdings liegt die Fotosyntheserate bei höherer CO_2-Konzentration für jede Beleuchtungsstärke höher als bei geringerem CO_2-Gehalt.
Die Beleuchtungsstärke von etwa 1 600 r. E. gibt somit den Wert der Lichtsättigung an, da eine Steigerung von 800 auf 1 600 r. E. die Fotosyntheseleistung jeweils kaum noch erhöht. Bei dieser Lichtintensität arbeiten alle Fotosysteme der Pflanze mit maximaler Leistung. Eine Erhöhung des CO_2-Gehalts führt hingegen bei jeder Lichtintensität zu einem Anstieg der Fotosyntheseleistung, es wird in diesem Bereich also noch kein CO_2-Sättigungswert erreicht.
Bei geringen Beleuchtungsstärken können die Primärreaktionen nur eingeschränkt ablaufen. Es werden dann nur relativ wenige Reduktions- und Energieäquivalente gebildet, sodass die Sekundärreaktionen nicht in vollem Umfang ablaufen. Licht ist dann der die Fotosyntheseleistung begrenzende Faktor. Bei hohen Beleuchtungsstärken wird die Fotosyntheserate durch andere Faktoren, z. B. den CO_2-Gehalt, die Konzentrationen der Enzyme der Sekundärreaktionen oder die Umgebungstemperatur limitiert.

Erläutern: Die Transpiration der Pflanze zeigt um 6 Uhr ihren Höchstwert von 0,4 mol $H_2O/m^2/s$. Bis 9 Uhr fällt der Wert geringfügig auf etwa 0,35 mol $H_2O/m^2/s$ ab und sinkt dann bis etwa 14 Uhr deutlich, auf 0,05 mol $H_2O/m^2/s$. Mit steigender Lufttemperatur im Bereich der Blätter nimmt also die Transpirationsrate ab. Die Pflanze verschließt dazu ihre Stomata am frühen Morgen geringfügig, um einerseits den Wasserverlust zu reduzieren und andererseits noch genügend Kühlung zu ermöglichen. Je wärmer es wird, desto mehr steigt der Wasserbedarf der Pflanze und ihr Risiko, auszutrocknen. Um dem entgegenzuwirken, schließt die Kartoffelpflanze zwischen 9 und 14 Uhr immer mehr Stomata. Ab 14 Uhr steigt die Transpiration wieder an, obwohl die Lufttemperatur weiter zunimmt. Die Pflanze öffnet ihre Stomata wieder etwas, um mithilfe der Transpiration eine Überhitzung zu vermeiden, was durch die Wasserverdunstung an der Blattoberfläche realisiert wird. Ab 16 Uhr sinkt die Lufttemperatur langsam. Die Pflanze öffnet daher ihre Spaltöffnungen vermehrt und die Transpiration steigt bis 18 Uhr wieder bis auf 0,1 mol $H_2O/m^2/s$ an.
Die Fotosyntheserate nimmt von 6 Uhr bis 9 Uhr von 5 auf etwa 8 µmol $CO_2/m^2/s$ zu. Während dieser Zeit ist der Gasaustausch mit der Umgebung noch hoch genug, um die Fotosyntheserate zu erhöhen, was neben dem Temperaturanstieg auch auf die in dieser Zeit steigende Beleuchtungsstärke zurückzuführen ist. Bis 12 Uhr fällt die Fotosyntheserate dann auf etwa 6 µmol $CO_2/m^2/s$, bis 14 Uhr auf 2 µmol $CO_2/m^2/s$. Während dieser Zeit nimmt die Umgebungstemperatur so stark zu, dass die Pflanze ihre Spaltöffnungen immer weiter verschließt, um nicht auszutrocknen. Dadurch findet immer weniger Gasaustausch mit der Umgebung statt und die Fotosyntheserate sinkt, da das für die Assimilation notwendige CO_2 nur noch in geringem Maße in die Blätter diffundieren kann und schließlich nur noch aus dem Interzellularsystem im Blattinneren bezogen werden kann. Bis 18 Uhr nimmt die Fotosyntheserate weiter ab (auf ca. 0,3 µmol $CO_2/m^2/s$), allerdings nicht mehr so stark wie zuvor, da durch die geringfügige Zunahme der Transpirationsrate ab 14 Uhr wieder etwas mehr Gasaustausch stattfinden kann.

Niedersachsen Biologie ▪ Abiturprüfung 2021

Erhöhtes Anforderungsniveau ▪ Thema A2

BE

THEMENBEREICH A: FUNKTIONSZUSAMMENHÄNGE

Thema A2: Dissimilation

Die Dissimilationsprozesse in Organismen werden durch Enzyme katalysiert. Viele dieser Prozesse finden im Zellplasma statt. Dic letzten Schritte bei der aeroben Energiegewinnung erfolgen in den Mitochondrien, in denen diese Schritte in verschiedenen Kompartimenten ablaufen.

1 Erläutern Sie den Ablauf einer Enzymreaktion auch unter Bezug auf M 1. 11

2 Erklären Sie für den Fall intensiver körperlicher Belastung die in M 2 dargestellten Regelungsprozesse im Zusammenhang. 10

3 Deuten Sie die in M 3 dargestellten Befunde zur Wirkung von Solanin auf die mitochondrialen Permeabilitäts-Transitionsporen. 11

M 1 Schema einer Enzymreaktion

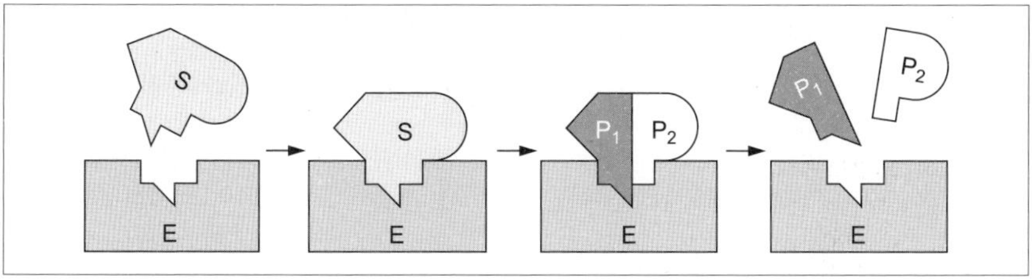

M 2 Regulation zweier Enzyme der Glykolyse

Die Phosphofructokinase (PFK) und die Pyruvatkinase (PK) sind Enzyme, die verschiedene Teilreaktionen in der Glykolyse katalysieren:
PFK katalysiert eine dieser Teilreaktionen (A) und gilt als ein sogenanntes Schrittmacherenzym. Seine Aktivität ist geschwindigkeitsbestimmend für den gesamten Prozess der Glykolyse. PK katalysiert die letzte Teilreaktion der Glykolyse (B).

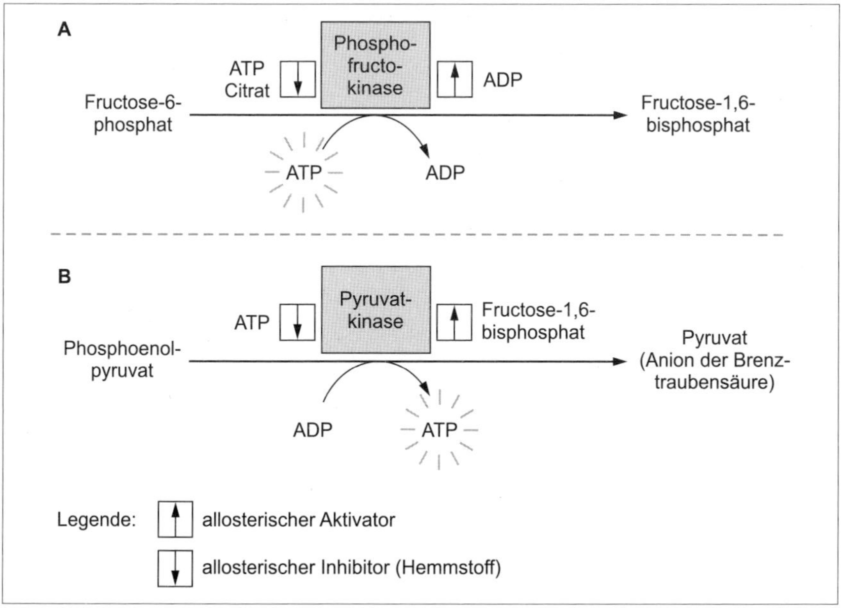

Verändert aus:
Müller-Esterl, W.: Biochemie. Spektrum Akademischer Verlag, Heidelberg (2010), S. 571.

M 3 Einfluss von Solanin auf die mitochondrialen Permeabilitäts-Transitionsporen

In der inneren und äußeren Mitochondrienmembran befinden sich verschiedene Proteine, die für Transportprozesse von Bedeutung sind. Unter bestimmten Bedingungen können diese Membranproteine zu sogenannten mitochondrialen Permeabilitäts-Transitionsporen (mPTP) zusammengelagert werden. Diese mPTP verbinden Matrix, Intermembranraum und Zellplasma. Sie sind nicht selektiv, sodass alle kleinen Moleküle und auch Ionen ungehindert diese Poren passieren können. Forscher haben entdeckt, dass einige Substanzen die Öffnung, andere aber auch das Schließen der mPTP auslösen können. Ein solcher Stoff ist das Gift Solanin, welches von Kartoffelpflanzen gebildet wird. In einem Experiment wurde dessen Wirkung auf die Mitochondrien untersucht:
Dazu wurde einem Extrakt aus Zellplasma und Mitochondrien eine bestimmte Menge Glucose zugesetzt. Nun wurden die Veränderungen der Konzentrationen von Glucose, Sauerstoff und ATP im Extrakt für einen bestimmten Zeitraum ΔT_1 ermittelt. Anschließend wurde dem Extrakt eine bestimmte Menge Solanin und zusätzlich auch ADP zugefügt und wiederum die Veränderung der Konzentrationen im nun folgenden Zeitraum ΔT_2 ermittelt.

	Glucose-konzentration	Sauerstoff-konzentration	ATP-Konzentration
Veränderungen vor Zugabe von Solanin im Zeitraum ΔT_1	Abnahme	Abnahme	Zunahme
Veränderungen nach Zugabe von Solanin im Zeitraum ΔT_2	Abnahme	Abnahme	konstant

Zusammengestellt und verändert aus:
Gao, Shi-Yong et al.: Effect of solanine on the membrane potential of mitochondria in $HepG_2$ cells and $[Ca^{2+}]_i$ in the cells. In: World Journal of Gastroenterology 12 (2006), S. 3 359–3 367.
Maher, S.: Die Rolle der mitochondrialen Permeabilitäts-Transitions-Pore bei der Entstehung des myokardialen Reperfusionschadens. Inauguraldissertation. Justus-Liebig-Universität Gießen, Gießen (2014), S. 13–14.
Kuznetsov, A. V. et al.: Crosstalk between mitochondria and cytoskeleton in cardiac cells. In: Cells 9 (2020), S. 8.

Lösungsvorschlag

Die Aufgabe beinhaltet die folgenden Themen:
Stoffwechselbiologie: Ablauf von Enzymreaktionen, Prozesse der Zellatmung und ihre Lokalisation in der Zelle, Regulation enzymatischer Reaktionen, Transport durch Mitochondrienmembranen

1 **TIPP** *Anforderungsbereich: I, Bewertungseinheiten: 11*

Beachten Sie bei dieser reproduktiv angelegten Teilaufgabe, dass Sie nicht nur die schematische Darstellung der Enzymreaktion in M 1 beschreiben, sondern auch einige erklärende Hinweise zur prinzipiellen Funktionsweise von Enzymen ergänzen sollten.

In M 1 ist die enzymatisch katalysierte Spaltung eines Substrats in zwei Produkte veranschaulicht. Entsprechend dem Schlüssel-Schloss-Prinzip bindet ein Enzym, meist ein Protein, mithilfe seines aktiven Zentrums passgenau an sein Substrat, sodass sich ein Enzym-Substrat-Komplex bildet. Infolge molekularer Wechselwirkungen zwischen Enzym und Substrat wird dieser Komplex zu einem Enzym-Produkt-Komplex umgewandelt und die Produkte dieser Umwandlungsreaktion können sich von dem Enzym ablösen.
Das Enzym setzt dabei als Biokatalysator die für die Umwandlungsreaktion (und die Ablösung der Produkte) notwendige Aktivierungsenergie herab, sodass die chemische Reaktion schneller ablaufen kann. Enzyme gehen unverändert aus der Reaktion hervor, sodass sie viele Substratmoleküle nacheinander umsetzen können.

2 **TIPP** *Anforderungsbereiche: II – III, Bewertungseinheiten: 10*

In dieser Teilaufgabe sollen Sie einige physiologische Zusammenhänge zwischen körperlichen Belastungen und enzymatisch regulierten Folgereaktionen im Zuge von Teilprozessen der Glykolyse erfassen und erklären. Dazu benötigen Sie einen guten Überblick über den gesamten Ablauf der Dissimilation. Machen Sie sich zunächst mit den Details der beiden in M 2 dargestellten Teilreaktionen der Glykolyse und deren allosterischen Regulationsfaktoren vertraut und überlegen Sie dann, über welche der beteiligten Faktoren körperliche Anstrengungen Einfluss auf den Ablauf der Glykolyse nehmen könnten. Vergessen Sie nicht, auch auf die Rolle des Citrats als allosterischer Faktor einzugehen.

Da körperliche Belastungen mit einem hohen Verbrauch von ATP verbunden sind, sinkt die ATP-Konzentration in den Zellen und die Konzentration an ADP nimmt zu. ADP wirkt als allosterischer Aktivator auf das Enzym Phosphofructokinase (PFK),

sodass vermehrt Fructose-1,6-biphosphat gebildet wird und die Umsatzrate der weiteren Reaktionen der Glykolyse steigt. Durch die körperliche Belastung wird auch die Endoxidation über die Atmungskette in den Mitochondrien gesteigert, sodass viel $NADH + H^+$ verbraucht wird. Zur Nachlieferung dieser Reduktionsäquivalente für die Atmungskette wird der Umsatz von Citrat im Citratzyklus beschleunigt. Infolgedessen steht immer weniger Citrat als allosterischer Hemmstoff der PFK zur Verfügung.
Aufgrund der verminderten ATP- und Citrat- sowie der erhöhten ADP-Konzentration wird daher die PFK-Aktivität erhöht und die Konzentration von Fructose-1,6-biphosphat, das als allosterischer Aktivator der Pyruvatkinase (PK) wirksam ist, nimmt zu. Daher wird auch die PK aktiviert, sodass der Umsatz der letzten Teilreaktion der Glykolyse mit der Bildung des Endprodukts Pyruvat verstärkt wird.

3 **TIPP** *Anforderungsbereiche: II – III, Bewertungseinheiten: 11*

Um die Wirkung des Gifts Solanin auf Membranproteine und Transportprozesse in den Mitochondrien erfassen und deuten zu können, müssen Sie mit der Struktur und der Funktion der Mitochondrien bezüglich der dort ablaufenden Dissimilationsprozesse gut vertraut sein. Verdeutlichen Sie sich zunächst die in M 3 wiedergegebenen Informationen, ohne diese zu beschreiben. Vergleichen Sie dann nacheinander für jeden der drei an den Dissimilationsprozessen beteiligten Faktoren die Ergebnisse der in der Tabelle zusammengefassten Versuche mit und ohne Solaninzugabe. Leiten Sie dann daraus jeweils eine Deutung für die Wirkung des Solanins auf die im Materialtext erläuterten mPTP ab.

Die Glucosekonzentration nimmt mit und ohne Solaninzugabe gleichermaßen ab. Das deutet darauf hin, dass aufgrund der zugesetzten Glucose die Glykolyseprozesse normal ablaufen können.
Auch die Sauerstoffkonzentration nimmt unter beiden Bedingungen ab. Daraus lässt sich schließen, dass die Endoxidation in den Mitochondrien, bei der mithilfe von $NADH + H^+$ Sauerstoff zu Wasser oxidiert wird, auch nach Solaninzugabe ablaufen kann.
Ein Anstieg der ATP-Konzentration ist hingegen nur zu verzeichnen, wenn kein Solanin hinzugegeben wird, während die ATP-Konzentration nach Zugabe von Solanin trotz Zuführung von ADP konstant bleibt. Ohne Solanin baut sich normalerweise aufgrund des Elektronentransports über die Atmungskette und die Oxidation von $NADH + H^+$ ein Protonengradient zwischen Matrix und Intermembranraum auf. Durch Nutzung der in diesem Protonengefälle gespeicherten Energie wird mithilfe der ATP-Synthase in der inneren Mitochondrienmembran ATP gebildet. Da eine ATP-Bildung jedoch offensichtlich nicht mehr stattfindet, wenn Solanin vorhanden ist, kann man davon ausgehen, dass durch Solanin eine ständige Öffnung der mPTP zwischen Intermembranraum und Matrix ausgelöst wird. Hierdurch wird eine freie Diffusion der Protonen über die Reaktionsräume ermöglicht, sodass der Protonengradient aufgehoben wird und eine weitere ATP-Bildung unterbleibt.

BE

THEMENBEREICH A: FUNKTIONSZUSAMMENHÄNGE

Thema A3: Neurobiologie

Im Körper höherer Organismen werden Informationen durch ein komplexes System verarbeitet, weitergeleitet und umcodiert. Man versucht, diese Vorgänge mit Modellen zu veranschaulichen.

1 Erläutern Sie die Vorgänge an einer hemmenden Synapse. 11

2 Erläutern Sie die in M 1 dargestellten Befunde für die Experimente I und II an den Messstellen A und B.
Beurteilen Sie die Aussagekraft des Modells in M 2 in Bezug auf neuronale Verrechnung und die Umcodierung von Signalen an Synapsen. 21

M 1 Experimente zur Weiterleitung elektrischer Potenziale

Für die dargestellten Experimente wurde ein Komplex aus drei Neuronen isoliert, um deren Vernetzung untersuchen zu können. Neuron 1 und 2 sind Neuronen, die auf Neuron 3 einwirken. An den Messstellen A und B wird das jeweilige Membranpotenzial gemessen.

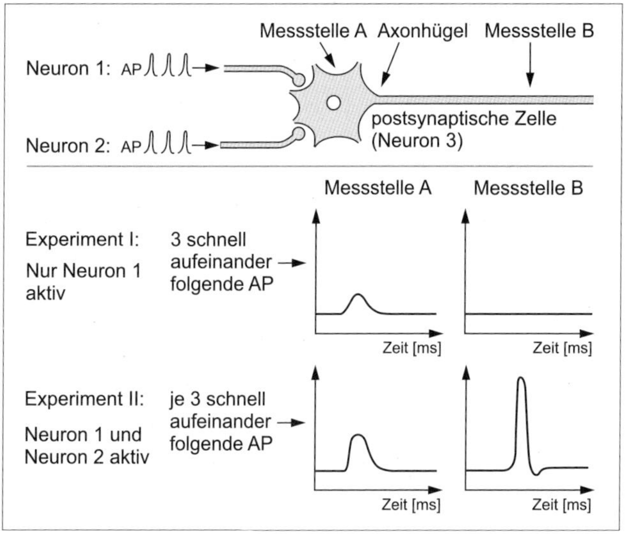

Verändert aus:
Feldermann, D. (Hrsg.): Linder Biologie, Lehrermaterialien Teil 2. Schroedel Verlag GmbH, Braunschweig (2007), S. 205.

M 2 Modell zur Veranschaulichung neurobiologischer Konzepte

HINWEISE:

1. Gehen Sie davon aus, dass die Wassertemperatur in Becherglas C zu Beginn 18 °C beträgt.
2. Unter dem Begriff Umcodierung versteht man den Wechsel von einer Art der Signalcodierung in eine andere, z. B. elektrische in chemische Signale.

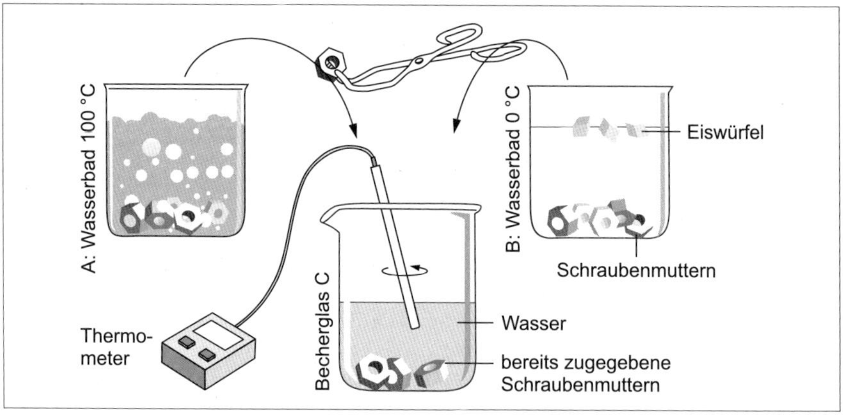

Verändert aus:
Küttner, R. und Nolte, M.: Markl Biologie Experimentebuch. Ernst Klett Verlag, Stuttgart (2011), S. 169.

Lösungsvorschlag

Die Aufgabe beinhaltet die folgenden Themen:
Neurobiologie: Erregungsübertragung an der Synapse, Funktion hemmender Synapsen, räumliche und zeitliche Summation, Codierung von Signalen, Aussagekraft von Modellen

1 **TIPP** *Anforderungsbereich: I, Bewertungseinheiten: 11*

Geben Sie hier die Ihnen aus dem Unterricht bekannten Prozesse, die sich nach Eintreffen eines Aktionspotenzials im Endknöpfchen einer inhibitorischen Synapse abspielen, strukturiert, fachsprachlich und chronologisch korrekt wieder. Auf die Verrechnung gegensätzlicher postsynaptischer Potenziale einzugehen, ist nicht gefordert.

Am synaptischen Terminal einlaufende Aktionspotenziale bewirken dort eine Öffnung spannungsgesteuerter Ca^{2+}-Ionenporen. Infolgedessen strömen Ca^{2+}-Ionen sowohl entlang ihres Konzentrationsgradienten als auch entlang des Spannungsgefälles in das Zellinnere. Dort bewirken Sie ein Verschmelzen der transmittergefüllten Vesikel mit der präsynaptischen Membran und damit die Ausschüttung des Transmitters in den synaptischen Spalt. Die (inhibitorischen) Transmittermoleküle diffundieren zur postsynaptischen Membran, wo sie an spezifische Rezeptorstellen an Chloridionenkanälen binden. Dadurch werden diese Ionenporen geöffnet und Cl^--Ionen strömen entlang ihres Konzentrationsgradienten in die postsynaptische Zelle, deren Membranpotenzial hyperpolarisiert wird (Entstehung eines IPSPs). Zeitgleich über eine andere, erregende Synapse eintreffende Signale können daher kein oder nur ein geringes EPSP auslösen, sodass die Informationsübertragung dann mit hoher Wahrscheinlichkeit unterbleibt. Nach kurzer Zeit wird der inhibitorische Transmitter entweder abgebaut oder wieder in die Präsynapse aufgenommen und recycelt.

2 **TIPP** *Anforderungsbereiche: II – III, Bewertungseinheiten: 21*

Der Operator „erläutern" im ersten Teil der Aufgabe erfordert, dass Sie die Ergebnisse der experimentellen Untersuchung nicht nur wiedergeben, sondern auch auf zellulärer Ebene erklären, indem Sie Ihre Kenntnisse zur Ausbreitung und Summation postsynaptischer Potenziale anwenden. Im zweiten Arbeitsauftrag sollen Sie prüfen, ob und inwiefern das Modell dazu dienen kann, die Summation und die Umcodierung von Signalen zu veranschaulichen. Machen Sie sich dazu zunächst die experimentelle Vorgehensweise klar und gehen Sie bei der Erklärung von einem Becherglas C ohne Schraubenmuttern aus.

Erläutern: Im ersten Experiment ist nur Neuron 1, das mit Neuron 3 über eine Synapse verbunden ist, aktiv. Nachdem in Neuron 1 drei Aktionspotenziale (APs) in schneller

M 1 Genregulation durch DNA-Methylierung

Zur Bestimmung der Genregulation bei Meerschweinchen wurden diese einem mehrstündigen Hitzestress ausgesetzt. Vor und nach diesem Stress bestimmte man den Anteil von Nukleotiden mit methylierten Cytosinmolekülen am gesamten Genom sowie die Methylierung dreier Promotoren.

	unbehandelt (Kontrolle)	**hitzebehandelt**
Promotor des Gens (I)	methyliert	keine Methylierung
Promotor des Gens (II)	keine Methylierung	methyliert
Promotor des Gens (III)	keine Methylierung	keine Methylierung
Anteil von Nukleotiden mit methylierten Cytosinmolekülen am gesamten Genom	10 %	10 %

Hinweis: Gen (I), Gen (II) und Gen (III) sind beispielhafte Angaben für verschiedene Gene.

Verändert aus:
Weyrich, A. et al.: Paternal intergenerational (…). In: Molecular Ecology 25 (2015), S. 1 731.

M 2 Transkription des Stat3-Gens bei Meerschweinchen

M 2a Versuchssetting

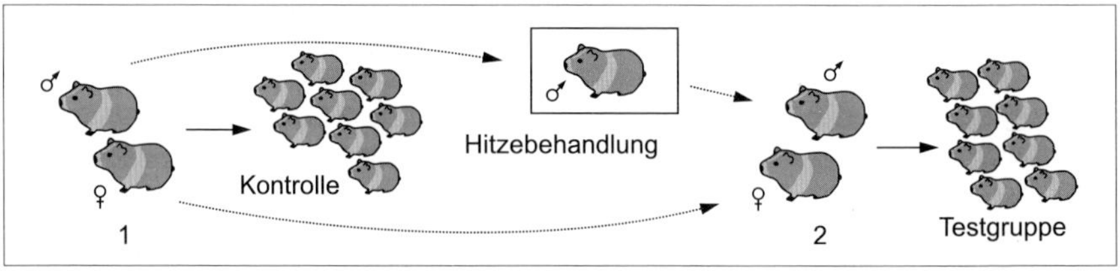

Zur Untersuchung der Fragestellung, ob sich die Folgen einer Hitzebehandlung eines Elterntieres auf die Nachkommen übertragen, hat man die Nachkommen von Meerschweinchen getestet. Die Väter dieser Nachkommen erhielten eine erzwungene Hitzebehandlung, nicht aber die Mütter und die Nachkommen selber. Als Kontrolle dienten dabei Nachkommen derselben Elterntiere, ohne dass die Väter zuvor die Hitzebehandlung durchgemacht hatten. Bei dem Test verglich man (A) den Methylierungsgrad des Stat3-Gens der Nachkommen. Außerdem testete man, (B) wie stark das Stat3-Gen exprimiert wurde. Methylierungen können alle Zellen, also auch die Keimzellen, betreffen.

Verändert aus:
Weyrich, A. et al.: Paternal intergenerational (…). In: Molecular Ecology 25 (2015), S. 1 731.

M 2b Versuchsergebnisse

A: DNA-Methylierung beim Promotor des Stat3-Gens
Als Methylierungsgrad wird hier der Anteil der Cytosinnukleotide bezeichnet, die methyliert vorliegen.

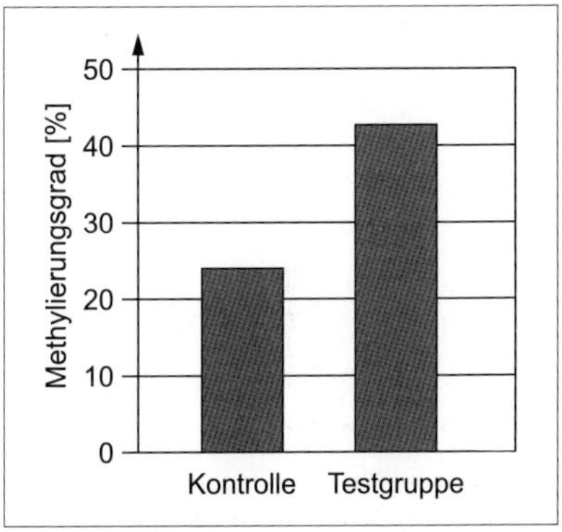

B: Genexpression des Stat3-Gens
Die Zahlenangaben geben die mRNA-Menge in Relation zu einem Gen an, das keiner Regulation unterliegt.

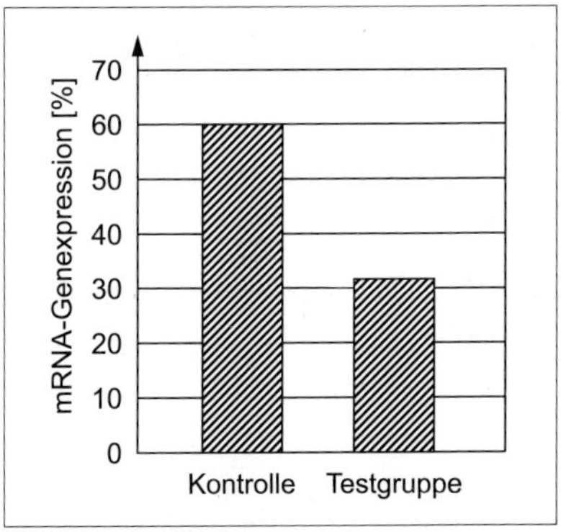

Verändert aus:
Weyrich, A. et al.: Paternal heat exposure (…) Wild guinea pig sons. In: Ecology and Evolution 6 (2016), S. 2 657–2 666.
Weyrich, A. et al.: Paternal intergenerational (…). In: Molecular Ecology 25 (2015), S. 1 731.

Lösungsvorschlag

Die Aufgabe beinhaltet die folgenden Themen:
Molekularbiologie: Polymerase-Kettenreaktion (PCR), Genregulation bei Eukaryoten, Vererbung erworbener Eigenschaften, epigenetische Mechanismen, DNA-Methylierung, Zusammenspiel zwischen Umwelt und Genom

1 **TIPP** *Anforderungsbereich: I, Bewertungseinheiten: 8*

Achten Sie bei dieser reproduktiv angelegten Einstiegsaufgabe, in der Sie den Ablauf der Polymerase-Kettenreaktion beschreiben sollen, vor allem auf eine strukturierte Darstellung und auf die Verwendung der korrekten Fachbegriffe.

Die PCR ist ein Verfahren zur exakten Vervielfältigung meist relativ kurzer DNA-Abschnitte, z. B. eines Gens. Für die PCR benötigt man eine DNA-Probe, ein Gemisch der vier DNA-Nukleotide, zwei Primer mit kurzen Basensequenzen, die komplementär zum Anfang und zum Ende des zu vervielfältigenden DNA-Abschnitts sind, sowie eine besondere, hitzestabile DNA-Polymerase. Der PCR-Ansatz mit sämtlichen Komponenten wird stark erhitzt (auf ca. 95 °C), sodass sich die DNA in Einzelstränge aufspaltet (Hitzedenaturierung). Bei der anschließenden Abkühlung (auf ca. 55 °C) binden die Primer jeweils über komplementäre Basenpaarung an spezifische Abschnitte der Einzelstränge (Hybridisierung). Bei Erwärmung auf das Temperaturoptimum der DNA-Polymerase (ca. 72 °C) werden, ausgehend von den gebundenen Primern, durch das Enzym neue DNA-Einzelstränge komplementär am alten Einzelstrang synthetisiert und mit diesem zum Doppelstrang verknüpft (identische Replikation).
Die beschriebenen Prozessschritte werden vielfach wiederholt, sodass am Schluss eine große Menge identischer Kopien des gewünschten DNA-Abschnitts vorliegt.

2 **TIPP** *Anforderungsbereiche: I–II, Bewertungseinheiten: 13*

In dieser Teilaufgabe wird vorausgesetzt, dass Ihnen die Bedeutung der Methylierung von Genen bzw. einzelnen Basen der DNA für die Genregulation von Eukaryoten und der Methylierungsgrad als Beispiel epigenetischer Musterbildung bekannt ist. Deshalb müssen Sie neben der zusammenfassenden Beschreibung des Versuchsablaufs und seiner unmittelbaren Ergebnisse auch weiterführend darauf eingehen, welche Folgen die Methylierung bzw. die Nicht-Methylierung einzelner Gene für die Proteinbildung haben.

Um den Einfluss von Hitzestress bei Meerschweinchen auf molekulargenetischer Ebene zu erfassen, wurden der dadurch hervorgerufene Methylierungsgrad der Promotoren von drei verschiedenen Genen sowie der Gesamtanteil methylierter Cytosinmoleküle am Genom bestimmt.

Infolge der Hitzebehandlung kam es teilweise zu Änderungen des Methylierungszustands der Promotoren der untersuchten Gene. Bei Gen I wurde eine Demethylierung bewirkt. Das bedeutet, dass sich die RNA-Polymerase an das betreffende Gen anheften kann und dass über die Translations- und Transkriptionsprozesse Proteine als Genprodukte gebildet werden können. Der Promotor von Gen II wurde methyliert. Das führt dazu, dass Gen II abgeschaltet wird und dass keine Genprodukte gebildet werden. Der methylgruppenfreie Promotor von Gen III blieb durch den Hitzestress unbeeinflusst, also nicht methyliert. Das betreffende Gen bleibt dementsprechend „angeschaltet" und es werden weiterhin Genprodukte gebildet.
Über das gesamte Genom gesehen änderte sich der Anteil der methylierten Cytosinmoleküle trotz der Hitzeeinwirkung nicht. Allerdings veränderte sich, wie beschrieben, das Methylierungsmuster. Demzufolge kann man annehmen, dass sich bei den Tieren durch den Hitzestress das Spektrum der produzierten Proteine verändert.

3 **TIPP** *Anforderungsbereiche: II – III, Bewertungseinheiten: 11*

In dieser Teilaufgabe geht es anhand weiterer Untersuchungen an Meerschweinchen darum, inwieweit sich die molekulargenetisch ermittelten Folgen der Hitzebehandlung auch auf Nachkommen übertragen, ohne dass diese selbst einem Hitzestress ausgesetzt wurden. Man möchte also wissen, ob sich die von den Versuchstieren erworbenen Eigenschaften auf die Nachkommen vererben können. Dazu sollten Sie sich zunächst das „Versuchssetting" verdeutlichen und die in M 2b dargestellten Ergebnisse der Versuchsansätze zusammenfassend wiedergeben. Auf dieser Grundlage können Sie dann eine begründete und differenzierte Stellungnahme zur formulierten Annahme abgeben.

Der Methylierungsgrad des Promotors der Stat3-Gene bei Nachkommen von hitzebehandelten Meerschweinchenmännchen und unbehandelten Meerschweinchenweibchen war fast doppelt so hoch wie derjenige bei Nachkommen von gänzlich unbehandelten Meerschweinchen (ca. 43 % gegenüber ca. 24 %). Bei der Testgruppe, d. h. den unbehandelten Nachkommen von hitzebehandelten Männchen und unbehandelten Weibchen, war die Genexpression der Stat3-Gene im Vergleich zur Kontrollgruppe der Nachkommen unbehandelter Meerschweinchen entsprechend um ca. die Hälfte niedriger (ca. 31 % gegenüber 60 %). Man kann daher vermuten, dass die Tiere der Testgruppe, ohne selbst einem Hitzestress ausgesetzt worden zu sein, eine epigenetisch bedingte Reaktionsfähigkeit gegenüber Hitze besitzen, die sie nur von den hitzebehandelten Vatertieren über deren Spermazellen mit erhöhtem Methylierungsgrad erhalten haben können. Insofern trifft für diesen Fall die Aussage zu, dass erworbene Eigenschaften auf die Nachkommen vererbt werden können. Dies gilt unter der Voraussetzung, dass andere Einflüsse, die das Methylierungsmuster verändern, bei den Versuchstieren ausgeschlossen werden können.

BE

THEMENBEREICH B: VERNETZTE SYSTEME

Thema B1: Ökologie

In vielen biologischen Kontexten spielt die Verfügbarkeit von Stickstoff eine zentrale Rolle, z. B. als abiotischer Faktor, der die Artzusammensetzung auf Wiesen beeinflusst. Die Artzusammensetzung auf Wiesen bestimmt wiederum deren ökologischen und ökonomischen Wert.

1 Erläutern Sie die in M 1 dargestellten Teilprozesse des Stickstoffkreislaufs. 11

2 Erklären Sie die unterschiedlichen Verläufe der Kurven in M 2 unter Berücksichtigung der Nahrung der Organismen. 11

3 Bewerten Sie die intensive Düngung einer ausgehagerten Wiese mit Nitrat aus ökologischer und ökonomischer Perspektive (M 3). 10

M 1 **Schematische Darstellung des Stickstoffkreislaufs**

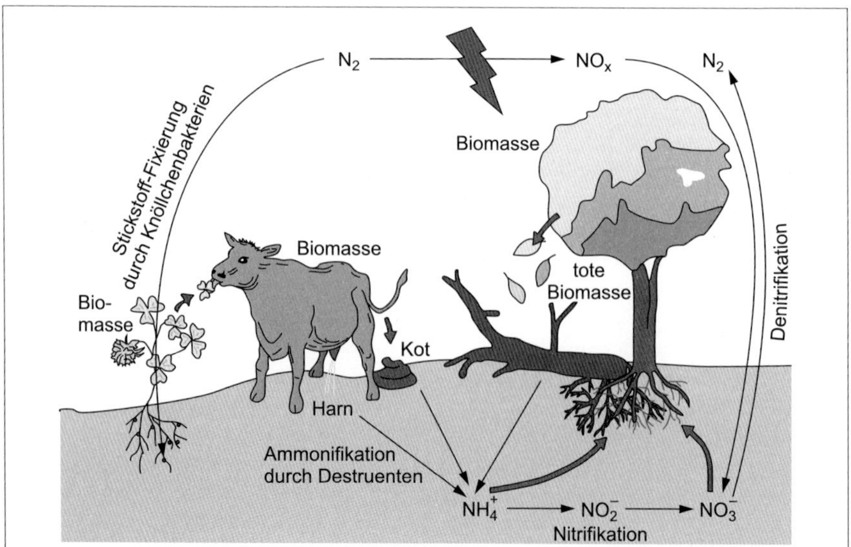

Verändert aus:
Twenhöven, F.: Der Stickstoffkreislauf. In: Unterricht Biologie 447 (2019), S. 3.

M 2 Untersuchungen zu Nahrungswegen in einer Wiese

Zur Untersuchung der Nahrungswege in einer Wiese wird auf einer Versuchsfläche radioaktives Phosphat ausgebracht. Das radioaktive Phosphat wird von den Pflanzen aufgenommen und gelangt so in das Nahrungsnetz des Ökosystems. Anschließend misst man die Radioaktivität verschiedener Lebewesen und setzt die Messwerte ins Verhältnis zur Masse der Lebewesen über einen Zeitraum von 35 Tagen.
Verbindungen mit radioaktivem Phosphat können ebenso gut ausgeschieden werden wie Verbindungen mit nicht-radioaktivem Phosphat. Radioaktives Phosphat zerfällt, sodass nach einer Halbwertszeit von etwa 14 Tagen nur noch die Hälfte und nach 28 Tagen nur noch ein Viertel der ursprünglich ausgebrachten radioaktiven Phosphatmenge vorhanden ist.

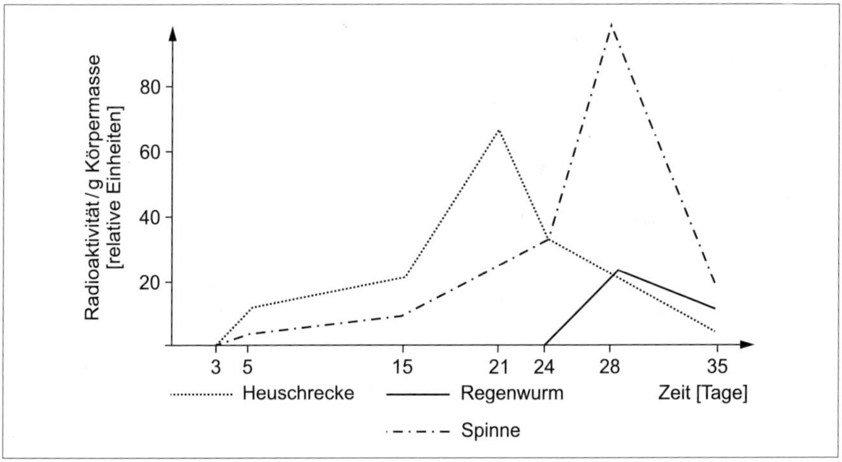

Verändert aus:
Jaenicke, J. (Hrsg.): Materialien-Handbuch Kursunterricht Biologie (Bd. 3 Ökologie). Aulis Verlag Deubner, Köln (1994), S. 426.

M 3 Kennarten für artenreiches Grünland im niedersächsischen Tiefland

HINWEISE: Die Futterwertzahl (FZ) ist sowohl ein Maßstab für die chemische Zusammensetzung des Futters als auch für dessen Verwertung durch das Tier. Die Skala reicht von 1 (sehr geringer Futterwert) bis 9 (sehr hoher Futterwert).
Die Nährstoffzahl gibt an, bei welchem Stickstoffgehalt eine Pflanze auf einer Weide am konkurrenzstärksten ist (ökologisches Optimum). Die Skala reicht von 1 (extrem stickstoffarmer Boden) bis 9 (übermäßig stickstoffreicher Boden).
Auf ausgehagerten Wiesen findet man Pflanzen mit der Nährstoffzahl (NZ) 1–3. Auf Wiesen mit mittlerem Stickstoffgehalt findet man Pflanzen mit der NZ 4–6. Auf Fettwiesen findet man Pflanzen mit der NZ 7–9.

Art	Nährstoffzahl (NZ)	Futterwertzahl (FZ)
Feld-Thymian	1	2
Schafschwingel	1	4
Kleines Habichtskraut	2	3
Margerite	3	3
Weiche Trespe	4	4
Honiggras	5	5
Wiesen-Knöterich	5	5
Rotschwingel	5	7
Teufelskralle	5	6
Glatthafer	7	8
Deutsches Weidelgras	7	9

Zusammengestellt und verändert aus:
Ellenberg, H. und Leuschner, C.: Vegetation Mitteleuropas mit den Alpen. UTB, Stuttgart (2010), Kap. 27.
https://offene-naturfuehrer.de/bflor/BiolFlor (letzter Zugriff am 12. 11. 2020).

Lösungsvorschlag

Die Aufgabe beinhaltet die folgenden Themen:
Ökologie: Stickstoffkreislauf, Nahrungswege im Nahrungsnetz, Trophieebenen, Nitratdüngung, Eingriff des Menschen in Ökosysteme

1 **TIPP** *Anforderungsbereich: I, Bewertungseinheiten: 11*

Berücksichtigen Sie bei Ihrer Bearbeitung, dass mit dem Operator „erläutern" nicht nur eine reine Beschreibung der schematischen Darstellung des Stickstoffkreislaufs in M 1 erwartet wird, sondern dass Sie auch einige zusätzliche, vertiefende Informationen zu den Details des Stickstoffkreislaufs einbringen sollen.

Der Luftstickstoff wird einerseits unter Energiezufuhr (z. B. Blitzschlag, Verbrennungsreaktionen, Vulkanausbrüche) zu Stickstoffoxiden umgewandelt und gelangt als Nitrat chemisch fixiert in den Boden. Andererseits kann Luftstickstoff u. a. von symbiotisch mit Pflanzen lebenden Knöllchenbakterien biologisch fixiert werden und steht dann den Pflanzen z. B. in Form von Ammonium zur Verfügung. Nitrat und Ammonium werden in den Pflanzen zum Aufbau von organischen Stickstoffverbindungen genutzt. Herbivore Tiere fressen diese Pflanzen und binden die Stickstoffverbindungen durch ab- und aufbauende Stoffwechselprozesse in ihrer Biomasse. Aus Ausscheidungen der Tiere und toter Biomasse werden die organischen Stickstoffverbindungen durch Destruenten zu Ammonium umgesetzt, das den Pflanzen wieder zur Verfügung steht. Außerdem wird Ammonium im Zuge der Nitrifikation durch bestimmte Bakterien schrittweise zu Nitrit und dann zu Nitrat oxidiert. Das Nitrat kann wieder von Pflanzen verwertet werden oder wird durch denitrifizierende Bakterien zu Luftstickstoff (oder Stickstoffoxiden) reduziert, sodass sich der N-Kreislauf an dieser Stelle schließt.

2 **TIPP** *Anforderungsbereich: II, Bewertungseinheiten: 11*

Diese Aufgabe erfordert, dass Sie sich mit den Trophieebenen des Ökosystems Wiese auskennen und dass Sie die in M 2 erwähnten Organismengruppen diesen Trophiestufen jeweils zuordnen können. Gehen Sie bei Ihrer Erklärung auch auf die unterschiedliche Höhe der Radioaktivität pro Körpermasse ein und berücksichtigen Sie den unterschiedlichen Akkumulationsgrad des Phosphats aufgrund der Nahrung der jeweiligen Organismengruppen.

Die Pflanzen der Wiese nehmen als Produzenten sowohl radioaktiv markiertes als auch nicht-radioaktives Phosphat auf und binden es in ihrer Biomasse. Durch pflanzenfressende Organismen gelangt es dann weiter ins Nahrungsnetz der Wiese und lässt sich in den verschiedenen Stufen eines Nahrungsnetzes nachweisen. Bei Heuschrecken wird drei Tage nach Ausbringung des radioaktiven Phosphats ein deutlicher Anstieg der Radioaktivität pro Körpermasse mit einem Maximum von 65 relativen Einheiten (r. E.) nach 21 Tagen registriert. Die Insekten ernähren sich als Pflanzenfresser oder Primärkonsumenten u. a. von den radioaktiven Pflanzenteilen. Bei Spinnen zeigt sich ebenfalls drei Tage nach Versuchsbeginn ein Anstieg der Radioaktivität, diese nimmt allerdings zunächst langsamer zu als bei Heuschrecken und erreicht dann nach 28 Tagen ein Maximum, das höher liegt als bei den Insekten (ca. 100 r. E.). Dies ist darauf zurückzuführen, dass Spinnen als Sekundärkonsumenten u. a. radioaktiv markierte, tierische Nahrung verwerten. Aufgrund ihrer Position in der Nahrungskette reichert sich bei Spinnen das Phosphat stärker in der Biomasse an als bei den Primärkonsumenten. Bei den zur Trophieebene der Destruenten gehörenden Regenwürmern ist erst 24 Tage nach der Phosphat-Ausbringung ein Anstieg der Radioaktivität messbar, mit einem Maximum von nur 20 r. E. am 28. Tag. Die Würmer ernähren sich als Destruenten von Ausscheidungen und toter Biomasse, die aufgrund des Verdünnungseffekts und der kurzen Halbwertszeit des radioaktiven Phosphats nur noch relativ geringe Mengen der Substanz enthalten. Der verzögerte Anstieg bei den Würmern ist damit zu erklären, dass das Phosphat zunächst in der Biomasse anderer Organismen gebunden wird, bevor ein Abbau radioaktiv markierter organischer Substanz durch diese Destruenten erfolgt. Da radioaktives Phosphat ausgeschieden werden kann und eine Halbwertszeit von etwa 14 Tagen hat, ist es nach 35 Tagen kaum mehr in den Organismen nachzuweisen.

3 **TIPP** *Anforderungsbereiche: II – III, Bewertungseinheiten: 10*

Machen Sie sich hier zunächst die Bedeutung und Unterschiede der beiden Kennzahltypen anhand der Informationen in M 3 klar. Gehen Sie dann bei Ihren Ausführungen von den in der Tabelle zu M 3 zusammengefassten Befunden aus, um die allmählichen Folgen für das Artenspektrum einer ursprünglich stickstoffarmen (ausgehagerten) Wiese durch intensive Düngung mit Nitrat aus ökologischer bzw. ökonomischer Sicht zu erfassen und zu bewerten. Abschließend können Sie für eine umfassende Bewertung Ihre Argumente auch gewichten, um eine aus Ihrer Sicht tragfähige Empfehlung für einen zukünftigen Umgang mit der Wiese schlüssig abzuleiten.

In der stickstoffarmen Wiese findet man Pflanzenarten mit niedriger Nährstoffzahl (1–3), und auch die Futterwertzahl dieser Pflanzen, die ihre Qualität als Tierfutter klassifiziert, ist nicht sehr hoch (ca. 2–4). Führt man dieser Wiese Nitrat zu, sodass ein mittlerer Stickstoffgehalt im Boden entsteht, werden Arten gefördert, die durch eine mittlere Nährstoffzahl von 4–6 gekennzeichnet sind und eine mittlere Futterwertzahl (4–7) aufweisen. Pflanzen mit niedrigerer Nährstoffzahl werden allerdings verdrängt. Bei weiterer intensiver Zufuhr von Nitratdünger entsteht eine Fettwiese mit hohem Stickstoffgehalt im Boden, in der sich nur Pflanzen mit hoher Nährstoffzahl (7–9) be-

haupten können. Die Artenvielfalt nimmt vermutlich ab, da die Pflanzenarten mit mittlerer Nährstoffzahl verdrängt werden. Die (wenigen) Arten mit hoher Nährstoffzahl besitzen jedoch eine hohe Futterwertzahl.
Aus rein ökologischer Perspektive ergeben sich verschiedene Bewertungsaspekte: Bei Zufuhr von Nitrat auf eine nährstoffarme Wiese werden Pflanzenarten, die an stickstoffarme Böden angepasst sind, verdrängt. Dies könnte die betreffenden Arten generell gefährden, wenn diese Lebensräume zunehmend schwinden. Die Vielfalt an Pflanzenarten auf der Wiese wird jedoch vermutlich durch die leichte Düngung nicht verringert, sondern ggf. sogar etwas erhöht, was eventuell für das Ökosystem dieser Wiese vorteilhaft sein kann. Bei stärkerer Düngung mit Nitrat nimmt die Artenvielfalt jedoch vermutlich ab, da sich bei einer hohen Stickstoffkonzentration im Boden nur relativ wenige Pflanzenarten auf der Wiese durchsetzen können. Außerdem besteht dann die Gefahr, dass durch Ausschwemmungseffekte der Nitratgehalt im Grundwasser ansteigt.
Aus rein ökonomischer Perspektive wird eine Wiese angestrebt, die vor allem durch Pflanzenarten mit relativ hoher Futterwertzahl gekennzeichnet ist. Dies gelingt durch eine verstärkte, intensive Stickstoffzufuhr. Der ökonomische Nutzen, die Ertragsqualität der Wiese, steigt also, wenn intensiv mit Nitrat gedüngt wird.
Für einen Ausgleich zwischen ökonomischer und ökologischer Perspektive wäre es anzustreben, vorsichtig zu düngen, sodass sich der Futterwert der Wiese zwar erhöht, aber die Artenvielfalt nicht verringert und das Grundwasser kaum belastet wird.

BE

THEMENBEREICH B: ENTWICKLUNGSPROZESSE

Thema C1: Evolution

Die Merkmale aller Organismen sind Folge zuvor stattgefundener evolutiver Prozesse. Für die Erstellung von Stammbäumen können anatomisch-morphologische Befunde herangezogen werden. Zur Entstehung von Mitochondrien gibt es neben der Endosymbiontentheorie auch alternative Hypothesen.

1 Stellen Sie an je einem selbst gewählten Beispiel dar, was unter Homologie und was unter Analogie verstanden wird. 6

2 Entwickeln Sie anhand der Befunde in M 1 einen Stammbaum der vier Pflanzengruppen, indem Sie die in der Tabelle aufgeführten Merkmale A–F heranziehen und im Stammbaum platzieren.
Erklären Sie den von Ihnen entwickelten Stammbaum anhand der Merkmale (M 1). 16

3 Beschreiben Sie die Sukzessiv-Hypothese zur Entstehung von Mitochondrien (M 2).
Erläutern Sie auch unter Berücksichtigung von M 2, warum die Sukzessiv-Hypothese zur Entstehung von Mitochondrien als unwahrscheinlicher angesehen wird als die Endosymbiontentheorie. 10

M 1 Anatomisch-morphologische Merkmale ausgewählter Pflanzengruppen

In der folgenden Tabelle sind Befunde zum Vorhandensein (+) oder Fehlen (–) anatomisch-morphologischer Merkmale bei vier ausgewählten Pflanzengruppen dargestellt.

	A: Echte Leitbündel mit Lignin	**B:** Samen in Fruchtknoten eingeschlossen	**C:** Blütenhülle in zwei Wirteln	**D:** Fruchtblätter Typ 1	**E:** Fruchtblätter Typ 2	**F:** Fruchtblätter Typ 3
Coniferales **(CO)**	+	–	–	–	–	–
Magnoliales **(MG)**	+	+	–	+	–	–
Liliales **(LI)**	+	+	+	–	+	–
Rosales **(RO)**	+	+	+	–	–	+

Zusammengestellt aus:
Bresinsky, A. und Kadereit, J. W.: Systematik-Poster: Botanik, 2. Auflage. Spektrum, Heidelberg (2001).
Lecointre, G. und Le Guyader, H.: Biosystematik. Springer, Paris (2001), S. 655.
Gemeinholzer, B.: Systematik der Pflanzen kompakt. Springer Spektrum, Berlin (2018), S. 133, 136, 168, 180, 232.

M 2 Die Sukzessiv-Hypothese

Die Sukzessiv-Hypothese ist eine zur Endosymbiontentheorie alternative Hypothese über die Entstehung und Entwicklung der eukaryotischen Zelle. Nach ihr hat sich eine prokaryotische Zelle aus sich selbst heraus zu einer eukaryotischen Zelle entwickelt. Die folgende Abbildung stellt die Entstehung von Mitochondrien nach der Sukzessiv-Hypothese dar.

Hinweis: Die Buchstaben kennzeichnen die zeitliche Abfolge des Vorgangs.

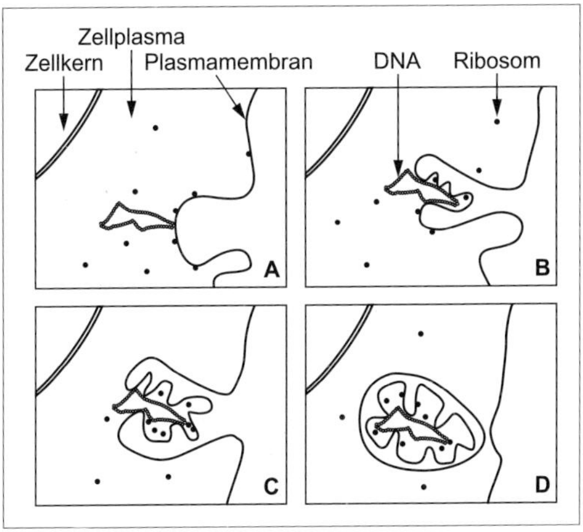

Verändert aus:
Jaenicke, J.: Materialien-Handbuch Kursunterricht Biologie, Band 6, Aulis Verlag Deubner & Co KG, Köln (1997), S. 316.
Schwemmler, W.: Mechanismen der Zellevolution [...], De Gruyter, Berlin (1978), S. 161–162, Abb. 7.2.

Lösungsvorschlag

Die Aufgabe beinhaltet die folgenden Themen:
Evolutionsbiologie: Homologien und Analogien, Erstellung eines phylogenetischen Stammbaums anhand ursprünglicher und abgeleiteter Merkmale, Endosymbiontentheorie

1 **TIPP** *Anforderungsbereich: I, Bewertungseinheiten: 6*

Greifen Sie in dieser reproduktiven Teilaufgabe auf Ihr Fachwissen zurück, um die Begriffe Homologie und Analogie zu definieren, und wählen Sie zur Veranschaulichung jeweils ein Ihnen bekanntes Beispiel.

Gehen Merkmale bei verschiedenen Organismenarten auf eine gemeinsame Abstammung der Arten zurück und beruhen daher auf Übereinstimmungen in der Erbinformation, spricht man bei diesen Merkmalen von homologen Strukturen. So zeigen z. B. alle Wirbeltiere aufgrund ihres gemeinsamen stammesgeschichtlichen Ursprungs den gleichen Aufbau ihrer Vorderextremitäten.
Im Gegensatz dazu spricht man von Analogien, wenn sich Merkmale bei verschiedenen Arten zwar in Gestalt und Funktion gleichen, aber nicht auf einen gemeinsamen stammesgeschichtlichen Ursprung der Arten zurückgehen und nicht auf einer ähnlichen genetischen Information ihrer Träger basieren, da die Merkmale unabhängig voneinander (aufgrund ähnlicher Selektionsbedingungen) entstanden sind. So ist z. B. die Stromlinienform der Körper von Pinguinen, Delphinen und Fischen, die die Beweglichkeit der Organismen im Wasser unterstützt, ein analoges Merkmal bei diesen Gruppen.

TIPP Als Homologien können Sie z. B. auch die bei vielen Insektenarten unterschiedlich ausgeprägten Extremitäten anführen. Weitere Beispiele für Analogien sind die Flügel von Fledermäusen und Vögeln und die Grabbeine von Maulwurf und Maulwurfsgrille.

2 **TIPP** *Anforderungsbereich: II, Bewertungseinheiten: 16*

Wenn Sie anhand der gegebenen Merkmale einen Stammbaum entwerfen, in den Sie die Merkmale entstehungsgeschichtlich einordnen, gehen Sie zunächst von einem ursprünglichen Merkmal aus, das bei allen Gruppen anzutreffen ist. Wenn Sie Ihren Stammbaum anschließend verständlich machen, achten Sie auf eine präzise Ausdrucksweise und Verwendung der Fachsprache. Die Merkmale konkret zu benennen wird nicht verlangt, Sie können auch nur von Merkmal A bis F sprechen.

Möglicher Stammbaum:

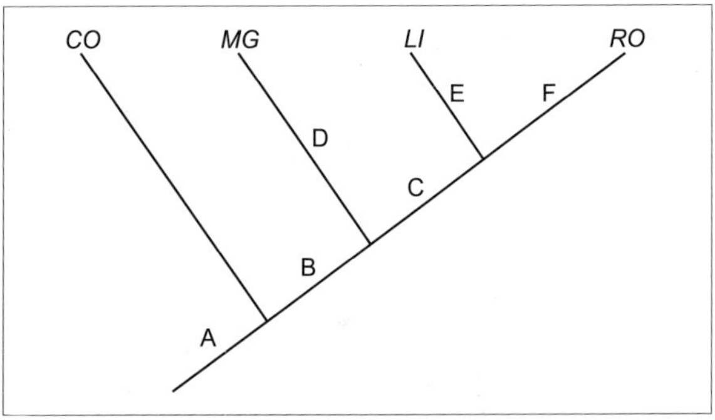

Erklären: Da alle angeführten Pflanzengruppen echte Leitbündel (Merkmal A) aufweisen, gehen diese Gruppen vermutlich auf einen gemeinsamen Vorfahren mit diesem ursprünglichen Merkmal zurück. Die Annahme, dass echte Leitbündel viermal unabhängig voneinander entstanden sind, ist wesentlich weniger wahrscheinlich.
Die Gruppe des gemeinsamen Vorfahren spaltete sich in zwei Teilgruppen auf, von denen sich die eine (vermutlich räumlich separiert) zur Gruppe der *CO* entwickelte, während aus der anderen die Vorfahren der Gruppen *MG*, *LI* und *RO* hervorgingen. In dieser Entwicklungslinie entstand Merkmal B (in Fruchtknoten eingeschlossene Samen), das bei allen drei rezenten Gruppen vorkommt. Eine dreimalige parallele Entwicklung des Merkmals ist auch hier kaum wahrscheinlich.
Es kam zu einer erneuten Aufspaltung in zwei Entwicklungslinien. Aus einer ging die rezente Gruppe *MG* hervor. Dabei bildeten sich Fruchtblätter des Typs 1 (Merkmal D) aus, die nur bei den *MG* vorhanden sind. Aus der anderen Entwicklungslinie wurden unter Ausbildung von Merkmal C (Blütenhülle in zwei Wirteln) die gemeinsamen Vorfahren der Gruppen *LI* und *RO*.
Auch in dieser Entwicklungslinie kam es zu einer Aufspaltung. Eine Linie entwickelte sich zur rezenten Gruppe *LI* und bildete dabei Fruchtblätter des Typs 2 (Merkmal E) aus, die nur bei diesem Taxon zu finden sind. Die andere Linie führte zur rezenten Gruppe *RO*, bei der sich Fruchtblätter des Typs 3 (Merkmal F) entwickelten.
Bei den verschiedenen Fruchtblatttypen, den Merkmalen D, E und F, handelt es sich demnach um abgeleitete Merkmale, die sich jeweils nur innerhalb einer Pflanzengruppe entwickelt haben.

3 **TIPP** *Anforderungsbereiche: I und III, Bewertungseinheiten: 10*

Geben Sie zunächst die im Material dargestellte Hypothese strukturiert und unter Verwendung der korrekten fachsprachlichen Begriffe wieder. Für den zweiten Arbeitsauftrag machen Sie sich den Aufbau der Mitochondrien bewusst und überlegen Sie, welche Eigenschaften dieser Organellen sich weniger gut durch die Sukzessiv-Hypothese als durch die Ihnen bekannte Endosymbiontentheorie erklären lassen.

Beschreiben: Gemäß der Sukzessiv-Hypothese trat die ringförmige DNA der prokaryotischen Zelle zunächst an einer Stelle in Kontakt mit der Zellmembran. Die Zellmembran begann sich daraufhin nach innen aufzufalten und das DNA-Molekül schrittweise zu umschließen. Dabei wurden auch Cytoplasma und Ribosomen in das entstehende Organell eingebunden. Letztlich entstand so im Zellinneren ein neues Kompartiment mit einer Doppelmembran. Die äußere der beiden umschließenden Membranen war glatt, während die innere Membran, die an vielen Stellen mit der DNA in Berührung stand, stark gefaltet war.

Erläutern: Der Sukzessiv-Hypothese zufolge wäre anzunehmen, dass eukaryotische Zellen im Cytoplasma und in den Mitochondrien Ribosomen desselben Typs enthalten. Heute lebende Eukaryoten besitzen jedoch im Cytoplasma andere Ribosomen als in den Mitochondrien (80S- gegenüber 70S-Ribosomen). Daher ist es wahrscheinlicher, dass ganze prokaryotische Zellen von den Vorläuferzellen der eukaryotischen Zellen als Endosymbionten umschlossen wurden, als dass sich die Ribosomen in den beiden Kompartimenten unterschiedlich weiterentwickelten.
Darüber hinaus müssten nach der Sukzessiv-Hypothese die beiden Membranen der Doppelmembran der Mitochondrien einen ähnlichen Aufbau haben. Dies ist jedoch nicht der Fall, die innere und die äußere Mitochondrienmembran haben teilweise unterschiedliche Bestandteile. Dieses Merkmal lässt sich besser durch die Endosymbiontentheorie erklären und macht die Sukzessiv-Hypothese ebenfalls unwahrscheinlicher.

BE

THEMENBEREICH A: FUNKTIONSZUSAMMENHÄNGE

Thema A1: Assimilation

Die Ackerschmalwand ist eine unscheinbare einjährige Pflanze und gehört zu den Kreuzblütengewächsen. Heute ist sie in der gesamten gemäßigten Zone der nördlichen Hemisphäre verbreitet. Sie wird weltweit als Modellpflanze zur Erforschung von stoffwechselphysiologischen und genetischen Fragestellungen eingesetzt.

1 Skizzieren Sie auf Grundlage von M 1 ein Schema der Primärreaktionen der Fotosynthese. 8

2 Erläutern Sie den Verlauf der Kohlenstoffdioxidaufnahme bzw. -abgabe bei dunkeladaptierten Pflanzen der Ackerschmalwand (M 2a, M 2b). Erklären Sie unter Berücksichtigung von M 2c die höhere Fotosyntheserate von lichtadaptierten Pflanzen gegenüber der von dunkeladaptierten Pflanzen bei einer Lichtintensität von 2 000 $\mu mol \cdot m^{-2} \cdot s^{-1}$ (M 2b). 16

3 Nehmen Sie anhand von M 3 zu der Annahme Stellung, dass erworbene Eigenschaften epigenetisch vererbt werden können. 8

M 1 Schema der Primärreaktionen

HINWEIS: Übernehmen Sie für die Skizze das folgende Schema auf Ihren Klausurbogen und vervollständigen Sie es.

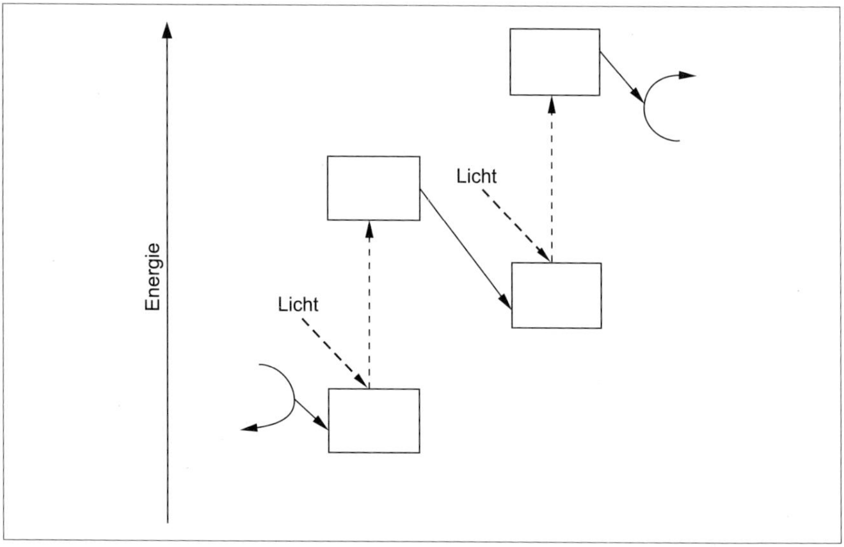

Erstellt durch:
Zentralabiturkommission Biologie (2018).

M 2 Fotosyntheseleistung bei verschiedenen Pflanzen der Ackerschmalwand

M 2a Informationen zum Versuchsaufbau

Um zu untersuchen, inwieweit sich Pflanzen der Art Ackerschmalwand an verschiedene Lichtverhältnisse anpassen, wurde folgendes Experiment durchgeführt: Keimlinge der Ackerschmalwand wurden für 17 Tage bei einer Lichtintensität von 200 $\mu mol \cdot m^{-2} \cdot s^{-1}$ kultiviert. Anschließend wurden die Pflanzen in zwei Gruppen aufgeteilt. Eine Gruppe wurde für weitere 9 Tage mit einer Lichtintensität von 200 $\mu mol \cdot m^{-2} \cdot s^{-1}$ bestrahlt (dunkeladaptierte Pflanzen, LL). Die zweite Gruppe wurde hingegen für 9 Tage mit einer Lichtintensität von 500 $\mu mol \cdot m^{-2} \cdot s^{-1}$ bestrahlt (helladaptierte Pflanzen, HL). Alle anderen Faktoren blieben identisch und konstant. Nach 9 Tagen wurden die Fotosyntheserate der Pflanzen bei unterschiedlichen Beleuchtungsstärken sowie weitere Parameter untersucht.

Verändert aus:
Ma, F. et al.: Isotopically nonstationary ^{13}C flux analysis of changes in Arabidopsis thaliana leaf metabolism due to high light acclimation. PNAS 111 (2014), S. 16 968 und Supporting Information, S. 2.

M 2b Fotosyntheserate bei lichtadaptierten (HL) und dunkeladaptierten (LL) Pflanzen der Ackerschmalwand

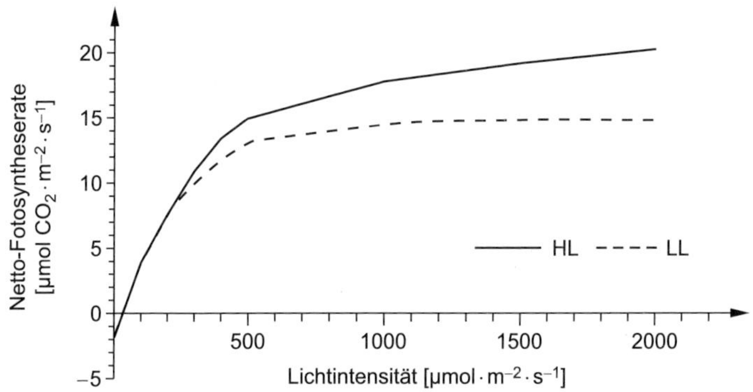

Verändert aus:
Ma, F. et al.: Isotopically nonstationary 13C flux analysis of changes in Arabidopsis thaliana leaf metabolism due to high light acclimation. PNAS 111 (2014), S. 16 968 und Supporting Information, S. 2.

M 2c Physiologische und morphologische Merkmale der beiden Untersuchungsgruppen

	Pflanzen der HL-Gruppe	Pflanzen der LL-Gruppe
Blattdicke [µm]	200	141
Konzentration des Enzyms Ribulosebisphosphat-Carboxylase-Oxygenase (RubisCO) [$mg \cdot cm^{-2}$]	0,62	0,46
Schema zur Struktur der Fotosysteme (Lichtsammelfallen) in den Thylakoidmembranen der Chloroplasten bezogen auf gleich große Membranoberflächen; die Reaktionszentren sind gleich groß.	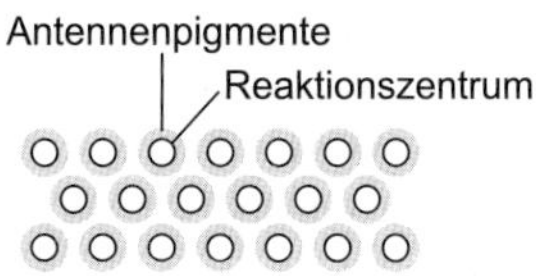	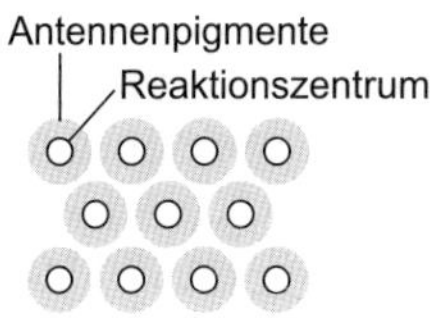

Verändert aus:
Ma, F. et al.: Isotopically nonstationary 13C flux analysis of changes in Arabidopsis thaliana leaf metabolism due to high light acclimation. PNAS 111 (2014), S. 16 968 und Supporting Information, S. 2.

M 3 Genregulation bei der Ackerschmalwand bei Trockenstress durch DNA-Methylierung

Die Ackerschmalwand ist eine Pflanze, die sich über Samenbildung vermehrt. Dabei findet eine Selbstbestäubung statt, bevor sich die Blüte öffnet. Diese Pflanzen können sich schnell an veränderte Umweltbedingungen wie Trockenstress anpassen. Zur Untersuchung der Fragestellung, ob sich Anpassungen an Trockenstress von Ackerschmalwandpflanzen auf die Nachkommen vererben, hat man folgenden Versuch durchgeführt:
Ackerschmalwandpflanzen wurden in zwei Gruppen eingeteilt. Eine Gruppe wurde unter normalen Bedingungen vermehrt (C), die andere Gruppe unter Trockenstress (S). Die von ihnen gebildeten Samen wurden erneut eingepflanzt und Pflanzen daraus gezogen. Die Nachkommen der Kontrollpflanzen (C) wurden weiterhin unter normalen Bedingungen gehalten, die Nachkommen der Pflanzen mit Trockenstress wurden ebenfalls Trockenstress ausgesetzt (S1).
Es erfolgte eine erneute Vermehrung. Die Nachkommen der S1-Gruppe wurden in zwei Gruppen aufgeteilt: Ein Teil wurde weiterhin Trockenstress ausgesetzt (S2), die andere Gruppe unter normalen Bedingungen ohne Trockenstress kultiviert (S1C).

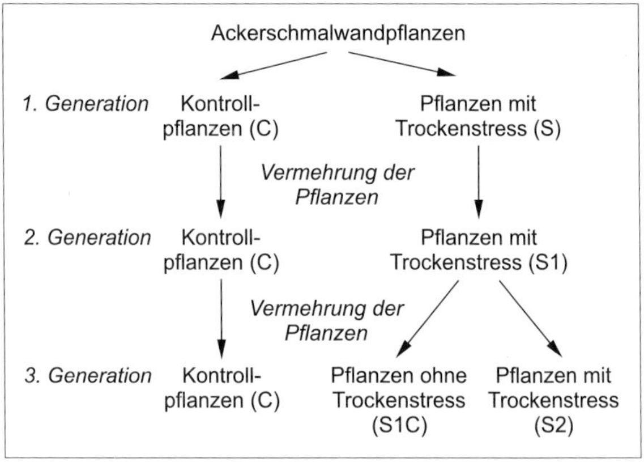

Bei den Pflanzen der verschiedenen Generationen bestimmte man den Anteil von Nukleotiden mit methylierten Cytosinmolekülen am gesamten Genom.

DNA-Methylierungsgrad

Als Methylierungsgrad wird hier der Anteil der Cytosinnukleotide bezeichnet, die methyliert vorliegen.

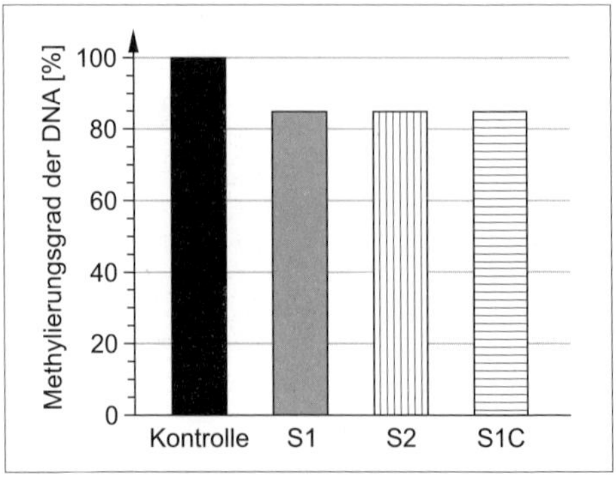

Verändert aus:
Boyko, A. et al.: Transgenerational adaptation of Arabidopsis to stress (…). PLoS ONE 5 (2010), S. 1–12.

Lösungsvorschlag

Die Aufgabe beinhaltet die folgenden Themen:

- Stoffwechselbiologie: Primär- und Sekundärreaktionen der Fotosynthese, energetisches Modell der ATP-Bildung, Abhängigkeit der Fotosyntheseleistung von Außenfaktoren (Licht), Angepasstheiten und Struktur-Funktion-Beziehungen auf der Ebene von Organellen (Chloroplasten) und Organen (Blatt)
- Molekulargenetik: Vererbung epigenetischer Veränderungen (Methylierung)

1 **TIPP** *Anforderungsbereich: I, Bewertungseinheiten: 8*

In dieser Aufgabe sollen Sie Ihre Grundkenntnisse zu den Primärreaktionen reproduktiv wiedergeben, indem Sie ein vorgegebenes Schema vervollständigen. Achten Sie bei Ihrer Darstellung auch auf den Energiegehalt der beteiligten Strukturen bzw. Substanzen.

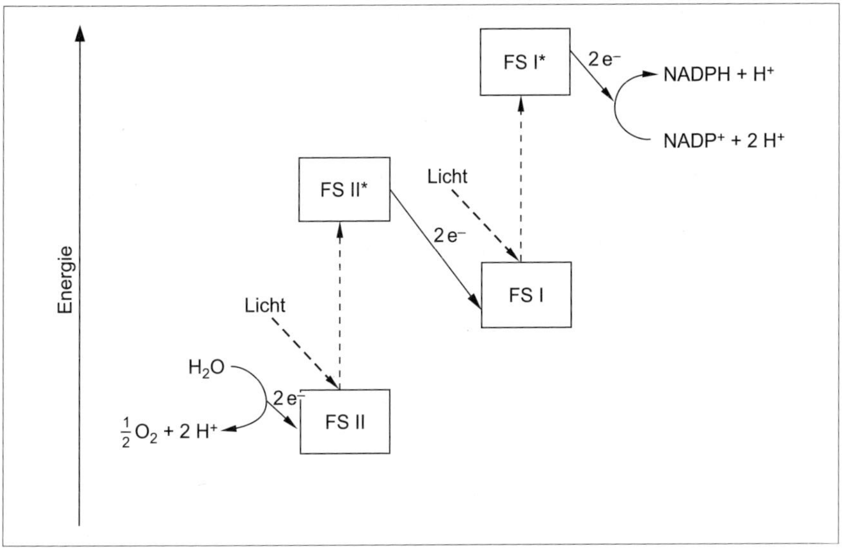

2 **TIPP** *Anforderungsbereiche: I – II, Bewertungseinheiten: 16*

Im ersten Teil dieser Aufgabe sollen Sie die in M 2b dargestellten Ergebnisse für die dunkeladaptierten Pflanzen der Experimente aus M 2a verständlich machen. Greifen Sie dabei reproduktiv auf Ihre Kenntnisse zum Einfluss des Außenfaktors Licht auf die Fotosynthese zurück und verwenden Sie dabei auch die relevanten Fachbegriffe.

Erläutern: Unterhalb einer Lichtintensität von 50 µmol · $m^{-2} \cdot s^{-1}$ ist die Atmungsrate der Ackerschmalwand-Pflanzen höher als ihre Fotosyntheseleistung, weshalb sie mehr CO_2 abgeben als aufnehmen. Die Lichtintensität von 50 µmol · $m^{-2} \cdot s^{-1}$ stellt den **Lichtkompensationspunkt** der Pflanzen unter den gegebenen Bedingungen dar. Bei dieser Beleuchtungsstärke ist die Fotosyntheserate genauso hoch wie die Atmungsrate, CO_2-Aufnahme und -Abgabe halten sich die Waage. Mit steigender Lichtintensität nimmt die **Netto**-Fotosyntheserate zu. Dieser Anstieg verläuft nahezu linear bis auf 8 µmol CO_2 $m^{-2} \cdot s^{-1}$. Durch die verstärkte Lichtzufuhr werden immer mehr Fotosysteme angeregt, sodass die Menge an Produkten der Primärreaktionen steigt. Das bedingt eine vermehrte CO_2-Fixierung in den Sekundärreaktionen und die CO_2-Aufnahme steigt. Bei weiter steigender Lichtintensität auf 500 µmol · $m^{-2} \cdot s^{-1}$ nimmt die Netto-Fotosyntheserate um weitere 5 µmol CO_2 $m^{-2} \cdot s^{-1}$ zu. Wird die Lichtintensität noch weiter erhöht, steigt die Netto-Fotosyntheseleistung nur noch geringfügig an. Ab einer Lichtintensität von etwa 1 000 µmol · $m^{-2} \cdot s^{-1}$ bleibt die Netto-Fotosyntheserate konstant bei einem Wert von 15 µmol CO_2 $m^{-2} \cdot s^{-1}$, auch bei weiterer Steigerung der Lichtintensität. Damit stellt die Lichtmenge von 1 000 µmol · $m^{-2} \cdot s^{-1}$ den **Lichtsättigungswert** unter den vorherrschenden Versuchsbedingungen dar. Bei dieser Lichtintensität laufen die Primärreaktionen mit maximaler Leistung ab.

TIPP Im zweiten Aufgabenteil sollen Sie die höhere Fotosyntheserate der helladaptierten Pflanzen im Experiment auf ihre Ursachen zurückführen, indem Sie die Informationen aus M 2c verwerten. Dazu müssen Sie auch auf Ihre Kenntnisse zu anatomisch-morphologischen Angepasstheiten bei Pflanzen zurückgreifen.

Erklären: Die helladaptierten Pflanzen besitzen im Vergleich zu den im Dunkeln aufgezogenen Pflanzen einen dickeren Blattquerschnitt. Das bedeutet, dass aufgrund der dickeren Blätter mehr Chloroplasten pro Blattfläche Platz finden können und dass infolgedessen eine höhere Netto-Fotosyntheseleistung pro Fläche erzielt werden kann. Des Weiteren weisen die im Licht aufgezogenen Pflanzen zwar weniger Antennenpigmente pro Reaktionszentrum bei gleicher Membranoberfläche der Thylakoide auf, dafür ist die Anzahl an Reaktionszentren pro Fläche deutlich höher. Pro Zeiteinheit kann daher mehr Licht genutzt werden. Dies steigert die Fotosyntheseleistung ebenfalls, da eine Lichtsättigung erst bei höheren Intensitäten erreicht wird. Dadurch, dass bei den helladaptierten Pflanzen die Primärreaktionen verstärkt ablaufen, entstehen auch mehr

Produkte für die Sekundärreaktionen. Dies führt zu einer höheren CO_2-Fixierung (Calvin-Zyklus), die aufgrund der erhöhten Konzentration des Enzyms RubisCO in den Blättern dieser Pflanzen zusätzlich effektiviert wird.

3 **TIPP** *Anforderungsbereiche: II – III, Bewertungseinheiten: 8*

Hier wird von Ihnen erwartet, dass Sie die Annahme „Erworbene Eigenschaften werden epigenetisch vererbt“ beurteilen. Dazu sollen Sie die Ergebnisse von Untersuchungen zum DNA-Methylierungsgrad unterschiedlich aufgezogener Pflanzen auswerten und interpretieren.

Die Untersuchungen zeigen, dass die Abkömmlinge unter Trockenstress gehaltener Pflanzen (S1, S2) einen um 15 % niedrigeren DNA-Methylierungsgrad aufwiesen als die Abkömmlinge von Pflanzen, die diesem Stress nicht ausgesetzt waren (C). Der verringerte Methylierungsgrad kann daher als Ausdruck einer Anpassung an den Trockenstress interpretiert werden.

Wurden die S1-Pflanzen erneut unter Trockenstress gehalten und vermehrt, entstanden Nachkommen, die den gleichen geringeren DNA-Methylierungsgrad aufwiesen, auch wenn sie selbst nicht mehr unter Trockenstress gehalten wurden. Sie müssen den verringerten Methylierungsgrad ihrer DNA also von ihren Elternpflanzen geerbt haben. Dies lässt den Schluss zu, dass erworbene Eigenschaften epigenetisch an die Nachkommen vererbt werden können. Die Annahme lässt sich also anhand dieser Versuche bestätigen.

BE

THEMENBEREICH A: FUNKTIONSZUSAMMENHÄNGE

Thema A2: Dissimilation

Tiere, die sich in unterschiedlichen Wassertiefen aufhalten, wenden ATP aus den Prozessen der Zellatmung auf, sodass sie ihre vertikale Position mithilfe aktiver Schwimmbewegungen halten, oder sie besitzen Auftriebskörper wie die Schwimmblase mancher Fischarten. Die Füllung der Schwimmblase erfolgt im Bereich der Gasdrüse, in dem sich die Löslichkeit der im Blut befindlichen Atemgase verändert.

1	Fassen Sie unter Berücksichtigung der ATP-Synthese die wesentlichen Vorgänge der Atmungskette im Mitochondrium zusammen.	9
2	Erläutern Sie die Befüllung der Schwimmblase anhand M 1.	18
3	Stellen Sie eine Hypothese zur molekularen Ursache der veränderlichen Abgabe von Sauerstoff bei Änderung des pH-Wertes auf (M 1 c).	5

M 1 Die Schwimmblase bei Fischen

M 1 a Füllung und Entleerung der Schwimmblase mancher Fischarten im Bereich der Gasdrüse

Die Füllung oder Entleerung ihrer Schwimmblase ermöglicht manchen Fischarten, ihren Auftrieb im Wasser zu kontrollieren, sodass ein Schweben im Wasser bei geringem Energieaufwand erfolgen kann. Bei diesen Arten treten Gase aus dem Blut in die Schwimmblase ein, sodass die Schwimmblase gefüllt werden kann. Die Schwimmblase kann durch Abgabe der Gase an das Blut auch wieder entleert werden. Der größte Teil der Schwimmblase ist für Gase undurchlässig. Gasbewegungen in die Schwimmblase hinein erfolgen nur über einen spezialisierten Teil der Schwimmblasenwand, die sogenannte Gasdrüse. Das Gasgemisch der Schwimmblase besteht aus Sauerstoff und zu einem geringen Anteil aus Kohlenstoffdioxid.

HINWEIS: Die Zellen der Gasdrüse enthalten nur sehr wenige Mitochondrien, sodass ein Großteil der ATP-Produktion über die Glykolyse erfolgt und dann zur Bildung von Laktat und Protonen führt.

Verändert aus:
Moyes, C. M., Schulte, P. M.: Tierphysiologie. Pearson Studium, München (2008), S. 476 ff.

M 1 b Stoffwechselvorgänge in den Zellen der Gasdrüse mancher Fischarten

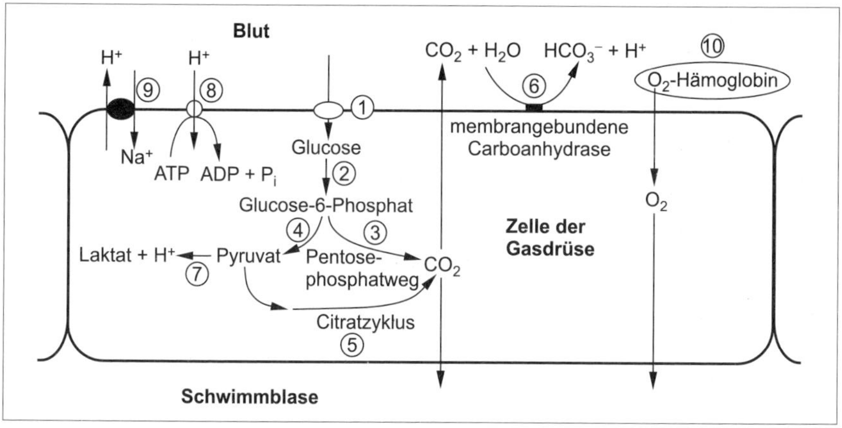

Verändert aus:
Pelster, B.: Using the swimbladder as a respiratory organ and/or a buoyancy structure – Benefits and consequences. Journal of Experimental Zoology, Innsbruck (2021), S. 7.

M 1 c Sauerstoffbindungskurven des Hämoglobins mancher Fischarten

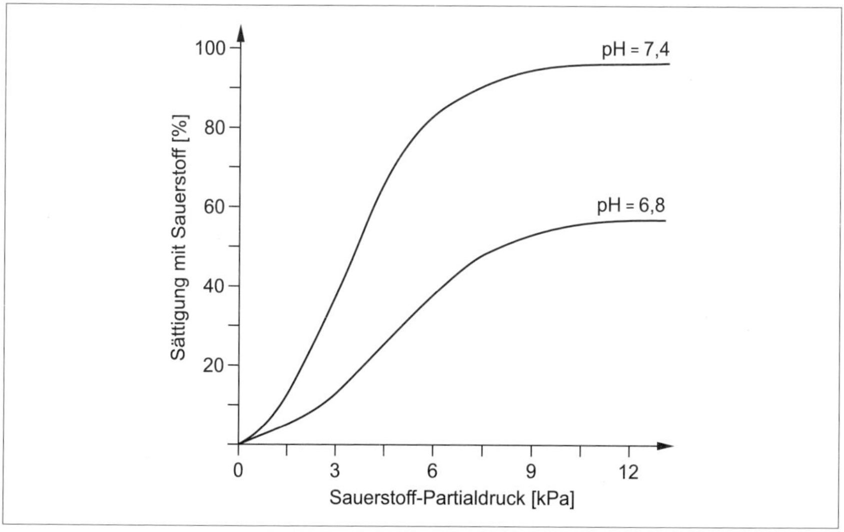

HINWEIS: Je geringer der pH-Wert, desto höher ist die Konzentration an Protonen.

Verändert aus:
Heldmaier, G. et al.: Vergleichende Tierphysiologie. Springer-Verlag, Berlin, Heidelberg (2013), S. 234.

Lösungsvorschlag

Die Aufgabe beinhaltet die folgenden Themen:
Stoffwechselbiologie: Teilschritte der Zellatmung, chemiosmotisches Modell der ATP-Bildung, Stofftransport zwischen Kompartimenten

1 **TIPP** *Anforderungsbereich: I, Bewertungseinheiten: 9*

Zur Lösung dieser Reproduktionsaufgabe sollen Sie die Vorgänge der Atmungskette in den Mitochondrien konzentriert auf die wesentlichen Elemente herausstellen. Die spezifische Erwähnung der einzelnen Proteinkomplexe in der Mitochondrienmembran ist dabei nicht verlangt.

In der Atmungskette geben die in den vorangehenden Schritten der Zellatmung entstandenen Reduktionsäquivalente $NADH + H^+$ und $FADH_2$ die aufgenommenen Elektronen und Protonen an spezifische, in der inneren Mitochondrienmembran integrierte Proteinkomplexe ab. $NADH + H^+$ gibt seine Elektronen an den Komplex I ab, $FADH_2$ seine Elektronen an den Komplex II. (Dabei werden NAD^+ und FAD regeneriert, die dann wieder für Oxidationsprozesse, u. a. in der Glykolyse, zur Verfügung stehen.) Von den Proteinkomplexen werden die Elektronen über eine **Transportkette**, die mehrere unterschiedliche **Redoxsysteme** miteinander verknüpft, darunter auch die Proteinkomplexe I bis IV, weitergegeben. Die dabei ablaufenden Redoxreaktionen setzen schrittweise Energie frei, die von speziellen Protonenpumpen (in den Komplexen I, III und IV) dazu genutzt wird, Protonen aus der Matrix in den Intermembranraum zu transportieren. Der so gebildete **Protonengradient** treibt eine ebenfalls in der inneren Mitochondrienmembran integrierte **ATP-Synthase** an. Die Diffusion der Protonen durch die ATP-Synthase liefert die Energie, mit der aus ADP und P_i das Energieäquivalent ATP hergestellt wird. Die transportierten Elektronen werden (auf der Matrixseite des Proteinkomplexes IV) auf den finalen Akzeptor Sauerstoff übertragen, wobei Wasser entsteht. Der dabei stattfindende Protonenentzug aus der Matrix verstärkt zusätzlich den Protonengradient, der für die Arbeit der ATP-Synthase notwendig ist.

2 **TIPP** *Anforderungsbereiche: I – II, Bewertungseinheiten: 18*

Bei der Bearbeitung dieser Aufgabe gilt es, das Befüllen der Schwimmblase mithilfe zusätzlicher Informationen darzulegen. Dazu dient im Wesentlichen die auf den ersten Blick komplexe Abbildung zu den Stoffwechselvorgängen in den Gasdrüsenzellen (M 1 b). Orientieren Sie sich zur Erfassung der einzelnen Vorgänge an der angegebenen Nummerierung. Weitere wichtige Informationen erhalten Sie außerdem aus dem Textmaterial sowie aus den Sauerstoffbindungskurven von Hämoglobin unter M 1 c.

Mittels eines spezifischen Carriers, der zur Blutseite hin in der Membran der Zellen integriert ist, wird Glucose passiv in die Gasdrüsenzelle transportiert. Dort wird die Glucose zunächst (zu Glucose-6-phosphat) phosphoryliert. Über den Pentosephosphatweg wird ein Teil des Glucose-6-phosphats in CO_2 umgewandelt, der andere Teil des Glucose-6-phosphats wird über die Glykolyse, die oxidative Decarboxylierung und den Citratzyklus in CO_2 überführt. Das so in den Drüsenzellen produzierte CO_2 diffundiert zu einem geringen Teil in das Lumen der Schwimmblase und trägt so zu deren Befüllung bei, vor allem aber ins Blut. Dort reagiert es mithilfe einer membrangebundenen Carboanhydrase zu HCO_3^- und Protonen.
Ein Großteil der Glucose wird zu Pyruvat umgewandelt und (zur Regeneration der Reduktionsäquivalente mittels Milchsäuregärung) weiter in Laktat und Protonen überführt. Die entstehenden Protonen werden aktiv, d. h. unter ATP-Verbrauch, mittels einer Protonenpumpe sowie über ein weiteres Transmembranprotein in einem Antiport mit Na^+-Ionen ins Blut transportiert.
Die durch die beiden Prozesse ins Blut verlagerten Protonen bewirken im Bereich der Gasdrüsenzellen eine Absenkung des pH-Wertes des Blutes. Da die O_2-Affinität von Hämoglobin bei niedrigem pH-Wert geringer ist (geringere Sättigung mit Sauerstoff), setzt Hämoglobin den gebundenen Sauerstoff hier verstärkt frei. Der Sauerstoff diffundiert entlang des Konzentrationsgefälles aus dem Blut über die Gasdrüsenzellen in das Innere der Schwimmblase. Auf diese Weise, mit O_2, wird die Schwimmblase hauptsächlich gefüllt.

3 **TIPP** *Anforderungsbereich: III, Bewertungseinheiten: 5*

Um hier eine begründete Vermutung zu formulieren, die die unterschiedliche O_2-Affinität des Hämoglobins bei verschiedenen pH-Werten erklärt, sollten Sie sich zunächst überlegen, wie Proteine aufgebaut sind und welche äußeren Faktoren die Moleküleigenschaften beeinflussen können.

Ist der pH-Wert niedrig, liegt eine hohe Konzentration von Protonen vor. Die räumliche Struktur von Proteinen, zu denen Hämoglobin gehört, ist u. a. vom pH-Wert abhängig. Daher könnte es sein, dass sich z. B. durch die Anlagerung von Protonen (Protonierung) an die Aminosäureketten die Sekundär- und Tertiärstruktur und damit auch die Quartärstruktur des Hämoglobins verändert. Das könnte dazu führen, dass die Sauerstoffbindung nicht mehr so gut möglich ist, sodass sich Sauerstoff leichter vom Molekül löst. Dieser Vorgang müsste reversibel sein, sodass sich bei steigendem pH-Wert die zuvor gebundenen Protonen wieder von den Globinketten lösen (Deprotonierung) und das Gesamtmolekül wieder seine Sauerstoff-affinere Struktur annimmt.

BE

THEMENBEREICH A: FUNKTIONSZUSAMMENHÄNGE

Thema A2: Dissimilation

Enzyme spielen eine wichtige Rolle für Stoffwechselreaktionen in Zellen und für den Abbau von Nährstoffen bei der Verdauung im Darm. Zu den Nährstoffen gehören unter anderem Fette, welche zu Glycerin und Fettsäuren abgebaut und dann ins Blut aufgenommen werden. Ein bei der Fettverdauung aktives Enzym ist die in der Bauchspeicheldrüse gebildete Lipase.

HINWEIS: Die Teilaufgabe 2 enthält ein Experiment. Sollten Ihnen Ihre Ergebnisse unbrauchbar erscheinen, können Sie korrekte Daten bei der Aufsicht führenden Lehrkraft anfordern. Die für die Durchführung des Experiments und dessen Protokollierung zu vergebenden acht Bewertungseinheiten können Sie dann nicht mehr erreichen.

1 Erläutern Sie die Funktion von Enzymen sowie die des ATP/ADP-Systems beim Stoffwechsel jeweils aus energetischer Perspektive. 7

Im Folgenden soll die Abhängigkeit der Lipase-Aktivität von der Substratkonzentration experimentell untersucht werden.

2 Stellen Sie die von Ihnen mithilfe von M 1 geplante Experimentieranordnung tabellarisch dar.
Begründen Sie Ihre Planungsentscheidungen.
Führen Sie Ihr Experiment durch und protokollieren Sie Ihre Beobachtungen.
Deuten Sie Ihre Ergebnisse.
Beurteilen Sie die Aussagekraft des Experiments zur Ermittlung der Lipase-Aktivität in Abhängigkeit von der Substratkonzentration. 25

M 1 Untersuchung der Lipase-Aktivität

M 1a Hinweise zur Untersuchung der Lipase-Aktivität

Über die Nahrung aufgenommene Fette werden unter anderem während der Darmpassage enzymatisch verdaut. Dabei entstehen Glycerin und Fettsäuren. Die Wirkung der dabei aktiven Lipase kann unter Laborbedingungen unter anderem mit Sahne als Substratemulsion veranschaulicht werden:
In ein Reagenzglas wurden dazu 5 mL Sahne (Fettgehalt = 35 %) gefüllt und mit 2 mL Natriumhydroxid-Lösung (c = 0,1 mol/L) versetzt, um den im Darm vorhandenen alkalischen pH-Wert zu modellieren.
Um den enzymatischen Fettabbau optisch identifizieren zu können, nutzte man die während der Reaktion auftretenden Veränderungen des pH-Werts. Als Indikator wurden daher zwei Tropfen Phenolphthalein-Lösung ($w < 1$ %) hinzugegeben, was zur typischen Rosafärbung führte.
Schließlich erfolgte die Zugabe von 2 mL einer vorbereiteten Lipase-Suspension. Der Ansatz wurde von Hand geschüttelt und nach vollständiger Durchmischung stehengelassen.
Bei diesem Fettgehalt kam es nach 32 Sekunden zu einer Entfärbung.

Erstellt durch:
Zentralabiturkommission Biologie (2022).

M 1b Materialien für die experimentelle Untersuchung der Lipase-Aktivität bei veränderlicher Substratkonzentration

Folgende Materialien stehen Ihnen zur Verfügung:

- 4 Reagenzgläser, 4 Stopfen, Reagenzglasständer
- Sahne mit drei verschiedenen Fettgehalten (ca. 30 %, ca. 20 % und ca. 10 %)
- Phenolphthalein-Lösung ($w < 1$ %)
- Natriumhydroxid-Lösung (c = 0,1 mol/L)
- vorbereitete Lipase-Suspension
- Stoppuhr
- Pipetten

Erstellt durch:
Zentralabiturkomission Biologie (2022).

M 1 c Sicherheitshinweise

Achten Sie auf die allgemeinen Sicherheitsregeln und tragen Sie beim Experimentieren durchgängig eine Schutzbrille.

Phenolphthalein *w* < 1 % in Ethanol

H-Satz: Flüssigkeit und Dampf leicht entzündbar.
Verursacht schwere Augenreizung.

Natriumhydroxid-Lösung c = 0,1 mol/L

H-Satz: Kann gegenüber Metallen korrosiv sein.

Entsorgung: Alle verwendeten Materialien werden bei der Aufsicht führenden Fachlehrkraft abgegeben.

Erstellt durch:
Zentralabiturkommission Biologie (2022).

Lösungsvorschlag

Die Aufgabe beinhaltet die folgenden Themen:
Stoffwechselbiologie: Enzyme als Biokatalysatoren, Funktion des ATP/ADP-Systems, Abhängigkeit der Enzymaktivität von der Substratkonzentration, experimenteller Ansatz zum enzymatisch katalysierten Abbau von Substraten

TIPP *Allgemeine Hinweise zur Lösung der Aufgabe*

Diese Aufgabe besteht zunächst aus einer reproduktiv angelegten Teilaufgabe, in der es um Grundfunktionen des Stoffwechsels hinsichtlich der Umwandlung und Übertragung von Energie geht, genauer um die Funktion von Enzymen sowie die Rolle des ATP/ADP-Systems bei Prozessen der Energieübertragung. In der zweiten Teilaufgabe ist gefordert, dass Sie anhand eines von Ihnen zu planenden und durchzuführenden experimentellen Ansatzes die Wirkung des Enzyms Lipase nachvollziehen und auswerten. Wenden Sie dabei Ihre praktischen Kenntnisse an, die Sie in den Unterrichtsexperimenten zur Abhängigkeit der Enzymaktivität von der Substratkonzentration erworben haben.

1 **TIPP** *Anforderungsbereich: I, Bewertungseinheiten: 7*

Für die Bearbeitung dieser Teilaufgabe ist es nicht verlangt, genauer auf enzymatische Eigenschaften oder die Wirkungsweise von Enzymen einzugehen. Beschränken Sie sich hier auf den Bezug zur Energie. Auch bei der Erläuterung des ATP/ADP-Systems ist es nicht notwendig, genauer auf spezifische Reaktionen oder auf den Aufbau der Moleküle Bezug zu nehmen.

Enzyme ermöglichen und beschleunigen durch die Herabsetzung der Aktivierungsenergie Stoffwechselreaktionen, sie wirken also als biologische Katalysatoren. Diese Funktion erfüllen sie aufgrund ihrer unterschiedlichen räumlichen Strukturen substrat- und wirkungsspezifisch.
Das ATP/ADP-System ermöglicht chemische Energieübertragungen im Stoffwechsel von Lebewesen. Beim Ablauf exergoner Reaktionen, z. B. beim Abbau von Nährstoffen, kommt es zur Freisetzung von Energie, die zum Aufbau von ATP aus ADP und P_i genutzt werden und so kurzfristig chemisch gespeichert werden kann. Die Freisetzung dieser gespeicherten Energie durch die Spaltung von ATP zu ADP und P_i ermöglicht den Ablauf endergoner Stoffwechselreaktionen, die energiebedürftig sind. Oftmals laufen exergone und endergone Reaktionen im Stoffwechsel gekoppelt ab, wobei das ATP/ADP-System eine wichtige Rolle spielt.

2 **TIPP** *Anforderungsbereiche: I–III, Bewertungseinheiten: 25*

Diese Teilaufgabe verlangt von Ihnen die eigenständige Durchführung eines Experiments. Beachten Sie daher die Abfolge der vorgegebenen Arbeitsaufträge und berücksichtigen Sie in der Planungsphase zunächst die Zielsetzung des Experiments und alle Informationen aus M 1 a und b. Dann bereiten Sie in einer übersichtlichen, tabellarischen Darstellung die Versuchsbedingungen der verschiedenen Versuchsansätze vor und begründen anschließend Ihre Planungsschritte. Denken Sie auch an die Einbindung eines sinnvollen Kontrollversuchs. Protokollieren Sie Ihre Versuchsbeobachtungen in Form einer übersichtlichen Tabelle.

Tabellarisches Darstellen der Experimentieranordnung:

Bestandteile	**Versuchsansatz 1**	**Versuchsansatz 2**	**Versuchsansatz 3**	**Kontrolle**
Fettgehalt in 5 mL Sahne (%)	ca. 30 %	ca. 20 %	ca. 10 %	z. B. 30 %
Natriumhydroxid-Lösung $c = 0{,}1$ mol/L	2 mL	2 mL	2 mL	2 mL
Phenolphthalein-Lösung $w < 1$ % als Indikator	2 Tropfen	2 Tropfen	2 Tropfen	2 Tropfen
Lipase-Suspension	2 mL	2 mL	2 mL	–

Begründen der Planungsentscheidungen:
Da die Abhängigkeit der Aktivität des Enzyms Lipase von der Substratkonzentration experimentell ermittelt werden soll, müssen unterschiedliche Mengen des fetthaltigen Substrats verwendet werden, während alle anderen Parameter unverändert gelassen werden. Außerdem ist ein Kontrollversuch ohne Lipase mit Zugabe von Sahne mit beliebiger Fettkonzentration bei sonst gleichbleibenden Bedingungen notwendig, um zu klären, dass der Fettabbau nur bei Anwesenheit von Lipase erfolgt.
Die Natriumhydroxid-Lösung wird zugegeben, um den für die Lipase-Aktivität notwendigen alkalischen pH-Wert einzustellen.
Als Nachweis für den Abbau der Fette zu Glycerin und Fettsäuren dient die Zugabe des unter alkalischen Bedingungen rosa gefärbten Indikators Phenolphthalein. Bei der Bildung von genügend Fettsäuren wird die Lösung neutralisiert und die Indikatorlösung farblos, sodass diese Reaktion als indirekter Beleg für die Lipase-Aktivität dienen kann.
Als Maß für den Einfluss verschiedener Substratkonzentrationen auf die Lipase-Aktivität kann die Zeit gemessen werden, die von der Zugabe der Lipase-Suspension bzw. der Substratkonzentration bis zur Entfärbung der jeweiligen Versuchsansätze vergeht.

Durchführen:

TIPP Stellen Sie anhand der tabellarischen Experimentieranordnung die einzelnen Versuchsansätze mithilfe der vorgelegten Geräte und der Chemikalien her. Achten Sie bei der Befüllung der Reagenzgläser darauf, die Enzymsuspension oder das Substrat als letzte Komponente zügig zu den Ansätzen 1 bis 3 zuzugeben. Schütteln Sie dann alle Reagenzgläser kurz von Hand und stellen Sie sie in den Reagenzglasständer zurück. Starten Sie sofort danach die Zeitmessung und dokumentieren Sie, wie lange es dauert, bis eine Entfärbung der Lösung eintritt.

Protokollieren:

Beobachtung	**Versuchsansatz 1**	**Versuchsansatz 2**	**Versuchsansatz 3**	**Kontrolle**
Zeit bis zur Entfärbung des Ansatzes	ca. 104 s	ca. 168 s	ca. 277s	Rosafärbung unverändert

Die Dauer der Reaktion nimmt mit der Abnahme der Fettkonzentration zu. Bei Fehlen der Lipase tritt keine Reaktion ein.

Deuten: Durch die Zugabe der Lipase wird der enzymatische Fettabbau eingeleitet, sodass Fettsäuren freigesetzt werden. Diese bewirken bei genügend hoher Konzentration eine Abnahme des pH-Werts, sodass eine Entfärbung der Phenolphthalein-Lösung eintritt. Die Versuchsreihe zeigt: Je höher die Fettkonzentration ist, umso kürzer ist die Zeit bis zur Entfärbung. Der Anstieg der Substratkonzentration bewirkt demnach eine Erhöhung der enzymatischen Aktivität der Lipase. Dies liegt daran, dass bei höherer Substratkonzentration Enzymmoleküle häufiger auf Substratmoleküle treffen und sich daher mehr Enzym-Substrat-Komplexe bilden können.
Der Kontrollversuch zeigt, dass der Fettabbau ohne Lipase-Zugabe nicht erfolgt.

Beurteilen: Mit dem Versuch konnte prinzipiell ermittelt werden, dass die Lipase-Aktivität in den untersuchten Bereichen von der Substratkonzentration abhängig ist. Genauere Werte zur Substratabhängigkeit, z. B. ab welcher Konzentration eine Enzymaktivität gemessen werden kann (Minimalkonzentration) oder Substratsättigung eintritt, lässt sich anhand der drei verwendeten Substratkonzentrationen allerdings nicht feststellen. Auch gibt die Verwendung des pH-Indikators nur indirekt und daher vermutlich ungenau Aufschluss über die Substratumsetzung. Die Aussagekraft des Experiments ist daher zumindest begrenzt.

TIPP Sie können hier auch Probleme bei der Durchführung thematisieren, z. B., dass während der Versuchsdauer keine gleichbleibende Raumtemperatur oder keine identische Temperatur der Komponenten gewährleistet werden konnte. Da die Enzymaktivität von der Temperatur abhängig ist, wird dadurch die Aussagekraft der Ergebnisse herabgesetzt.

BE

THEMENBEREICH A: FUNKTIONSZUSAMMENHÄNGE

Thema A3: Neurobiologie

Ein Lebewesen registriert seine Umwelt über seine Sinnesorgane. Um in bestimmten Situationen angemessen reagieren zu können, ist es nicht nur notwendig, dass die gebildeten Erregungen über Neuronen weitergeleitet werden, vielmehr müssen auch komplexe Verrechnungsprozesse erfolgen. Von besonderer Bedeutung sind hierbei die Synapsen.

1 Skizzieren Sie die relative Ionenverteilung an einem Axon im Ruhezustand. 5

2 Werten Sie die experimentellen Befunde bei Klapperschlangen in Bezug auf die vorliegenden synaptischen Verschaltungen an den Neuronen der Klassen A und B aus (M 1 a, M 1 b). 14

3 Erläutern Sie die Beeinflussung der Transmitterausschüttung aus Nervenzelle 1 und des resultierenden PSP an der Nervenzelle 2 durch die vorherige Einwirkung von GABA auf Nervenzelle 1 (M 2).
Entwickeln Sie eine Hypothese zur Wirkweise von GABA auf die Nervenzelle 1 (M 2). 13

M 1 Wahrnehmung bei Klapperschlangen

M 1a Experimentelle Untersuchungen zur Wahrnehmung bei Klapperschlangen

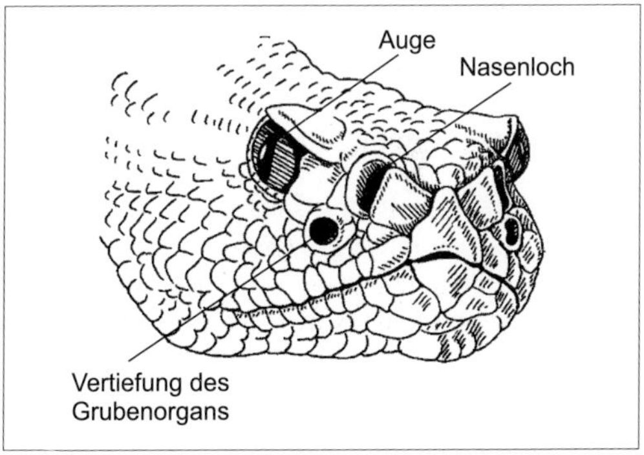

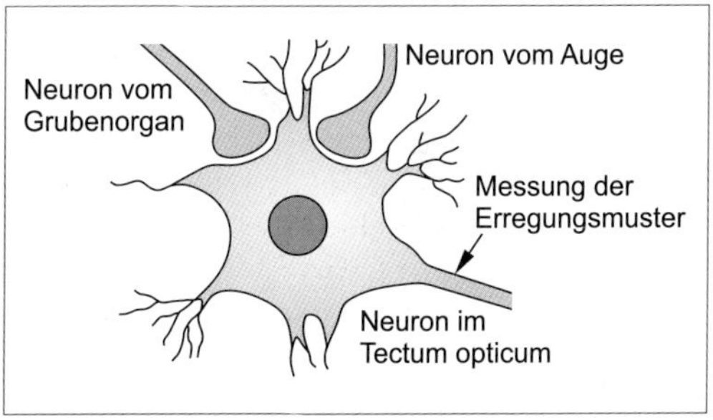

Klapperschlangen sind sehr effektive Jäger. Sie orten ihre Beutetiere nicht nur mit Seh- und Geruchssinn, sondern können mithilfe des Grubenorgans auch die Wärmestrahlung (Infrarotstrahlung) ihrer Beutetiere wahrnehmen. Das Grubenorgan besteht aus zwei Vertiefungen, die zwischen Auge und Nasenloch liegen. Die Nervenimpulse des Grubenorgans werden in einen Bereich des Zwischenhirns, das Tectum opticum, geleitet, in welchem auch die Neuronen vom Auge ankommen.
Beide Nervenbahnen sind über Neuronen des Zwischenhirns miteinander verschaltet. Forscher entdeckten, dass es verschiedene Neuronenklassen im Tectum opticum gibt. Jede dieser Neuronenklassen hat für sie typische synaptische Verschaltungen zu den Neuronen vom Grubenorgan und vom Auge.

Durchführung des Experiments:
In einem Experiment wurden bei einer Klapperschlange Grubenorgan und Auge adäquat und überschwellig gereizt und die sich ergebenden Erregungsmuster an Axonen von Neuronen des Tectum opticum gemessen.
In drei Versuchsreihen wurde jeweils eine Neuronenklasse (A bzw. B) des Tectum opticum untersucht:
Bei der ersten Versuchsreihe war die Schlange nur Wärmereizen ausgesetzt, bei der zweiten Versuchsreihe nur Lichtreizen und bei der dritten Versuchsreihe gleichzeitig Licht- und Wärmereizen. Reizdauer und Reizstärke waren jeweils identisch und überschwellig. Die am Axon der Nervenzellen jeweils auftretenden Erregungsmuster wurden aufgezeichnet (M 1 b).

Zusammengestellt und verändert aus:
Jungbauer, W. (Hrsg.): Aufgabenhandbuch Biologie, Band 6, Sinnesphysiologie, Neurophysiologie, Verhaltensbiologie. Aulis Verlag in der Stark Verlagsgesellschaft, Düsseldorf (2013), S. 122–123.
Newman, E.: The infrared "vision" of snakes. In: Scientific American 3 (1982), S. 116–127.

M 1 b Messwerte der Versuchsansätze mit den Neuronenklassen A und B

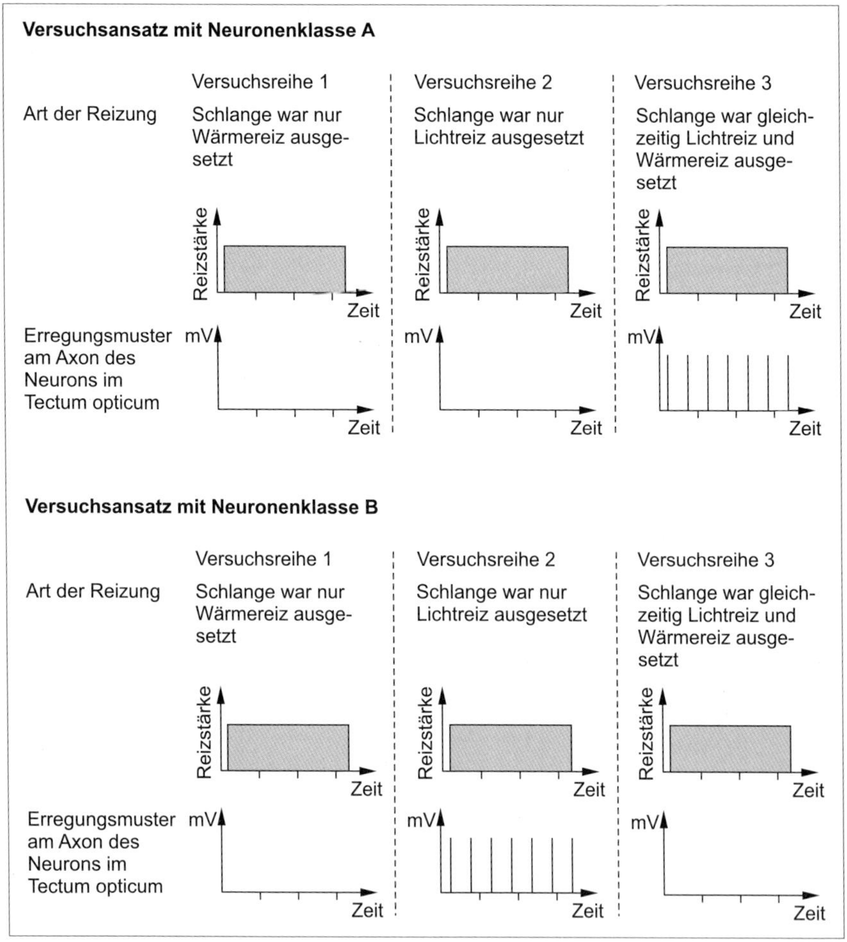

Verändert aus:
Newman, E.: The infrared "vision" of snakes. In: Scientific American 3 (1982), S. 116–127.

M 2 Einfluss von Synapsen mit dem Neurotransmitter GABA auf andere Nervenzellen

Im zentralen Nervensystem von Wirbeltieren gibt es Nervenzellen, an deren Synapsen der Neurotransmitter GABA ausgeschüttet wird. In einem Experiment wurde der Einfluss einer solchen Synapse mit GABA als Neurotransmitter auf die Erregungsübertragung zwischen zwei Nervenzellen untersucht.

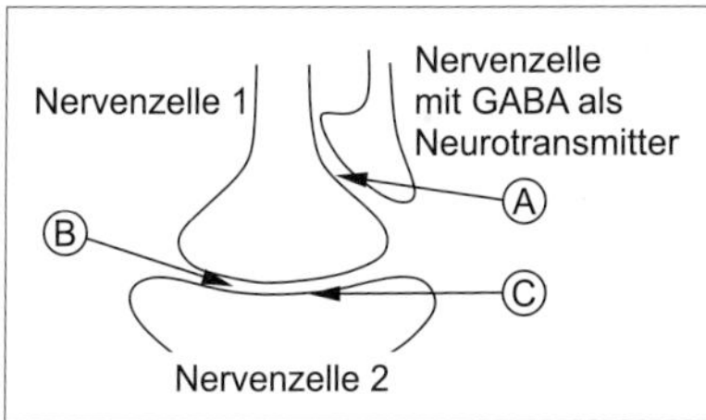

Die Nervenzelle mit dem Neurotransmitter GABA bindet über eine Synapse an Nervenzelle 1 im Bereich des synaptischen Endknöpfchens. Es wurden das Membranpotenzial von Nervenzelle 1 im Bereich der GABA-Synapse (A), die Konzentration von Acetylcholin im synaptischen Spalt zwischen den Nervenzellen 1 und 2 (B) sowie das postsynaptische Potenzial von Nervenzelle 2 (C) mit und ohne vorherige Freisetzung von GABA gemessen.

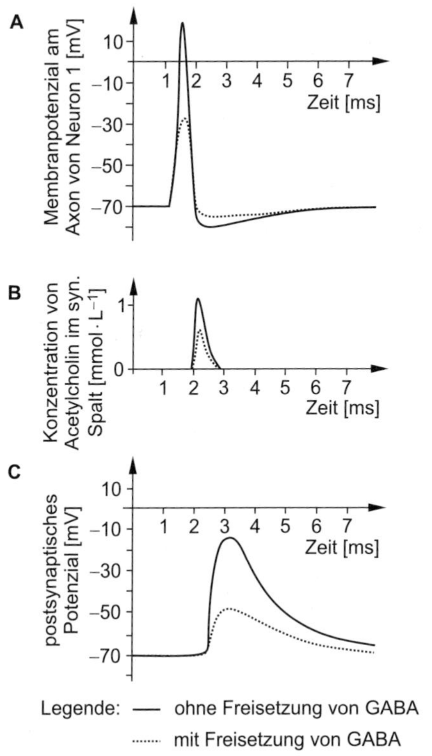

Verändert aus:
Dudel, J. et al.: Neurowissenschaft. Vom Molekül zur Kognition. 2. Auflage. Springer-Verlag, Berlin (2001), S. 138–140.

Lösungsvorschlag

Die Aufgabe beinhaltet die folgenden Themen:
Neurophysiologie: Ruhepotenzial, Informationsübertragung zwischen Zellen, erregende cholinerge Synapse, hemmende Synapse, räumliche Summation

1 **TIPP** *Anforderungsbereich: I, Bewertungseinheiten: 5*

In dieser Teilaufgabe sollen Sie Ihr Basiswissen zur Ionenverteilung an der Membran eines Neurons während des Ruhepotenzials zeichnerisch darstellen. Wichtig ist, dass Sie die Legende zur von Ihnen verwendeten Symbolik nicht vergessen. Details zum Aufbau der Zellmembran sowie zur Größe der Ionenspezies sind nicht erforderlich.

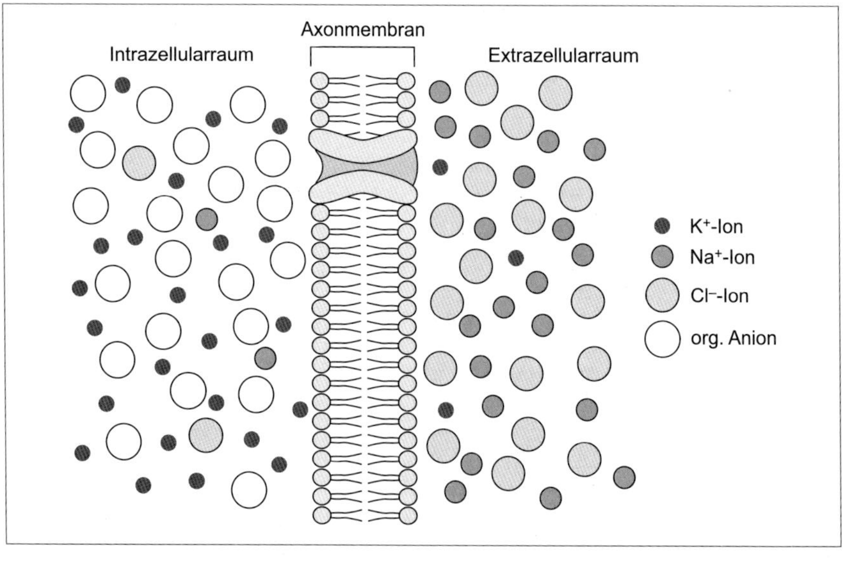

2 **TIPP** *Anforderungsbereiche: I – II, Bewertungseinheiten: 14*

Achten Sie bei der Bearbeitung darauf, dass Sie die Ergebnisse der Experimente in einen Gesamtzusammenhang mit der Neuronenverschaltung im Gehirn (Tectum opticum) stellen. Eine detaillierte Versuchsbeschreibung ist hier nicht erforderlich, beschränken Sie sich auf die wesentlichen Aussagen der Experimente.

Im Versuchsansatz mit **Neuronenklasse A** wird deutlich, dass bei einer reinen überschwelligen Wärmereizung der Schlange (Versuchsreihe 1) sowie bei alleiniger überschwelliger Reizung mit Licht (Versuchsreihe 2) am Axon des Neurons des Tectum opticum keine Aktionspotenziale generiert werden. Nur bei gleichzeitiger Reizung durch Licht und Wärme sind am Axon dieses Neurons Aktionspotenziale messbar.
Das bedeutet, dass die Reize der Versuchsreihen 1 und 2, obwohl sie jeweils überschwellig sind und zu Aktionspotenzialen in den sensorischen Neuronen führen, allein nicht stark genug sind, um am Axonhügel des Neurons des Tectum opticum Aktionspotenziale auszulösen. Das durch die Aktivität eines der sensorischen Neuronen ausgelöste exzitatorische postsynaptische Potenzial (EPSP) schwächt sich bei der elektrotonischen Ausbreitung über das Soma des Neurons des Tectum opticum so stark ab, dass die Reizschwelle, die für die Bildung von Aktionspotenzialen überschritten werden muss, nicht erreicht wird. Treffen jedoch die Signale der gleichzeitigen Reizung von Infrarot- und Lichtsinn auf das Soma des Neurons des Tectum opticum, kommt es dort durch **räumliche Summation** zu einem verstärkten EPSP, das am Axonhügel noch so hoch ist, dass eine Aktionspotenzialfolge generiert wird. Bei den Synapsen der sensorischen Neurone des Licht- und des Infrarotsinns auf die Neuronenklasse A des Tectum opticum handelt es sich somit um **erregende** Synapsen.

Im Versuchsansatz mit **Neuronenklasse B** zeigt sich, dass nur dann Aktionspotenziale am Axon des Neurons im Tectum opticum ausgelöst werden, wenn die Schlange mit Licht gereizt wird. Bei einer Wärmereizung werden im Neuron keine Aktionspotenziale generiert. Auch bei einer gleichzeitigen Reizung des Licht- und des Infrarotsinnes entstehen am Axon des Neurons im Tectum opticum keine Aktionspotenziale.
Dieses Reaktionsmuster lässt den Schluss zu, dass die Neuronen des Infrarotorgans mit den Neuronen der Klasse B des Tectum opticum über **hemmende** Synapsen verbunden sind, während die Neuronen des Lichtsinns mit **erregenden** Synapsen auf die Neuronen der Klasse B verschaltet sind. Die inhibitorischen Synapsen erzeugen am Soma des Tectum opticum-Neurons eine Hyperpolarisation der Membran, also ein inhibitorisches postsynaptisches Potenzial (IPSP), sodass keine Erregung der Zelle ausgelöst wird. Bei gleichzeitiger Reizung durch Licht und Wärme heben sich die Depolarisation, die durch das sensorische Neuron des Lichtsinns eingeht, und die Hyperpolarisation, die durch das Neuron des Infrarotorgans ausgelöst wird, aufgrund der **räumlichen Summation** auf. Am Axonhügel der Neuronen der Klasse B wird daher der Schwellenwert nicht überschritten und es kommt nicht zur Erzeugung von Aktionspotenzialen.

3 **TIPP** *Anforderungsbereiche: II – III, Bewertungseinheiten: 13*

Im ersten Aufgabenteil sollen Sie durch zusätzliche Informationen verständlich machen, wie zum einen die Transmitterausschüttung einer Nervenzelle nach Einwirkung von GABA beeinflusst wird. Zum anderen sollen Sie auch die Folgen, die sich daraus für das nachgeschalteten Neuron ergeben, erklären. Greifen Sie dazu auf Ihre Grundkenntnisse zu den molekularen Prozessen an chemischen Synapsen zurück.

Erläutern: Durch das Einwirken von GABA wird in der Nervenzelle 1 die Depolarisationsphase eines im Bereich des synaptischen Endknöpfchens ankommenden Aktionspotenzials deutlich abgeschwächt (A). Infolgedessen werden in der Membran des synaptischen Endknöpfchens weniger spannungsabhängige Ca^{2+}-Poren geöffnet. Dadurch fließen weniger Ca^{2+}-Ionen in das Zellinnere mit der Folge, dass weniger transmittergefüllte Vesikel mit der präsynaptischen Membran verschmelzen. Es gelangt daher auch weniger Acetylcholin in den synaptischen Spalt (B). In der Konsequenz werden durch Acetylcholin weniger ligandengesteuerte Na^{+}-Ionenkanäle in der postsynaptischen Membran geöffnet, sodass dort aufgrund des verminderten Na^{+}-Ioneneinstroms ein schwächeres erregendes postsynaptisches Potenzial (EPSP) entsteht (C).

TIPP Um eine Hypothese zur Wirkung von GABA auf Neuron 1 zu formulieren, benötigen Sie Ihre Kenntnisse sowohl zur Wirkungsweise von Neurotransmittern als auch zum Zustandekommen und zur Beeinflussung des Membranpotenzials. Die Grafiken des Materials geben Ihnen wichtige Hinweise, in welche Richtung Sie überlegen sollten.

Hypothese entwickeln: Bei einem Aktionspotenzial, das in den Bereich des synaptischen Endknöpfchens von Neuron 1 einläuft, verringert GABA die (Höhe der) Depolarisation. Auch die Hyperpolarisation fällt weniger stark aus. Das ließe sich möglicherweise dadurch erklären, dass die ausgeschütteten GABA-Moleküle in der Membran von Neuron 1 Chloridionenporen öffnen, sodass es zu einem verstärkten Chloridioneneinstrom (entlang des Konzentrationsgefälles) in das Zellinnere von Neuron 1 kommt. Die dadurch ausgelöste Hyperpolarisation des Membranpotenzials wirkt der Depolarisation des Membranpotenzials (durch ein ankommendes Aktionspotenzial) entgegen, sodass deren Höhe abgeschwächt wird. Durch die geringere Depolarisation werden weniger spannungsabhängige Ca^{2+}-Ionenkanäle geöffnet und die oben beschriebenen Folgen treten ein.

BE

THEMENBEREICH B: VERNETZTE SYSTEME

Thema B1: Ökologie

Meere bedecken über 70 % der Erdoberfläche. Sie bieten nicht nur einer Vielzahl von Lebewesen ein Habitat, sind also entscheidend für die globale Biodiversität, sondern speichern erhebliche Mengen an Kohlenstoff. Insbesondere das marine Phytoplankton nimmt damit eine zentrale Rolle im weltweiten Kohlenstofffluss ein.

1 Beschreiben Sie den in M 1 dargestellten Kohlenstoffkreislauf. 8

2 Skizzieren Sie anhand von M 2a und M 2b ein arktisches Nahrungsnetz, das alle in M 2b gegebenen Organismen und ihre Nahrungsbeziehungen umfasst.
Werten Sie M 2b im Hinblick auf die Frage aus, wie sich die fortdauernde Anreicherung der Atmosphäre mit Kohlenstoffdioxid auf die Häufigkeiten von Diatomeen und deren Konsumenten auswirken wird (M 2a, M 2c). 16

3 Diskutieren Sie die Eignung der Eisendüngung (M 3) antarktischer Gewässer als Maßnahme zur Eindämmung der Erderwärmung. 8

M 1 **Mariner Kohlenstofffluss und biologische Pumpe im Ozean**

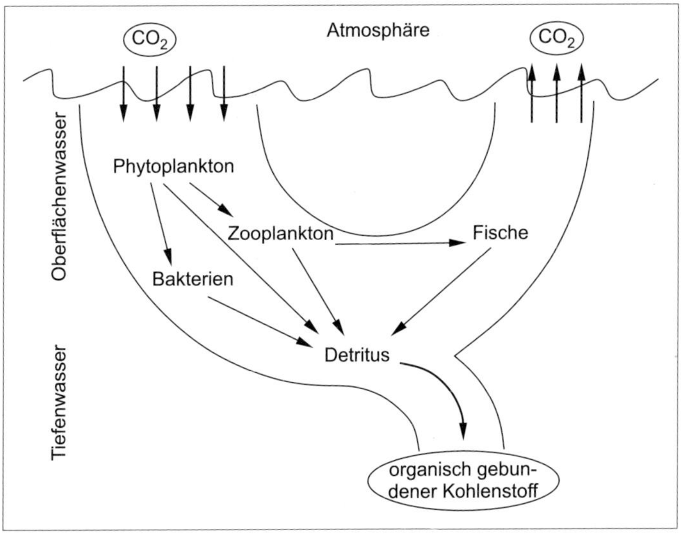

Verändert aus: Umweltbundesamt: Geo-Engineering – wirksamer Klimaschutz oder Größenwahn? April 2011, S. 25.

M 2 Eisalgen und pelagische Algen

M 2a Fettsäuren als Marker

Das Phytoplankton ist für den arktischen Kohlenstofffluss von besonderer Bedeutung. Neben pelagischen Algen, die im Freiwasser leben, existieren in den polaren Regionen auch Eisalgen. Eisalgen leben im Eis. Sie können von Konsumenten, die von unten dieses Eis abweiden oder in kleine Risse eindringen, gefressen werden. Zur Nachverfolgung arktischer Nahrungsketten nutzt man Fettsäuren als spezifische Marker (E, P, Z, siehe unten). Diese werden nur von den jeweiligen Organismen (Quelle) selbst hergestellt und innerhalb der Nahrungskette unverändert weitergegeben.

Marker	Quelle
E	Eisalgen
P	pelagische Algen
Z	*Calanus*-Arten

Verändert aus: Kohlbach, D. et al.: The importance of ice algae-produced carbon in the central Arctic Ocean ecosystem: Food web relationships revealed by lipid and stable isotope analyses. In: Limnology and Oceanography 61 (2016), S. 2 034.

M 2b Fettsäureanalyse einiger am arktischen Nahrungsnetz beteiligter Organismen

Organismen	Lebensform und Trophiestufe	Anteil des Markers E	Anteil des Markers P	Anteil des Markers Z
Diatomeen	Eisalgen, Produzent	sehr hoch	–	–
Dinoflagellaten	pelagische Algen, Produzent	–	sehr hoch	–
Calanus glacialis	Zooplankton, K1	mittel	mittel	sehr hoch
Apherusa glacialis	Zooplankton, K1	hoch	gering	–
Gammarus wilkitzki	Zooplankton, K1/K2	mittel	gering	hoch
Clione limacina	Zooplankton, K1	gering	hoch	–

Verändert aus: Kohlbach, D. et al.: The importance of ice algae-produced carbon in the central Arctic Ocean ecosystem: Food web relationships revealed by lipid and stable isotope analyses. In: Limnology and Oceanography 61 (2016), S. 2 034.

M 2c Rückgang des Meereises in der Arktis

Das Sommermeereis nimmt infolge der Erderwärmung kontinuierlich ab. Im Jahr 1960 betrug bei 320 ppm atmosphärischem Kohlenstoffdioxid die Meereisausdehnung noch 9 Millionen Quadratkilometer. Sie war im Jahr 2010 bei ca. 390 ppm Kohlenstoffdioxid auf unter 5 Millionen Quadratkilometer zurückgegangen.

Verändert aus:
Notz, D.: Das aktuelle Abschmelzen des arktischen Meereises. In: Lozán, J. L. et al. (Hrsg.): Warnsignal Klima: Das Eis der Erde. Verlag Wissenschaftliche Auswertungen (2015), S. 199–203.

M 3 Ozeandüngung

Zur Eindämmung der Klimaerwärmung wird seit den 1990er-Jahren die Düngung des antarktischen Meeres mit Mineralsalzen, z. B. Eisensalzen, vorgeschlagen und in räumlich begrenzten Modellexperimenten erprobt. Dabei wird die ozeanische biologische Pumpe (M 1) genutzt. Kritiker der Ozeandüngung befürchten durch starke Algenblüten langfristige Veränderungen mariner Ökosysteme und fordern ein Ende der Erprobung.

Befunde nach 18 Jahren experimenteller Untersuchung:
- eine Vermehrung des Phytoplanktons trat wie erwartet ein
- das Absinken des Phytoplanktons in die Tiefe erfolgte langsamer als erwartet
- von der Menge assimilierten Kohlenstoffs verblieben 80 % im Oberflächenwasser
- die geringe Menge an gebundenem CO_2 hat auch nach Hochrechnung auf größere Flächen keinen kurzfristigen Einfluss auf die Erwärmung des Klimas
- die Düngerherstellung erfordert einen erheblichen Einsatz fossiler Brennstoffe

Verändert aus:
Umweltbundesamt: Geo-Engineering – wirksamer Klimaschutz oder Größenwahn? April 2011, S. 25 ff.

Lösungsvorschlag

Die Aufgabe beinhaltet die folgenden Themen:
Ökologie: Stoffkreisläufe auf der Ebene von Ökosystemen und der Biosphäre (Kohlenstoffkreislauf), Nahrungskette und -netz unter Einbezug von Trophieebenen

1 **TIPP** *Anforderungsbereich: I, Bewertungseinheiten: 8*

Hier wird von Ihnen erwartet, dass Sie ihre Kenntnisse zum Kohlenstoffkreislauf auf ein einfaches Schema eines Ökosystems anwenden und die visualisierten Zusammenhänge strukturiert darstellen. Achten Sie darauf, alle in der Abbildung vorkommenden Begriffe zu verwenden.

Kohlenstoffdioxid (CO_2) aus der Atmosphäre löst sich im Oberflächenwasser des Meeres. Dort wird es von fotoautotrophem Phytoplankton aufgenommen und von diesen Organismen in den Sekundärprozessen der Fotosynthese in energiereichen Kohlenstoffverbindungen fixiert. Über die Nahrungskette werden diese Assimilate sowohl von heterotrophen Bakterien als auch von Zooplankton aufgenommen. Das Zooplankton dient wiederum Fischen, Konsumenten 2. Ordnung, als Nahrung. Die genannten Organismen leben vorwiegend im Oberflächenwasser. Durch ihre Ausscheidungen und abgestorbene Organismen(teile) entsteht Detritus, der organisch gebundenen Kohlenstoff enthält und ins Tiefenwasser absinkt. Auf diese Weise wird dem Oberflächenwasser ein Teil des fixierten Kohlenstoffs entzogen. Über Atmungsprozesse bauen Phyto- und Zooplankton sowie Fische und heterotrophe Bakterien organische Kohlenstoffverbindungen wieder zu CO_2 ab, das aus dem Oberflächenwasser in die Atmosphäre abgegeben wird (Ausgasung).

TIPP Von einer biologischen Pumpe spricht man, da Kohlenstoff durch die Lebensprozesse und Nahrungsketten der Meeresorganismen aus dem Oberflächenwasser in tiefere Wasserschichten befördert wird. Um die Pumpe anzutreiben, also für die Assimilation des organischen Kohlenstoffs durch das Phytoplankton, wird Lichtenergie benötigt.

2 **TIPP** *Anforderungsbereiche: I – II, Bewertungseinheiten: 16*

Um das im ersten Arbeitsauftrag geforderte Nahrungsnetz zu erstellen, sollten Sie sich zunächst einen Überblick über alle Nahrungsbeziehungen verschaffen. Diese lassen sich über die Anteile der organismenspezifischen Marker in den jeweiligen Arten sowie über deren Trophiestufen (M 2 b) erschließen. Das folgende Schema berücksichtigt auch die Bedeutung der Beuteorganismen für die betreffenden Arten (Pfeilstärke), diese Umsetzung ist nicht gefordert.

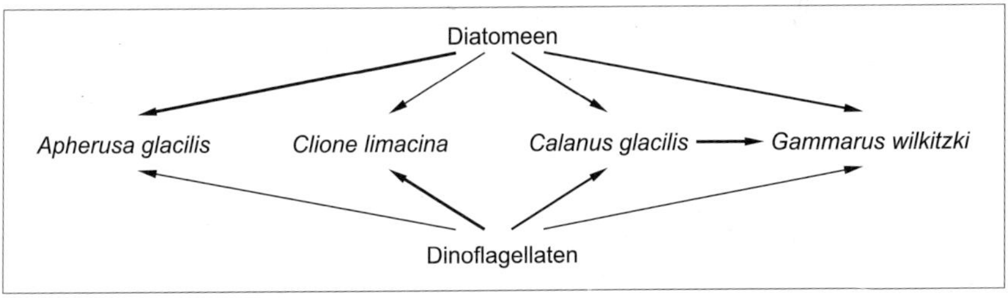

TIPP Im zweiten Aufgabenteil sollen Sie anhand der Markeranteile die Folgen eines steigenden CO_2-Gehalts der Atmosphäre für Diatomeen und deren Konsumenten darstellen. Vergegenwärtigen Sie sich dazu die Nahrungsketten, die Sie bei der Erstellung des Nahrungsnetzes ermittelt haben.

Der steigende CO_2-Gehalt der Atmosphäre führt über die damit einhergehende Erderwärmung zu einer Verminderung des Sommereises. Damit schwindet der Lebensraum der Diatomeen (Eisalgen), sodass eine Abnahme der Häufigkeit dieser Organismen zu erwarten ist. Infolgedessen wird vermutlich auch die Populationsdichte der Konsumenten, die sich direkt oder indirekt von Diatomeen ernähren, sinken. Besonders der Bestand der Art *Apherusa glacilis,* für die ein hoher Anteil an E-Markern ermittelt wurde, die also bevorzugt Eisalgen frisst, wird sich vermutlich verringern. Im Gegensatz dazu weist die Art *Clione limacina* nur geringe Mengen an E-Markern auf, sodass anzunehmen ist, dass die Häufigkeit dieser Art nur wenig bis kaum abnehmen wird.
Die Art *Calanus glacilis* ernährt sich sowohl von Eisalgen als auch von pelagischen Algen, wie der ähnlich hohe Anteil an E- und P-Markern belegt. Abhängig davon, wie stark die Art auf Eisalgen angewiesen ist, könnte ebenfalls eine Bestandsminderung dieser Konsumentenart die Folge sein. Diese Bestandsabnahme erfolgt allerdings vermutlich in geringerem Maße als bei *A. glacilis,* da *C. glacilis* möglicherweise auf andere Nahrungsquellen ausweichen kann.
Die Art *Gammarus wilkitzki* ernährt sich als Konsument 1. Ordnung in etwas höherem Maße von Diatomeen als von pelagischen Algen, was durch den höheren Anteil an E-Markern als an P-Markern belegt wird. Als Konsument 2. Ordnung dient ihr aber vorwiegend *C. glacilis* als Nahrung, wie ein hoher Anteil an Z-Markern zeigt. Es ist daher zu erwarten, dass auch die Häufigkeit der Art *G. wilkitzki* zurückgehen wird, da ihr Nahrungsangebot sinkt.

3 **TIPP** *Anforderungsbereiche: II – III, Bewertungseinheiten: 8*

Bei der Gegenüberstellung von Argumenten für und gegen die Eisendüngung antarktischer Gewässer als Maßnahme gegen die Erderwärmung ist es sinnvoll, dass Sie die im Material angeführten Befunde zunächst einzeln in ihrer Bedeutung erfassen und dann jeweils argumentativ verwerten. Vergessen Sie nicht, ein abschließendes Urteil über die Maßnahme zu formulieren.

Die Düngung antarktischer Meeresbereiche dient dazu, dem Phytoplankton ausreichend Mineralstoffe für den Aufbau organischer Substanz zur Verfügung zu stellen. Dadurch soll es zur verstärkten Verwertung des gestiegenen CO_2-Angebots durch die Algen kommen, sodass der Klimaerwärmung indirekt entgegengewirkt werden kann.
Die Befunde zeigen, dass es durch die Düngung zu einer Vermehrung des Phytoplanktons aufgrund einer verstärkten Kohlenstofffixierung kommt. Auch ein Absinken des Phytoplanktons in das Tiefenwasser wurde registriert. Das Düngungsexperiment funktioniert also im Prinzip, da durch die biologische Pumpe des Ozeans der Atmosphäre CO_2 entzogen wird und ein Teil des organisch gebundenen Kohlenstoffs in die Tiefe des Meeres gelangt.
Allerdings ist der Zeitraum, in dem nennenswerte Kohlenstoffmengen in die Tiefe gepumpt werden, relativ lang. Außerdem ist die Menge des abgesunkenen Kohlenstoffs mit 20 % relativ gering. Der im Oberflächenwasser verbliebene C-Anteil kann eine Vermehrung der heterotrophen Konsumenten nach sich ziehen, was durch Dissimilationsprozesse eine gesteigerte CO_2-Abgabe, auch an die Atmosphäre, bewirkt. Die Befunde zeigen weiterhin, dass die geringe Menge an gebundenem Kohlenstoff keinen nennenswerten Beitrag zur kurzfristigen Eindämmung der Erderwärmung leistet. Im Gegenteil wird bei der Erzeugung der eingesetzten Düngemittel durch den Einsatz fossiler Energieträger zusätzlich CO_2 in die Atmosphäre freigesetzt, was die Erderwärmung fördert.
Vor diesem Hintergrund erscheint es sinnvoller, die Erprobung der Ozeandüngung einzustellen, da die Nachteile den Nutzen deutlich überwiegen. Darüber hinaus sind negative Langzeitfolgen für marine Ökosysteme noch gar nicht absehbar.

BE

THEMENBEREICH C: ENTWICKLUNGSPROZESSE

Thema C1: Evolution

Im Verlauf der Stammesgeschichte der Wirbeltiere kam es wiederholt zu Phasen starker Artentfaltung, zuletzt am Übergang zwischen Erdmittelalter und Erdneuzeit. Der Übergang zur Erdneuzeit selbst ist durch ein großes katastrophales Ereignis eingeleitet worden, wahrscheinlich einen Meteoriteneinschlag. Wie die Stammesgeschichte der Vögel vor und nach diesem Ereignis abgelaufen ist, wird kontrovers diskutiert und ist Gegenstand aktueller Forschung.

1 Beschreiben Sie die stammesgeschichtliche Entwicklung der Vögel (M 1 a) auch unter Berücksichtigung der Entwicklung der Flugfähigkeit (M 1 b). 15

2 Diskutieren Sie auf der Basis von M 2 die mögliche Entstehung der Palaeognathae (M 1). 9

3 Beurteilen Sie die Vorstellungen Cuviers (M 3) vor dem Hintergrund der heutigen wissenschaftlichen Ansicht von Evolution. 8

M 1 Entwicklungsgeschichte der Vögel

M 1a Auf Basis von Fossilfunden erstellter Stammbaum der Vögel

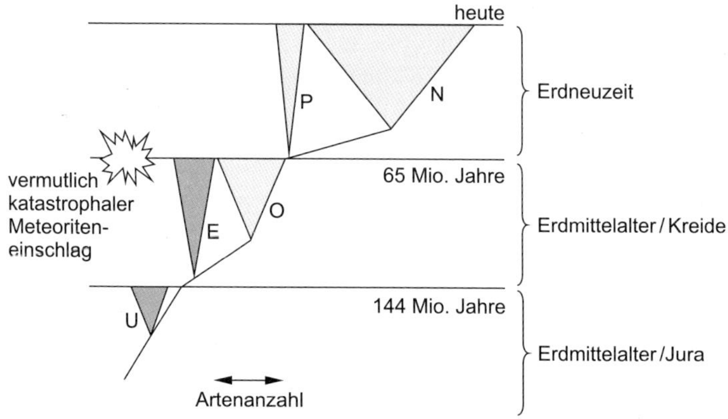

Zusammengestellt und verändert aus:
Feduccia, A.: Explosive evolution in tertiary birds and mammals. In: Science, New Series, Vol. 267, No. 5198 (1995), S. 637–638.
Benton, M. J.: Paläontologie der Wirbeltiere. Verlag Dr. Friedrich Pfeil, München (2007), S. 288.

M 1b Vogelfossilien

Symbol in M 1a	Name	Fossilbefund
U	Urvögel, z. B. *Archaeopteryx*	• eingeschränkt flugfähig • Federn
E	Enantiornithes	• wie U, aber: • veränderte Anatomie von Brustbein und Schultergürtel → starker Flügelauf- und -abschwung → verbesserte Flugfähigkeit; zusätzlich langsamer Flug möglich
O	Ornithurae	• wie E
P	Palaeognathae	• wie O, aber: • sekundäre Rückbildungen am Brustbein → heute nur noch flugunfähige Laufvögel
N	Neognathae	• wie O, aber: • luftgefüllte Knochen → verbesserte Flugfähigkeit

Verändert aus:
Feduccia, A.: Explosive evolution in tertiary birds and mammals. In: Science, New Series, Vol. 267, No. 5198 (1995), S. 637–638.

M 2 Mögliche Entstehung der Laufvögel

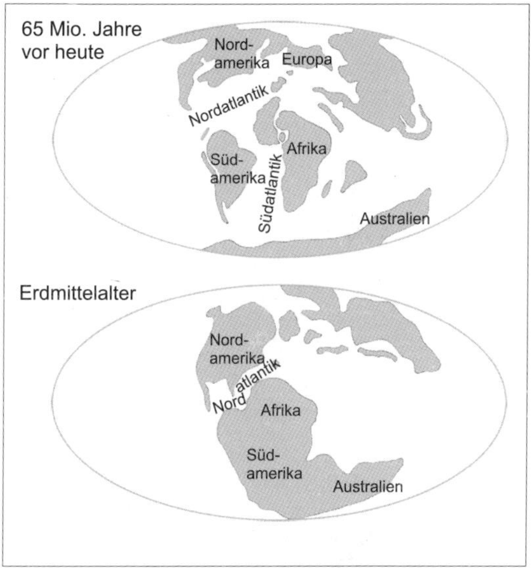

Der Ursprung der Palaeognathae (M 1) wird kontrovers diskutiert. Kreidezeitliche Palaeognathen-Funde kennt man nicht. Die ältesten Fossilien, die anhand ihres besonderen Schädelbaus eindeutig zu den Palaeognathen gehören, fand man in erdneuzeitlichen Gesteinsschichten in Europa und Nordamerika. Diese Tiere waren gute Flieger und sind die Vorfahren der heutigen Laufvögel, z. B. afrikanischer Strauß oder südamerikanischer Nandu. Aufgrund molekularbiologischer Befunde datieren einige Evolutionsforscher den Zeitpunkt, an dem sich die gemeinsame Verwandtschaftslinie der heutigen Strauße und Nandus getrennt hat, auf 80 Millionen Jahren vor heute.

Zusammengestellt und verändert aus:
Feduccia, A.: Explosive evolution in tertiary birds and mammals. In: Science, New Series, Vol. 267, No. 5198 (1995), S. 637–638.
Remane, R. et al.: Evolutionsbiologie. 2. Auflage. Springer Verlag, Berlin (2007), hintere Deckelklappe.

M 3 Ansichten des Naturforschers Cuvier zur Evolution

1 Die heute existierenden Arten bestanden von Beginn an. Begründung: Man findet keine Zwischenformen zwischen früheren und heutigen Arten.
2 Innerhalb einer Art existieren Merkmalsvariationen. Diese Variationen sind ausschließlich auf veränderte Umweltbedingungen zurückzuführen. Variationen überschreiten bestimmte Ausmaße nicht.
3 Erdgeschichtliche Katastrophen wie Überschwemmungen, Trockenfallen oder drastische Abkühlungen setzten plötzlich ein und führten zur Auslöschung von Arten. Die an der gleichen Stelle später aufgefundenen Arten sind eingewandert aus solchen Bereichen, die nicht von der jeweiligen Katastrophe betroffen waren.

Verändert aus:
Nöggerath, J.: Cuvier's Ansichten von der Urwelt. Verlag Edouard Weber, Bonn (1822), S. 90, 91, 99.

Lösungsvorschlag

Die Aufgabe beinhaltet die folgenden Themen:
Evolutionsbiologie: Stammbaumanalysen, fossile Belege, molekularbiologische Belege, Synthetische Evolutionstheorie

1 **TIPP** *Anforderungsbereiche: I – II, Bewertungseinheiten: 18*

Verschaffen Sie sich zur Bearbeitung dieser Teilaufgabe anfangs einen Überblick über das gesamte Material in M 1 a und b. Orientieren Sie sich dann bei der geforderten Beschreibung des Stammbaums der Vögel jeweils schrittweise und in chronologischer Reihenfolge an den Daten in M 1 a und beziehen Sie dabei jeweils die zusätzlichen Informationen zu den Fossilfunden hinsichtlich der Flugfähigkeit aus M 1 b ein.

Ausgehend von einem gemeinsamen Vorfahren aller Vögel entwickelten sich im Jura nach Artaufspaltung(en) die Urvögel zu einer Gruppe mit geringer Artenanzahl. Gemäß den Fossilfunden besaßen die Urvögel Federn und wiesen eine eingeschränkte Flugfähigkeit auf. Vor ca. 144 Millionen Jahren (Übergang zur Kreidezeit) starben die Urvögel aus. Wenige überlebende Populationen der ursprünglichen Entwicklungslinie bildeten die Vorfahren der Enantiornithes und der Ornithurae. Im Laufe der frühen Kreide kam es zunächst zur Abspaltung der Entwicklungslinie der Enantiornithes, die sich infolge weiterer Artaufspaltungen zu einer Gruppe mit eingeschränkter Artenvielfalt entwickelten. In der mittleren Kreide trennte sich von der Linie der überlebenden Urvögelvorfahren die Entwicklungslinie der Ornithurae, die im Laufe der Zeit eine etwas größere Artenvielfalt als die Enantiornithes erreichten. Enantiornithes wie auch Ornithurae ähnelten den Urvögeln. Fossilfunde beider Gruppen zeigen aber eine veränderte Anatomie von Brustbein und Schultergürtel, sodass ein starker Auf- und Abschwung der Flügel und damit langsames Fliegen möglich wurde.
Vor 65 Millionen Jahren kam es wahrscheinlich durch einen Meteoriteneinschlag auf der Erde zu einem starken Rückgang der Artenvielfalt und zum Aussterben aller Arten der Enantiornithes und des größten Teils der Ornithurae-Arten. Von der Gruppe der wenigen Überlebenden spaltete sich zu Beginn der Erdneuzeit die Entwicklungslinie der Palaeognathae ab. Sie entwickelten sich bis heute zu einer Gruppe mit geringer Artenvielfalt. Vertreter der Palaeognathae weisen neben den Ähnlichkeiten zur Gruppe der Ornithurae zusätzlich Rückbildungen am Brustbein auf, sodass die ursprüngliche Flugfähigkeit sekundär stark eingeschränkt wurde. Unter den heute lebenden (rezenten) Nachkommenarten findet man nur noch flugunfähige Laufvögel.
Die andere Entwicklungslinie der überlebenden Ornithurae fächerte sich in der späteren Erdneuzeit zur Gruppe der Neognathae auf. Eine wichtige Voraussetzung dafür war vermutlich, dass beim gemeinsamen Vorfahren luftgefüllte, leichte Knochen entstanden, sodass sich die Flugeigenschaften der Tiere weiter verbesserten. Bis in die Jetztzeit entwickelte sich so eine sehr große Artenvielfalt von flugfähigen Vögeln.

2 **TIPP** *Anforderungsbereich: II, Bewertungseinheiten: 9*

Der Operator „diskutieren“ erfordert hier, dass Sie die in M 2 genannten Annahmen zur Entstehung der Palaeognathae auf der Grundlage der Materialinformationen prüfen und dann unter Angabe von Argumenten abwägen, welche Entstehung der Vogelgruppe am wahrscheinlichsten zutrifft.

Der Ursprung der Palaeognathae wird heute aufgrund verschiedener wissenschaftlicher Erkenntnisse kontrovers diskutiert. Die ältesten Fossilien, die man als Palaeognathae identifizieren konnte, fand man in erdneuzeitlichen Gesteinsschichten in Europa und Nordamerika. Diese Funde deuten darauf hin, dass die Entstehung der Gruppe erst in der Erdneuzeit erfolgte, als Südamerika und Afrika, wo heute noch Arten der Palaeognathae vorkommen, schon nicht mehr miteinander verbunden waren.
Molekularbiologische Befunde einiger Evolutionsforscher*innen weisen jedoch darauf hin, dass sich die gemeinsame Verwandtschaftslinie der heutigen Laufvögel Strauß (Afrika) und Nandu (Südamerika), die beide zu den Palaeognathae zählen, bereits in der Kreide vor 80 Millionen Jahren getrennt haben könnte. Entsprechende Fossilien, die das Auftreten der ersten Palaeognathae als Vorfahren der Laufvögel schon in dieser Zeit belegen, gibt es jedoch bisher nicht.
Anhand der Fossilienfunde lässt sich allerdings davon ausgehen, dass die ersten Palaeognathae gute Flieger waren. Eine Erklärung für das Vorkommen der verschiedenen miteinander verwandten Laufvogelarten auf den seit dem späten Erdmittelalter nicht mehr zusammenhängenden Kontinenten Südamerika und Afrika wäre daher die Verbreitung auf verschiedene Kontinente durch noch flugfähige Palaeognathae. Erst deren Nachkommen könnten dann im Laufe der weiteren evolutionären Entwicklung ihre Flugfähigkeit unabhängig voneinander sekundär verloren und sich zu reinen Laufvögeln entwickelt haben.

TIPP Außer in Südamerika und Afrika kommen Vertreter der Palaeognathae heute v. a. noch in Australien und Neuseeland vor, z. B. die australischen Emus.

3 **TIPP** *Anforderungsbereiche: II – III, Bewertungseinheiten: 8*

Machen Sie sich bei dieser abschließenden Aufgabe zunächst den Inhalt der drei Aussagen von Cuvier klar. Es ist nicht erforderlich, sie genauer auszuführen. Bewerten Sie stattdessen, auch unter Anwendung Ihres Fachwissens, die Gültigkeit der Ansichten Cuviers, indem Sie jeweils angeben, inwiefern sie durch Erkenntnisse der heutigen, wissenschaftlichen Evolutionsforschung bestätigt oder entkräftet bzw. widerlegt werden können.

Ansicht 1: Die Aussage entspricht nicht dem gegenwärtigen Stand der wissenschaftlichen Evolutionsforschung, da es Belege dafür gibt, dass sich die heute existierenden

Arten aus anderen Arten entwickelt haben. So konnten viele Zwischenformen u. a. anhand von Fossilienfunden nachgewiesen werden, auch wenn es noch Lücken im Fossilbestand gibt. Mithilfe verschiedener Methoden konnte auch das Alter dieser Fossilien bestimmt werden, sodass die Entwicklung von Art zu Art zumindest in Ansätzen rekonstruiert werden konnte. Überdies weisen auch molekularbiologische Daten auf die gemeinsame Abstammung von Arten hin.

Ansicht 2: Merkmalsvariationen treten innerhalb einer Art häufig auf. Sie sind einerseits eine Folge veränderter Umweltbedingungen (modifikatorische Variationen) wie von Cuvier angenommen. Andererseits werden sie aber auch durch Mutationen und Rekombinationen der Erbanlagen zufallsbedingt verursacht (genetisch bedingte Variationen) und können dann vererbt werden. Genetisch bedingte Variationen unterliegen der Selektion, wenn sie die Fitness der Individuen einer Art beeinflussen, sodass sich bestimmte Varianten langfristig durchsetzen. Innerhalb einer Art kann es aber hinsichtlich der Ausprägung von Merkmalen durchaus zu größeren Unterschieden kommen, z. B. in Gestalt, Färbung oder im Verhalten. Diese Ansicht Cuviers trifft also nur bedingt zu.

TIPP Das Ausmaß modifikatorischer Variationen wird vom Genotyp vorgegeben. Man spricht dabei von der Reaktionsnorm.

Ansicht 3: Diese Aussage Cuviers stimmt mit den heutigen, wissenschaftlichen Erkenntnissen überein. Im Laufe der Erdgeschichte kam es mehrfach zur Auslöschung einer Vielzahl von Arten, z. B. durch klimatische Katastrophen, Vulkanausbrüche oder Meteoriteneinschläge. Die an diesen Orten später aufgefundenen Arten gingen aus überlebenden Vorfahrenpopulationen hervor, die sich in diesem Lebensraum ausbreiteten oder aus Populationen, die aus nicht betroffenen Gegenden einwanderten. Aufgrund unterschiedlich wirkender Evolutionsfaktoren eröffneten sich dann viele Möglichkeiten zur Besetzung neuer Lebensräume und zur allmählichen Aufspaltung in neue Arten.

Um Ihnen die Prüfung 2023 schnellstmöglich zur Verfügung stellen zu können, bringen wir sie in digitaler Form heraus.

Sobald die Original-Prüfungsaufgaben 2023 freigegeben sind, können sie als PDF auf der Plattform **MyStark** heruntergeladen werden (Zugangscode siehe vordere Umschlaginnenseite).

Aktuelle Prüfung

www.stark-verlag.de/mystark